国王的血

GUOWANG DE XUE

新世纪作家文丛 第二辑

须一瓜 著

长江出版传媒 | 长江文艺出版社

图书在版编目（C I P）数据

国王的血 / 须一瓜著. -- 武汉 : 长江文艺出版社,
2017.3
（新世纪作家文丛. 第二辑）
ISBN 978-7-5354-8564-9

Ⅰ. ①国… Ⅱ. ①须… Ⅲ. ①中篇小说－小说集－中国－当代②短篇小说－小说集－中国－当代 Ⅳ. ①I247.7

中国版本图书馆 CIP 数据核字(2016)第 321977 号

责任编辑：曾　莉　　　　责任校对：陈　琪
封面设计：闰江文化　　　　责任印制：邱　莉　　胡丽平

出版：长江出版传媒 | 长江文艺出版社
地址：武汉市雄楚大街 268 号　　邮编：430070
发行：长江文艺出版社
电话：027—87679360
http://www.cjlap.com
印刷：湖北新华印务有限公司

开本：880 毫米×1280 毫米　1/32　　印张：12.625　插页：2 页
版次：2017 年 3 月第 1 版　　2017 年 3 月第 1 次印刷
字数：305 千字

定价：38.00 元

《新世纪作家文丛》第二辑编委会

“新世纪作家文丛”总序

白　烨

摆在读者诸君面前的,是长江文艺出版社接续着“跨世纪文丛”,新推出的“新世纪作家文丛”。

在20世纪的1992年至2002年间,长江文艺出版社聘请资深文学评论家陈骏涛,主编了“跨世纪文丛”,先后推出了7辑,出版了67种当代作家的作品精选集。因为编选精当、连续出书,也因为是一个在特殊时期的特殊文学行动,“跨世纪文丛”遂成为世纪之交当代文坛引人注目的重要事件。当时,主编陈骏涛在《“跨世纪文丛”缘起》中说道:“‘跨世纪文丛’正是在新旧世纪之交诞生的。她将融汇20世纪文学,特别是80年代以来中国文学变异的新成果,继往开来,为开创21世纪中国文学的新格局,贡献出自己一份绵薄之力,她将昭示着新世纪文学的曙光!”这在当时看来实属豪言壮语的话,实际上都由后来的文学事实基本印证了。“跨世纪文丛”出满67本,已是21世纪初的头两年。《中华读书报》曾经在一篇文章中这样写到:“在新世纪的钟声即将敲响的时候,它暂时为自己画上了一个圆满的句号。这套文丛创始于7年以前的1992年,其时正值纯文学图书处于低迷时期，为了给纯文学寻求市场、为纯文学的发展探路，陈骏涛与出版家联手创办了这套旨在扶持纯文学的丛书。丛书汇聚了国内众多名家和新秀的文学创作成果，王蒙、贾平凹、莫言、梁晓声、韩少功、刘震云、余华、方方、池莉、周梅森等59位作家均曾以自己的名篇新作先后加入了文丛。几年来，这套丛书坚持高品位、高档次，又充分考虑到读者的阅读需求和阅读期待，为纯文学图书闯出了一个品牌。”这样的一个说法，客观允当，符合实际。

也正是自1992年起，在邓小平南方谈话精神的强劲指引下，国家与社会的改革开放，加大了力度，加快了步伐，社会生活真正开始以经济建设为中心，经济建设以市场秩序的确立为重心。社会生活的这种历史性演变，对于未曾接受过市场洗礼的当代文学来说，构成了极大的冲击与严峻的挑战。提高与普及的不同路向，严肃与通俗的不同取向，常常以二元对立的方式相互博弈。正是在这种日趋复杂的社会文化背景之下，以严肃文学的中青年作家为主要阵容，以他们的代表性作品为基本内容的“跨世纪文丛”，就显得极为特别，格外地引人关注。究其原因，这既在于“跨世纪文丛”不仅以高规格、大规模的系列作品选本，向人们展示了当代作家坚守严肃文学理想和坚持严肃文学写作的丰硕收获，还在于“跨世纪文丛”以走近读者、贴近市场的方式，给严肃文学注入了生气、增添了活力，使得正在方兴未艾的文学图书市场没有失去应有的平衡，也给坚守严肃文学和喜欢严肃文学的人们增强了一定的自信。

大约是在20世纪90年代中期，在“跨世纪文丛”出满5辑之际，我曾以《“跨世纪文丛”：九十年代一大文学奇观》为题，撰写了一篇书评文章。我在文章中指出：“跨世纪文丛”是张扬纯文学写作的引人举措，而且“有点也有面地反映了80年代以来文学发展演进的现状与走向。在纯文学日益被俗文化淹没的年代，这样一套高规格、大规模的文学选本不仅脱颖而出，而且坚持不懈地批量出书，确乎是90年代的一大文学景观”。我在文章的末尾还这样期望道：“热切地希望‘跨世纪文丛’坚持不懈地走下去，并把自己所营造的90年代的文学景观带入21世纪。”

好像是冥冥之中的一种缘分，我当年所抱以期望的事情，现在正好落在了我的身上。

因为种种原因，“跨世纪文丛”在文学进入新世纪之后，未能继续编辑和出版，因而渐渐地淡出了读者视野与图书市场。约在2014年岁末，在新世纪文学即将进入第十五个年头之际，长江文艺出版社决意重新启动这套大型文学丛书，并希望由我来接替因年龄和身体的原因很难承担繁重的主编事务的陈骏涛先生。无论是出于对于当代文学事业的热爱，还是出于对于长江文艺出版社的敬重，抑或是与亦师亦友的陈骏涛先生的情意，我都盛情难却，不能推辞。于是，只好挑起这付沉甸甸的重担，把陈骏涛先生和长江文艺出版社共同开创的这份重要的编辑事业继续下去。

2015年1月7日，在北京春节图书订货会期间，长江文艺出版社借着举办《中国年度文学作品精选丛书》出版20周年座谈会，正式宣布启动大型重点出版项目——“新世纪作家文丛”。由此开始，我也进入了该套文丛的选题策划和作者遴选的准备工作。当时的“新浪·文化”就此报道说：“面对新的文化格局、新的文学现象，出版人仍然应该‘有自己的事情要做’。‘跨世纪’有跨世纪的机缘，新世纪同样有着它的使命召唤。在一片喧扰之中，一大批严肃的理想主义文学者，仍然怀揣着圣洁的执著，身负着难以想象的重压蹒跚而行，出版人当然没有理由旁而观之。这正是《新世纪作家文丛》的缘起。”

经与长江文艺出版社的社长刘学明、总编尹志勇、项目负责人康志刚几位多次沟通和商议，我们大致达成了以下一些基本共识：一、新的丛书系列以“新世纪作家文丛”命名，即以此表示所选对象——作家作品的时代属性，又以此显现新的丛书与“跨世纪文丛”的内在勾连与历史渊源；二、计划在5年时间左右，推出50—60位当代实力派作家的作品精选集，每辑以8—10位作家的作品集为宜；在编选方式上，参照“跨世纪文丛”的原有体例，作品主要遴选代表作，并在作品之外酌收评论文章、创作要目等，以增强作品集的学术含量，以给读者、研究者提供读解作家作品的更多资讯。

事实上，文学在进入新世纪之后，在社会与文化的诸种因素与元素的合力推导之下，越来越表现出一种史无前例的分化与泛化，创作形态也呈现出前所少有的多元与多样。文学与文坛，较前明显地发生了结构性的巨大变异，我曾在多篇文章中把这种新的文学结构称之为“三分天下”，即以文学期刊为阵地的传统型文学（严肃文学）；以市场运作为手段的大众化文学（通俗文学）；以网络科技为平台的新媒体文学（网络文学）。在这样一个有如经济新常态的文学新生态中，严肃文学的生存与发展，传统文学的坚守与拓进，就显得十分重要并具有非同寻常的意义。因为这一文学板块的运作情形，不只表明了严肃文学的存活状况，而且标志着严肃文学应有的艺术高度，这也在一定程度上影响和引领着整体文学的基本走向。而就在与各种通俗性的、类型化的不同观念与取向的同场竞技中，严肃文学不断突破重围，一直与时俱进；一些作家进而脱颖而出，一些作品更加彰显出来，而且同90年代时期相比，在民族性与世界性、本土性与现代性等方面，都更具新世纪的时代特点和新时代的审美风貌。即以最为显见的重要文学奖项来说，莫言获取2012年度诺贝尔文学奖的殊荣自不待说；近几届的茅盾文学奖、鲁迅文学奖，不少出自“60后”和“70后”的作家频频获奖、不断问鼎，获奖作者的年轻化使得文学奖项更显青春，文学新人们也由此显示出他们蓬勃的创造力与强劲的竞争力。这一切，都给我们的“新世纪作家文丛”的持续运作，提供了丰富不竭的资讯参照，搭建了活跃不羁的文学舞台。

我们期望，藉由这套“新世纪作家文丛”，经由众多实力派作家姹紫嫣红的创作成果，能对新世纪文学做一个以点带面的巡礼，也经由这样的多方协力的精心淘选，对新世纪文学以来的作家作品给以一定程度的“经典化”，并让这些有蕴含、有品质的作家作品，走向更多的读者，进入文学的生活，由此也对当代文学事业的繁荣与发展，乃至对社会主义精神文明建设，奉上我们的一份心力，作出自己的一份贡献。

我们将为此而不懈努力，也为此而热切期盼！

2015年8月8日于北京朝内

目　录 Contents

智齿阻生

一

你在哪儿，老大？

接电话的人没有回答，但对方听到了一声轻微的、牙缝吸气的声音。

兄弟我不是要走了吗，还是见见吧老大！

被电话里的人叫老大的人，还是沉默。他自己也清楚，无论黑道白道，他都不是什么老大。可是对方这么叫，他从来没有制止过。老大，听起来舒服，至少不反感，有一点戏谑又透着那么一些尊崇，模模糊糊地还让人感觉好像有多少马仔供自己驱使一样。

牙还疼是吧，电话里的人体贴地说，不然我带你去找个医生吧？

接电话的人，肿着半边脸，半秃的眉毛锁着，木然地看着白色门柱外的雨。这是酒店大堂，一个面对一中学校大门的度假大酒店，隔着旋转玻璃门，能看到外面被大雨激腾起的雾气。打电话的人，这几天都在约接电话的人：一起去晨白山骑个马吧？一起吃宫秘私房菜？我们去葡萄山麓的私人会所喝点新茶？说的都不是轩昂张扬的公共空间，但接电话的人一律拒绝了。现在，这么大的雨，对方还在约。

他一口回绝，说，谢了。

啊——牙疼不是病，疼起来要命。对方说，老大你在哪儿，我过来吧？

改日吧，我很难受。他说着，把电话挂了。

对方心细，听到他牙疼的嘶嘶声。

吃了止痛药，可是不太管用。他在这里等候中考的女儿，说好的，考完接她回家，回她外婆家。实际上，临中考这两个多月，妻子和女儿都住在外婆家。昨天考一天，都是他妻子在这里送接等候，今天上午她命令他来，因为她有个重要接待。

电话又在沙发上响了，他瞟了一眼，不接。还是刚刚那个人。他一直知道这个人拿他当恩人看，他自己也觉得是恩人，如果不是他，这个人就有至少三年的牢狱之灾。是他找到了那个人最重要的一批发票。所以，不搭理他、怠慢他，不仅是可以的，而且心里还有些施恩不图报的美德享受。这个免去牢狱之灾的人，是个道上的狐狸。做什么事都很上心，待人接物，分寸感极好。就是有那么一种人，你知道他是个做人技术派，不是天性宽厚诚挚的善胚，但是，最多你会不喜欢、不亲近他们，但绝对不会讨厌他们。打电话的人，就是这类人。

昨天一夜他翻来覆去牙疼得冒汗，过去牙疼发作时的剩药、新旧偏方他都用了。包括含新癀片、咬生姜片、漱一比五的味精水。都没有用。今天他一早奔口腔医院，居然忘了是周日。那里只有看上去像实习生冒牌的值班医生。他说要找戚医生，那个受到轻视的年轻的值班医生，用讥讽的表情说，你去啊。

她在哪间？他捧着半边肥肿的脸说。

年轻医生斜睨着他不对称的滑稽腮帮子，用说不清是悲天悯人还是幸灾乐祸的轻慢语气说，哪里发财就在哪里。

退休了？

小牙医懒得再回答。他捧着阵阵剧痛的脸，昏昏沉沉地盯着年轻医生老半天，最后说，那个，喂，我忘了带她电话，你给我吧……

值班医生发出模糊的“切”的声音，把手机放进白大褂口袋，走了出去。

剧烈的疼痛使他明显反应迟钝下来，他干瞪着扬长而去的值班医生背影好一会儿，直到那小牙医快拐弯，他才急呼：喂！你得帮我止个疼啊——

值班医生并没有回头，他当然听到了身后病人破败的呼喊。一个提着拖把拖桶的保洁人员，驻足，对他慈爱有加地笑了笑。仿佛是帮他确认被医生抛弃的事实。他和保洁员互眨着眼睛，觉得该死的牙齿真是痛不可当，连眨眼睛都痛，简直恨不得这半边脸都劈了，把那颗牙像抠烂瓜子一样抠掉。那个像实习生的家伙出来了，还把步态弄得飘而不逸我见犹怜，而且那额前的头发，明显是在洗手间用水收拾过。

病人捧着稀烂发烫的腮帮子，又小心地跟那小医生重新回到他办公室。

快来个止痛针吧……

值班医生说，没用。

必须立竿见影，我——

谁那么神找谁去啊。

你他妈的！他并没有说出口，出口的只有“你”一个字，那小医生掏出了手机。他看出小牙医完全是无聊翻看，并非有电话或短信要处理。我操！他在心里骂道，操你祖宗一百代！一万代！这样暴戾的咒骂，在他吞服了止疼片，回到自己的汽车上后，才觉得有点可笑，不过他也没有笑出来，只是腹腔抖了一下。操人家万代祖宗，真是气贯长虹呢。他平时不怎么说粗话的，可见牙疼的确使人癫狂。

二

车停在口腔医院简陋的停车场里。从右侧飘进来的雨，把右侧前后坐垫都打潮了，灰色的旧绒布座套，湿了后看上去更脏。雨越来越大了，这辆十多年的老车，现在发出像人久未洗澡后的臭气。他自己也淋湿了。雨越来越大，好在新换的雨刮器咕、咕、咕地还刮得很有力。他把车开到那个叫唯德大酒店的后面的停车场，然后狂奔进大堂。今天是女儿中考的最后一天，说好他今天负责接她，而且他主动承诺说，下午考完后，他要带她去吃日本料理。这个喜欢漫画的女儿，似乎喜欢一切和日本有关的东西。学习成绩中下，偏偏个性嚣张强势，在学校还很有人气。她从不佩服这个当检察官的父亲，她在任何场合都喜欢谴责父亲的毛病：我就是像他，才这么难看！小时候这么说，大人都哈哈笑；现在眼看已经一米五的大人身板了，她再这么苦大仇深地揭批，很多人就干笑，或者假装没听到。小丫头经常让他难堪，他的丑，他怕黑，都被她随口讥讽嘲笑。如果这个丫头不是自己亲生女儿，他觉得真是眼不见为净。

大堂里已经集聚了很多学生家长。潮乎乎、臭烘烘的。他到西面咖啡座里，要了一杯咖啡。他并不喝，即使不牙疼，他也不太喝咖啡。那个长得像实习生的值班医生，开出来的止疼片，终于开始奏效，让他觉得牙疼在缓和。但他还是不信任那个家伙。刚才他让他张嘴，在他的牙齿上敲击半天，最后竟然对第七颗、还是第八颗牙齿疼痛沉吟不已，看上去有点装模作样，但他一眼就看出那小混蛋是真的犹豫不决。医生怎能这样呢？先说是第七颗，后来又怀疑第八颗，后来又回到第七颗。没事！那家伙最后兀自如释重负地说，反正怎么的也得消炎后才能拔牙。他的意思是——显然还有足够的时间，判断哪个是真正的坏牙。但这么一来，他心里就更加肯定要找到戚医生。小牙医末了还是告诉他，戚医生在他们家的竹园小区门口开了一个老牙医诊所。连有医保的病人都被拉了好多过去。从他落座的咖啡座这个角度，可以看到对面学校大门这一边的围墙。虽然雨雾迷蒙，那爬满了茂盛的紫红色三角梅的围墙，依然鲜艳夺目。他想他距离那墙越近越好。等考试时间差不多的时候，他就能看到学生们陆陆续续从大门里出来。他脑海里一下就出现那些学生的样子，长侉侉的蓝白色涤纶校服，衣长过臀、袖长过掌，男生女生们好像都刻意把自己穿成软面条一样的人儿，他们三三两两，有气无力，太监一样走过那四季青葱茂盛的围墙。以前他接晚自习的丫头时，就会把车停在靠围墙那边的马路边。他一般都坐在车里等。有一天，一个交警过来赳赳敲窗汹汹敬礼，令走神的他大吃一惊。警察命令他马上开走。正好女儿到了车前。丫头灵活的小眼睛笑眯眯的，还冲警察比画了剪刀手。

一进车门，丫头说，切！大水冲倒龙王庙！

什么？

小丫头说，为什么你总开这辆破车？

办案方便啊。

你就活该！丫头又说，人家王丽君爸爸，至少把警帽、警灯放在车上来着。一看就是自己人！

这个又丑又厉害的小丫头像谁？老婆说，和你一个模子出来，你想赖谁？

她咄咄逼人的劲头，是翻足了她妈妈的模。

——爸爸，你不敢关灯睡觉？

——哈哈爸爸，原来你比我还怕黑？

——你怕魔鬼！你怕黑！

那时小家伙才四五岁。这些，在当时总是很令他尴尬气恼。这当然是老婆告诉小孩子的。倒是真话，是大实话，他也无可分辩。可是，他就是听了不舒服。

结婚的那个晚上，老婆伸手关灯，他把她拦住了：别！开着吧。

老婆干瞪着漂亮的杏眼：不是……都……我们还不睡吗？

我们开灯睡吧。

开灯睡？老婆几乎喊出来了：那谁睡得着？

我都是这样的……

天哪！你怕黑？

我只是喜欢亮着睡觉。

天哪我的天！你是男人啊！

每个人生活习惯不同……快睡吧。

老婆还是鱼跃似的把灯关了，他也没有再坚持。但老婆后来就发现，他决不走没有灯光的夜路；独自在家灯光一定要亮到天亮；有一次楼道灯坏了，他半夜出差回来，在楼下打老婆电话，要她带个电筒下来。老婆一听气不打一处来。楼道固然黑，女人的直觉明白，他哪里是要手电，实际就是害怕得想让她下去接他，想让她陪着好安心走上四楼。老婆不愿离开热被窝，在被窝里大声羞辱他、痛骂他、讥笑他。和过去一样，他从不分辩，他沉默。骂够了，老婆下去，气急败坏地把他领上楼。

老婆说，到底为什么呢？

他回答不出来。他说，从小我就喜欢亮。

从小你就怕黑！老婆犀利纠正。

老婆说，除了怕黑你还怕什么？

好像没有了。

你怕黑里面的什么呢？

我不知道……不踏实吧，因为看不到，心里就不踏实。

我们都看不到啊，可是我们知道黑暗中，没有可怕的东西。所以，我们都很安心。

谈话一般到这里，他就沉默了。老婆往往会穷追猛打：你肯定是认为黑暗中有东西是不是？小时候，你外婆是不是给你讲了太多鬼故事？还有，老婆会说，当年看你稳重安静，还下水救过人，我们全家都以为你是个大男人。所以你丑也没人计较了。没想到，你是个骗子！找你这样的老公，真是太可笑了！

从小牙尖嘴利的女儿，从会走路起，就看清家里的形势，就会时不时地帮腔她妈妈。老婆后来都是和丫头一起关灯睡。半夜起夜的丫头，居然两三次溜到他房间，恶作剧地悄悄替他关掉台灯。有一阵子，他很不愿意带那个刻薄的小话痨去单位、同学聚会什么的。初三下学期，妻子最终带着丫头去她妈妈家住时，丫头最后的告别竟然是，老爸，要是你晚上害怕得发抖，我们就还回来陪你住哈。俩大人并没有离婚，生活上需要互助的方面很多。按他们现在的关系，互助起来也很自然。老婆过来取衣物什么的，会帮他收拾清洁屋子，甚至还会给他煲个汤。有时也留下来一起吃个饭。上个月还特意过来，拉他一起去听了个留学澳洲的出国讲座咨询。他本来不想去的，一年几十万对他来说负担太重，丫头又明显不是读书的料，没必要凑这个热闹。但是，老婆说，听听又怎么啦？喂！见多识广不好吗？看我们同学同事，看你自己的同学朋友，现在还有多少人家的孩子留在国内！你以为出国还是多么不得了的事吗？

三

私家牙医戚医生应该是没有周末的。可是，即使今天女儿不中考，他去了恐怕也是解决不了牙齿问题。小牙医说的没错，炎症期间，肯定没人给你拔牙。

独自坐在宾馆大堂的咖啡座里，他一直担心着止痛片会不会很快失效。一琢磨这个问题，感觉那牙疼就明显起来。他强迫自己不要再想牙齿的问题。熬过这两天，一定去看戚医生。有多久没有看到戚医生了，很久了。第一颗智齿作乱的时候，是丫头三四岁的时候。他把她儿子杀了。那儿子非常帅，剑眉下一对黑眼珠，每时每刻都在骨碌碌地转，所有的检察官都认为，那家伙第一眼让人眼睛一亮，可是，只要看他第二眼基本人人就来气。有种人就是这样，五官俊秀都遮掩不了一股贼气。贪污了十五万，这个贱骨头，竟然把所有非法所得，用来吃喝嫖赌挥霍一空。当时和他搭档的检察官，其实平时还都有些同情孝子的习性，小子你如果把贪污的钱都孝敬了父母，老子也未必杀你。贼骨头的父亲是个身体不好的大学教授，母亲是个医生。处决的时候，没有通知让那父母看儿子最后一面，最后，他看到父母互相扶持着跪在那里，在等接儿子的骨灰。突然地，他就看不下去，赶紧扭头走开了。那是他第一次见到那对夫妻，他们夫妻跪在地上等接儿子骨灰的样子，仿佛就像一对风烛残年的老人。其实，他们不过五十多岁。那个母亲干瘦而端丽。那个被枪毙的小子，很像他妈妈。

那天回到办公室，搭档在泡功夫茶。他脱制服的时候自言自语般地说，我们真的应该把那小子杀了是吧。

搭档专注泡茶，仿佛没有听到。但是，那天下班，他们一起走下办公大楼的时候，搭档突然说，法律规定如此，十万以上可杀。所有程序合法。法院判决无懈可击。但是，他扭头看搭档，说，如果我们公诉词写好一点，判个缓刑是不是也可能？

你看到他父母去领骨灰了？搭档一针见血。

好一会儿后，搭档说，那小子还有个姐姐。去年秋天，也是这季节，他姐姐在拍婚纱的路上，死于车祸。

两人都不再说话，走完办公楼外大楼梯，各自散去。

大约一年后，他因为牙疼，意外再见了那小子的干瘦端丽的母亲，也就是戚医生。认出她之后，他挂了她的专家号。但她始终好像不认识他。当时，是他牙疼第一次发作。

阻生智齿，要拔了。她说。她说话轻柔绵软，还有气血不足似的缓慢拖拉。他想到她那个帅儿子，认为这个声音应该是属于非常溺爱儿子的母亲特有的。毫无原则，宽柔无边。她说比较长的话的时候，你感觉她仿佛在上楼梯需要歇换气。戚医生说，你看嗳，它横着长，顶到了它前面的邻牙。它在你颌骨内，是歪的，永远不能萌出到正常的咬合位置。这种牙的牙龈常常会发炎、疼痛，甚至全身发烧，颌下淋巴肿大。还会引起邻牙龋坏、松动、牙槽骨吸收等症状。所以——

他替她快速地说，得拔掉。

那次拔牙用了近一个小时，瘦弱的戚医生拔得一头大汗。嗯，你可能要肿胀比较长时间。临走，戚医生慢吞吞地交代了几条注意事项：一小时内，所有的血水、口水都要吞下，不可漱口，以帮助血液凝结，伤口复原；回家以后，前两天需要冰敷，两天后再不舒适，则用热敷；如果有发烧现象，第二天可请病假休息……

那颗智齿拔掉后，他整整疼了两天。本来，上过智齿课，他请求干脆两边智齿都一起拔了，这样可以节省一次拔牙疼痛。因为，左边也都有发作过的。检查之后，戚医生同意他的看法，确认那里是有一颗同样的阻生智齿，是个大隐患。但是，她不给他拔了。理由是：同时麻醉两边（口腔医生称为下牙槽阻滞麻醉)，是非常不好的做法，因为整个下颌麻醉后，你会容易咬颊咬舌，甚至在睡眠中，可能发生舌后坠引起的窒息。

戚医生慢悠悠地说，过一个月后再来吧。

结果，这一个医约，相距至今已经过去了十年。现在，他左边的智齿彻底疯狂了。从周三以来，他几乎被摧毁了。他想起了戚医生。

四

爸，我现在才明白鲁迅为什么说——救救孩子。

他看着丫头。小丫头使用了凝重语气，这是一种要让你注意她将“很有见地”说话的语调。他附和着但含糊地点了头。父女俩面对面，吃着酒店的商务套餐。牙疼着，他基本吃不了任何东西。因为脸肿，张口说话也费力，所以，他基本不说什么。更重要的是，老婆再三叮嘱，考完不许问孩子任何方面的考试情况。务必让她轻松点，因为下午还要考英语。千万别给她压力。

临近考试结束时间，雨变小了。他看着紫红色三角梅怒放的考场白色围墙，许多孩子从那里散出来，有的跳跃着出来奔向父母，有的看起来心事重重。他猜丫头应该是沮丧万分的样子，因为这人的学习成绩一贯不太好，临考前一个月，照样打游戏机，照样和那些成绩中下游的同学K歌、追星。那个他每次听完必定马上就忘掉名字的什么台湾歌星，两千八的贵宾席票，他迫于无奈，找人讨要给了她两张，她和同学欢天喜地地去了。用老婆的话是，大考大放松，轻装好上阵。他心里知道，这不是个读书的货，她能进了二流高中就很好了，可没想到，在那些出考场的学生堆里，她居然是最喜乐的考主之一，一路都见她嬉皮笑脸地和同学、甚至同学的父母打招呼。不知怎的，他一眼洞穿了她的夸张欢庆。他快速买了单，打她电话，她正好打进来。

按计划送她回她外婆家，好午休一下，把下午的英语考完，晚上他请她吃日本料理。外婆那边，也按报纸教的中考菜谱，精心准备了清淡营养的考试午餐。但是，一拉车门，小丫头说，哎呀，这破车怎么又湿又臭嘛！真是。

他边发动，边叮嘱她坐干燥的左边。小丫头突然说，熄火吧老爸，我们就在德唯吃个商务套餐，稍微休息一会儿考完拉倒啦。不等他反应，她又说，其实，无所谓啦。

他不懂她的无所谓指什么。应该是指临时抱佛脚，改变不了什么。

你外婆那边……

我跟她说好啦。反正，我不想在路上折腾来去了。很多同学也在酒店开房休息。我们就随便吃个酒店简餐吧。

她要了份牛排套餐，给他点了份鳗鱼饭。看得出来，她的胃口并不好，她在硬撑着快活与淡定。你看吧老爸，我们这一代算是完啦。你看，哪一个学生脸上没有眼镜？百分之九九点九的眼镜！都是教育制度迫害出来的。我们都是被毒害被扭曲的花朵，是畸形儿。你知道吗？这制度在吃掉我们，吃我们的眼睛，吃我们的骨头，吃我们的头脑。它在吃掉中国的未来！

不知怎么，他笑出声了。这个考场小混蛋，突然发表这个思想，怎么看都有点滑稽。

你笑什么？

突然觉得你长大了，深刻了。

小丫头狐疑地审视父亲，最后也笑了，开始大口嚼牛排。牛排似乎没有咬烂，她硬吞了下去。然后，她说，妈妈说，你一贯学习成绩很好，但你上名牌大学，并不等于你没有受到中国教育的荼毒。我知道你的毛病。嘿嘿。但是，老爸，你还是很了不起的，你是我见过的最优秀的检察官。

他开始警惕她的马屁了。果然，小丫头说，学习方面，老妈说，我没有遗传你。所以，我明显会被这个万恶的教育制度先害死。挣扎不出来嘛。所以啦，老爸，救救孩子！

他有准备小混蛋要图穷匕首见了，但是，直到这里，他还以为，她是打招呼，万一她考不好，他得动用关系，帮她弄进个离家近点的、不太糟糕的高中。所以，他笑了一下。肿着的胖脸，使他的笑格外艰难而虚假，他还感到牙疼开始发起冲锋了。他必须强制自己把鳗鱼饭吃掉，然后，赶紧吃止疼药。

小丫头说，鲁迅真的很伟大，老爸！

他大口吃饭。

下午我就是考满分，也挽救不了倒霉的命运——老爸，我要出国！

他差点就被噎住了。

我要去美国读书！

他看着她。大家都在反抗这个教育制度。王宇浩家庭条件比我们差吧？沈嘉嘉还是单亲家庭，万翱翔他家……

这是你妈的意思？

大家都这么想啊！说实话，就是我考到一中，我还是想走。我才不要被扭曲，早走精神早健康。我需要一个健康人生。就这样！

怎么突然这么说？他问，你不是突然决定的吧？你真要——出国留学？

孩子点头。老爸，你懂的，再穷不能穷教育。我相信我到国外，各方面发展都会比在国内好。

是，你也许可以进入美国总统竞选班底。他并没有开口，他觉得牙痛排山倒海地袭来，他简直想号叫几声。脑海里又闪过一句什么很恰当的话，但稍纵即逝。牙疼的确使他迟钝。他看了那个气宇轩昂的小脸半天，终是无语，最后竟是急急忙忙地掏出止疼药片结束。就着颇烫的水，他飞快地吞了下去。

等我在外面过好了，我会把你们都接出去，去养老，这样你也脱离苦海了。你给我一个健康青春，我还你一个安逸老年。合算！“墨鱼粗面”有一次还说，他舅舅说的——在美国拔牙一点都不痛……

他走神了，他看到大堂旋转门那儿，一个熟人正向他走来。就是早上打了几个电话、约见面的人。

五

你还真在这儿呀老大。

他有点愕然。那人在小丫头一侧的火车座上坐下，同时微笑着歪着头看小丫头。眼光里很是欣喜。叔叔好！小丫头很灵活，随即把自己的盘子移开，方便叔叔放手机车钥匙。叔叔说，要升初中了吧？在哪个小学？

嘻，人家今天中考！小丫头说，我长不高，就是因为像他！

丫头指向父亲，手臂伸直得像一根长矛。叔叔大笑，随即关切地转脸端详他：天，脸都肿了？我同学的弟弟，是个好牙医……

他摇头，看着女儿，他说，你要午休一下吗？那样下午考试会精神一点。

那人说，等等！稍等！他站起来招手。一个酒店大堂经理模样的黑西装快步过来。

给我一间午休房。他说。

对不起，标房早都订光了。大堂经理彬彬有礼地说。

那就套房。你给你们老板魏姐去个电话，说四海的四哥已经在这里。要不，我自己打，你马上去给我张罗好。要安静点的，上一份果盘——怎么？是魏姐叫我来的！还不快去！

大堂经理到底被来人的气势震慑，哈腰转身而去。

那个叫四哥的人边打电话边移步走开。丫头和父亲对看着。父亲说，真不回外婆家？

这点时间还不够路上来回呢！

那……在这休息一会儿？手机要记得调闹钟。

你不跟我去？

你先睡。叔叔找我肯定有事。

那我说的话，你可要记得！

他看着她，他知道她是说出国读高中的事。他没有回答。

丫头站起来的时候，突然拍了他的肩膀一下，撒娇耍横的样子，倒也可爱天真。他笑了，说，先安心考试。这事我们慢慢商量。

四哥笑眯眯地回到座位，摇头叹息说，害我一通好找。没想到你竟然在这里当好爸爸。魏姐说看到你了，我还不相信。她要送朋友去机场，觉得你和她不熟，又怕你有公干在身，所以没敢过来打搅……

他根本不记得有叫什么魏姐的人。即使牙不痛，他也不想问谁是魏姐。

那可是个嚣张茂盛的女人。叫四海的人，脸上出现一种类似向往的又迷惑性的笑容，他说，她是因为她闺蜜的事，一直敬你十分的。可惜，我们多次邀你，你都不赏脸。

他还是默然。这当然是一个收获颂扬的话题，但他还是不想跳进这个温泉。他说，有事？

没事就不能找老大了？呵呵。叫四哥的人说，也算有事吧，老哥，我后天去新疆阿勒泰，几个朋友在那里搞金矿。这一去恐怕要很久，所以想和你告个别，以前都是老大关照我——

不过是公事公办。他不领这个情。

叫四哥的人笑着：我心里有数，老哥。没有你，我早玩完了。你是我们褚氏家族的大恩人。

他注意到，他把老大换老哥了，他提到了褚氏家族。他愣了一下，四哥捕捉到了，呵呵一笑：贱内姓褚。岳父大人、两个舅爷，谁不夸你做人过关。哥，你在江湖上，就是人人心底敬重的大侠啊！

他觉得这家伙在夸大其词。他和他姻亲们八竿子也打不到，算是哪儿跟哪儿！但他懒得追问，没那个心思，牙疼张嘴也困难。那个叫四哥的家伙，毫不受他暗淡麻木的表情影响，依然春风满怀的样子。他把两块长圆形的车钥匙掏出来，推到他面前。他一眼就看到钥匙上的四个环。哥，我这一去，一年半载回不来，就是偶尔回来，公司里车也有的用。这车才跑一万多公里，车行朋友说，车不开，容易坏。你呢，就不要开你那个破车了。帮我照顾它吧！加油卡在驾座遮阳板上，大概剩两万不到了吧，用没了我大舅子司机会帮你充……

他把那两块厚重的车钥匙推了回去。

哥！他有点急，只是让你帮我照顾它！就像照顾一匹马一样。以后我回来，你再还给我就是！不是送你！

他摇头。

唉，你那车太破了！出去也危险。别说嫂子不放心，连我一个粗人看着都担心。这车呢，我只是借你开而已，又不是送你！再说，这车没人开，确实坏得快。你就不能帮帮兄弟这个忙？

让别人帮吧。

我不信任。

他放大瞳孔细看四哥这个人。看的时候，已经歪嘴笑了起来。因为四哥现在的表情，几乎就是撒娇的女优。不过，他还是拒绝。他说，我心领了。你这车太醒目，对我来说，不方便。

有什么不方便，借朋友的车不是很正常吗？

我不是你的朋友。牙疼的人没有把这话说出口。他低头开始摸烟。叫四哥的人，专注地盯着他点着、深吸，然后吁出一口长气，又把吁的烟，再度用鼻孔回收。看得出，这个牙疼的人，显然不想再谈这个话题了。四哥试探着，又把两块钥匙坚决塞在他手里，而且把他的手用力握紧，以示彻底的转移。

牙疼的人松开掌心，看着自己手心里的两块铁块般的钥匙，他就像试试手掌关节是否灵活似的，握了握，然后四指一松，两块钥匙直坠在了地上。咖啡座铺着地毯，钥匙掉下去几乎没有声音，但它就在他的鞋子旁边。这种蔑视性的拒绝，让叫四哥的人，脸上有点挂不住了。牙疼的人大概看出来了，解释性地轻声说：办案车，不需引人注目。四哥弯腰把钥匙捡起来，脸色还是有点缓不过来的样子，但他说话的语气已经恢复了悠闲自在。这样吧，他说，我等会儿反正要到车行朋友那儿告别，我干脆把你这破捷达开过去，让他们检查收拾一下，这样嫂子也会放心点。我的车呢就先放这儿，钥匙也放你这儿。等我回头，看你在哪儿，我就把车开来和你换。这样，总行了吧？

他真的觉得这个人烦。一个人硬撑着潇洒圆熟的气场，来完成这么一个巴结，那个骄傲的心里该有多大的委屈？我真是你兄弟吗？屁。一想到这些，他就感到牙疼与烦躁。他想站起来去休息一下，但身还没动，就立刻想到丫头在午休，一进去肯定要吵醒她。他只好拿起冷冰冰的咖啡，喝了一口。

哥，说句心里话吧哥，四哥说，阿勒泰这一去我不知是凶是吉。他们几个找了个台湾和尚看了一下，说是此去事业兴旺。但是，散席时，那老和尚突然把我叫住，他细看了一会儿我的脸，摸了个菩提手链给我，叮嘱我西去要注意交通安全——喏，就这个，我都戴着——我的意思是，老大，没有好好感谢你，会是我一生最大的遗憾了。

被迫被这个真情告白语势推搡进抒情地带，他有点尴尬不自在：唔，这不像是挖金矿的人说的话。放心吧。我保证你死不了。

他说了一句牙痛以来，最长的一句口水话。叫四哥的人敏锐地从这张半肿半冷、久经沙场的丑脸上，看到细微的情感波澜。他见好就收地站了起来，直接推过去一把车钥匙，随即伸手向着牙疼的人，掌心向上。牙疼的人顺从地掏出自己的钥匙串，再摘下捷达的车钥匙，放在那只执拗的掌心上。

六

在日本料理的小包厢里，一个女人突然在记忆里闪过。穿着日本和服、轻轻把推拉门拉上的服务小妹。一下子就触发了那个记忆开关，连同魏姐。多年前，也是一样的雨天，一个同僚把魏姐引进他办公室，魏姐身后还跟着一个女人。前面的女人是咯咯笑着进来的。哎呀陈处，我们终于见到传说中的陈处真身了。说话的女人高大丰腴，一张丰润的大鹅蛋脸，爽利肥美；身后的女人，握着一把湿哒哒的丝绸小伞，迟疑地不知把伞放哪里好。他看到两只黑棕色的大眼睛，不安而谨慎，一个下垂散乱的走形马尾，让她像是穿过狂风而来。一时间让他分辨不出她年龄的大致，但这是一个从面容到体态，都令人怜爱的美丽女人。

那个高大丰满的女人，不仅有自来熟的轻快，而且魅力张扬，也是，她没有这种天然气场，同僚不敢把她们带进他的办公室，虽然只是十分钟不到。那个像穿过狂风而来的女子，声音奇怪地沙哑，好像有很多黄沙吹进了她的喉咙。他一时有些遗憾性的不适，但更加不适的是，她竟然是江董的小女儿。父亲出事后，她几度从外地赶回来。

江董是个又臭又硬的茅坑石头。规起来后，有两个多月，谁都不敢审他，因为一见面他就破口大骂，还有一次自杀未遂记录。他坚持说自己是冤枉的。后来，案子才转到他这儿。第一次见到江董时，江人瘦毛长，头发胡子披拂，活像个野人。

他说的第一句话是：你去理发吧。

他又说，给自己一点尊严总是对的。

江沉默地盯着他，看他葫芦里卖什么药的架势。

开始不谈案子，他给江烟抽。问明他所爱的牌子，隔天他带一整条那牌子的烟进去，你一支我一支，漫谈瞎聊。有时候，屋子里烟雾浓密熏得蚊子往下掉。他在他的卷宗上，记下了他的生日。那一天，中午时分，依照约定，来人送进了一份丰盛的生日长寿面。太平蛋、猪软排、香菇芥蓝手工面。

江很意外。

他说，生日快乐。

他站了起来，趁热吃吧。他说，本来这是个你接受你妻子孩子祝福的日子。现在，在这个特殊的时刻，我来代表他们，祝你生日快乐。

那个又臭又硬的茅坑石头，眼睛里忽然满是没出息的泪花。

之后，两人还是那样，兄弟般，一人一支烟地瞎聊。

有一天，他悠悠吁了一口长气：五年总经理、五年半董事长，十年啊兄弟，你不过如此。

江董愣怔着。他看着这个神态疲惫的提审者。提审者在烟雾中眯缝着倦乏的眼睛，迷离地看着窗外：

……我就不明白，这么大的一超五星酒店，一年的费用是多少？装修维护，日用物品，生活采购，要换是我，怎么也搞它一千万……十年啊，你也就这一点能耐……

你……你也会呀？被审人几乎屏住呼吸。

我也是人啊，人心有的，我都有。

被审问者一拳头砸向自己的巴掌：是啊！你说我那点算什么！

突破口就这样一点点撕开的。最后这笔账，被告人的律师是这样算的，一碗长寿面，换来了无期徒刑。小江出现的时候，她父亲已经打开了闸口。也许，正是这样，他们一家更加焦急地要拯救他。

搞到他的电话并不难。她独特的嗓子也容易识别。在那个被引见的雨天之后，她打了他两个电话，说想和他私下聊聊。他拒绝了，说忙。第三个电话，那个沙哑的嗓音说，我的假期到期了，明天的飞机。我找到了一样东西，有关我父亲的。你愿意看看吗？

他沉吟着。她说，求你！也许对他有用。

他说好。说好的时候，他很感谢这个女人使用这么好的理由。如果不是这样，他都没有办法说服自己，接受邀请。他一直就很清楚，从第一眼他就很清楚，这个女人，对他是有吸引力的。他感谢她使用了这个理由。见面就一目了然了，和他判断的一样。那个家里，除了化了淡妆的小江，没有任何人。

她把他领进书房。随即她说，哦，应该落在我房间了，请稍候。她快步走出书房，随后，他听到她的呼唤，请过来，在这里。

节奏非常快，这是他没有想到的。一到她的卧室门口，他反而愣了一下。这么点时间，她已经赤裸了，只有脖子上一条细长近膝的、浅金色底的黑圆点丝围巾。在那条细长丝围巾的映衬下，她的乳房和臀部显得丰满细致，肤色白得几乎耀眼，没想到看上去这么瘦的女子，竟然有这么丰满的乳房。她一只胳膊斜抱着自己肩，低垂着脸。他把门关好，她依然没有抬起脸。他走到了她跟前，事实上，走路已经有点艰难，她也听到了他吞咽的声音。她还是没有抬头，只是把脸偏到肩头的那一边，几乎是要把脸藏起来。他伸手抚摸了那张脸，其实还不能算是抚摸，只是刚刚碰到，他看到那个光洁如瓷的肩头抖了一下，那张脸转向了他，只是一下，又低埋下去了。但是，就是这一下，他意外地看到了一种微光，是泪水的细微波光。事后很久，他都难以忘怀。有时也疑惑，是不是看错了。但当时，他觉得是泪光。他在那个赤裸的女人面前站了一会儿，转身离去。他听到那个沙哑的嗓子在后面叫他，他还是没有停留地出了她家的大门。案子处理得很公正。事后，他曾经暗自调侃自己：如果帅一点，人家是不是就不那么委屈？那个事的后遗症是，他只要一听到类似沙哑的女性嗓音，就感到性感迫人。有的女人的嗓子听起来，是拂晓；有的女人是露珠清晨；有的女人的嗓音，会让他想起中午的阳光；有的女人的嗓子是夜晚；而她，而她喑哑的嗓子，让他总是联想到黄昏，那是所有的事物正在失去边界的短暂时刻。

他依然保持着不夜生活的习惯。除了公干、几个好友同事，他依然不出现在其他灯红酒绿的花样场合。所以，魏姐这样的江湖人士，自然也就随着岁月流逝，不知不觉地淡出了他的记忆。

七

车子交换地在日本料理店门口。料理店门楣上，一排白红相间的长圆形灯笼在夜风里微微摇晃。

他慢吞吞地下楼。穿过门楣下的日本灯笼，就看到那个叫四哥的家伙，站在自己的破捷达车前。他过去把奥迪车钥匙块还给他，抬手指了指奥迪车所停的方位。四哥并不接过钥匙块，只说，刹车片都磨得差不多了，换了；机油、雨刮器也换了；油泵喷嘴我让他们也换了，那里老化了非常危险。老哥，好人一生平安！我走了。

他点头。其实他的雨刮器刚换，但他懒得再说。他把奥迪车钥匙再次递给车主。

车主摇头。你留着，我还有一把。车子放我大舅子家车库，你可以随时去借用。噢，顺便给你放了一箱西藏矿泉水，他一指破捷达，也许嫂子她们爱喝。别送人了。

他看着那个叫四哥的人，对他拱手离去。

直到第二天，去戚医生诊所前，他突然发现了那箱矿泉水的不同寻常。

那是一箱用黄色胶带纸封口的矿泉水箱。昨天晚上他没有在意，不就是一箱西藏矿泉水吗，再怎么的，也死不了人的。昨晚小丫头离开日本料理店，上来时，边打饱嗝边抱怨了一句：哼我还是喜欢坐刚刚那辆奥迪！小丫头的小眼睛在车里鄙视性地睃了一眼，看到了后排座上的小纸箱，发表意见：这水怎不放后厢呢？

他说，要拿瓶喝吗？

才不要！

他当时想，送女儿到外婆家，顺便把一箱水也卸她家好了。但是，女儿下车时他忘了这箱水，小丫头也忘了。告别时，这个恶作剧的孩子，对他甜蜜蜜地干笑了一声，说，老爸，你知道你为什么牙疼？是因为你上火了。你知道你为什么上火？是因为不睡觉。知道你为什么不睡觉吗？嘿嘿，是因为我和妈妈不在家，你一个人怕黑，你怕得不敢睡觉！

他抬手佯装揍她，但他心里还真想给这小混蛋一下。

一直没有人关注矿泉水。

现在，已经是次日上午了。跟单位请了半天假，他驱车要去找戚医生了。

发动了汽车，他是突然在眼角余光里扫到了车后排那箱矿泉水。他不由得扭转脖子定睛看，他有点发怔，后来他干脆熄火。是哪里不对劲？是胶带。一般矿泉水的胶带都是透明的，它却是黄色的、非常醒目的胶带，看上去胶得格外坚固，但也能看出它和矿泉水不是原配。他出了驾驶座，拉开后车门。端详了好一会儿，又坐进去试探性地捏卡按压了一圈，心里还是没底。里面肯定是有水，一瓶瓶的水，但肯定不全是水。

他掏出钥匙串，选一把尖薄的，使劲划开了黄色胶带。打开了。箱子四周是矿泉水，镶边似的，里面是一方报纸包。他手一触摸上去，第一反应就是钱。几乎同时，他起身把车门拉上、落锁。刚才后车门是大开的。他把报纸打开，只是打开一个角，果然，钱！全部是钱。紧实如砖。他一眼就大致估出，三四十万的百元大钞。他抱了一下，沉。他的呼吸就急促起来，他是突然意识到自己在异常呼吸，汗也出来了。他从车里往外张望了四周一圈，深呼吸了几次，随后给自己点了一支烟。那一时刻，他失去了牙疼的感觉，他甚至忘记了进入汽车的目的是去看牙医。他只觉得自己失重般地轻浮而起，人却又有种迟钝的麻木感，也许是他的脑子有点休克了。他木然地看着车正前方的花圃旁边，一个花工在给灌木丛喷水，周一上午的寂静的阳光，在他的喷嘴前，出现一个小小的淡淡的彩虹。

这是没有来由的巨款。当然不是什么感谢心意，如果是，这种表达应该在判决生效的那个月出现，最不济也是缓刑期过后。为什么拖了这么多年，现在又如此强烈？还要给奥迪车，这箱矿泉水应该本来就在奥迪车上，是他的坚决拒绝，才让那人想出帮他修整车辆一节来，然后，才好把水搬到破车里来，是不是，他是有备而来的。

如果昨晚这箱水被人偷了，那就彻底冤死了。我操。这老式的房改房小区，从来就不是规范的小区，也没有像样的物业。小区是开放的，一层住户就是临近市区广严路，中医按摩、绿色有机食品、蜂皇浆批发、媚儿换肤美容、咸肉粽、电话卡充值、美甲站，林林总总，好多不死不活的小店，基本租光了一楼住户的房子，也彻底混淆了小区与大街的界限。这个先天不足的小区，物业懒惰而泄气，管理的姿态就是和拖欠物业费的住户连年征战。住户们的车随地停放，被人刮漆是小事，摘了车标、拧走了后视镜、掰了雨刮器、放瘪了轮胎气，甚至砸窗偷车内物品，这都很平常地发生着。他们家是因为丫头上实小、上一中，一直坚持住在这嘈杂的所谓学区房里。去年他们也在新区买了新房，但连装修都没有启动，钱也被挪用给老婆买了辆标致307。昨晚，这身藏数十万的破车，就这样随随便便泊在邻楼的小高楼侧面，一个通往自由市场巷子口的地方。平时，他早下班会停到更好的车位上，回家也近一点，也靠近小区保安岗亭一些，因为他的车右后门，常常关不死。常常是锁好了，他还要特意过去再检查一下，不然，外人可能一拉就开了，他丢过一提顶级金骏眉。但是，昨晚回来晚了，好位置都被别人占掉了。他就那样随便把车停靠在隔壁楼侧，趁着一楼店面还有灯影，他快步上楼，回了自己独居的家。他甚至匆忙得忘了去拉扯一下老是关不死的后车门。所以，那箱身怀巨款的、黄胶带粘封的矿泉水，就那样在外人随手可取的后排座位上，呆了一整夜。

这他妈真是太危险了。谁能不后怕？它完全可能被窃！如果真的被盗，后排座上空空如也，他本人完全可能忘了曾有这箱水存在过，太惊险了——这老狐狸做事也太不靠谱了！或者他妈的，他根本以为我就是那种，天生对这类事心领神会的人？它还可能被整箱卸掉，赠予他人。

它也可能被后排的随机乘员悄悄拿走。

总之，它可能在他毫不知情的多种情况下彻底消失。

凭什么？凭什么送礼送得这么放肆随心，难道老子长得一副贪官聪明相？

牙疼的人，越想越有受辱感，但随之走进了新的认识境界：送礼既然能这样送，受礼人岂非接不接到都是一回事？——收了是收到，丢了也是收到，送人也是收到，反过来，是不是也等于，收了也等于没收，接了也等于没接？——谁能证明我拿到了它？

牙疼的人在车里触电似的缩了一下，身子都蹿起来了，不是牙疼，而是夹烟的手指，手指被烧到了。他的跳缩，让烟头和一截长长的烟灰一起掉在后排座上，他看到那起码有四五厘米长的烟灰，明了自己已经呆坐了多么长的时间，香烟自燃了四五厘米。

脑海里思绪纷纭，乱云交织。他的表情像个呆子，牙疼感休克。

这钱能接吗？可以接得神不知鬼不觉？

也许那只狐狸，就是故意选择这种漏洞百出方式，给他一个好的心理台阶。因为有孔隙，有别的可能性，所以就有抗辩的机会，所以，收件人就有了收下的胆量和理由，敢收，甚至理直气壮。

可是，总会有人细究下去的。是不是？总会有人喜欢洞悉全部的破绽。

失窃说，真的无懈可击吗？不。因为车破，被小偷盯上的可能性很小；即使小偷不嫌弃你的车“偷相不好”，肯定不会砸窗进来，吭哧吭哧地搬走一箱矿泉水吧。

说不知情的情况下送人了吗？——送给谁？拿到水的人，可能一声不吭吗？嗯，受赠人有可能一声不吭地黑走。但是，你送给谁，总不可能不知道。

最后，坐在车后排的人，也是有可能渴了，自己打开箱子，取水喝，但是，一旦开箱，他发现报纸包，通常会猝不及防地问前排的车主：这里面有东西啊！是不是？如果不是这样，就算他胆识过人，认定是黑货，他可能真的把一大包钱塞在哪里顺走，但是，箱子的空缺，拿什么补上？他怎么做才能不被车主发现，不被追偿？

还有一个更加硬碰硬的常情是，没有人会一直把一整箱矿泉水放在车后排座位上，一般人都会把它搬出来，转移到住所、车后备厢什么的，一般还会留几瓶备置于车内使用。是不是这样？换句话说，车主不可能不管理这箱水，任其放置在后排车座上，任其失踪而一无所知。

很多问题需要推敲。

八

戚医生的衰老，让他暗暗吃惊。她不只是苍老，而是，怎么说呢，原来那种干瘦端丽的面容，多少还残余着眉目清晰，可是，现在看上去，不知为何却混沌着一种焦躁与狰狞。今天他走进诊所，第一眼看到她，竟陡生出一些畏缩感。

诊所外间有六七个人，不能断定他们是不是全是病人。其中有一个妇女，在和接待台的女子说话。那妇女手上无所事事地翻着一本书，一边和接待台那名忙里偷闲的多话女子东一搭西一搭地聊着。听起来，女子好像和戚医生是远房亲戚还是什么的。两个女人聊到了戚医生丈夫去世七八年了，聊到了物价，聊到了观音生日。

这期间，戚医生从里间出来了几次，她一出来，外间的人就会安静下来，不管是患者还是陪伴人。大家都一致看着她。他看到，老医生耸立的眼袋上面，一对下垂的眼睛发出雪亮如刺的光，有点贼有点狠，似曾相识，他马上想起十年前那个绑赴刑场的帅气小伙子。老人的头发全白了，比她的白大褂还白，蓝色的口罩耷拉在耳边。他还看到她把一个肉红色的石膏下牙膜，重重掼在一个靠墙的柜子上，好像是制模工序张冠李戴出差错了。她的脸一直就没有高兴过。也许她真的太有名了，顾客永远盈门，以致她被纵容到可以随意把自己的恶劣心情写在脸上，无须考虑任何人的观感。十年不见，戚医生已经和他当年印象里的人，判若两人。他有点后悔专门来找她，因为她让他有点坐立不安。没错，牙疼是他自己的责任，可是牙疼以外的不舒服，只能是戚医生的问题。这是为什么，不安的感觉从心底水蒸气一样不断腾起、弥漫。十年前为什么没有这个感觉呢，是戚医生改变了，还是他改变了，还是他们双方都改变了？是的，昨天之前，他还把她当救星盼望着，今天一早出门前也都是，可是，现在，他很不舒服，沉郁瘀滞。他甚至站起了身，几乎想过门而出了。他没有想到这是逃避，反正就是想走了。要不然不拔，要不然回口腔大医院，随便找个牙医，或者那个混蛋的小牙医？不就是拔颗早就该拔掉的牙吗？哪里拔不是拔呢，走吧。反正不想呆在这儿了。他下意识地想回避那张复杂焦躁的老脸，那个脸就是一个阴郁坐标，阐述着有些人能心领神会的过去与未来。

这时，一个戴着医生帽、助手模样的小个子女孩出来对他招手，示意他跟她进了里间。

打麻药前，那个小个子助理问了他好几个问题。他颠三倒四地漫应着。他说外国牙医用心理暗示拔牙，通过引导患者转移注意力，真的可以无麻醉拔牙，注意力被成功彻底转移，就可以不要去疼片。他说自己认为是智齿一定会出状况，但是，曾有个医生坚持是他的七号牙，而不是八号牙出了问题，也就是说，不是最后那个还没有完全露头的智齿有问题。他颠三倒四而且心不在焉地说着，同时为自己脑子反常的混乱暗自羞惭。他其实密切关注着戚医生，但思绪却一直萦绕在西藏矿泉水上，他觉得自己就像天葬台上盘旋的兀鹰。当时他把水搬上了楼，路边的浇花工手里的喷水，已经看不见彩虹。他想到过车祸、飞机失事。大步回到家，他把那报纸包放进了保险柜。小区治安不好，安在衣柜里的保险柜，其实很小。为了塞进这一包钱，他不得不把老婆多年来，在天南地北各旅游景区买的首饰模样的旅游制品，统统清了出来。暂时吧，他想，暂时放放，再做处理。总之，不能在他手上丢了。

你也可以做到。戚医生突然开口。他一惊。助理和他蓦然对视了两秒，都一脸面面相觑的意思，但助理很快欢笑了，这个笑，把戚医生突兀的话，解释为幽默，然而，戚医生眼光贼亮地又来了一句：

你也可以。注意力转移。

在他听来，戚医生这几个字，字字刻毒。

助理咯咯笑，对啊，她发挥说，专注想一件事，把交感神经阻断。当时，他在车后排那里足足抽了三支烟，但到底没有拨打送钱人的电话，有一次他找到通讯记录，也已经调出了那家伙的电话号，只要一摁通话键就出去了。但是，他终于还是合上了手机，放弃了。手机被扔到副驾座位置上。他需要给自己思考时间。他也觉得自己当然有时间，他有很充分的时间。既然他用这种方式给钱，那么，受钱人就可能一直都没有发现纸箱内的秘密，受钱人当然也不屑去发现，矿泉水不过是稀松平常物，是不是？也许就是等到哪一天他发现它里面是钱的时候，根本想不起来是谁送的水，不，当然，送钱人一定会想方设法提醒受钱人，再远程的行贿（唔，用这个词不好），也不会是断线风筝。除非，除非送钱人已经发生了车祸。他到底是昨天飞新疆，还是今天飞？昨天有没有航班失事的报道？今天能不能等到飞机失事的消息？唔，这个念头不太好，很不好，过了。可是，它又怎么那么真实清晰得难以摆脱呢？如果他暴毙了，一切就简单了。这一箱的钱，自然不便交组织，交了你反而还说不清了，说不定还瓜田李下，你被怀疑不过是交出了冰山的一角，更多的呢……如果有杀人灭口的飞机，是不是一切就轻快起来，是不是？

人心啊，多么容易受煎熬的易燃易碎品。

这颗多活了十年的智齿，足足拔了一个半小时。戚医生一言不发、额头上老汗汩汩，那个助手不时地为她擦汗，同时不断告诉她进展情况，也好像是把自己的学习判断报告给老师：邻牙阻挡……骨组织半包埋……切开牙龈……骨去除……牙冠劈开……

尽管是麻药，口腔木木的，并不疼痛，但是，不知为什么，他就是感到今天的戚医生，下手比十年前狠，狠多了。从她的口罩上两只眼睛的凶光，从她手起刀落的悍然，还有大刀阔斧的腰肢扭动，他感觉她不是在对付牙齿，而是在对付一种她仇恨刻骨的、蔑视刻骨的东西。他感到了她锋利的恶毒。这颗苟活十年的智齿，遭遇了最凶狠的对手。不是吗？但这也无可非议，牙医是不会对无辜的好牙齿下手的。这是它活该。

躺在戚医生和小个子助手的怀揽中间，他的嘴巴张大到极限，右边的嘴角肯定被扯到了耳根，他知道自己丑恶至极。他一直闭着眼睛。

九

手术完，牙倒一直不疼。助手预报说智齿拔了至少要疼一两天的，还特别叮嘱了，疼得厉害要在24小时内用冰块冷敷，24小时后用热毛巾热敷，切忌搞混。他驱车到办公室转了一圈，跟领导打了请假招呼，随后在办公室，电访了政法系统几个关键点的同僚、同学，并没有捕捉到四海集团、褚氏家族的什么风吹草动。当然这可能是暂时的。不过，也难说，人不可貌相啊，狐狸也有真善美。也许他还真是实心实意的纯粹感激，除此，还有什么可以分析推断？难不成还是那种大限将至，人在下意识地想要了结美好心愿？

一小时后，拔了智齿的检察官，心境驳杂地回了家。

一进门，他直接走到里间衣柜，打开了保险柜。这一次，他有足够的时间，清点了一下，四十万。四十万多吗？多，天上掉下来的，太多了。

他一个月不过六七千，够他不吃不喝挣五六年了；但是，也可以看出它不多，真不多。一个受人尊敬的、生老病死公家全管的职业，不是这区区四十万就能报销掉的；和一个能庇护他人并得到他人庇护且运作良好的关系网络相比，这四十万是绝对不足挂齿的；还有二十七八年才到退休，至少还有两百万的薪金在那儿等着，所以，这四十万的确不算什么；四十万还可以转化为其他数字，比如，大约等于海外求学的两年学费。多吗？怎么算都不多。

把保险柜关上，他打开了电视新闻频道，然后才去洗手。阳台洗手池的流水声，挡不住新闻播音员的声音。他知道自己为什么想听新闻，想听的动机可笑幼稚，但是，当他听到真有飞机坠毁时还是悚然一惊，当然，这并不是他期望的消息：

一名委内瑞拉航空官员称，当地时间凌晨 3：00 到 3：45（北京时间下午 16 点到 16 点 45 分左右），一架载有 152 名乘客的客机在委内瑞拉边远的西部地区坠毁。

午睡起来，他给妻子打了个电话。电话一通，他一时不知怎么说才好。妻子先开了腔，说，拔掉没有？

他说，嗯，拔了。顺利。

妻子说，本来嘛。

妻子说，什么事？

也……没什么事……要不晚上一起吃饭？

没空。有个实操训练课。北京来的老师。

那下课来吧。

今天我没准备过去啊！

呃，那……也行。

妻子突然语调一变：你一个大男人，开灯睡实在是恶习。我怎么才能让你明白，这世界除了人，根本没有任何可怕的东西！

他心中刚刚有了一些建设新生活的念头，霎时灰飞烟灭。

不做亏心事不怕鬼敲门。你有亏心事吗？

几十年我都这样，那你觉得我天天亏心吗？

你是怕黑才结婚的吧。妻子来了一句非常生硬的幽默。

他把电话挂了。

没多久，妻子电话又打进来了。

小丫是铁了心了，要去美国读高中。我看我们要有心理和经济准备。

你觉得我们有条件吗？他哼了一句。

妻子听出他的阴阳怪气，立刻甩过来一句，养不教父之过！谁让你是她爹！我们公司随时散伙你又不是不知道，如果我翅膀硬了，何苦要依靠一个怕黑的男人。

他再次把电话扣了。

很明显，如果不是他有一份像样的职业，他连一份形式上的婚姻都可能保不住。

十

自从妻子和女儿搬到岳母家住后，他晚上一般都会把客厅灯和卫生间以及他自己睡房的灯，都开着。这是他的活动路径。不关灯。书房、次卧的门，他一律关闭。他不喜欢黑洞洞的样子。有个寺庙的朋友熟悉后，送了他一本《金刚经》，让他放在床头柜。送书那天，素食馆的老板娘，讲了一个小故事。她说她大学毕业后没参加工作前的一段，特别闲，也特别无知，胆大妄为。那天她和几个朋友在江边公园玩牌。玩牌前大家聊过灵异话题，说身边有各种看不见的生命的存在。所以，玩牌席间她玩笑地说，打完牌，她会让这位、这位“好兄弟”陪她回家。她指这位、这位的时候，是在空中瞎指，意为看不见的“那些东西”。没想到，当晚梦魇，半醒半梦间，她感到有两人一头一脚，使劲要把她抬离床铺。她拼命反抗，却四肢无力，挣扎许久，她终于哭号出声。后来隔壁的母亲赶了过来，问明缘由，要她反复念观世音名号。母亲说，搬不走她，是因为她幸好颈子上戴着佛像。听到小故事的那个晚上，他力邀妻子同眠，表现也格外出色。他希望的那样的境界也确实出现了，他把自己累得睡着了，妻子则兴奋地为他守夜。这当然不是长久之计。他后悔听这么个故事，在太阳底下，他自己都觉得自己对黑暗的脆弱近乎荒谬。可是，他终于解决不了这个问题。

一个人睡觉，不仅是开着灯，他还习惯背靠墙、脸朝门睡。如果相反，他会觉得自己的背，空荡荡地面临不测的黑暗深渊。他也一直劝说自己，不要再把胳膊和腿，都包在毯子里，但往往睡了一阵子，他就感到不踏实，放弃挑战，他必须把它们都收藏进被毯。从小到大，他都不喜欢座钟的嘀嗒声。

牙齿没有疼，虽然半边脸还是肿着，还有嘴角，也被老牙医撕裂了，喝水的时候，都张不开。看样子，至少撕开了几毫米。但也好像不太疼。西藏矿泉水徘徊在意识中心，以致他上床后，觉得自己好像竟忘了关闭次卧的门。关了，还是没关？这种心不在焉的情况过去是很少发生的。但是，他不愿再爬起来了。他希望自己晚上不需起夜。他也提醒自己，万一起夜，他目不斜视。绝不去检查那门有没有关。

尽管牙不痛，但他一直无法入睡。他最后一次看手机，时间是三点十五分。这之后多久睡着他不清楚，但是，他很快地见到了那个叫四哥的人。

没想到四哥浑身是血，仿佛是红油漆在头顶打翻灌注而下。他和他说话的时候，牙缝里都是血，说一句，血就涌动一下。他倒没有恐惧，只是诧异。四哥解释说，我不在去阿勒泰的航班上，我其实是去委内瑞拉。四哥说，你快帮我找找护照，护照被摔没了，是不是被飞机烧掉了？反正，你得帮我搞一本来。养兵千日用兵在一时……

他困惑地说，你这个样子，还需要护照吗？

四哥火了，眼睛一瞪，两只眼睛像血泉，两股发黑的血液直接喷到他的身上了，他在闪避中惊醒了。阳光刺眼，女儿在床边，拿着绿色的湿发喷嘴，笑嘻嘻地喷着他的脸。

妈妈在厨房！我们可怜你这个胆小鬼，今天回来住啦！

满房间都是灯！你这个胆小鬼！丫头继续向他喷水：快起来！晚上我们一起去曼谷酒店，有一个非常非常好的出国留学讲座！我们老师给的名额！

他从床上坐了起来，目光发直。梦境还有一种往下的力量，在努力拉扯他回去。

他呆若木鸡。

这世界，为什么不能是永昼呢？

灰　鲸

晚上吃什么?

简单点吧 ——哦，曼虹带孩子来参加钢琴比赛。晚上陈远他们要请饭，可能我推不掉。

哪个人?……谁啊?

电话里传来丈夫轻微叹息的声音：我们的班花杨曼虹啊。

妻子点头。电话里看不见她的点头，只传递出意义不明的无语。丈夫说，陈远也有叫你……

妻子说，今晚我要去健身。我的年卡快过期了。

丈夫的叹息，变化成一个波澜不兴的深呼吸，浅浅慢慢地吁了出来，他说，好累啊。

妻子有感触地微微点头。电话空白了一会儿，彼此都接收到一种体贴与默契。他们就不再说什么，一起挂了电话。

这是一对平常夫妇。平常的工作、平常的样貌、平常的生活态度、平常的生活品位，经济状态也很平常，儿子上的也是平常的大学。

灰鲸却是不平常的。尤其是西太平洋雌性灰鲸，因为全世界只有三十多头。不比东太平洋灰鲸，西太平洋灰鲸雄雌合计，也不过一百三十多头。作为鲸类研究者，那位妻子的先生，他一直以为这辈子不可能见到灰鲸了。十个月前，那只大灰鲸尸体横“海”而出时，他的同事小吴触摸着灰鲸布满藤壶的身壁，泪水满眶。他倒没有这么显露的情感，但是，他心里有惆怅：从业二十年，终于见到真身了。从今往后，这辈子，是不可能再看见灰鲸了。他的手掌也在大灰鲸粗粝的皮肤上，情感复杂地抚摸着。二十七吨重灰鲸的体表上，长着当地渔民叫火山口的、学名叫藤壶的小贝类。灰鲸庞大的身躯上，尤其是头胸部，藤壶星罗棋布，这成为灰鲸著名的身体花纹。所有海洋动物、鱼类，恐怕只有灰鲸，能够容忍小贝壳们在自己皮肤上安营扎寨。而灰鲸的天敌，虎鲸，就没有人敢上去太岁头上动土。即使虎鲸不动杀机，它身上黑白两色的色块，足以令人不安。是不是这样，你就对随和的灰鲸印象良好？

其实不是的，谈不上谁好谁坏了。

杨曼虹又问，那么，灰鲸是吃素的？

不不，它吃鲱鱼卵、群游的鱼类，也吃海胆、海星、寄居蟹……

杨曼虹的声音是她全身唯一没有变老的部分。遥想当年，他一听到她的声音，就会掌心出汗，如果，声源就在他身边，汩汩出汗的掌心仿佛连接着滴水泉。他对自己失控的手掌，沮丧胜于尴尬。其实，这有什么呢，但这就是他的沮丧之处：他从来不觉得那是爱，他只是被她天籁般的声腔惊扰了。当然，如果对方即时回访，是可能会演变成小爱情什么的，但对方自然没有。直到岁月流逝，他更确信当年不过是年少易惊罢了。现在，他的掌心已经干涸。很多人事，都不再令他掌心潮湿了。很多人很多事，永远不见也永不想念。大学同学会，他都意兴阑珊，何况高中同学会。接到陈远的电话，说了老家三十年高中首次同学会的策划。陈远兴致高昂地介绍了组织筹划情况，他要他短信发去准确的地址电话，以建立同学通讯录。他觉得好像是遥远的无聊事，但他一直点头，说，好，好的。好，好的。

睡觉的时候，他对妻子说，陈远叫你也去呢。他老婆也去。说四个人正好开一辆车。三小时车程也不累。

神经病。妻子咕哝了一声，我又不是你同学！

他知道，妻子一直不喜欢发达嚣张的陈远。

他睡意蒙眬的时候，听到妻子说，还有兴致搞高中会，真是神经病。都是老嘎嘎的大肚汉、黄脸婆，相见不如不见呢……

妻子的话，像闪光灯，一激灵把他从睡眠的沉沦中突然曝光出来，他有吓一跳的感觉，但瞬间又沉沦而去。耳边依稀有声音在叨：他不就是要召集同学们，看看现在他是多么有钱多么成功吗？他那个老婆，天还不冷就穿过膝的貂毛大衣，耳朵吊的、脖子挂的、手腕戴的、指头套的、脚踝圈的，唉呀，这人就是个移动当铺，见一次烦一次……

声音像远方的雾气，飘渺迤逦，他仿佛记得他有低声回应那个雾气一样的声音：……嗯……人家也不容易，一个高中生……打拼房地产……

但其实，妻子没有听到他任何回应，她知道他睡过去了。她自己也很快睡去了。

他是一个人和陈远夫妇回到熹城，参加了同学会。

同学会大会在熹城一中旁边、正在申报五星级宾馆的熹晟国际大酒店举行，这是一个同学的阔佬舅舅新投资的项目。在一个教室大小的会议室内，本地的同学还张罗了个大红横幅：熹城一中 高二（6）班的三十年大聚会。

班主任是被同学们用轮椅推来的。数学老师英语老师，因为健在，也都衣着整齐、巍颤颤地来了，表情就像孩子过年。有两个女人小心翼翼地踩在墨绿色的吸音地毯上，用眼神窃窃交换了第一次进这么高档场所的不自在。三三两两进来的女人们，让鲸类专家的他，暗自诧异。几乎进来的都是陌生妇女，因为知道她们是同学，他就在记忆的大海里勉力打捞，这样才能在她们的脸上，找到一星半点过去的时光中的少女影子。这些中年女人几乎都变得异常活泼，主动招惹出击男同学；而那些男同学们几乎也都形体松如发糕，不是眼皮浮肿、就是臀肥乳厚，不是头发稀疏就是目光无神，一个个远不是当年骨骼清健、肌肉紧实的高中男生。除了阵阵夸张的寒暄问候之外，放眼都是一派西风凋碧树的感伤景致。杨曼虹坐到他身边的时候，如果不是她令人心醉的嗓音未变，他决不能相信她就是杨曼虹。她就像一棵被三十年的时光腌制的大头菜，当年和她流光溢彩的声音相辅的黑眼睛，不只眼角下挂，还透着一种活泼的凶光，抑或是不耐烦，里面流转的波光早已风干，还有那个曾经精美逼人的下巴，陷落在仿若发面似的脖子与下颌间。那条依然挺秀的小鼻子，却毫无作为地混迹于平庸的脸上。不过，她的身形大抵还行，胸臀有致，虽然第一眼也知道她梗着脖颈子挺拔过分。其实，也不单是杨曼虹，几乎所有的女同学们的下巴颏，都发酵似的膨松了，有的人直接变成了由字脸、冬瓜脸。一张张无力的大脸，透着对生活的厌倦与妥协。当然，这种久别重逢的兴奋也是真实的。

鲸类专家选了一个角落位置，安静地看着活跃的陈远在热烈接待中。看来本地高中同学也不是经常见面，所以，他们彼此寒暄得也非常热烈；而一进来，本地组织者就在开篇告知大家，本地同学扣除两个在服刑，一个被那个（枪决），一个出差，一个病逝，其余的都来了；在外地工作的十一个同学，除了出国的三个，中风偏瘫的一个，也都来齐了。也就是陈远在开场白时说的，能来的全都来了，高二六班的同学们！我们大团圆啦——

迟到的杨曼虹直接走向他的座位，坐在了他的旁边，随手的小夹包还快乐地打了一下他的头。那种只有同学才有的欢心的亲切，其实也令他有点感动。杨曼虹告诉他，梁柳莉最惨，也最蠢！你想不到吧，一个小小的科级，居然受贿七百多万！回头看，真可悲。杨曼虹说，她受贿那么多钱，不过就是让她老公儿子在澳大利亚逍遥，现在只剩她自己在监狱里哭！一个女人，图什么呀！杨曼虹又说，喔，那天整理家，我竟然看到曹子祥给我刻的印章，他给我刻的是寿山石啊，可不是普通的橡皮擦。他是偷他爸爸的石头！你还记得吧，那时他特喜欢刻印章，好像给全班的人都刻过橡皮擦印章——他有没有给你刻过？鲸类专家还没来得及追忆，杨曼虹就接着说，我就是不理解，你说，他那么一个文静忠厚的人，心怎么会那么狠？就算你遭遇了城管啊、工商、居委会呀什么的，很不公平的待遇，你也不可以拿放学的小学生报复社会呀！七八个小孩当场就死了，受伤的十几个，这不是疯了吗！所以，他枪毙的时候，我没有去看望他妻子孩子，我觉得他太狠了。我反正不能原谅他。柳莉被判刑的时候，我去看了她爸爸妈妈的，我觉得柳莉是个愚蠢可怜的女人。

鲸类专家一直点头。他没有看杨曼虹，是出于对那些在发言的同学们的尊重，一直点头，也是对杨曼红的悄然呼应。杨曼虹也知道他虽然只盯着桌上的茶杯，但一直在专注听她说话。当知道他的工作性质后，杨曼虹压低嗓子问了他很多问题。她说她的孩子非常喜欢鱼类，但鲸类专家马上就忘了她的孩子是男孩还是女孩。他反复告诉她，鲸是动物，不是鱼类。她也一样马上忘记，还是问鲸鱼怎么地又怎么地又又怎么地。同学们在轮流讲话，话筒由一个同学颠东跑西地快乐传递。三位老师说话的时候，同学们还是比较安静，之后，是同学们自由发言。陈远他们规定每人发表感言不超过五分钟。但拿起话筒，总有人忘记时间，有人有莫名的空洞激情，尤其是个别有职场管理经历的人，一见会议的阵势，不由自主地就话痨；也有人有了一些参与各类社团的经验，要大家和自己分享这个分享那个，然后不断合掌感恩；更多的人不知所云、拉拉杂杂地漫谈，总之，滥用配时也无人制止。所以，一些感到发言无趣的同学们，就会与邻近者悄声说着久别重逢的小话。

同学们忽然哄堂大笑，陈远可能说了个黄段子。在杨曼虹不提问的时候，鲸类专家支着耳朵，听了几个同学的发言。这几个男女，都是傻笑着接过前面同学用完的话筒，也基本在复印前面人的话：今天我特别高兴。看到大家心情很激动。我也不知道说什么好。祝老师同学们身体健康、心情愉快、心想事成、合家幸福、万事如意！云云。后面接过话筒的，也大致这么说，或者，换一句祝词。再后面，接过接力棒的同学，也大同小异地这么说。

三十年过去，这些人好像变得脑子简单、表情拘谨，或者是比本来的木然与羞涩更加木然羞涩；三十年前的青葱年华里，一个单纯羞怯的表情，会赢得好感和寄望，而三十年后，生活已经把你腌制如咸菜，依然还是一副简单羞涩的纯真表情，那不是迟钝吗，再怎么也有两句被生活针砭针灸过的酸甜苦辣的味觉痛觉啊。至少你有磨砺过的复杂与斑驳。

哎，你刚才说，杨曼虹压低嗓子：那只大灰鲸的标本做了四个月？要这么久吗？

不是四个月，是十个月。光分离灰鲸的尾部骨肉，就用了三四十小时。

你是说，用那个高温电箱烤化它的皮肉？

只融化肉。皮是我们先用解剖刀一点一点剥下来的，真皮加表皮，都小心翼翼地剥离下来。我们后来做了两个标本，一个是皮囊的，一个是全骨架的。

那多难弄回来呀，十四五米长，要多大的车呀！

不，不，是拆开运回来的。骨头一块块的，我们回来再重新组装；皮，经过浸泡、脱脂后拿回来，也是一块块缝制起来的。一般人看不出来。

真想带孩子去看看啊！哎，你刚才说它的脂肪很厚，脂肪不就是鱼油吗——噢！那是不是就是营养品深海鱼油啊？

哦，不是……

有人在大喊，全班同学冲着他们笑。有个外号叫赞比亚的热心女同学，把话筒塞在他手上。有几个声音在交错地呐喊，美女！美女！美女！更多的声音在爆笑，大家又回到了高中时光。有一个声音在高叫：——我是为了认识太阳而来的！立刻有更多的声音在响亮重复这句话。欢叫声此起彼伏，屋子里到处都是太阳波光。三十多年前，好像还是初中，他的确说过这话：我出生，是为了认识太阳来的。当时，他非常喜欢这一句，出于虚荣心，他并不告诉同学们，这是一首诗上看来的。既然是他的原创，自然就招惹同学们更有兴趣的、欣赏式的嘲笑。三十多年过去了，还是有人没有忘记它。

陈远在主持桌上，敲着鲜花铺满的桌子：喂！同学们！从一进门，那两个美女就一直在开小会，嘀嘀咕咕不停。晚上是不是该罚酒？！

大家都叫嚷着——要！！

美女，是他高中时的外号。那时候，只要有人叫，他就恼羞成怒，但他个子小，没有反抗和教训人的实力。他当然不是美女。学生时代的绰号，大多都是羞辱调侃人的。他的确有一双比女人还美的眼睛，睫毛又浓又密，尾稍还带翘，再下面是细腻有致的颧骨，但是，再再下面，就是一张肝破裂一样的厚黑大嘴，门牙缝还大得可以双向进出蚂蚁。他的下半张脸，不说一副肮脏相，也的确乏善可陈、自己看着都经常生厌。所以，当同学叫他美女的时候，他有强烈的被嘲讽感。当然，这是三十年前的感觉了，现在，这些都不能让他情绪起伏了。就像，要让他再手心出汗，已经是一件比较不容易的事。

他拿起话筒，环视着大家，其实，他谁也没有定睛细看，他知道他细看也看不出更多点什么。他有礼貌地笑着，最后把眼光虚停在陈远的秃顶上。他说，三十年变化真大，我知道我们大家内在的改变，远比外面看到的还要大，因为有的同学看上去永远不老（一片夸张的笑声，彼此在半开玩笑地恭维身边人）。他让大家胡闹了十秒钟，接着说，我当然也不是三十年前的我了，那个时候，我以为我来这个世界，就是为了认识太阳的（同学们看到了他的自嘲的笑，又是一片哄堂笑声）。现在，我早已不这样想了。所以，我想，同学聚会最大的好处，就像标杆一样，帮我们确认我们的改变。好吧，我祝愿大家，节哀顺变，力争越变越自在——哀字用重了，我的意思你们懂的。

杨曼虹瞪大了她的眼睛，她推了鲸类专家一把，看起来有点娇嗔。这亲昵的任性让他几乎起了些微排斥。这一丝反感又立刻让他内疚慈悲。他想，如果时光倒转三十年，他的手心肯定要汩汩出汗的。生活的流年过去，回头看，满地都是水草、泡沫块与肮脏陈旧的珊瑚尸骸，谁的身后还有干净的海滩，布满退潮后的美丽洁白贝壳？

杨曼虹后来说，她先打他的电话，因为她想带儿子在比赛前先看看他们研究所的灰鲸馆。后来，饭桌上，那少年说，他需要去问候一下灰鲸，考试才能发挥好。结果，他没有如愿。所以，他考得一般般。可是，考前，鲸类专家的确没有接到她的电话。那几天，他都在海上，在做例行的野外海洋调查。按说，海上通讯信号还是稳定的，能通话、能接发短信，只是他们在海上四个队友，两两一组，轮流在观测台观察、记录。注意力都比较集中，所以，都不会玩手机，但电话是会接的。但是，电话确实没有接到。他不明白为什么接不到她一直打的电话。也不好把困惑摊给她看，不然她只会更费解。

那几天天气不算好。风大，忽阴忽阳的。海洋调查，每月必须至少一个航次，一个航次就是在海上四五天，观测范围要覆盖整个南甲海湾，包括东港、石舫岛、安水湾和连云群岛的大片海域。当然没有灰鲸，主要就是白海豚。本来上旬他们小组出海了，但是，第二天就忽遇不测的暴风雨，观测船就近靠岸。随后气温骤降，冷空气南下了。野外调查暂时搁浅，一直拖到下旬，直到前几天，一头白海豚浮尸海面。那是谁？资料库里一比对就查出来了。这么多年每月观察记录积累的数据不是放着玩的。他们很快就辨认出来了：青灰底、头部右腹部有雪花斑点、背鳍有小缺刻，没错，南湾种群的一头青年白海豚，NJ037。新机场的爆破清礁，位于安水湾海域的建设用地，处于白海豚保护区。所长怒发冲冠。建设单位说，协议好的，施工方必须使用国际最先进环保的疏浚工艺，使用绞吸式挖泥船挖岩，保护海洋环境，不知怎么落了空，他们还是使用了破坏力最大的炸礁方式。NJ037 是一头活泼的家伙，没想到就这样夭寿了。去辨认尸体的时候，他以为小吴会哭。结果还好，他只是鼻子红了，恶狠狠地一句连一句地咒骂粗话。五大三粗的小吴，偏偏生了一颗林黛玉的心。南甲湾这五十多只白海豚，每一头海豚个体特征都有详细档案。而对于小吴，它们仿佛就是他豢养的宠物。第一次发现新人小吴情感脆弱，是第一次带他野外调查。那天风浪并不大，新人却吐得抱着船上棕色的塑料桶不放，小组老人都以为他没力气折腾了，这时候，在天猫屿附近，他们看到了一群白海豚。开始以为它们在嬉戏，一头纯白的海豚，一直用自己的背部，把一只幼海豚托出水面。其他成年海豚似乎也在为这个游戏助兴，甚至帮忙托出小海豚。他们在望远镜中观察了不到两分钟，就取得了共识：是海豚妈妈在救小海豚，而且，能够判断，小海豚已经死去多时。这一个种群，不是在嬉戏，也不是进行葬礼，是在努力救援，它们不承认小海豚已经死去，至少，海豚妈妈不同意，所以，它们集体坚持着，以帮助小海豚浮出水面呼吸。

小吴扔下塑料桶，挤上观察台，抢过望远镜。最后，他们的观测小船慢慢靠上了这群海豚。那个距离，肉眼都看得很清晰了：那只深灰色的小海豚，显然才出生几天，能看得出它小小的躯体正在腐烂边缘。他们的船小心靠近后，一个人把那只依然在妈妈背鳍上的小海豚取了下来。他已经忘了是谁帮忙取下的，但记得是小吴接过了那只软塌塌的小尸体。那个牛高马大的新人，来不及说什么，跪下来就吐得泪眼婆娑。再相处一段，风雨同舟，野外小组成员就都知道那天他呕吐物里，不仅有胆汁还有些泪花。这个专业的人，比一般人亲近自然动物吧，但是，伟岸的身体突然来了个林妹妹的心，大家还是有一点冷不防的感觉。那天，观测船带着小海豚，带着白海豚种群的心愿，告别海豚群，慢慢驶远。野外小组成员海葬了那只小海豚。整个过程，所有人都一声不吭。伙伴们都是默契的。小吴似乎一直在呕吐，抑或垂泪。

就是那个时候起，老鲸类专家的他，觉察到自己的老态。十几年前，他应该也会兴致勃勃、情绪饱满。那是呕吐摧毁不了的、超越风浪的“我与你”的连接。现在呢，有点疲惫了，见惯不惊了，有点淡漠了。甚至灰鲸来到。不过，灰鲸那天出现的时候，大家看着发到所长手机里的求证照片，都被惊喜震骇到了：灰鲸！这是他妈的灰鲸啊！

连续驱车四五个小时，野外小组连夜赶到了邻县的大渔村，并于凌晨来到了大灰鲸的身边。它的熟人来了。抚摸、感慨。解剖、去脂。处理好的大灰鲸，被迎回来的时候，得到了一个以它为主的隆重聚会。就像为它置办一个人间派对。这起于他们所长的花哨意志。其实就是一个隆重的葬礼，但所长不好意思承认。它这条生命可不容易。所长说，它死于当地渔民在海里安置的定置网。被定置网缠住的大灰鲸，窒息而亡。解剖结果也证实了。它的肺部有水。

所长是这么开始致辞的。鲸类专家一直不讨厌也不喜欢那个嗜酒如命的所长，他不讨厌也不喜欢所长酒后自恋轻狂；他也一直不讨厌所长酒后对女人、对美、对其他物种生命的珍视把赏奇崛姿态；但他一直觉得，酒醒的所长是虚张声势、天真郑重的。但是，这次，所长要给灰鲸一个告别仪式，或者说一个不知所云的仪式，他内心是宽慰的，说正中下怀也可以。他甚至认为自己一直是蛮喜欢所长的。所长似乎代表了所有那些，他喜欢的、但不敢冒犯的做派。

聚会仪式在新办公室二楼的大会议室进行。大灰鲸的遗骸摆在职代会主席台的位置，都是标本散件，骨骼、皮肤、须板。摆出了它生前十四米八的长度。环绕灰鲸的是，一大圈随意铺放的怒放的鲜花，百合、康乃馨、松针之类。灰鲸头部骨骼前，还点燃了三支、杯口粗的奶黄色的艺术蜡烛。整个研究所人员，都被办公室短信提示：请穿深色正式服装，但不勉强。本地所有的媒体都偷偷来了。他们认定这是灰鲸追悼会。

所长穿黑色西服致辞。

大灰鲸：

你好。对于一辈子只能见面一次的相遇而言，见面即永别，是一件残忍的事。我们以这个方式聚会，令人悲哀。我谨代表人类，向你表示沉重歉意。

除了比人类篮球场还大的蓝鲸，你们是最壮观的地球生命；在这个世界上，你们还是迁移距离最长的伟大动物，可是，沿海港湾两万公里的洄游，每天近两百公里的跋涉，北上、南下，沿途有多少渔网在等着你们啊。一个伟大的海洋动物，竟淹死于大海——真让人羞于公布你的死因。地球是我们的家园，更是你们的家园。

作为西太平洋朝鲜种群，你们比尚存两万多的东太加州种群更濒危至极。国际捕鲸委员会 AWC 宣布灰鲸为全球最为濒危的大型鲸类种群。我们甚至至今没有找到你们的繁殖场。我们只找到你们的夏季在萨哈林岛的摄食场。偌大的地球上，你们仅剩 130 多头。今夕一见，此生再难。

再见，大灰鲸。

沉痛致礼，让我们，向一个伟大的生命——致礼。

所长放下稿纸，走出致辞台，向地面的大灰鲸深深鞠躬。

记者堆里有个扑哧的笑声弹出来，尽管忍俊不禁者立刻嗓子刹车，但是，全场还是有点凛然地寂静了一下。他也想笑，但又笑不出来。他看到所长鞠躬动作的僵硬与笨拙。也许他这辈子第一次使用鞠躬大礼。他看到所长的西服腋下后侧沾满白色狗毛。所长有两只银狐犬，一年换两次毛，据说，每次换毛季，他们家都很像是在过圣诞节，客人闻风逃逸。鲸类专家的笑意像一个水中的气泡，上升着，但还没有升上水面，就消遁无踪了。他领会着狗毛与笨拙鞠躬后面的真诚。此外，还有一种氛围，也许和弥漫低回的音乐有关，会议室里始终弥漫着雾气般的、哀伤难言的背景音乐，这音乐让他呼吸破碎。正痛苦地琢磨着是谁布置了这么贴题的旋律，就听一个像是记者模样的小个子，正和巍峨的小吴窃窃私语，他们在谈论的也是背景音乐，那记者恍然大悟地说：啊，《远离地球》？谁的曲子 ？

他就走了出去。拔着头发离开地球。他脑子里突然冒出这句话。

包间里，陈远夫妇坐一边，杨曼虹和那个十三四岁的少年坐餐桌另一边。他因为迟到，反而坐到了主位，后来那个少年和妈妈换位置，和他相邻而坐。因为少年要和鲸类专家一起坐。陈远太太说，你夫人怎么又不来？见她比见市长难。他笑笑说，在加班，赶报表呢。

陈远太太笑，说，他夫人很像朱莉·安吉娜。

真的耶?！杨曼虹表情很夸张，说，班会的时候，我求他给我看老婆照片，他竟然说他手机里没有！——原来是怕我们吃醋啊！

就是！陈远太太说，她嘴巴！嗯，那嘴唇特别像！

陈远说，所以嘛，他总是舍不得把夫人带出来。

鲸类专家随他们说笑，脸上也配合着愉快的表情。他心里知道，其实说的人、听的人都知道不是这么回事。他妻子和朱莉有云泥之别。嘴唇是厚的，而且经常忘记闭拢。露着一小块整齐的门牙。这是他很不喜欢的，和性感完全扯不上。他喜欢自然闭合的嘴巴。但是，想到自己肝破裂一样的嘴，便也没有了五十步对一百步的纠正之心。

杨曼虹的这个孩子是二婚还是三婚的结晶，他模糊了，反正同学会就说过了。他也不好再问也没那个好奇心。少年的钢琴比赛成绩似乎很糟糕，杨曼虹不愿接陈远太太反复牵起的话头多谈钢琴赛。对于钢琴比赛，少年满不在乎，说他发挥很好，就是水平比其他参赛者差。他毫不见外，居然劝杨曼虹想开点。他甚至说，他根本不是来参加什么破比赛的，他就是来鲸鱼馆看大灰鲸的。少年宣称：我出生就是为了来问候鲸鱼的。因为它是地球上最了不起的动物！知道虎鲸吗？少年问所有人，最后把葵花子似的小眼睛，盯在他脸上。他点头。少年说，虎鲸最大的特点你知道是什么吗？海上一霸！超级群居！

少年撇着嘴巴，态度倨傲：海洋唯一霸主！没有之一！如果世上有我妈说的轮回，那我下辈子就当虎鲸！

大家都笑。受到鼓励的少年说，虎鲸是超级话痨！这点像我。因为没有文字，它们就经常开会，信息通报会或问题研讨会。话不投机，它们就吵架，还会讥讽挖苦。你们科学家已经分析出，虎鲸会骂粗话：麻辣戈壁什么的，你们科学家还分析出，如果年轻的虎鲸，合作不到位导致捕猎失败，技术娴熟的虎鲸就会满嘴都是：呼——啾啾——哧！翻译成人类的语言，就是——SB！虎鲸的声音可以传播百里，所以，协调围捕的时候，满大海都是虎鲸的命令、咒骂声——了不起吧！波澜壮阔吧？

他也笑，假装知道是这么回事地笑着，其实，他一无所知，就像在听虎鲸的八卦。杨曼虹歪着头，以少女的神态向他求证：真的吗？

少年代他回答：当然！这是科学研究发现！

我再给你们说灰鲸。很奇怪的，鲸类肯定是人类的远古亲戚，除了误伤，所有鲸类，几乎都不吃人。人类多好吃啊，随便弄一个尝尝，都是自带调味品的。但它们不吃。相反，只要人类救了它们，它们就很眷恋人类。额——去年吧，东南海边有几个渔民救了一头搁浅小灰鲸，费了九牛二虎之力，潜水员啊、冲锋舟啊，他们好不容易把小灰鲸推回深海时，那小灰鲸居然又游回岸三次，一副眷恋感恩的样子。

他依稀记起多年前有这个事，是哪本专业杂志上看到的花边，似乎没有少年描述的生动。但少年再说的，他又一无所知了。少年说，灰鲸语言很单调，只会“哼哼”，有时一小时哼五十多下，二十到二百赫兹，频率强度达到160分贝！哼什么呢，听上去是叹息和嘟囔。你们科学家就分析说，是群内交流信号，或气象预报，还有就是失偶、失恋的叹息，要不就是愤懑发泄。灰鲸的天敌是虎鲸，知道吗，如果灰鲸一家子遭到虎鲸围剿，爸爸必定战死。为什么呢，因为灰鲸很奇怪，它们是——男的疼女的，男女疼小的，然后，女的、小的都不疼男的。所以，灰鲸群一旦发生危机，雄灰鲸一定会奋不顾身勇救雌灰鲸、小灰鲸，但是，一旦雄灰鲸落难，就无人可救了，除非它有好基友。

一桌人又笑了。你懂什么好基友！杨曼虹佯怒地拉人来疯的亢奋少年坐下。陈远太太说，我看辛达雨才是真正的鲸鱼专家呀。少年腾地从座位上站起，军人般以手碰额：NO！辛雨达！

陈远摇头叹息：哥们，原来我们都是雄灰鲸啊，一年到头忙来忙去，女的不疼小的不爱，一有危险，死得最快。

死得最快？陈远太太笑着：我们还在解放路居民楼的那次，半夜小偷进屋，是谁用被子盖头，悄悄说要看你去看的？——谁是雄灰鲸呀。

少年大拇指按鼻孔，四指朝下猛烈扇动，驱屁似的，对陈远做了个无比蔑视表情。杨曼虹一掌盖打在少年的后脑勺上，出手真重，少年的头前送了一下，又故作洒脱地弹起。这回杨曼虹是真的发怒。陈远有一点难堪，但很轻微，因为夫妇俩经常调侃这个话题，他们一次次回到这个话题，太太的笑容包容慈爱，陈远的笑容诙谐宽厚。陈远太太可能也感到自己有点过分，便嬉皮笑脸地对少年说，你陈叔叔也喜欢鱼，我们家养过金鱼、锦鲤。噢，还有更可笑的，知道吗——陈远太太是真的觉得好笑了，而且她的目标受众是大人。她想消除刚才对丈夫损害的影响。她巡看着桌上的大人们，春风拂人地笑道，你们知道吧，昨天我们家保姆在清理视听室时，陈远突然拿起本来要丢弃的一堆唱片中的一张，放进CD机，然后，就反复播放其中的一首歌。保姆转了一圈提着垃圾袋回头，说，那这张就不扔了？陈远说，扔！就是要扔我才再听两遍的！我们家保姆说，你好像就听一首歌啊。陈远说，不，我就爱听里面的一句歌词——你们知道他听什么，陈远太太尖声尖气地唱出来：我愿是鱼儿在你的荷塘，只为陪你守候那皎白月光……

哦——杨曼虹夸张地拖长音：看不出啊，陈远还有这么浪漫的一面，他为谁守候皎白月光呀！

陈远拿起酒杯，示意少年喝一口，说，小伙子，你看，我也曾经是有梦想的一条鱼呢——干杯！

少年满不在乎地喝了一口，说，我是可以喝酒，我老妈不让！

大家又笑。

少年站起来，转而向他敬酒。虽然是相邻，少年还是郑重地起身正对：叔叔！我最崇拜的就是鲸类专家！

他跟那个少年碰杯。少年把杯子里的可乐一起喝光，又亮杯底给他看。他有点喜欢上这个大脑门、眼小如葵花子的臭显摆的单纯少年。本来今晚真是一点都不想出来，但是，这个少年让他的应酬感不那么强烈了。

城市的另一头，那鲸类专家的妻子，在天尚未黑的时候，进了小区。丈夫的同学夫妇叫吃饭，她从来就不想去。虽然同城就他俩是高中同学。说起来，人家夫妇也从没待她不好过，平时挺客气的，也爱招呼吃饭，有时还送优质大米、进口干果之类。聚会了几次，她就尽量逃避。没有什么原因，就是她自己看不惯人家。反正就是不想去，她也知道丈夫是不乐意去的。这一周，他搞海上调查，在租来的渔民小船上，吃得都是面包、方便面；她正好在赶报表，加班总是晚归。所以，最近夫妻俩都吃得潦草没营养。今天，本来计划弄点鲜鱼、时蔬，做一顿可口干净的菜，也可以小酌一点红酒，但是，又不能了。他自然是推脱不掉，还是去了，她也不拦，人家有那个班花呢。上次同学会大聚会回来，看得出丈夫有些微的惆怅：大家都在岁月中变丑、变老、变乏味。彼此都是镜子，照出了大好年华都过了保质期。结实有力的身体、披荆斩棘的理解力、灵敏的感觉、过剩的精力、美好的好奇心。说不清哪一天起，就一样一样统统蛀蚀光了，像一篮子迟早要坏掉的蛋。

妻子开门的时候，预想起丈夫聚会归来的困顿失落的小眼神，不由笑了一下。不过，这只是心底里的微澜，但对门邻居顾姐，却站在家门口，迎接了她的心里的笑。顾姐一手拿着煎饼锅子，一边笑吟吟地说：我马上要做韭菜鸡蛋摊饼了，等一会儿，送你们尝尝！

不不不，我马上要出去！谢谢了。她连忙摇手，另一只手在急促地掏钥匙，因为着急，门锁对了好几次才准。一进门，她毫不客气地马上关门。她知道，稍微慢一点，芳邻顾姐就会很自然地进屋，很自然地跟她谈安利的新产品，就像她以前很自然亲切地让他们夫妇俩买走两份养老保险一样。说起来，这是全小区对她最友善最温暖的人，可是，她一见到她就想躲避。

进门前，她就想好了，先做饭，很简单。西红柿蛋饭，燕丸葱花酸汤。冰箱里有备料，现成的。然后，把两人堆积一周的衣服，涂一下衣领净，塞进滚筒洗衣机慢慢洗去。饭后，她要去嘉庚公园边的那个静心堂别墅，练练瑜伽。她买了年卡，已经快过期了，却总共才去过六七次。今天要去拉拉筋、出出汗。

开门而入，一股不算好闻的，但也绝不难闻的家的气味，扑面而来。她感到自己很想摊手摊脚地歇歇，就像藏身于无人打搅的子宫。今晚就她一个人，有大把的时间呢。可以稍微休息一下吧。不要马上出去，说不定顾姐大门还没关，想着堵她再卖点安利什么的。想着，她去更衣室换了宽松的起居服，顺手抄起扔在床头柜上的 iPad，窝进了客厅大沙发里。先休息十分钟吧。上上网，看看微博，松弛一下心身。只是她没想到，从 iPad 上再抬头时，窗外已是乌漆抹黑，居然一下过去半个多小时了。房间里，只有 iPad 在荧荧发亮，她得去开灯，可是，开关在门那里，真懒得起来了，晚饭呢，计划好的西红柿蛋包饭，好像也没有那么想吃了。算了，叫外卖吧。还有衣服！唉，还有一大堆脏衣服没有洗啊。

说起来，这些天加班，吃外卖真有点腻味了，觉得吃了很多地沟油之类化学毒物。不过，吃外卖可以省下不少时间，吃了还要去练瑜伽呢。练瑜伽也不能吃太饱，弄一份沙县小吃的扁肉汤拌面，就好。这么想的时候，她发现自己的手机在电视地柜上充电，要叫小区外面的那家沙县小吃送餐，必须起身去拿电话。必须爬起来，必须走三四米去拿，唉算了算了，她给了自己一个懒动的理由：让电话再充一会吧，免得去练瑜伽，电不够用。

她又心安理得地拿起荧荧发亮的 iPad。屋子里只有那一点荧光勾勒着家具线条，还像闪光灯青森森地映照着她的大白脸。时间不知不觉地又被刷掉二十多分钟。好玩的微博、熟人的微博，都看完了，没多大意思，一个脚印都不留；新闻也看完了，包括最容易让人匪夷所思的社会新闻，真的是无聊透顶了，连 iPad 的荧荧屏幕光，她都觉得扎眼了。她闭起眼睛，有气无力地揉了揉太阳穴：真累呀。要不要叫外卖呢，其实也不饿，不吃晚餐也没什么不好，养生呢，再休息一下，我直接去练瑜伽吧。再赖几分钟，就起来换衣服，走。瑜伽回来，再一起洗衣服吧。

又好几分钟过去了，沙发好像一个柔软的吸盘，牢牢地吸附着她懒洋洋的身子。她有点怜惜自己起来，我真的是累的，没日没夜，键盘敲得我手臂都抬不起来，颈椎僵直，也许我该去牵引了。瑜伽也是很累人的，老师们总说累得舒服，她没有感觉。有个老师结束的时候，总要学员围坐分享感受。那些汗如雨下的学员们，总是像个心灵大师，分享自己身、心、灵的种种变化与觉悟。她没有。好不容易，那个星期天的早晨，老师让他们把瑜伽垫子直接铺在院子里的草地上，在最后十分钟仰躺在草地上放松冥想的时候，老师在她的眼睛上，各盖上了一片树叶。分享的时候，她发言说，这个叶子感觉太好了，扶桑叶的气味，让我想起童年。希望每次都这样结束。老师宽容地微笑着，点头。她不明白老师为什么不欣赏这些话，她又想到每次练完筋骨的疼痛与酸胀。其实，练瑜伽是个受刑的活啊，想到这一层，她发现自己其实是不太愿意去练的，是不是正是这样，她才会快过期了，还没有去过十次。累呀，心里烦躁得很。不过，前几年，工作压力比现在大，为什么还没有这种焦躁感呢，一个月不过才忙这几天，前两年，工作量是现在的三倍呢。唉，再躺一会起来吧。今天本来是想和丈夫一起吃点干净的东西，如果他在，两人一起吃了饭，再一起看两集美剧，有点事做，也就过去了。一个人闲着，好像不行，闲着就生锈了。爱疲倦、总焦躁、懒应酬，见什么都烦。是什么毛病吗，反正不是抑郁，她上网做过抑郁测试，她不是，她也从来没想到自杀什么的，甚至每年单位组织的体检，也没什么大毛病。

又是一个半小时过去了，她既没有去取手机，也没有去叫外卖。期间，仿佛听到过敲门声，是那种很礼貌的、有节制的敲门声。笃、笃、笃，当然，也许是错觉。她总觉得顾姐不会轻易放过她的。她完全可能虚掩着门，等着她“马上出去”的身影。说不定还有一大盘煎好的韭菜鸡蛋饼？舌下与腮间，涌出一点津液，她觉得是有点饿了。但她依然不想动。是啊，不吃晚饭也没有什么，就当减肥清肠胃吧。很多养生的人，都不吃晚饭呢。有很多出家人过午不食，人家也活得好好的。嗳，再休息五分钟就起来吧！

她换了个卧姿。等一会就起身吧，去个厕所，需要马上去厨房接一杯水喝。是挺渴的，怎么这么渴呢，这么想的时候，她的手指还在刷屏。她又换了个蜷卧的姿势。所以换姿势，是膀胱已经压力大得不行了。就在这时，电视地柜上充电的手机响了，是电话，不是短信，在黑灯瞎火的这段时间里，短信提示音已经响过七八次，她懒得看，但是，电话响，她不能不接了。怕单位、怕丈夫有什么急事。

一骨碌爬起来，爬得太急，还趔趄了一下。抄起手机一看，竟然是婆婆的。

真是太讨厌啦，她抑制满心的不耐烦，接通了电话。

喂，她皱着眉头。

菲呀，我摘了点八角丝瓜，趁新鲜啊，你赶紧过来拿去吃！婆婆笑呵呵，听得出非常开心。她重重拔下充电器：不用不用！我们都不在家做饭的！

不值钱的，你跟我们客气什么！

不！真不需要！她气鼓鼓地去门边开灯。灯光有点扎眼。

公公婆婆在天台，种了七八箱的泡沫箱有机绿色蔬菜，每天种菜收菜、翻土施肥捉虫，自得自豪得不亦乐乎。要是送了点菜，就好像给了人多大好处似的。这会儿，她恨透了这个恩惠。

少在外面吃。婆婆在电话里说，自己做饭健康。这些菜是绿色有机……

妈！谢谢了。我好多事呢……她想挂电话，但努力克制住：你和爸爸留着吃吧，我们真不用。要不送别人邻居也行。她看了下时间，八点十五分。没想到已经这么晚了，就是去瑜伽房也练不了多久了，而且也没有健身的心了。不出门了！没时间啦！还有一大堆衣服没有洗！她把怒气没来由怪罪到婆婆电话上。但暗暗地又有点轻松，等下就有正当理由，回到沙发上了。也许看两集美剧？

邻居他们哪有少吃我们的菜啊，这次的又……

婆婆的固执，非常非常可恶。她觉得自己要尿失禁了。她的声音有点大声了：

真的不用了！最近很忙，天天加班……或者您先放冰箱，我让你儿子有空的时候过去拿吧。她尽量克制自己的冷淡与烦躁。

婆婆仍然沉浸在大丰收的喜悦中：丝瓜放久了就老啦，要不这样吧，我让你爸给你们送过来，等一下给你打电话，你到楼下来拿一趟就行了。

哎！不用不用！妻子有些惊慌了，我这会儿不在家！

没事，我们有你们家的钥匙，让你爸爸直接给你们放到家里。

她完全傻了。

挂了电话，妻子发了几秒钟呆，心里充满怨恨。同时，她也非常清醒：她必须迅速出门。立刻离家。因为，骑电动车的公公，最晚十五分钟，肯定进门。这大晚上的，她狼狈逃离自己的家，这太荒谬了，但似乎又是当下唯一的选择。

外面有些冷。这么晚了，到处弥漫着一股烧塑料垃圾的臭味。她不知道该去哪里，选着树影灯暗处走着，怕公公或什么相关熟人看见。她心里空落落地生恨。路过小区大门外的沙县小吃店的时候，她发现自己并不怎么饿。她更担心在里面吃面，万一被眼尖的送菜老头看见，才真叫倒霉。走着、想着、烦躁着，感到越来越冷，应该带件外套的！她的手指头都冷得有点发麻。该死！今天是计划好要练瑜伽的，应该去的！如果现在直接开车过去，晚课最多迟到一点点，可是，刚才惊慌出门，没有带年卡也没有带瑜伽服。再折回家取也来不及了，公公随时会出现在家里。

她非常懊恼、极度愤恨，想吼又吼不出来。她不明白自己的生活，为什么好端端就遭到摧毁。她心里怒火中烧，却不知道该对谁发脾气。踽踽独行的她，在横过小区门口的不明不暗、不冷清不热闹的大路上走了两圈，她不知道公公进她家没有。为保险起见，还是等等再回去。大街的两边，很多店面已经关门，即使开张着，也都是无趣的小店。五金水暖、电气设备、升降衣架、办公文具、装修瓷砖，还有一个永远点着灰溜溜日光灯的便利店。都是很无趣乏味的破店。混杂其中，略微光亮的就是靠小区大门口的沙县小吃店。店外的水池边，一个女孩，就着昏昏路灯光，恹恹地洗着一大捆葱。也许是尾市收来的烂葱。她看着那恹恹的女孩，觉得更冷了。她身子一紧，打着响亮的喷嚏。翻了一遍手机上的通讯录，竟找不到想与之聊天的人。她深深吸了一口带雨雾的气，又吐出了一口浊气，她闻到自己肺部深处逸出的难闻化工气息。

下雨了，难怪天比傍晚时冷。她把袖子和领子扣子全部扣上，还是冷。如果是白天，就能看出是那种阴沉沉让人想钻被窝、吃火锅的阴惨雨天。雨倒是一直不急，但阴冷茫茫绵绵不绝，把人的热气慢慢抽光。刘海已经湿了，肩膀也潮潮的发冷。后颈因为寒气生痛僵硬。她只好靠在一个打烊的什么店的卷闸门前避雨。开过去的车前灯光，不断照亮她靠在那个卷闸门，多辆车的灯光，照明白了卷闸门上用喷漆写的狂乱大字：愁你个鬼。她满脑子里想着，等丈夫回来，她一定要歇斯底里发火，狂风暴雨地发作一下：

告诉你妈，再也不用送菜来了！混蛋！我不要她那些破菜！鬼菜！我不稀罕！！她心里想着丈夫被自己骂了不敢回嘴的样子，感觉舒服了一些。

在冷飕飕、阴沉沉的昏暗路边，又坚持了半小时，她决定回家。她想好了，老人肯定走了。而万一他腿慢，正好和她遇上，她一身风雨，刚加班回来，也说得过去；如果，他比她还晚进门，那她就可以囔囔说，哎呀，这么晚！早知道不如我下班拐过去一下，省得您这么辛苦！——太冷了！再不回去，非感冒不可。赶紧回去！

家里居然没有人，和她匆忙撤退时一模一样。她从客厅找到厨房，找到阳台又找进冰箱，到处都没有发现公公送来的菜。还不及她发怒，就在这当儿，她听到门外有钥匙开门的窸窣声。她想也没有想，拔脚直接蹿进卧室，几乎是身体的自作主张，她躲进了衣柜。拉柜门的时候，因为动静大，吓得她能听到自己好一阵明显的心跳。

进来的动静，停在客厅。肯定不是丈夫，他总是懒得自己掏锁开门，虽然，丈夫进门也是一声不吭的。她凭直觉知道，就是公公送菜来了。她竖起耳朵，又悄悄拨开一点柜门，能捕捉到公公在客厅走动的声音，他似乎把雨伞弄倒了，有啪的一声响，闷闷的。脚步声似乎走进了厨房，很快又退出，然后，好像在客厅盘旋着。她听到茶几抽屉拉开的声音，那两个大抽屉，一个放茶，一个放些糕点小食品。抽屉被很重地关上了，这个熟悉的声音，她确定公公开了他们的抽屉。她很不快，但几乎同时，那个脚步声，正在往卧室而来。她一下子停止了呼吸，骤然笼罩的恐惧与慌张，让她一脑子空白。脚步声进来了，他会不会开衣柜的门？

灯亮了。做儿媳的女人死死抓住脖颈，严防死守自己几乎控制不住的尖叫。但脚步声静止了，也许它的主人在巡视他们的床，或者墙上的风景画。那个脚步声，一直是停止状态，而这泯然无声的时间里，一秒钟简直长于一日。柜子里的女人，被这个莫测的寂静，快给逼疯了。

实际上，脚步声的主人，只是停留了一分钟多一点，那个令人窒息的脚步，终于把它的主人带向了客厅，最终，随着大门开启与哐当闭合，它彻底消失在了大门外。

柜子里的女人，从柜子中嗷——地扑到自己床上。随即弹起，奔向客厅。丝瓜在厨房灶台上。突然，她想起公公进屋时，会发现屋子里客厅、厨房、阳台开着灯。我们不是都没有回家吗？公公会怎么想？难道他刚才开茶几抽屉、越界进入卧室，是在抓小偷吗？她心里堆积着又惊又气羞愧又沮丧的情绪，嗯，还是很不痛快的愤怒。

她回到厨房，拿起那兜子丝瓜，直接走向后阳台，手起包落，一整包丝瓜，连着尼龙袋子，一起被甩下了楼。那是一片配电房杂草地。

酒店外夜雨蒙蒙，马路两边的路灯下，都团着白雾。

葵花子眼睛的少年，突然跟他说，叔叔，明天上午我就走了。你带我去看看你们的灰鲸馆好不好？

他瞠目结舌。杨曼虹反应很快：想死啊你！光想着玩！人家叔叔不要回家休息了？！

他说，不不，我没关系，只是展馆人员五点半就下班了，我们进不去的。

咦？不是你们研究所自己的展馆吗？拿钥匙开门进去呗。少年说。

杨曼虹又打了他的后脑勺一掌，气势粗野，但少年只当风吹帽，根本不看他老妈一眼：我非常非常想看看灰鲸，叔叔！我非常非常——

呵呵，理解。只是，展馆部和我不是一个部门的，我不知道钥匙在哪里，也没有那边负责人的电话……

叔叔！我到这个世界上，就是来向大鲸问好的！

他看着少年似笑非笑。众人都觉得他的表情苦涩而推诿，却不知鲸类专家被少年少不更事的一句话，魂魄依稀回到自己青涩饱满的旧时光，他发现自己手心有点潮了。

少年沮丧垂头，马上又亮起小眼睛：叔叔！那带我去看看你的办公室！少年竖起一根细长的指头，目光殷切而狡黠：看一眼就好！就一眼！然后我打的自己回酒店！就一眼！我死而无憾！

少年又开始满嘴过山车一样说话。果然，后脑勺又吃了他妈妈一掌。

少年照样无感。看起来，母子经常这样不对称地交流，母亲粗鲁溺爱，儿子轻蔑自负。鲸类专家说，走，跟叔叔走吧。

少年和鲸类专家，冒着霏霏细雨走进海洋研究所大楼前的木麻黄林荫道。昏暗的木麻黄林荫道上，陈远夫妇的车灯雪亮地远去。他们把杨曼虹送回酒店。门岗老阿伯并不诧异这么晚了有人进院子，但是，三栋大办公楼，几乎都是黑的。少年说，那个，灰鲸的追悼会是在这个楼开吗？

他摇头，手指另一栋楼：那边。少年说，哈，你看过《海豚湾》吗？

他一时没反应过来，少年说，就是那个偷拍日本人疯狂捕杀海豚的——没看过？少年收住脚质询他。哦，是在日本和歌山县太地町吗，美国人路易·西霍尤斯拍的？最后那些勇敢的志愿者把偷拍片子直送到联合国会议现场的——是不是？

少年赞许地点头。收回了一触即发的蔑视：我说呢，你不可能不关心这个——哼，不算鲸，日本人每年杀死海豚就有两三万条，在那个小小的太地町每年要杀掉一千五百多条！海水都红了。难怪杜鲁门说：把日本人干掉！——没错，干掉日本人，为海豚报仇！

你喜欢钢琴，喜欢鲸类，还喜欢什么？

最讨厌钢琴！我只喜欢鲸。

能来参加比赛，应该是学得不错啊。

那是当然。有天赋，没办法。但我是被逼的。我老爹老妈附庸风雅——靠！这就是你的办公室?！你们鲸类专家的办公室就这么小？我靠！

还可以啊。

长手长脚的葵花子眼少年，仔细巡看办公室墙上的鲸类照片、进化图表。随后又弯下腰研究他们摞在柜子边的一摞采样箱。鲸类专家打开一件礼品纸箱，抽出了一个有机玻璃相框，那是专家们拍的各类海洋生物照片，他送那少年。少年接过礼品，表情却十分无赖：叔叔，带我去展馆吧！我想看真正的大灰鲸！

你看到的，隔壁大楼都是黑的。进不去。

求你啦，叔叔。此生只为这一天！

少年对他激烈拱手：明年我就初三了，想来也不可能了！叔叔！

这一个晚上，他感到自己一直被少年牵着鼻子走。但隐约又觉得是走在二三十多年前熟悉的小道上。就在妻子郁闷地在昏暗的小区外大街焦躁游走时，他和少年拿着手电筒，来到了灰鲸展馆所在的大楼。楼道是有灯的，他原计划只是看看是否能从窗子里照进去，也许能满足少年的欲望。就在他们挨着窗子，拿着强光电筒，往里面照时，意外发现拉窗没有扣死。两人爬了进去。

一千多平方米的展馆的灯，包括各种射灯，被全部打开了。

少年在巨大的骨架标本和巨大的真皮标本之间，兴奋得来回嗷嗷叫。他甚至趁主人不注意，翻进标本护栏，奔向大灰鲸。那只擅弹钢琴的超长巴掌，飞快地摸了一把长满藤壶的灰鲸皮，还提了一下搁置地上的骨色巨大鲸须板。在鲸类专家不及反对，他拥抱了一下灰鲸，又迅速跳出护栏，若无其事。

不要触摸!! 他臭着脸，厉色地瞪了少年一眼。少年嬉皮笑脸，说：手感不错，不知道含不含真皮层？

他轻微点头。少年看自己触摸过灰鲸的手，搓捻自己的指头，仿佛追忆追捕着刚才的触感。少年食言了，他并未真的看一眼就走，灰鲸的真皮标本之后，他又在大灰鲸巨大的骨架标本前，连续绕圈子、嘴里念念有词，有几次偷眼看鲸类专家是否注意他，他估计他稍有疏忽，少年就会再跳进围栏，去抚摸灰鲸骨头。

对它，你们有什么研究发现吗？少年老练地问讯。

有的。他答。我们发现了它有独特的基因型。这个基因型在西太平洋种群中，还没有发现过。

是和东太平洋种族串了？

唔，有可能，也有可能是过去采样的样本量不够。总之，在学术上，这个发现，是个很重要的补充。

鲸类专家忽然意识到自己像在论文答辩。而少年也真像个导师一样，闭着葵花子眼，庄重点头。鲸类专家由衷笑了。

少年狐疑地看着他。他目光狐疑的时候，孩子气尽显：你笑什么呢？

鲸类专家说，你以后就懂了。

灰鲸专家回到家的时候，妻子已经穿着睡衣在看《唐顿庄园》。

怎么吃饭吃那么久啊。快十一点啦。妻子说。

是啊。真累。他准备去洗澡。

你今晚脸色不错呢。喝什么酒？妻子说。

我没怎么喝。

你爸妈送他们种的八角丝瓜来了。我直接送人了。我们反正很多。

嗯。好。他说，然后就去了浴室。

妻子把电视关了。她觉得自己心里又有一种堵滞的感觉，今晚过得沉闷而空虚，非常空虚，可是，那么空虚，为什么又那么滞重感呢。她丈夫一回来，那种沉闷感变得很压抑人。她不知道怎么办。

她到浴室门边，怕他在里面听不到，所以用加大的音量说：叫你爸妈不要再送菜来啦！！下雨天，阴冷得很！！

听到里面似乎嗯了一声。她又大声说：你们吃了饭去唱歌了吗？

里面的声音说：什么？没有。我带那孩子去了灰鲸馆。

半夜去灰鲸馆参观？晚上不是闭馆了吗？

妻子觉得心口又涨又闷，她抓起洗漱台上的筒梳，梳自己的头发。她喊：晚上不是闭馆了吗，你们怎么去看啊！

浴室里传来的声音说，爬窗。

妻子梳理着自己开始发白的头发，说，班花爬得进吗？

里面没有声音回答，只听到莲蓬哗哗水声。

你要帮她，她才爬得进去吧。

什么？

妻子突然大声喊问：她爬得进去吗？

里面说，我们都是爬进去的……

浪漫啊……妻子在外面轻声说，真是浪漫啊。

里面又没有声音了。

等他吹干头发，回到卧室，妻子已经上床了。面朝里而睡。他本来想跟她聊几句那个有意思的少年，但看妻子已经睡着的样子，便把手机调了闹钟，关灯睡去。感觉他自己快要睡着的时候，妻子的声音突然响起，又是那种吓一跳的感觉，仿佛被人从悬崖边猛力拽回，他说，什么？

妻子说，没想到呢，你这么不浪漫的人，居然……

没觉得啊……怎么还不睡啊。

妻子在意他的回答，所以，一时之间，她琢磨不出怎么回应他好。就这点空隙，男人又在睡意中迷蒙远去，像风筝一样他飘远了。突然，他的腰上多了一条腿，这条腿带着怒意，显得很重。他翻了个身，想离开一点，但身上反而又多一条腿。……快睡吧，我困了……他含糊不清地嘟囔着。

妻子觉得自己疲乏得毫无睡意，胸腔里有股若有若无的浊气无处发泄。今天这一个晚上都是怎么了？她也不明白自己。懒得见人、懒得起沙发、懒得吃饭、懒得喝水、懒得小便、懒得做瑜伽。懒得接受八角丝瓜。懒得见公婆、懒得见自己。这还不够，还有不对劲的地方，是的，她不可告人地贪污了一段涉及别人的历史，这不单单是懒得说的问题。真是烦躁疲惫啊。为什么我们住这么偏远的小区，市政的灯，到这里都是最不亮的；如果不是刚才用热水猛冲，今天肯定会感冒；瑜伽老师的身材非常好，看她年龄也不小了；班花长没长白头发？身材是不是真的像水桶？水桶还能爬墙翻窗吗？他怎么还有这么浪漫的时候呢。一起生活这么多年了，看不出这些呢。

妻子伸手按开了灯。

他的眼皮呼吸都没动。她便又推了他一把。没什么反应。这对普通夫妇，像夜色中所有普通夫妻那样，是都该入睡入梦了。可是心里有些杂草丛生的妻子，就是不舒服。她当然了解自己丈夫平淡无奇的模样与情怀，就像了解自己的平淡无奇一样，这份彼此的平淡无奇，建立了彼此毫无想象力的信任感。怎么不是过呀，日子一天是一天，乏味的平安也是福报呀。她宽慰着自己，终于让自己起了些睡意。她重新关灯，像猫一样，蜷缩在丈夫若有若无的鼾声里，她最后意识清晰的是，想起了他们唯一的浪漫往事。

那真是莫名其妙的浪漫。这么莫名其妙的浪漫，一度让介绍人以为他们一见钟情，其实，他们自己知道，根本不是这么回事。像他们这样的普通男女，哪有什么一见钟情的本钱，无非就是那一个时间段里，他们同频共振了。

浪漫的底牌，真不浪漫。就是那天，介绍人带着他到女方家，女方的妈妈正在将一个五公斤的方形白油桶里的茶油，分装到几个一斤装的小瓶子里，娘儿俩老是瞄不准，油多次要漏出来，只好赶紧停住。油桶又非常重。小伙子进来，这个粗笨体力活自然就由他来援助。小伙子提抱起油桶倒，姑娘扶地面小油瓶。一切准备就绪。没想到，小伙子很费力地提抱着油桶，正斜着大油桶，对准小油瓶口，敛气专注地要往里倒，姑娘突然扑哧一笑。这一笑，小伙子手控的那个茶油细流就歪洒了，小伙子赶紧住手放下桶。

两人清清嗓子，严肃地再来。好容易上下都对准了油瓶口，双方都屏声静气，大油桶也斜得角度很稳了，那姑娘突然又笑了。是那种憋不住的、喷出来的笑声。小伙子立刻又岔气，连忙住手。姑娘为自己不负责任的行为开脱说，我就是觉得会瞄不准……结果，再来。再再来。每次对准了，还没开始倒，她就爆笑。最后，小伙子自己忍不住笑，两人跟轮流爆胎似的，总有一个止不住。到后来，两人只要一抱起油桶，就笑场。地下接油的小瓶子也碰倒了。这个相亲的序幕，没有任何语言，就是反复笑场。有一次，他们彼此肃穆坚定，油已经准准倒入小油瓶有十来秒，但是，姑娘的阵线又垮了，她到底没绷住，她一笑，油立刻歪洒到瓶口外面了，姑娘笑得歪坐在地上。

最后，连介绍人、姑娘姨姨等一拨严肃而困惑的人马赶将过来，考察、整风、助势，没想到，也是看那上下油瓶对准的架势一眼，那些气势凛然的人们中，就总有一个人“扑哧”而笑，最后一个个笑得靠门扶膝，刚裹挟而来的满怀魄力，立刻分崩离析。小伙子再也无法提抱起大油桶，尽管他一再振作精神，但只要一提抱起油桶，必定有更多的人憋不住笑，哪怕没有声音出来，那个快乐发抖的肩头，也会有开心的超声波荡出来，大油桶就怎么也瞄不准那个油瓶口，阵线就垮掉了，结果，好容易屏住气的人们，又一个个哈哈呵呵嘎嘎，仿佛突然都进入了生命不可遏制的喜悦狂欢中。

谁也没有想到，一对普通人的普通婚姻，就这样匪夷所思地笑成了。甚至介绍人还没有出手。

所以，成为夫妇的那个妻子有时会发问：嗳，如果那天，我们家不是正好在倒油，你说，我们会走到一起吗？

鲸类专家每次都会在心里回答：不会，肯定不会。但是，他一般还是会自欺欺人地说，会吧。我们有缘。妻子往往会说，我觉得不会。因为，我们都太平淡了。我们这种人，看上去一点意思都没有。

有时候他就会接着说，那为什么倒油就可以呢，难道我们彼此都变得不平淡了吗。

女的就说，是呀，我们都在笑的样子，可能很有意思吧。你笑的样子，让我感到贴心合辙。结婚十多年后的有一天，她才告诉他，那天，我妈妈给你和介绍人陆老师煮了酒酿蛋花汤。我把你的碗和我们家的碗，叠在一起放进洗碗池洗。陆老师的最后洗。

他听出来，这是说，笑过之后，她对他就毫不见外了。但是，结婚十年的妻子又说，嗯，也许那天，随便一个男人，只要他和我一起那么笑，我可能都会把他用脏的碗和我的碗放一起洗，也许，我都会愿意嫁给他吧。

他听了也败兴。但反过来想想，不正是那个无穷无尽的笑场，让他毫不设防地接受了女人的平凡平淡，甚至，那个他一贯蔑视的、总不闭拢的厚嘴唇，他也始终没有一点敌对意识升起。如果没有那场上帝安排的笑呢？天知道，他们彼此也知道——两散的结果。

这个细雨霏霏的夜晚，妻子因为心里总是憋闷，总想和丈夫说两句。她蜷缩在丈夫并不伟岸的后背，脑子里盘旋了一句：嗳……你说，二十年前，如果，大油桶倒小油瓶，我们很严肃，倒得很准，你说，我们会结婚吗？

可是，她还是懒得问了。

两人渐渐起了均匀的睡眠呼吸声。丈夫一个翻身，一把卷走了大部分的被子，她在拉扯被子中，隐约听到一声含糊的咕哝：灰鲸……

西风的话

一

几乎是一夜之间，经警梁详在凤凰岛成为一个炙手可热的人物，间接证明他可能杀人的九个证人，也成为岛上人们最强烈关注的对象。在林木匠码头、在轮渡老梅茶楼、在浅岸音乐厅或者人北菜市，人们只要三五个聚在一起，就忍不住想研究一下这个案件，甚至那些在老师家学琴的孩子，休息的时候，也可能展开探讨，那些小学童，把小提琴横在腹部，抱得像枪战片上的机枪，琴弦扫得班班响，一个说，大歪个真的会杀人吗？被扫射的孩子说，要打赌什么？我敢保证是大歪个杀了那个老渡轮！

大歪个，就是梁详的外号。

凤凰岛是个两平方公里的古老的小岛，岛上居民不到三万人。说不清楚这个小岛是什么时候开始有居民的，反正居住这个风光旖旎的岛上的人都知道，这里大部分的人祖上非富即贵，实际上他们大多数人都有海外的近亲远亲。这些人的血统，你可以从他们居住的单门独户的老别墅中看出一点端倪，那些带有异国风情的建筑，虽然陈旧甚至破败，但依然可以想见它当年的风华，不过，你也不能就由此评判出入那里的人的富贵渊源，有的人不过几代都在哪个别墅里做管家或者贴心用人，主人到海外去了，他们就留下看守房子，再换一代人，房子就和自己家的一样了，何况有的主人已经杳无音信，他们已经成了实际主人，比如大歪个家，就占据了一个精致的白色两层小楼，听说他奶奶不过当年女主人的一个贴心又厉害的丫头；还有一些别墅，一解放就已经收归政府，然后房管部门安置了七八家，甚至二三十户普通人家合住在里面，比如安慈浴场那边，那栋三层的工字形大别墅嘉良楼，几十户人家杂居在里面，东隔西搭，五颜六色，斑驳拥挤，就像电影里的七十二家房客的场面差不了多少，传说中被大歪个杀死的老渡轮家，就住在那个嘉良大杂楼里。但这样的房子，说是豪门别墅，不过是外轮廓骨架而已了。

凤凰岛上没有凤凰。它实际上是凤凰木岛的缩略叫法。凤凰岛上遍布着凤凰木，每到每年四五月，火苗一样的凤凰花在绿枝丫上，火舌一般穿透性地跳跃开放，点、线、面，一个斜坡、整个树冠，浓烈得像火里泼过油，烧得整个树枝要断下来，到了六七月的全盛时期，全岛不可救药地燃烧起来，从岛外任何一个角度看去，那都是一个烈焰熊熊的火之岛，从飞机上看下去，则像一个大海环绕的一个璀璨红宝石。凤凰岛上的凤凰木，实在太多了。等到火苗渐次熄灭，新绿再次统领全岛，而且，一把把和西瓜刀一样的窄长的豆荚果实，也就悄悄地从鲜花消失的地方，渐次生长，人们不经意地抬头，呵，满头悬挂一柄柄绿色的匕首，长长短短，浅绿到深绿，越长越有力量。凤凰岛上的孩子，除了拉琴，几乎都是握着这样的刀豆，在打打杀杀中一年年蝉蜕童年的。

凶杀案发生在凤凰木刚刚绽出火舌花的三月底，而案件开庭审理时，已经是坚硬的刀豆满岛悬挂的九月秋凉。不管是三月还是八月，不管是花火燎原还是刀丛满天，一年中的任何季节，上岛旅游的人们，都会听到整个凤凰岛上到处弥漫的小提琴旋律，间或也有钢琴。你随便在哪个小巷深处，随便在哪一阵像海浪一样打来的海风里，或者在哪一老别墅墙匍匐而下的青藤瀑布中，琴声就在那里隐约逸出或者汹涌飞荡；杀人案发生之后，正是乐器级别考试和全国青少年音乐大赛即将开始之际，经办警察老侯和小易回想起来，整个案件调查好像都在音乐的背景中进行。这就是凤凰岛又名音乐岛的来由，这里的小提琴已经是渔夫走贩的家常爱好。据说，某年，市里凤凰爱乐乐团来了个全国小有名气的客座首席小提琴。浅岸音乐厅离人北菜市的南段不远，乐团天天在那里排练某个节目，忽然有一天，一个卖海蛎干墨鱼干的家伙，霍地扔下摊子，一路直闯演练厅，老远就冲着首席小提琴狠狠抱拳：求求你啦我求求你！这段间奏曲你能不能把气调得稳一点、再沉一点？见过鸡蛋打开拉出来的蛋青丝线没有？那种感觉你有没有？啊？不是冷水掉进油锅里爆啊。听了你五天了，我实在实在是受不了啦！

这琴声氤氲、乐浪滔滔的美丽之岛，像个世外桃源，最多是旅游旺季的时候，混进些小扒手。而凶杀案，在人们的记忆里，从来就是别处的故事，所以，老渡轮竟然在自己家里被杀，凤凰岛举岛震撼。

凶杀案的稀罕，固然是引起凤凰岛高度聚焦的原因之一，而被害人老渡轮、杀人嫌疑人梁详以及九个间接的现场目击证人，统统都是本岛人，这才是凤凰岛居民强烈关注的最重要因素。

二

老渡轮并不太老。凤凰岛有了第一艘大渡轮以来，他以年龄最小驾驶大渡轮而成为资格最老的渡轮驾驶员。十七岁的时候，凤凰岛的人们叫他小渡轮，叫了二十多年，有人忽然发现这样叫不妥当，就改口叫老渡轮，好像几天工夫，岛上岛下的人都认可了这个改口。其实老渡轮不过四十多岁。

老渡轮在凤凰岛上，不仅因为几十年来风里雨里把人们渡来渡去作用重要，而且因为智慧狡黠老谋深算，成为凤凰岛上一个不可忽略的重要人物。和老渡轮父亲同辈的老人说，老渡轮从小长得就和刘备一模一样，两耳垂肩，目光安详。老渡轮下得一手好象棋，最风光的那些年，在轮渡老茶楼，他一个人同时和三个人下，经常是不负一局。这个风光一直持续到老渡轮忽然停薪留职下海经商。那两年老渡轮赚得听说相当不错，有邻居了解到他妻子小连已经开始在看房子，很快就要搬离老杂楼。后来听说老渡轮又把赚来的钱全部和人合伙投资新疆的阿尔泰金矿去掘金，但挫折重重，直到老渡轮被人杀死，他的掘金设备还在万里之外的阿尔泰山区生锈。这次投资重挫后，老渡轮的第二任妻子小连，就和老渡轮的第一任妻子一样病故了，留下一个和前夫所生的女儿叶青芒。关于这一点，老渡轮看得很透，说他命里注定要克掉两个妻子。老渡轮掘金受挫后，也不愿再回轮渡公司上班，便经常在家闲看周易，研究起八卦来。因为聪明，也很快就上了路，左邻右舍被他算得都说准，包括一个孩子将考上什么方位的大学。一时被传得非常神。大家都说，老渡轮比起岛上那些市里过来骗游客的真瞎子、假瞎子，不知高明多少。但是，老渡轮总说，不过是凑巧罢了、凑巧罢了。老渡轮说得谦逊而自信，可是，老渡轮到底没有算计到自己会这样背着锋利的骨头刀暴毙在自己家的客厅，此外，他一直认为他的金矿会顺利开工，他会在六十岁前，在环岛路浅水湾一带，买下一栋真正的、他自己的别墅小楼。所以，投资受挫后，他总是很沉着地对后妻小连和她的女儿叶青芒说，再忍一忍吧，我一定会让你们漂亮的脚丫，舒舒服服地踏在我们家的金山上。

这些都成了一个死人的梦想了。老渡轮被杀的时候，叶青芒 21 岁。

凶杀现场在客厅兼饭厅的屋子。老渡轮的后背被自己家的锯肉刀深深插入，警察老侯和小易他们来的时候，那把锯齿锋利的锯肉刀，就站在前趴的老渡轮的后背上。这把刀平时总是在厨房屋角那面像脸盆一样口径、鼓一样的原木菜板插着的。老渡轮喜欢烹饪，刀具齐全，而且他家的菜板、菜刀都是大气磅礴的，和狭小的屋子很不相称。用完刀，老渡轮喜欢用刀把菜板狠狠刮干净，然后把刀一剁，刀就像蜻蜓一样站立在一尺来厚的原木砧板上。他当然想不到，有一天，这把锯肉刀会这样站在自己的后心上。

是叶青芒报的警。但是她无法说明现场情况，她只说，她下班回来正整理衣柜准备洗澡，忽然头被人沉重地打了一下，就什么也不知道了。后来被剧烈的头痛痛醒，出来一看，发现继父半趴在饭厅椅子上。

辖区警察老侯和小易到现场最早。那时叶青芒耳朵后面头皮一块淤肿上的一点血迹已经干结了。屋子里并没有什么血腥气，老侯和小易只是隐约嗅到另一种熟悉的腥气。椅子前面老式花砖上有些黏腻不清的东西，在那些有快一个世纪长的异国气息的老花砖地上，显得非常不明显。正是如此，对于这个素来祥和、缺少实战经验的岛上警察来说，现场勘验疏忽了它，还是可以理解的，只是，等到他们意识到它可能的重要价值时，证据早已彻底灭失。

刀上，有大半个无名指指纹。显然，这是一把不及被擦拭干净的凶器。

地上，发现两张音乐票，其中一张背面铅笔写有“梁芳”字样。

老渡轮的卧室一看就是被人抄过，床头柜抽屉半开着，里面一个扁圆的红色旧饼干筒，空了，盒里的存折、国债、首饰都不见了；叶青芒说，好像平时继父是把贵重的东西锁在他自己的床头柜抽屉里，她也不知道里面具体有多少东西多少钱，只知道里面有生母留给她的一条金项链，因为老气，她不爱戴，继父就替她收藏着；不过，前段继父用农行装钱的那种暗绿色硬塑料袋子，装着钱回来，好像是一笔的生意的钱，可能有好几万吧，叶青芒说她也不知道最终这钱是继父存银行了还是被人抢走了。

叶青芒自己的屋子很窄小，窄长的木片百叶窗，白色的漆已经剥落，透过的光线比较昏暗，但房高有四米多，空气还算清爽。小屋子里只有一个小弹簧床和一个老式的五斗橱，薄薄的单人床垫都被翻扯到地上。除了头部的重击到记忆，叶青芒和局外人一样，说不出来案件过程的任何情况。她只是无声地啜泣，警察老侯和小易他们无论问什么，她都低声说，我不知道……

三

凤凰岛平时两艘大渡轮，每十五分钟一班地对开来回，本岛人来来去去大致都把彼此看了个脸熟，他们很容易就能分清渡轮上哪些人是上岛旅游的游客，哪些是市里过来的居民，哪些是本岛人。反正只要在岛上住久了，人人都有这个感觉。

普通岛民都彼此脸熟，何况大歪个梁详。梁详恐怕是全岛最高的人，一米九多的个子，不管是在岛上、还是在渡轮上，都比一般人高了一大截，不知道是高得不自在还是脊柱侧弯，梁详看上去总是有点歪歪的。从部队回来的梁详又长壮了，后来脸上还带了条勾形的伤疤，那是见义勇为的痕迹。这样一来，岛上大人小孩，几乎谁都知道他，你说梁详可能不一定知道，但说大歪个，人人脑海里都会出现渡轮上高人一头、脸上有伤疤的男人。

梁详在市里建设银行做经济警察（老百姓叫他们银行保安），从部队复员回来就在那里做经警了。现在已经是百来号经警的队长。有一年，报纸上登了一则消息，说一名妇女，刚取了八万块购房款，才出银行就被两个歹徒抢劫。刚下班正好路遇的建行保安梁先生，立刻奋力追赶，独自一人和两名持刀恶徒搏斗，身中三刀，其中一刀划开了左颧骨皮，刀伤并不深，但疤痕结得颇为醒目，像个耐克商标。大家等候渡轮的时候，都会看候船坞报刊夹上的报纸，总是七八个脑袋凑着看，正反面版都是人。一个声音说，那不就是大歪个嘛。脑袋都集中到这一版来。后来岛民又在后续的报道上看到，不少市民带着鲜花水果自发到医院去看望见义勇为的好保安梁详。后来还看到市领导区领导一行去医院看他，送慰问金，电视上也播了。梁详躺着，虽然脸上缠着绷带，大家还是确认出他来。再后来大歪个就提拔了，这个报纸上倒没有说。反正后来大歪个又出现在渡轮上赶上下班，大家都会多看他几眼，眼光里自然有崇敬之情。你想想，他可是敢拿命去拼杀的人哪。

老渡轮当年在茶馆一人独对三人的风光时期，梁详还不到十岁，但是梁详喜欢象棋，所以总是挤在大人的大腿之间痴痴看棋不回家。十三四岁的时候，梁详已经像老渡轮的跟班、小马仔一样。那时候的梁详心目中，天下最了不起的人，老渡轮要算上一个。老渡轮不仅会下棋、《三国》《水浒》《史记》这些故事，谁也没有他讲得好，其实也不是讲，而是老渡轮在说话的时候，会随口引用这些故事，所以引用，是他已经从故事里面总结出了人生哲理。

随着梁详慢慢长大，他对老谋深算的老渡轮的崇敬之情依然没有改变，梁详的参军、恋爱、求职等人生大事，听老渡轮建议的比自己父母还多。在梁详看来，老渡轮不大的眼睛里的眼珠子，总像鱼缸里浮上水面的珠子，就那样浮起在半闭半合的眼皮之间，多少透彻又淡然的智慧，都藏在其间了。老渡轮一点拨，世界上的事就不那么复杂可怕了。而老渡轮因为梁详的长大，和他的谈话也就慢慢多了，忘年交已经成了定局。梁详在报纸上出了点名的时候，老渡轮正在生意场上征战。出院后，梁详一听说老渡轮回到凤凰岛，立刻意气风发地带着报纸和记者送的照片到老渡轮家。老渡轮只是随便扫了一眼报纸，仔细问了他的伤情，沉吟了很久说，这是一次赌博，这次你险胜了，但是，下次你就未必再赢。

梁详是全凤凰岛几个为数不多的、坚信老渡轮一定能顺利开成金矿的人之一。尽管四五年过去了，阿尔泰那边一直没有动静，老渡轮也飞过去两次，每次回来老轮渡也不愿意谈任何金矿的事，只是依旧散淡地在家翻看易经或中央领导人传记等书，但是，所有这些，依然没有动摇梁详对老渡轮的信念。在银行，梁详一直努力想做生意，也在老渡轮的指点下，赚过一点小钱。梁详相信，真正开矿的那一天，老渡轮肯定会给他梁详一个不可估量的灿烂将来。他甚至提前问过妻子阿荔，如果我去新疆管理金矿挣大钱，你支不支持？

这个崇敬而些微势利的美好感觉，一直持续到梁详认识了老渡轮的继女叶青芒，很快他就隐约感到叶青芒有点怪，怎么个怪法，他也弄不明白，但是，想到叶青芒的怪，再看老渡轮浮起的眼珠子，就有点复杂难测了。当然，这是近一年来的事，也许，他心里对老渡轮辉煌未来甚至能力和人品的怀疑，终于也在心里悄悄萌芽，只是他自己还不知道罢了。

四

老渡轮第二个妻子小连嫁过来的时候，女儿叶青芒没有上岛来，她和父亲住在市里。那时她大约十二三岁。偶尔，她会在周末乘渡轮上凤凰岛来找母亲玩一天。老渡轮对孩子非常友好，不仅到渔船上去购买刚捕捞的野生海鲜，还亲自下厨做给孩子吃，而且讲故事，教游泳，陪孩子听音乐会。梁详有一次在找老渡轮下棋的时候，看到一个剪着男孩头发的精瘦的女孩，在院子前的老水磨石的大平梯上练习跳远一样蹦上蹦下，同时嘴里回回回地发出干涩而短促的哨音，显然她在学习吹口哨。梁详经过她身边的时候，用真正的男式口哨，流畅美妙地弹了小丫头一样，示意让路。小毛丫头睁着眼睛，很羡慕地让在楼梯一侧。

这是梁详第一次看到叶青芒。后来偶尔又看到两三次，印象不太深，只是感觉老渡轮非常了不起，对别人的孩子视同己出。叶青芒父母离婚的时候，小女孩正好到了有点反叛母亲的时期，父亲就顺利得到女儿，后来小连嫁了老渡轮，条件也日益好转，就想孩子父亲同意改变抚养权，当时父亲很不高兴，而且叶青芒就读的市第一中学条件是凤凰岛上的学校无法相比的，这事就拖了下来。再下来，金矿投资不利，小连的心情和身体都不太好，虽然知道前夫已经有了新妻子，但想接女儿的心思也没那么强烈了。

父亲的新妻子是个卫生院的有洁癖的护士。一天要用药皂洗手五十遍，她最厌恶的是，14 岁的少女叶青芒非常臭的汗脚，她不再允许叶青芒穿球鞋，甚至初冬，还示意叶青芒穿凉鞋。谁叫你一个女孩子脚这么臭呢？她还对丈夫说，我特意交代媒人，臭脚的男人我不要，哪里想得到，男人倒不臭，一个小女孩子怎么臭得让人呕吐呢？等到父亲有了自己的亲生儿子后，叶青芒的处境就开始实质性地改变了。叶青芒书读得很不好，职业学校读了几年，毕业后，托后母的关系，送了些礼物，就到一个国营百货华联大厦做了个收银员。谁知华联大厦的效益逐年走低，更糟糕的是，后母的儿子越来越大，不便和父母合睡，而小男孩和他母亲一样，也尖锐反感姐姐脚臭，执意不肯和姐姐合住一间，要和父母挤着睡，而且一到姐姐房间就夸张地抽动鼻子，表示对异味的警觉和敏感。这样，叶青芒就很难受了，主动要求在客厅打铺睡，房间让给弟弟。但父母还是希望她在单位申请到自己的宿舍，可是单位都快垮了，没有人理睬叶青芒的申请，此事越拖，后母的脸色就越难看，发展到一看到叶青芒在家，就要开窗通风，最后连父亲的脸色也严峻如霜了，甚至托人给女儿介绍男朋友。叶青芒也知道这个家已经容不下自己了，可是，还是没有好办法。后来还是后母出主意，说你单位对面就是凤凰岛，不如问问你继父，可不可以在那里寄宿，上下班也方便。叶青芒一想，继父倒是一直待自己很好，母亲去世后，依然关心自己，也招呼她随时去玩的。这样，叶青芒那天就买了水果上岛找老渡轮，小心翼翼地表达了这个愿望，没想到，老渡轮很干脆地说，你来吧。

那个时候，叶青芒 19 岁。

五

阳春三月的凤凰岛，像一艘准备驶进火红夏天的巨轮，火花点缀的凤凰绿树下，爪形的三条白色小路，把上岛的人们送往绿色巨轮的三个方向，每一个方向的路，都是汉白玉的五线谱线和音符铺就，它们镶嵌在耐踩的、四季常绿的天鹅绒草中间。

下了渡船上岛，沿着鸡爪的“大趾头”方向，经过林木匠老码头，可以抵达海洋博物馆和著名的景点状元井和闻天钟楼。还有海外扬名的星海少儿音乐学院，很多有心的游客会请导游带到那里的白色尖顶大礼堂外，一边在凤凰木下休息，一边听着里面传出的琴声或者孩子们合唱班天籁般的童声。

在状元井旁边，是凤凰岛上老幼皆知的时珍济世诊所。人们又叫它六角梅花楼。从闻天钟楼顶往下看，像一朵梅花。济世诊所就设置在它的一楼。路再延伸过去，一个浅浅拐弯后的斜坡，就是老渡轮和叶青芒居住的大杂楼嘉良别墅了。大楼前面有四棵大王椰子树，每一棵树的胸径都比水桶还粗，灰色的树干，干干净净，就像个巨大的水泥啤酒瓶。楼后面是荒芜的喷泉假山。假山是个两米高的瘦、漏、透的整石，喷泉池也许废弛了半个世纪。围栏的水泥和现代水泥不太一样，粗粗麻麻的，看上去更坚硬更经风雨。这个工字形的大别墅，据说是岛上当年首富人家汪家，后来因为汉奸罪，抗战胜利后，被国民党政府清了门户，成年男子全部被正法，据说当时，院子里的草地上七八口棺材一字排开，其状十分凄惨。剩下的女眷，自杀的自杀、逃亡的逃亡、发疯的发疯。解放后，这栋大型别墅就成了政府管理的安置房。中间主楼的尖顶洋灰面上，刻有一个像是铸铁的圆形家徽。从楼下看上去，比篮球更大些，图案却不是太清晰。从济世诊所的窗口看出去，那个圆形家徽正好超越路边的凤凰木冠，对应着济世诊所的老中医卢老的眼睛。如果卢老到乾坤楼后庭伺弄花草，还能看到老渡轮家的后窗边废旧的瘦、漏、透的喷泉假山。

卢老已经快八十岁了，面白如玉，寿眉飘飘。老人细声慢语，一双细长绵软的手，搭遍了岛上大人小孩的脉搏，知道岛上所有人的“肺里有没有风”。老人两只细长多褶的食指中指轻轻搭在求诊的人腕上，他半闭着眼睛，然后再换一只手腕，沉吟着，审慎又自信，唔，你肺里有风。老人征询但不容置疑地说，先吃三帖药吧？岛上的人，都说老人搭脉很准。有一段时期，你肺里有风！成了岛上孩子逗乐的问候方式。在凤凰岛上，谁家的锅里，没有煎过卢老这里开出的几帖中药呢？老渡轮也好，大歪个也好，是人都难免。

案发次日中午，警察老侯小易他们做外围调查的时候，到了乾坤楼。卢老刚刚送走一个吃了卢老的祖传偏方，终于怀上孩子、喜洋洋来送红蛋的婆媳两人。

老侯说，卢老啊，你这和老渡轮出事的那个楼，相隔不太远。昨天傍晚天要黑没黑的那时候，你有听到什么看到什么奇怪事没有？

卢老细声慢语地说，别看我八九十岁了，我的耳朵眼睛和你们一样好。昨天有什么奇怪的呢？就是看病的人少，到处都是琴声，有的还真是拉得不错。孩子们是不是又要开始比赛了？

老侯说，什么都没听到、看到吗？

唔，没什么印象啊。哦，我看到大歪个，天有些暗了，就在那个不能喷水的假山那里，三角梅挡住了他，我还想，大歪个和老渡轮拉拉扯扯什么呢？

你亲眼看到他拉扯老渡轮？

我是看那个动作样子这么想的。他背对着我这边，他个子那么大，挡住了他拉扯的人，说不定是女人也不一定。我眼睛算是很不错了，你看，他背对着我，又有假山三角梅遮挡着。我还是一眼认出他来。只是我懒得多看。哎，我的大丽花怎么招了那么多芽虫呢，你们用什么办法治虫？

千万不要用洗米水浇花。老侯说，大歪个和人拉拉扯扯，但和谁——看不清吗？

不是看不清，我不爱看。我看我的花了。

肯定是大歪个吗？

咦，你们还是不相信我的眼睛。不是说，我的眼睛和耳朵和你们一样好吗？

六

煎老二自从在状元井争了一个风景摄影的摊位，赚游客的钱就比他祖上、现在他父母在人北菜市炸海蛎饼、烤海蛎煎，赚本岛人的钱容易得多。煎老二天天带着白色的棒球帽，挂着相机，守着相机租赁的活动玻璃橱，操着一口假京腔，和五湖四海的游客套近乎，看上去像见多识广的天涯热心人，但是本岛人还是习惯叫他煎老二，一下就把他祖辈卖海蛎煎的老底，兜了出来。

警察老侯小易还没走到摊位，煎老二一见，老远就大声呼喊，来了来了，你们自己问问警察，这押金拿走了一个小时了，怎么才说我给假币？

再说，这钱就是你们租相机留给我的押金，我根本没动它呀。

围着煎老二的三个游客模样的人，一起转过来看警察。一个脸色通红拿折扇的妇女说，警察评评理！这是什么事！我们租他相机，他退押金的时候，竟敢退还我们假币！不是去买纪念品还发现不了，那不是要把这假钱带到湖北去了?!

煎老二一脸无辜地说，最懂证据的警察在这里，我不说了。我只想告诉你们，我这面“文明摊位”的流动红旗不是天上掉下来的！好了，你们要么去报案做笔录，要么走人，不要妨碍我的名誉和生意！请！

警察老侯一直翻着海产品店鱼干一样的白眼。游客以为警匪一家，既气愤又气馁。老侯其实是恨煎老二又他妈钻证据空子，他已经调理过不下五次游客投诉煎老二退押金给假币的事，更别说那些未及发现已经离开凤凰岛的人，鬼才相信，全国各地的人，怎么都拿着假币找煎老二押金租相机来着?

那个拿着折扇、浑身冒着更年期的大汗的女人，警察老侯也有点反感。老侯冷冰冰地说，下次当场验钞，收和退，双方都要互验。离开一个小时你再来，就真是他给的，我也没有办法叫他还你真钱。看游客没有反应，老侯又恨恨地说，这叫——重——证——据！

煎老二笑容可掬，可不是，现在是法制社会。但天地良心，这钱真是你们交来的原押金——不知谁在前面坑过你们。你看，我都是这样按相机编号，一份一份对应收好的，好退。如果你们刚才一拿钱当面发现是假的，我再委屈也认了，谁让我没有验钞呢。现在，真的对不起了。

把游客哄走，煎老二塞了两包烟给老侯小易。小易说不抽烟，老侯统统接过并点了烟，但老侯依然臭着脸。老侯说，昨天老渡轮家的事，知道吧?

那当然！我一看警察过来那么多，就知道出事了。没想到是老渡轮。你说，这人精怎么会这么个死法呢？是仇家上岛了吧？

你昨天看到什么没有？有没有特别的人过去，或者奇怪的声音什么的。反正你看到什么都说说吧。

也没什么啊，五点不到吧，看到他们家那个瘦瘦的继女过去了，可能是下班过来。我还跟她哈罗了一下，她笑笑。游客都是出来的方向，太阳偏西游人就开始少了，也没有什么奇怪的游客，噢，收摊的时候，大歪个过去了，脸色不太好，穿着他们银行保安的灰绿色制服，不过没戴帽子。

脸色怎么不太好?

讲不来，反正不好看，所以我懒得叫他，他也不看我。我想，他可能是找老渡轮玩过后回家吧。以前他从这里经过，都是找老渡轮。

大概是几点?

路灯刚亮，我准备收摊了。哎，你们应该问问他自己呀，已经问了吧?他可能知道很多情况。老渡轮——是当场被杀掉的吗，是不是很多凶手?

七

警察老侯也是在凤凰木下长大的凤凰岛孩子，不同的是，除了一把绿塑料芯口琴，老侯一家没有一样乐器，只是老侯还是小小侯的时候，在凤凰岛星海合唱团唱过高声部，这是小小侯童年的一个重要骄傲。但小时候，老侯最大的梦想就是有一把小提琴。

新警察小易，是个北方佬，从小受过望子成龙的小提琴严格训练，可惜四级屡次考不过，让家人断了想头。当时市局把十几个新警察分配到各分局，只有他一个分配到凤凰岛区，新警察们都还羡慕地恭喜他到了风景如画的仙境。只是三天，新警察小易就沮丧了，这里原来是个闲得让人生锈的地方，如果用一把刀来形容他和他同学所占的位置，那就是，他们要么是刀尖，有东西可对付，要么是刀柄，有人握着提着，要么是亮亮晃晃刀身，好歹有个威风摆在那里，而他，充其量也就是刀柄刀后锋之间的既不起眼，也不突出的“下巴”位置。上岛后，小易成天嗅着海风在凤凰木下逛来逛去，好像只有小巷深处不时逸出的、隐约熟悉的旋律片断，让他的耳朵感到似曾相识和些微的舒适，勃拉姆斯？西贝柳士？咳，天意啊，我他妈活该就是来音乐岛上当他奶奶的生锈警察的。

老侯嘿嘿干笑着。新警察小易和老侯，就靠在星海少儿合唱团大门的老凤凰木下聊天。他们在等里面的水清清老师。水清清老师是合唱团里面的资深老师，就住在老渡轮同一栋嘉良大别墅。水清清住楼上，即“工”字形的北横东角上。老渡轮家在一楼即“工”字竖中部。水清清家的一个小阳台，对着老渡轮的客厅大窗。

在孩子们的合唱间隙，能听到一个非常结实极其清甜的嗓子，它指导性地唱一句，也许又说老什么，孩子们的合唱便试探性地来一句。隔了段时间，再一句。新警察小易说，听这声音是一个多么美丽的女人，她在泉水边沐浴呢。老侯说，看了你就知道了，一张大饼脸，有好多个红色的痣。她是我的小学同学，后来考到北京。不过，她的女儿真是非常非常漂亮，像她那个东北爸爸。新警察小易一听，细眼圆睁。老侯说，可惜那女孩是个疯子，整天只知道拉琴。嘿嘿，去年春天的时候，在佛光风动石那里，她拼命拉琴，拉得非常精彩，太精彩了，游客们都不走了，围着她扔了一地的钱，有人泪流满面。她忽然就脱光了衣服，一件件衣服，被她尖叫着扔到树上去，然后把琴举得像金猴奋起千钧棒，劈面就向听众打来。大家这才醒悟，天哪，不是艺术家，那是一个疯子！

孩子清泉般的声音，像轻盈飞翔的鸽子，一阵阵腾起，越过凤凰木绿叶缝隙，越过白色大礼堂尖顶，越过哥特式闻天老钟楼，向蓝天遨游而去。

去——年——我——回——去——
你——们——刚——穿——新——棉—袍——
今——年——我——来—看你——们——
你——们——变——壮——又——变——高——
你——们——可——曾——记——得——
池——里——荷——花——变——莲——蓬——
花——少——不——愁——没有——颜——色——

我——把——树——叶——都——染——红——

……

真是舒服啊，什么乐器都比不上童声合唱。小易感叹，这什么曲子？老歌啦，歌颂秋天美丽的变化。就要放学了，水老师也就要出来了。

八

水老师住在嘉良楼二楼，其实就是筒子间两小间，外带在红砖阳台上搭盖的一个小厨房。看那窄长的老式中开木门，以及有一个人手臂长的铁管式铸铁门闩，再抬头看天花板上精致的荷花雕饰，新警察小易猜这是一个二十年代的豪华大卧室隔出来的房间。

有个房间外带一个仅容一人的老式微型阳台，围栏是铸铁雕花的。站在那，倾点身，可以看到老渡轮客厅里的尸体，也就是说，这个角度正对犯罪现场，但水老师不在那个房间，更没有在小阳台看风景。那是赶晚饭的时间啊，水老师说，那只海鸭那么多毛！我就在厨房快快地拔毛，赶着下气锅呀。

水清清家那个简易搭盖的小厨房窗口，可以看到嘉良楼的后花园衰败的那座假山。但是，水老师抱怨说，区里面五一文艺演出的会开得那么迟，回来我赶拔海鸭毛都来不及，我哪里还会注意其他什么情况？好像楼下后院子有讲话的声音吧，是青芒和谁，可能是大歪个，好像是在小声争论什么，我没空听，也不想听。凶杀案是什么时候发生的，反正一点声音都没有，只有辛甲在拉琴，老侯你知道她的习惯，昏天黑夜她一直在拉琴，所以我根本听不清楚，也没有注意什么异常动静。那么贵的一只野海鸭，你又舍不得把皮都撕了。哎呀咳，人都死了，坏人也跑了，你们问来问去能解决什么问题呢？赶紧把这个安全搞好吧！现在的治安这么糟糕，杀人都杀到家里来了！我是受够了，区文化局再不给我市里安排房子，我也不干了。现在，你问问这个楼里的人，谁在市里没有一套房子啊，人家不说！那边房子租出去赚钱了，这边又图个生活、工作方便！现在的警察真是越来越没用了。

辛甲持琴，不知什么时候站在厨房门口，站在阳台上不知谁人遗弃的几盆歪歪倒倒的但十分茂盛的芦荟丛前面。阳台上的风，把她瀑布一样的发卷横扫遮掩了半个面孔。巴赫，一个粗哑的声音，从一张黑发掩映的嘴里，瓮声瓮气地发出，她含混不清地说《E大调第三组曲》。

辛甲，没你的事，你练琴去，去。水老师说。

辛甲把琴往颈子下一夹，一串急速的旋律奔腾而出，她边拉边走。小易一下就被她吸引过去：华沙幸存者？不会吧？小易梦游般地跟着她，离开了厨房门口。他们进了起居室，辛甲折进那间带有微型老式阳台的卧室。在那个小括号形的铸铁围栏里，她躬身猛力拉琴，眼睛直视老渡轮家，就像探视着一个惊天机密。阳台上的风，一阵阵试图撩起她掩面的长发。但辛甲顽如顶牛，拉得疯狂而冷峻。尽管知道她是精神病患者，新警察小易还是因为她无懈可击的琴技震撼，风中，旋律飞荡中，辛甲隐隐显现的美貌线条也令小易有点手足拘谨。

勋伯格的华沙幸存者。老侯说。老侯不知什么时候过来了。琴声尖锐、刺耳，和弦极不协和，独奏的小提琴声，夸张了狰狞感与紧张不安。两人听了一会，互相交换眼神，彼此都在对方的眼睛里看到了动荡、阴森与绝望。老侯拍拍辛甲的肩头，表示精彩，也示意告别。他们转身走了，琴声中，辛甲瓮声瓮气地讲话了，一开始他们没有反应过来，后来新警察和老警察都猛然收腿谛听：

……推椅子上了，脱鞋！脱鞋！脱掉！蛇！蛇！……小便……

辛甲保持着躬身操琴，她甚至不明白讲话的时候，应该拉得轻一点。小易老侯屏声静气，在这数分钟的前奏曲中，吃力地剥离着关于隐秘的目击叙述，无奈辛甲旁若无人，纤细而坚韧的指头在弦上飞速地抖动滑翔，狂疾如电，她就始终倾身直视着老渡轮房间，在她强直僵硬的目光里，似乎对面一楼房间的死去的和过去的一切又复活了，一切都历历在目：……茶壶在音乐中扭转，打翻了……到处是寒光，一屋子寒光如刀锋慑人魂魄，所有的器物在空中飞旋，尖叫着爆裂！到处是刺耳尖锐的啸叫……辛甲纤细的身子由内而外在剧烈振荡。小易无法呼吸，杀人了，没错，杀人。他知道老侯也听到了杀人的恐惧。但老侯更担心辛甲会摔倒。他觉得这样狭小的楼梯，她这样激烈失控的动作，会不小心失去重心栽下阳台。

也许是琴声异样，水清清不知什么时候已经出现在这个房间，围裙还在腰上。她像旋风一样，扑上阳台，一只手拽过辛甲，一只手扬手就是一巴掌，还带着水渍的浅红手印，就留在辛甲的脸上。老侯和小易瞠目结舌。

你们有病啊！水清清说，为什么让她上这个小阳台！——这平时我都是锁死的！你看看！这些一百年的铁围栏，早都烂心了！有等于没有！摔下去你老侯负得了责吗？你们难道也疯了?!

警察老侯和小易难免尴尬。阳台上有些生铸铁雕花茎蔓，确实已经锈断。有的地方被岁月风沙磨损得非常尖细，锈云一片片浮起脱落。在水清清对辛甲严厉搜身寻找锁头的时候，两人悻悻离去。

天知道那疯子在说什么！老侯叹息。

我猜里面有个女人……小易说，是正当防卫吗，或者……还有个复杂的第三人？

唉，别想她了。就是辛甲什么都看清了，一个没有行为能力的人的证言，有什么意义？没有任何意义。妈的！我现在最烦的就是更年期女人，其实她不更年期也很可怕，总以为别人要巴结她。你看看她那样子！有什么了不起，难怪她老公要离。何况更年期！我老婆最近也和疯子差不多，我根本不想回家……

喂，小易说，你还记得我们最早到现场时，椅子下那些有点黏滑的东西吗？你说那会是什么？

精液。老侯说。

小易无限惊奇，你也这么看？

那能是什么！辛甲说的小便——能是指什么？

至少有个家伙掏出了……？而且现场是有摔碎的茶壶……

唉，辛甲说话也不算数。算了。专案组只是让我们地段配合，该走访的我们都走访到就是。支队那边破案有能人呢。

九

梁详是在老渡轮家邂逅十九岁的叶青芒时，一眼没认出她就是当年那个小黄毛丫头。但女孩子看他一眼就垂下眼帘的怯懦神情，唤起了他几个月前在水果批市转弯路口的记忆。当时，一辆摩托车从小路冲出来，梁详他们的运钞车一闪，就把汽车左边的一个骑自行车男子刮倒，他一倒，就带倒旁边一个女孩，女孩手里的水果顿时满街头乱滚，场面变得很大。押运车顿了顿，梁详他们几个经警子弹全部上膛了。这是训练课里说过的可能的抢劫设计场景，押运人员绝对不会受这个事故影响，更不可能停车。在路人愤怒谴责中，梁详他们这辆写着“武装押运、请勿靠近”的黑棺材一样、载满巨款的车，急速远去。

在运钞车后窗，梁详看到了那个被路人扶起的、不知所措的姑娘。她似乎没有愤怒，更多的是惊恐，眼光像卷帘门一样，才提起又放下。这样无助又惊惧的眼神，给了梁详记忆。

但究竟是不是她，直到老渡轮被杀，梁详也没有问过叶青芒。那天，她下班推门而入的时候。梁详说，找谁？显然叶青芒认出了他。她笑了笑，垂下眼帘说，叔叔好。

三个人一起吃饭的时候，看得出，老渡轮对这个继女关怀细致，甚至把鱼骨头挑了再放到继女碗里，若发现继女碗里的鱼肉里，还遗有一根鱼刺，会很紧张地、简直有点大惊小怪地赶紧伸出筷子帮她拿掉，好像继女马上就要被卡死了。继女似乎并不愿意这样被照顾，那表情有点羞怯难堪又有点隐约的无所谓。梁详看着爱屋及乌，觉得也有必要对新来的小女主人客气一点，于是没话找话说，女孩十八变啊。小时候只记得你来做客拼命学吹口哨的样子。现在会吹了吗？

叶青芒笑笑，也许觉得不是真要回答的问题。

叶青芒到底没有学成像男孩一样的口哨。如果生活没有那么多的变故，这个少女完全有可能吹一嘴婉转流利的口哨，就像她自己设想的那样。但是，叶青芒始终停留在干巴生涩的阶段，她的全部生活似乎都搁浅在那个阶段了。

梁详在老渡轮家碰到叶青芒次数并不多，但总能看到老渡轮对那姑娘体贴入微的呵护，有一次竟然撞见，老渡轮在水龙头下洗一条不知是掉色还是经期的女内裤。老渡轮有说过叶青芒生父那边的情况，所以，梁详打心眼里感叹叶青芒的幸运。只是，叶青芒看上去却有点不太明白事理的样子，老渡轮对她的呵护，她好像总是反应迟钝半拍，有时还夹着“逆来顺受”的小样。梁详想，不是亲爹妈到底不一样，但话说回来，就是亲生儿女，又有几个知道父母的苦心呢。梁详回去把见到的告诉老婆阿荔，觉得那继女有些不知好歹。阿荔听了几次后，突然哼了一声，说，不要以为你干爹那老狐狸真有多么大的善心。

大歪个呆了几秒后，觉得阿荔做人真狠。实际上，老渡轮在梁详心目中的光辉形象，也只有到了阿荔的影响下开始了摇晃。老渡轮在梁详心目中最终走下神坛，和阿荔的长舌头有关。梁详对她既讨厌抵制，又被潜移默化，看老渡轮的眼睛多了一只。比如，老渡轮挖金矿一事，阿荔是岛上最快加入置疑和嘲笑队伍的人，为此，梁详和老婆还激烈争论过，但是，战斗归战斗，硝烟过去还是留下焦痕。这个摇晃只有梁详自己知道。比如，去年大型经贸洽谈会，梁详帮老渡轮促成了一个出口日本的竹凉席购销生意，可是，最终，梁详什么也没有得到。

那一个仲夏之夜，梁详喝完同事喜酒，乘坐十点的渡船回凤凰岛，等船的时候，看到了叶青芒。这是叶青芒上岛居住半年后他们第一次在轮渡碰到。叶青芒看到梁详主动笑了笑，很乖的样子。梁详就走到她旁边，说，下夜班吗？叶青芒说，是呀。梁详说，辛苦啊。叶青芒说，也没有。

单位还好吧？

还好。就是又收到一百块假币了。刚才又赔钱了。

真倒霉啊。不过，等你父亲的金矿开动起来，就什么都好了。

会有这一天吗？

那当然。我和你父亲交往几十年，还没看到他有什么做不成的。他可不是一般的人物。这事是拖久了点，可是好事多磨呀。那时候，你就不是什么千金小姐而是万金、万万金小姐啦。

叶青芒吃吃笑起来，叔叔乱讲。

看叶青芒兴致挺高，上船后，梁详就邀请她到渡轮楼上雅座，要了两杯柠檬水，并熟练地带她到一个工作人员才常坐的船侧位置。两人都把脚踩在船护栏上。海风通透。

梁详说，这么热你怎么还穿球鞋呢？女孩子穿那种高跟鞋不是又漂亮又凉快？

是呀，我汗脚，最好穿凉鞋啊，可他不让。

谁不让？梁详说。

叶青芒不说话了。

是老渡轮？他管那么宽啊？

叶青芒声音小得几乎像没说，不喜欢吧。

不对呀，记得有一次他出差回来，包里滚一瓶指甲油。我替他捡起的，他说给你买的涂脚指头呢。梁详想了想说，金粉一样油亮亮的——有没有？

叶青芒没有回答有还是没有。

十

五个证人和老渡轮比邻。陈法扁家、五巴掌家和乌皮家，警察老侯、小易凶杀当天夜里就去访问了。陈法扁老婆去帮儿子到幼儿园接孙子了，那个时段只有陈法扁在家看电视。陈法扁说，他去洗手间的时候，听到一个女人的惊叫声，搞不清楚是电视里的声音还是隔壁的声音，等他小便完就接着看电视了，那天看的是天龙八部第十一集。还有就是小提琴的声音，不知道是疯子拉的或是别人拉的，一直在拉着。和平时也差不了多少。后来我儿子打电话，让我到路口接我老婆，她从我儿子家拿了几个槟榔芋。我在路口的时候，看到大歪个从我们楼的后院小门出去了。

那是几点？

路灯快亮的时候吧。

肯定是梁详？

不是他是谁呀，歪歪的大高个！

五巴掌家有三个儿子一个女儿，他们统统考上大学走了。五巴掌的老婆在做饭，说什么也没有听到，五巴掌自己在和老渡轮家一板之隔的小卧室里，调整儿子们留下的小提琴。五巴掌是竹器社的工会主席，小提琴手风琴都还拉得不错，只是为人羞怯，从来不敢到社区里参加活动。居委会劝请了几次了，这次他是下决心和另外四个竹器厂的老同事，一起参加本岛五一节会演的小提琴四重奏，就是凤凰岛街头表演的那种，活跃节日气氛的，很多游客老外都会即兴参加进来载歌载舞。所以，他想把琴收拾好。

五巴掌说，修琴的时候，好像有人叫了一声，我当时觉得是很远的声音，又怀疑是辛甲在叫，有时辛甲就是这样，拉着小提琴在整个楼里游走，边走边拉，有时用力怪叫一声。辛甲的琴拉得好，而且叫也叫的是地方，来劲。那天，我还想辛甲今天叫的不是地方了。

你肯定是辛甲叫吗？

应该是辛甲吧，声音粗粗的，太突然了。也可能是青芒，她的嗓子也那样，沙沙瓮瓮的，因为像是她家那个方向传来的，好像女孩子突然发现蟑螂老鼠那样。所以，我就站起来往窗户外面看了一眼，我就在这个位置。我看到大歪个在老渡轮家的厨房里，晃过一下身影。后来我就坐下来了，也没再听到什么了。

那身影是梁详吗？

我很熟悉他的样子。

路灯亮了吗？

还没有。快了。

去乌皮家的时候，小易说，为什么叫五巴掌？

老侯说，生出来的时候，不会哭，打了五巴掌的屁股，才活转过来。

那这个乌皮呢？

黑嘛，皮肤像黑猪一样黑。别看他是电气工程师，知识分子，全身黑得发亮。他老婆雪白，但很泼辣，会抓男人老二。她是粮油站的出纳，小心她动手动脚。老侯说着，已经进了乌皮家的门。两个人同时都换上严肃冷漠的表情。乌皮和老婆看到警察进门显得十分兴奋。乌皮老婆高颧骨，突嘴巴，看上去比乌皮老气，却高高扎着少女一样的掺饰带的马尾巴，下面是条紫底灰十字花的紧身牛仔裤。老侯和小易还没落座，乌皮老婆就说，大歪个抓起来没？

老侯说，为什么？

乌皮老婆几乎得意扬扬，飞了老侯、小易一媚眼，再看定乌皮，好像我猜得对吧？乌皮说，你快告诉他们呀。

乌皮老婆清了清嗓子。是这样的，我在前面倒海蛎壳的时候，就看到大歪个走到我们这楼的院子里来，我本来想像平时一样逗逗他，咦，看到他的脸色很臭，像是谁欠了他八百吊。我是看到他黑着脸进了老渡轮家。

黑着脸进去？

什么事不高兴吧。

那是几点？

没看表。现在谁还戴表啊？反正然后我就去厨房做咸干饭了，切墨鱼干啊、豇豆啊、瘦肉啊，应该有六点了吧，天有点暗了。六点一刻，路灯才会亮。

然后呢？

反正咸干饭还没好吧，怎么忽然听到后院有人脚步移来移去的摩擦声，没有声音的打架一样，我到窗口一看，就是大歪个，他制服的衣领还是歪的呢。还有那个傲慢的继女嘛。我只看到她的瘦巴巴的背影，刚好折进屋子了。听那个脚步声，肯定他们是打在一起了。也许是抱也说不定。乌皮老婆露出意味深长的夸张样子。

有什么异常声音吗？

没有，噢，有，那个神经病一直在拉琴，还大叫。其他好像没有了。

后来呢？

大歪个就走了呀。我当时还想，大歪个被老渡轮一家给赶走了。看，没想到，竟然是杀了人啦！你想得到吗？真是人心难测。大家都说，他差不多就是老渡轮的儿子了。那个见人都不爱搭理的继女，我早就怀疑她不是什么好东西。老渡轮这辈子多么神气的一个男人，到头来还要给别人的女儿端洗脚水！真让人看不惯！

这怎么说？

我看到了嘛！这么小一个杂院。我去五巴掌家借块姜，正好看见了，老渡轮还嘿嘿嘿傻笑，说她肚子痛。——肚子痛！

什么时候的事？

她来了半年多的事吧——乌皮也看到的。乌皮你说！

乌皮嘿嘿笑着，摇头。小易和老侯一起说，你说。

乌皮说，也没有啦，人都死了，死那么惨，我们就不要乱说了。

谁叫你乱说！看到什么你说什么！

没有啦，前几个月我去他家查水表，正好看到他帮那个青芒按摩脚底嘛。说是脚扭伤了。男人之间开点那个玩笑就是了。现在再说这个也没意思啦。那个继女其实很乖，她很怕老渡轮……

乌皮老婆说，呸！

十一

梁详否认当日去过老渡轮家。

梁详对警察说，我哪有空去？我儿子马上要参加青少年大赛复赛了，那天，我一下班回家就陪孩子练琴，谁有工夫找老渡轮玩哪。

凤凰岛人都说大歪个家那个小白楼，是个风水好的吉楼。在岛上，吉楼就是后代出息、家庭兴旺的那种。岛上的吉楼很多，也有个别鬼屋，比如，有个西班牙人住过的、现在无人的荒芜别墅，月亮明亮的时候，路人老听到有舒伯特钢琴声传出来。这也就是凤凰岛最大的不良事物了。从这里也可以反证出，凤凰岛是吉祥的，没有真实的血腥，最多有点飘渺虚无的恐怖传说。而岛上的吉祥，却实实在在，如岛上常年充沛的阳光，也像随处可见蓬蓬勃勃的凤凰木，随着季节，要么如火如荼、要么茂盛青葱。事实上，凤凰岛人出去是很骄傲的，市里的人都知道，凤凰岛上的人聪明，也许是新鲜鱼虾吃多了，也许是从肚子里就被音乐滋养，出生后呼吸的就是音乐，所以，凤凰岛人读书、做官、经商、搞艺术都人才辈出，最不济的港仔后那边的两个渔民，随便搞了个渔船拖船方面的专利，一下子就拿到国际大奖，而且立刻就有台湾人买下专利，直接孵化为生产力了。所以，老渡轮在万里之外的阿尔泰投资金矿，也是符合凤凰岛人行事特征的；至于音乐成就，更是数不胜数，盖世绝伦倒是没有，但全国大大小小音乐奖获奖最多的人，肯定是凤凰岛人比例最高，而全国大大小小乐团的提琴首席、你去问问，肯定是凤凰岛民多占。

梁详父亲虽说是普通邮递员，却是到北京接受表彰的劳模代表，全省才两个。梁详弟弟妹妹比梁详更加有出息，都读了大学，弟弟现在已是市里财政局一个部门的处长；当年因为太高，全岛人都担心嫁不出的梁详妹妹，嫁了个印堂发亮的小个子。别看那小个子，娶了小白楼家的女儿，果然就转运，现在所在的部门，管的就是包括凤凰岛在内的旅游开发区。梁详妹妹下海开的梁家香肉松店，生意很红火，尤其是上岛的游客，导游都有办法让他们每人至少买一包“梁家祖传肉松”回去。

再下来一代也不错，梁详的儿子和他小表妹，虽然只有六七岁，一对漂亮可爱的小璧人，经常双剑合璧出演，早已是媒体宠儿。本次全国少儿组赛，两个孩子已经分别夺得小组前茅，进入复赛夺标的呼声非常高。梁详说自已全力以赴助儿子备战，凤凰岛上所有有音乐修养的警察都可能相信他。

三月三十日那天，下午五时到七时，你在什么地方？

在家。梁详说，在陪我儿子练琴。

家里还有谁？

我老婆阿荔、我父母，我弟弟、弟媳后来下班进门应该也听到我说话的声音。

有其他外人见到你吗？

这个我不知道。——也许有谁听到我训斥梁小柴的声音，他乱拉的时候，我总是脾气大。那天我还揍了他。他皮得很。

上周五放学后，你爸爸陪你练琴吗？

梁小柴虽然两颗小门牙都在换牙，一开口两个小豁口，但是，不时和媒体打交道，使他有了和大人正经交流的老练风度。

记不住了。反正他在家我就没有好日子过。练琴，练琴，总是练琴！

那天有没有呢？想想看，他还揍了你。

孩子大度地笑了。他老是揍我啊，等我长大比他高了，我再收拾他！

仔细想想那天的经过，爸爸有在吗？

唔，应该有吧。梁小柴思考了一下，说，有。

梁详的老婆阿荔则非常肯定地说，在家，比我还早回来呢。

梁详的父母说，是看到梁详进门，还吼了孩子一嗓子，把他提上楼练琴去了。后来，他们俩就到老人活动中心去排练扇子舞了。大歪个的弟弟和弟媳也都说，梁详是在家的，听到他在楼上的声音。

促使警方最终把梁详刑拘，是后来又出现了两个没有利害关系的证人。一个是轮渡公司的劳动服务部经理余志刚，一个是工艺美术学校的教务长成主任。案发一周前的一天傍晚，他们俩在轮渡老茶楼喝茶的时候，忽然听到隔壁包厢有人暴怒的叫喊，声音很短促，似乎还把功夫小茶杯摔到门上的闷闷的"当啷"一声。后来就听清楚梁详的声音了：前两次我就不计较了，这次明明是我联系在先，是我的关系引路，怎么才给我三千呢？按他们最终成交的单价提成，你至少拿了八九万啊。你这不是又把我当傻瓜吗？

老渡轮的声音十分温和平缓：你误会了，你看生意太简单了。我告诉你，我正是把你当朋友，没有避讳告诉你这个信息。你是到处联系电子公司，这没错，但你想想看，我不告诉你，我老渡轮是不是就不能把这个居间生意做下来？你真以为我在本地找不到协作关系？我想你自己冷静下来也觉得可笑吧。我是让你锻炼啊。你不是总说要拜师学艺？现在，你只是开了个小头，关键性的每一步都是我在操盘。生意并没有你想得那么简单，这里的双边沟通、反复协调、联络感情，促发信任，随便一句微妙的语言都在决定事情的成败，你知道吗？这是一个非常耗费精力和技巧的过程，不是你看银行柜台、押款那么简单。而中间的公关打点环节，至少去了利润的一半，这都是正常的。唉，你慢慢学吧，我只能告诉你，我最终到手的也不到两万，而就你那不成形的资讯，我给你一千块都够意思了，换别人分文不给也完全说得过去。可我给你多少？三千！我是想鼓励你呵。不信你到生意场随便找个人问问……

我问过了！人家都说我至少该得提成的一半！

梁详的声音凄厉起来，有点嘶哑颤抖的感觉。隔壁的成主任和余经理早已停止了聊天，他们竖起耳朵，互相对视着微微点头。他们听出了争执者，而且听出了症结所在。几乎有沉静了五分钟的样子，老渡轮轻声慢语地说，你会被你老婆害死的。利令智昏。你现在连尊重人都不会了，我再怎么教你其他呢？这三千我劝你收下，这是我的心意，也是我对你最后的鼓励。我还有事，告辞了。

三千块钱谁拿走了，余经理和成主任听不出来。他们听到隔壁有人喝茶的细微声音，然后是纸门被拉开，有人穿鞋走了，几乎同时，里面又发出瓷器皿被摔碎的爆裂声音，这次更响，成主任说，是不是把茶壶摔了？

老狐狸啊，你总是欺负我傻啊——

大歪个梁详在嘶吼，那个绝望的长音，让余经理、成主任想到哭天抢地这个词。

——可是，梁详否认他那个时间去过渡轮老酒楼，否认和老渡轮有什么冲突，相反，他说他们一直情同父子，关系很好。

而茶楼服务生证实，梁详那天确实去过茶楼，而且和老渡轮不愉快过。

梁详的麻烦大了。

十二

叶青芒在警察面前，只有两种状态，要么沉默，要么流泪。如果警察连声追问，她就低声回答，我不知道。

叶青芒对案发的供述没有更改过。因此，我不知道的说法，令警察一时也无法突破，问她，梁详那天是否到过你家？她说，我下班的时候没有看到，不知之前有没有来过。问他和你父亲最近有什么经济往来吗？叶青芒说，这个继父不会告诉我。但是，他们两个经常在一起玩的。

办丧事的时候，老渡轮在外地的女儿、儿子都赶回来了。因为有了续弦，前妻的子女们和老渡轮关系就日益变淡，几乎于冷漠与客气之间，过年过节一两个电话而已。但毕竟是在凤凰岛长大的，老朋友旧同学一听说他们父亲出了那么大的事，来帮忙的旧友还是挺多，家里进进出出都是人。叶青芒就没有声音地忙前忙后招待，而前妻子女对她也是客气和冷漠之间。

丧事办完要启程的那个夜晚，月光满院。已经睡下的前妻的女儿听到深夜里隐约传来极小声的抽泣，听了好一会，起身叫做弟弟的来听。两人听了好半天没说话，忽然觉得这个女孩可能和父亲真有点相依为命了吧，心里回暖了两分同情。弟弟说，听说好像她后母很糟糕，是被赶出来的，也算是无家可归的人吧。姐姐说，这几天，我们都没搭理她，也不知道她那小心眼里在想什么。反正，票证都在我们手里，老爸也没什么钱了。

两人一时无话。午夜的大杂楼，家家户户的电视都入睡了，除了院子外面的杂草丛中传出蟋蟀的声音，这深夜的、似乎怕惊动人的哭声，丝丝吸吸的，因为胆怯压抑而格外触动人。弟弟说。要不一起过去看看她？

姐弟俩轻轻敲门的时候，里面顿时静音了。我们要进来。姐姐说。弟弟觉得姐姐口气比较硬，紧跟着说，看看你，明天我们都要走了。

叶青芒房间窄长的、对开老式木门，轻轻地向里开了。和开门的迟缓不同的是，门边的叶青芒像猛然想起什么似的，跳起来开窗。姐姐感到突然，以至最关心叶青芒哭泣的问题，让位其次了。干什么？姐姐问。怎么急开窗你干吗？叶青芒嗫嚅。天又不热，姐姐说。怪怪的。

怕空气不好……叶青芒说，那个，我汗脚……

姐弟俩倒真是隐约闻到咸鱼干一样的脚臭味道。

叶青芒肯定是哭了好一会了，鼻子又红又亮，眼角两颧因为揩拭，也红肿难看。

有什么困难吗？姐姐说。

叶青芒摇头。我们听到你哭很久了。弟弟说。

叶青芒低垂着眼眉，依然摇头。

人都走了，还能怎么样？姐姐有点不耐烦。你什么打算？

……我不知道……叶青芒说，我要搬走，可……

你有什么地方可搬啊？你安心住这好了，只要你有孝心，没有人会赶你的，这是区政府的公房。房租很低的。做弟弟的说。

姐姐说：老爸对你还好吧？

叶青芒低着头，几乎点了头。姐姐不喜欢看她含糊的样子，声音有点逼迫的意思：老爸不好吗？叶青芒依然低着头，她似乎在点头，点着，一颗泪珠啪地砸在地上。姐弟俩互相看了一眼，姐姐的眼光保持锋利，但语气明显柔软下来：我们读大学的时候，就知道老爸对你比我们亲子女还好。你也该有这份孝心了。只是，这几天都没看你这么动感情啊？你这是怎么啦？

虽然没有哭声，但叶青芒还是泪珠簌簌地往地上掉。那低头的、纤瘦的身影，被床头灯映射在墙上，像一茎绿豆芽。弟弟说，老爸对你比你亲生父亲还好是吧？我们知道一点你家情况。但是，现在人都走了，你就别难过了。

叶青芒单薄的身子几乎颤抖起来，我……心里…………我也不知道，她似乎要控制不住自己了，……心里……我就是……，叶青芒转身面墙终于像小兽一样呜咽出声：……怎么能这样呢……再怎么也不至于这样啊……,眼睛一闭上都是……

叶青芒的声音越来越大，嗳、嗨、嗨、嗨，呛咳般的哭泣声挺瘆人的，他怎么能这样啊……嗳、咳、咳、咳……

叶青芒贴着墙，瘫跪在地上，她抱住自己的膝盖，丧妇一样放出瓮声瓮气的悲声，嗳、咳、咳、咳、咳……

大杂楼有几户人家的灯亮了，又灭了；黑暗中，更多的、在梦中被惊醒的耳朵，竖了竖，知道是老渡轮家的动静，又软下耳朵睡了过去。只有乌皮的老婆，梦呓般地骂了一句：妖精！

十三

梁详感觉叶青芒古怪，是叶青芒到老渡轮家一年多后的一天晚上。大约七点多吧，梁详把儿子送到星海少儿合唱团那边的老师家学琴，自己就顺道拐到往老渡轮家去走走，一是较长时间没去，二是也想泡泡茶咨询点事。

多少年来的交往，来来去去早就没有讲究，门虚掩着，梁详就踱了进去，他听到那个小浴室里有水声，以为是老渡轮在冲凉，自己就在沙发上坐下，顺手就遥控开了电视。没两分钟，听到浴室里叶青芒的声音：我不是不等你回来，今天工会拔河，一身都是汗……

梁详先是没反应过来，马上就明白了，小丫头显然以为自己是老渡轮，于是索性学着老渡轮平时不太开心的那种喉音，重重地嗯了一声，之后咧嘴偷乐。里面的淋浴声骤然停了，叶青芒的声音有点吞吞吐吐：你来电话的时候我已经洗头了……不过，现在我……只是随便冲一冲……

梁详又嗯了一声。依然惟妙惟肖。里面停了一下，传出的声音带着迟疑而忐忑的语调：……对不起……下次，不会了……

梁详的注意力已经被电视剧情带进去了，耳朵里虽然听到叶青芒的话，心里根本没品味里面的话是什么含义，更没留心浴室开门的动静，他是被一声突如其来的尖叫，惊吓得扭过头去：叶青芒湿着长发，裹着粉黄色浴巾，呆立在浴室门间。她的眼睛瞪得滚圆，好像看到了惊天怪物。梁详不明白她为什么要这样夸张，但还是说了句，吓到你了？老渡轮可能去买烟了。我来他就不在啊。我不是故意要吓你的。

女孩子还是呆呆木木的，看上去特别蠢特别迟钝。梁详说，你是不是不欢迎我来？叶青芒的脸骤然红了，毫无道理地通红了，简直手足无措。梁详心里猛然觉得她已经是女人了呢，这些神态，很有女人味道，梁详想着，自己也有点脸涨，觉得好像她是冲自己来的。等她换了衣服出来，整个人似乎正常了，她到桌边烫茶具，说，叔叔，你喝茶。

这样的变化，梁详觉得还是怪，接茶的时候，心犹不甘顺势摸了她的手一把。女孩子的脸果然又涨红了，那种慌乱局促的样子，让梁详感到自己真的很有些男人魅力，于是，再伸手把女孩脸边的几缕湿发挑刮向耳朵。叶青芒低着眉眼，咬住了嘴唇。

梁详幸福地端起茶。

这时候，老渡轮回来了。半浮起的眼珠既慈爱又严肃地看了洗过澡的叶青芒一眼，叶青芒的眼帘，卷帘门一样，卷起又垂下去，随后就去了自己卧室。梁详从口袋里摸出两支雪茄，说是朋友带来的，真正的古巴货。老渡轮拍拍梁详的肩头，说，你肯定有事。

梁详说，一个朋友拉我做一单小生意，加工一批试电笔，一支两元。技术要求很低，组织农民工都能做，只是要货款的40%做押金——是不是太高了？但因为包赚，很多人抢着争取签呢。

老渡轮说，你和你朋友，看到对方的执照吗？

为什么？

老渡轮说，一支试电笔厂家批发不过六毛多一只。他用两元单价付加工费，如果不是白痴，必然就是骗子。

梁详立刻掏出电话，把老渡轮的话一言九鼎地学说了一遍。让他朋友把对方底细好好摸清楚再说。接下来就随便聊了。梁详说，青芒以为我是你呢，出了浴室尖叫得我耳朵痛。老渡轮嘿嘿一笑说，她平时胆子就小。前个月听说她父亲那边要换新房子了，以为会让她住一间，高高兴兴地回去，结果被那个后妈羞辱了一顿，灰溜溜地回来了，哭了半天。我就跟她说，你要乖一点，否则我这里也不要你，你就只好去睡马路了。

嘿，倒是越长越水灵了。有男朋友了吧？

敢，这点年纪急什么急。

也快二十了吧？

我早跟她说明白了：要住我这，二十五以前免谈！女孩子一辈子只有这点时间。以后还能学进什么？家里书这么多，还是好好学点东西看点书吧。

梁详回去在接儿子的路上，老在回味叶青芒的手和脸的感觉，想来想去，自己忍不住笑了。小姑娘长大了。晚上睡下的时候，梁详忍不住又说，老渡轮家那个继女真是怪胎。这么开头着，就和老婆阿荔说了洗澡一事。梁详突出了叶青芒的古怪，不可思议，隐瞒了摸她手脸的一节。可是，阿荔一听，说，那女孩子不怪，怪的是别人！

梁详一惊，说，老渡轮还没回来呢。

阿荔说，你懂个屁。老家伙绝不是好东西！

梁详释然，但心目中的偶像，就是这样被阿荔滴水穿石地侵蚀着。

十四

小岛一天比一天如火如荼，那些围拢着房屋、依偎着庭院，或者蜿蜒在海岸线、夹道在汉白石路边的凤凰木，郁郁葱葱碧波连海。火红的凤凰花像天堂鸟一样，一枝一枝地喷出烈焰，一天比一天多，而在这层层叠叠、深深远远的绿树丛中，总有几棵比较干枯、孱弱的凤凰木，却似乎拼了性命，一身无叶的干枝，却率先开得通体热辣，仿佛迸发着全部心血。这时，一年一季的热烈季节从此开始了，小岛一天比一天灿烂。本来就是旅游胜地的凤凰岛，四月以来，那些倾慕凤凰花美艳的游客、迷恋中西合璧老建筑的游客、倾慕音乐岛氛围的还有参加比赛的、来自全国各地的青少年的家人，简直布满了凤凰岛上的各条路。不管你喜不喜欢音乐，上岛的人，只要行走在小岛上，琴声就永远在耳边回荡，有时候，意境不同的旋律会在空中打架，但这就是凤凰岛。说凤凰岛上呼吸的空气就是音乐，一点都没有夸张。岛民们就这样一边算计着掏空游客的口袋，一边也目中无人地把美好的音乐生活传扬。

阿荔和她姐姐在胭脂巷子卖旅游工艺品。一个老板模样的游客已经要买那只大鹦鹉螺了，却被隔壁店突然响起的小提琴声吸引过去，最后是在那家买了鹦鹉螺。捧着鹦鹉螺过去的却没有做成生意的阿荔姐姐很不高兴。已经不是一次这样抢生意了。对方的女老板非常耀技地拉着《野蜂飞舞》，豪放妖娆的身子扭得像条提琴蛇。两店员和着黄蜂飞舞的节拍在殷勤地帮顾客打包。客人走了。女老板收了琴说，抱歉啊，我不知道你也要卖他。——最近没看到阿荔啊？大歪个那边是不是麻烦大了？

阿荔姐姐啐了一口，转身就回了自己店。如果不是宝贝鹦鹉螺，她真想摔到对方小提琴上。

梁详的确麻烦大了。其实这是全岛都知道的新闻了。他已经从监视居住转为正式逮捕了。逮捕的那天，警察老侯和小易带着专案组刑警到他家小白楼外，那是个清风明月夜。外面能看到二楼梁详高大的、有点歪的身架，对面是一个细小的身影在奋力拉琴。小小的身影具有与年龄不相称的狂烈激情。四个警察没有进去，他们靠在白楼外墙上听着，一个刑警还特意踩灭了烟。直到孩子把第三个章节拉完。

梁详被捕。尽管他本人，矢口否认案发那天到过老渡轮家。尽管，警方在刀上只提取到大半个小指指纹。指纹的同一性认定，需要十个特征点，这半枚指纹上，有八个特征点，和梁详的左小指头，比对完全一致。而这显然不够；但是，背后写有梁芳铅笔字样的音乐票，排号已经被证实是音乐厅一个工作人员应梁芳请求，送给梁芳的。梁芳第一次说，我送给我哥梁详了。让他带梁小柴观摩用的。后来，梁芳说，票还没有给梁详，就遗失了。梁芳的票怎会在案发地呢？

最为有力的是，老渡轮的左邻右舍的间接证言，基本一致证伪了梁详的陈述。也就是说，梁详一定到过现场，而且就是案发当时。

证人证言，成了最令人关注的证据。

全体岛民都在关注着案情发展。现在，一边是岛上警察和市局重案外援组成的专案组在侦办案件，一边是全体岛上居民在饭后茶余集思广益积极断案。显然，官方和民间案组都达成共识：九个不同程度目击者的证人证言，是破案的关键。

在路边、在渡轮、在人北菜市、在茶楼或者在音乐厅长梯上邂逅，九个证人（其实还包括和老渡轮同住的其他居民）都会受到岛民热情而执着的探询。案发初期，询问者和被询问者双方，都处于在案发的强烈震惊所致的最饱满的亢奋状态。连乾坤楼时珍诊所的名医卢老，都已经跟很多好奇的病人交流过了，他说当时看到大歪个在假山那边对人推推搡搡。这一点是确定的，只是，卢老有时候说，是和死者老渡轮推搡，这样大家就推理成，大歪个和老渡轮争吵，失手杀人；卢老有的时候说，他清清楚楚地看到大歪个在推搡那个继女。大家就推理，继女和大歪个有奸情，是奸情败露，才杀了老渡轮。流传得有鼻子有眼，专案组两名刑警于是上门再访老中医。

卢老说是看见了他们推搡。很像是那个继女。但卢老不愿意在新笔录上签名了。就不愿意签。死活不签。他说他上次已经签过了。警察说，这次和上次有区别啊。卢老说，我不签。他说我总之就是不想签了。警察想咆哮几下，又怕气死老人，只好憋着气走了。

水清清老师也倾向于大歪个和继女之间有些什么不正当的东西，因为，她说她在拔海鸭毛的时候，确实听到他们两个在后院短促地争执什么，回忆起来声音很紧张。这样凤凰区里少年宫或文化局的人，都受了水老师的影响，那里民间案组就认为，像梁详这样能见义勇为的人，一般不会杀人，肯定是英雄难过美人关了。

民间的断案热情，高峰期大约持续了半个多月。后来，一方面是大赛进入倒计时，另一方面，几个证人有些不配合公众热情了，比如，水清清老师、五巴掌、余经理，也许他们腻味了，在公众的好奇心面前，他们开始三缄其口，只有乌皮老婆的兴奋维持了比较久，以至在反复答复众人询问的互动中，不知不觉加进许多主观想象的东西，到最后，她自己已经分不清什么是真实的目击，什么是怀疑的推断。相信她的目击证词的居民，所复原的案情现场是：继父继女勾搭成奸，大歪个无意中撞破丑闻，打斗中，失手杀死老渡轮，打伤那个狐狸精。狐狸精为了遮丑，不敢举报大歪个。这个版本流传颇广，有相当的势力范围，直到梁详弟弟和妹夫，带了几个沉着脸的黑衣男人找到她家，警告她说话小心点。泼辣的乌皮老婆才稳重下来。但是，这些，看上去并没有影响民间的对该案的研究兴致。梁详杀人已经成为了主流判断，但是究竟是——泄愤——还是谋财——还是情杀，有了几个不同的民间探组版本。

令人意外的是，梁详更改了自己以前的供述。警察老侯和新警察小易，早就听专案组的人说，梁详被捕后的第二次提审就更改了口供。

梁详说，那天他是到过老渡轮家，因为前次送儿子去学琴，他顺便到老渡轮家泡茶等儿子，结果把一张海菲兹的原版 CD 碟落在他家了，因为儿子马上考级和大赛，所以，他打电话问，老渡轮说他在家，他就过去了。到了还没进屋，老渡轮就把 CD 拿出来了，他接过就回家了，前后不超过两分钟，因为想早点放给儿子听。梁详说，他不知道叶青芒在不在，因为他根本没有进去。

提审警察说，那时是几点？

孩子刚放学，五点左右。

提审警察问，你之前为什么不说？

梁详说，我虽然不是正规警察，多少也是个安全警卫专业人员。所以，我知道一旦卷进去麻烦得很，而我儿子马上要大赛，我哪里耗得起？再说，我自动把这条没用的枝蔓剪掉，你们办案也可以集中精力在真正凶犯的追捕上。我原来只是想，反正问心无愧，多一事不如少一事。算了。其实，早知道有这么多人看见我，我一定会配合你们的。这是我的错，对不起。

同时，他说，他和老渡轮是在茶楼发生了几句争执，是关于他辞职下海的。老渡轮说他不合适，因此他觉得老渡轮看不起他，有点不愉快。

梁详说，但事情很小，小误会。第二天就和好了。我打电话去认了错。又过了一天，我们在北角音乐厅结束的时候，还聊了很久，他还叫我注意上海那个选手和山东那对双胞胎，我们还聊了其他，最后，他又托我给他那个继女，介绍一个金融系统男朋友。这是老话题了。当时，路灯蛮亮的，有很多人经过看见，你们可以去调查。我和老渡轮之间毫无问题。我们始终情同父子。

至于那两张音乐票，梁详口供不改：我真的不知道怎么回事。

十五

叶青芒始终像块无言的石头。老侯说专案组认为她是重要的突破口，可是，叶青芒依然和第一次笔录一样，头被人打击昏迷，醒来继父已经被杀。其余什么也不知道，她毫不更改自己的任何供述。老侯说，有个刑警把她用手铐挂在窗台上一夜，让她半蹲半站了一夜，第二天审讯，她仍然只是小声哭泣，审讯完，也许怕再被铐吊，也许是绝望还是什么的，她居然挣脱女干警，从三楼走廊上要翻跳出去，但被那个膀大腰圆的女警，拼死拽住了。

叶青芒的供述始终简单而坚定。申请延长的羁押期一过，只好让她回家。看上去案件进入胶着状态了，警方越来越把赌注压在证人证言上，因为只有这个成立，也许可以将缺少六个特征点半个指纹及音乐票及茶楼剧烈争吵，形成一个证据链条，把凶手扳倒，但他们也知道这不太容易。

全国青少年音乐大赛也进入最后的决赛。岛上的居民似乎也暂时淡忘了岛上的凶杀案，随着整岛火红的凤凰木花，进入了一年最灿烂热烈的时光。

警察老侯对这事早也失去了兴趣，如果让他进入专案组，他还有些激情，毕竟这辈子碰到岛上第一起入室凶杀案，但是，领导硬说，大赛期间，岛上客人太多，还是加强警区日常防范工作为主，说是让他配合专案组，反而还要听市局来的那几个比他年轻却自以为是的家伙颐指气使，实在乏味至极。新警察小易对此案始终保持浓厚的兴致，是因为岛上的安宁，让他有怀才不遇的痛苦感觉，好不容易逮到个有挑战性的案子，既可以活动活动脑筋，也可以在同学们见面的时候，拿个有分量的事炫炫。

这一天，老侯和小易又接到 110 转来的煎老二摄影点的游客报警。两人出警到状元井摄影摊。和过去的程序一样，老侯给几个报警的江西游客严肃地上了场有关证据的普法课，并传授了识别新版真假百元币知识。被教训了一顿的几个江西人，自认倒霉地拿着真币、假币，互相交换研究着，然后在自怨自艾的江西话中走远了。

煎老二新撕开一包熊猫，敬了老侯小易，并顺势就把打火机凑了过去。老侯臭着脸说，不过是假熊猫。煎老二说，别这样，我冤哪我，昨天我在市里打的还收到五十块假币呢！你看，骗你我不是人。老侯说，你不是人的时候，多着呢。老侯根本不看煎老二递过来的那张绿色的五十元票要走。煎老二嘿嘿干笑着，忙把那盒开封的熊猫烟硬往老侯口袋塞，那个大歪个要毙了吧？老侯哼了一声算是回答。新警察小易说，还没开庭审理呢。

唉，人为财死鸟为食亡哪。煎老二自说自话。

新警察小易看了他一眼。走了几步，又回头说，他过去的时候，天黑了吗？

天差不多暗了。

老侯和新警察小易就走远了。渐渐有提琴声透过闻天钟楼传了过来，

老侯说，这曲子蛮熟的。

是不是辛甲？小易说。

老侯说，不会。辛甲的琴比这人通透，气势要盛。这家伙拉得太干瘦了。简直像根棍子在刮。

两人拐上了老渡轮家的嘉良大别墅那条小坡。又有新的旋律，隐隐约约，像从空气中的秘密隧道传来。两人到了嘉良楼前的大王椰子树前了，听到没有？老侯说，这才是辛甲！——你听，肯定在大楼后面，在那个废掉的假山喷泉那里。我看到她在那里好多次。

两人穿过那排大王椰子树进了院门，再绕过正面的大平梯。小易说，

是《魔鬼的颤音》吗？老侯说，像是那个奏鸣曲。

果然就是辛甲。在那座垮了一角水泥围栏的废旧水池边，辛甲歪着颈子闭着眼睛夹着琴，纤细的手腕，弹性十足地抖送出剧烈的颤音，脖子上的血管高高暴起。走得越近，震撼的颤音越有电击感，简直让人无法呼吸。一曲终了，小易吧啦吧啦热烈鼓掌，老侯也鼓掌。辛甲眼睛开了条缝又在长发掩映中闭了起来，似乎还皱起了眉头。

她不喜欢别人干扰。走吧。老侯说。老侯话音未落，辛甲就把琴拿了下来。小易对她竖起了大拇指。辛甲眼睛转到天上去，那移动的目光好像是鸽群、雁阵在空中飞过，其实天空一片瓦蓝，什么也没有。辛甲的眼睛还在追踪似的移动。小易把她手里的提琴接了过来，他试着拨了几下弦，辛甲没有反应。小易把琴架在自己脖子上，一个冰一样的长音骤然划起，小易全力开拉《华沙幸存者》。

辛甲的眼睛从天空迟迟疑疑地回到地面，回到自己的琴上。她看着小易，目光很快透过小易。而新警察小易从小到大，第一次感到这个曲子在自己的身体里活了起来，一个个音符、一串串乐句，就这样从他的脉搏中、从血液里、从全身的气韵中生发激荡出来，和它贴在一起。小易边拉边走，辛甲迟疑着跟着警察迈动脚步。拉着提琴的小易渐渐转过楼角，一步步回到前楼正面的大平梯，他停在一个能看到老渡轮家百叶窗的位子。小提琴像妖孽一样在小易肩上恣肆纵情，又像一个引诱羊羔的正在施展的魔法。

马上就要进入段落了，小易自己紧张起来，拉琴分了神，琴声顿然逊色，失去了刚才人琴合一通体贯通的勃勃生气，辛甲的情绪似乎退了出来，总共才三分多钟，不能垮啊，小易奋力执琴努力想再浸进去，但毕竟发涩，他有些泄气了，老侯眼神也黯淡下来，这时，辛甲开口了，梦呓一般，她说得很轻很轻，瓮声瓮气的嗓子，因为轻细的发音，有种灵异类的蛊惑感觉。她目光僵硬地看着老渡轮家紧闭的百叶窗，似乎百叶窗后面死去的和过去的一切又复活了，终于一切又都历历在目：……脚丫像花一样开放，捧在手里面，他咬那些花，舔两枝花。花心、花瓣、花瓣缝隙。她踢了他，那两只脚要走路，不是花瓣，茶壶打碎了，椅子砸倒了。他就进来了，刀！刀在他手上，就像在风里面飞。刀！刀！刀！刀！花一样的脚丫子呵——

小易把琴拿了下来，说，里面有几个人？

辛甲强直而空虚的目光，盯视着老渡轮家的百叶窗，似乎正对里面的一切费解极了。

里面有谁？小易把琴塞给辛甲，指着紧闭的百叶窗面，声音温存，几个人在里面？

伯伯……叔叔，大歪个……

你疯啦?！老侯说，这是无效证人！

辛甲疑惑地看着老侯，老侯说，我不是骂你，辛甲。你乖。

小易对辛甲笑了一下，温柔得无以复加，我看不见啊，小易再指老渡轮家紧闭的百叶窗，告诉我好吗？谁在里面，辛甲？

他们。

他们是谁？

他们……

是伯伯在舔姑娘的脚吗？

辛甲刚才虎视眈眈的洞察眼神已经彻底涣散，显然她不感兴趣了。

是大歪个捅了老渡轮对吗？辛甲？

辛甲翕动着鼻翼，猎犬一样嗅着，最后嘴巴都噘了起来，墨鱼猪脚汤——发奶用的——我知道。

老侯笑起来，说，对，发奶用的。

真香……辛甲说，是从这个方向来的，对不对？

老侯说，对，你去找找看。

辛甲礼貌地说，再见。提着琴她衣袂飘飘、长发飘飘地下了大平梯，走了。小易一屁股坐到楼梯上，我操，老家伙是个恋足癖！

老侯说，你脑子也坏掉了吗？无效证人！

十六

六七月的凤凰岛，烈焰般的凤凰花已经渐渐熄灭了热烈的风情，一条条碧玉色的、匕首一样的刀豆从绿树浓荫中伸探下来，长悬低挂，漫布空中。海风呼啸而来，或者婉转来去，只有细碎的叶子在轻盈起舞，而起舞的绿叶，正体现了刀豆的坚韧。刀豆们尤其是日益强壮的刀豆们，一般的风流雨过，是不会让它们改变立场的。花已经都是豆条了，岛上的男孩又开始飞舞着刀豆互相追逐，而大赛也结束了。小岛民梁小柴没有获奖，事实上他在复赛中大失水准，中间有一次，孩子把琴拿下来，表示他想中止比赛。观众席评委席一片愕然，一个孩子不认识的凤凰岛老人站起来了，宣誓一样，捏拳向孩子致意，紧跟着，这座素有音乐修养的凤凰岛居民，从四面八方的座席上都无声地站了起来，有很多人冲着孩子举起加油的拳头。梁小柴圆睁着眼睛，场面静场了半分钟，人们都听到了那个钢琴伴奏者翻阅乐谱的沙沙声。孩子泪光一闪，又猛然拉了下去。

梁小柴鞠躬谢幕的瞬间，音乐厅忽然爆起了掌声，站起来的都是凤凰岛人，这里面自然没有梁详，梁详在看守所里。

只有评委席是冷静的。梁小柴名落孙山。随着大赛的落幕，凤凰岛的注意力再度转移到老渡轮凶杀案件上来。几个证人又处于岛民们的好奇心和断案热情的包围中，陈法扁的儿子有一天打来电话，口气很重，他问父亲，人家说，你说你亲眼看到大歪个举菜刀捅老渡轮了？陈法扁说，没有的事。儿子很生气，还说没有？我上次就叫你少管闲事少吹牛，你怎么记不住？陈法扁说，真的没有哇，只是那天喝酒的时候，大家猜着玩嘛，我又不是说真的。儿子在摔电话之前吼了四个字：少管闲事！

电气工程师乌皮那天到市协作单位要一组数据，没想到一到那边，就有个老工程师问老渡轮被杀案情况。更没想到送他回轮渡的女司机也在问，听说你太太亲眼看到那个继女天天晚上在磨刀。乌皮说，不是。那个继女是好人。警察现在都把她放出来了。女司机说，人家都说是那个继女雇保安干的。说他比职业杀手还厉害，一滴血都没有流出来。乌皮没搭腔，女司机说，那死者是开金矿的，对吧，非常有钱。都说那个继女要霸占金矿。

乌皮说，我太太真的没有看到那继女天天晚上磨刀。

嘿，单位的人早都说了。不信你去问问，不是说，你们邻居好多人都看到了。那个保安是死定了！

坐别人的车，乌皮不好太扫女司机的兴。但是乌皮心里感觉实在糟糕透了。他觉得外界对这个事情反应的本身，让他很不安起来。

其实，连逢人套近乎的煎老二，终于也不舒服于自己的证人角色了。尽管案发之后的一阵子，他蛮喜欢和过往岛民交流大歪个杀完老渡轮回家的表情。现在，每逢左邻右舍要关心案件情况，他就回避一边。他甚至后悔自己当时绘声绘色添油加醋的渲染，什么大歪个从他摊子前面匆匆过去时，不断回头看，脸色多么难看，衣衫多么不整，眼神又是多么紧张。风吹过，浓重的血腥味扑面而来等等、等等。

煎老二也沉寂了。

开庭审理的日子还是近了。

八月底的一个周五，人们在法院公告栏上，终于看到开庭审理的通知。法庭审理在第一大法庭进行。一百多个旁听座席被全部坐满，有人站在后面旁听。

梁详被法警带上法庭的时候，人们先是对他的光头愣了一下，不习惯，长长的脑袋瓜像个刮了皮的槟榔芋。大歪个显得苍白而平静，他扫视了旁听席，立刻看到了阿荔旁边的儿子及父母和弟弟。老父亲一直在摇头、老母亲则不住用叠好的一小块手绢擦拭眼睛。梁小柴突然冲着梁详喊：老爸！告诉大家，你没有杀人！你是上了报的英雄好汉！

两名法警同时冲到梁小柴跟前，但他们还没到跟前，梁小柴就自己把食指嘘在自己嘴边，瞪圆眼睛表示噤声。一名法警还是用怒目金刚的表情对他吼，再吵！立刻出去！

书记员宣布了法庭纪律，审判长介绍了合议庭成员，确定无人申请回避后，正式开庭。

公诉人宣读起诉书。公诉人认为，被告人梁详，因为生意纠纷，向被害人索讨报酬无果，突然情绪失控杀死被害人，并故意制造了入室抢劫的假现场。控方出示的书面证据有，刀上的大半个无名指指纹和梁详的相应指纹比对结果以及九个证人的证言。

梁详对公诉人的故意杀人的指控，全部否认。对此，旁听席显得十分平静。因为这些情况，完全在旁听市民的预料中。

但是，法庭调查一开始，旁听席就隐隐波动起来。

相继被带进证人席的八个证人们（卢老高龄，谢绝出庭），不约而同，对自己曾经的证词，全部进行了微妙的修正。而他们踏进证人席之前，都依照法庭要求，手按《宪法》庄严宣誓：自己今天的证言，是绝对真实的。

卢老（证人 1）是书面证词，他说，事实上，他根本没有看清楚假山后面有没有人。他的视力极差，他承认自己老眼昏花。

煎老二陈满舱（证人 2）说，他不敢肯定是不是梁详过去，因为他正在和几个不讲理的游客吵架，只是在眼角中瞟到一眼。

水清清老师（证人 3）说，当时楼下后院的确是传来声音，是不是叶青芒和大歪个还是谁，她都不能肯定。既然是法庭，事关生死，她应该负责地说，我没有伸头看，我就不能肯定。

陈法扁（证人 4）说，我回忆清楚了，当时确实是电视剧里的惊叫声。后来我到路口去接我老婆的槟榔芋时，隐隐约约看得一个高个子从我们楼的后门出来，那人好像没有梁详个子高。路灯是快亮了，主要是我没有认真看，所以我不敢肯定。

乌皮赵伟国（证人 6）和他老婆何梅红（证人 7）说，当时天都黑了，院子里面又没有路灯，光线太暗了，我们只是看到一个大个子和谁推推打打。我原来说是大歪个，是我以为的，因为他和老渡轮是老朋友了，以前经常来。现在，在法庭上，我不敢以为是他就肯定是他。我毕竟并不是真的看见的。

余志刚（证人8）和成柴主任（证人9）说，案发前一周那天，在轮渡老梅茶楼，是听到隔壁有人剧烈争吵，还摔了东西，但其实，我们始终没有看到到底是谁和谁在里面吵。眼见为实，万一我们听到的声音并不是梁详本人，只是和梁详声音很像，岂不是冤枉人？人命关天，所以，我们今天在法庭上负责地说，的确有人在剧烈吵架，但我们不知道究竟是谁。

旁听席在巨大的惊愕和费解的冲浪中：这一个个证人都怎么了？怎么说的和原来不一样了？都不一样了！旁听席上人头的攒动和尽量克制的窃窃私语，传递的信号是：这是为什么？这是怎么回事?!

原来所有这些证人证言中，最令梁详律师头痛的就是五巴掌周世炎的证词：根据他的证词，就可以确定他的委托人案发当时就在杀人现场，而这个证词的成立，那么，综合其他证人证言，以及凶器上的大半个指纹，音乐票等，要为他的委托人洗刷杀人罪名，几乎是不可能的。现在，其他证人证言已经发生了变化，五巴掌周世炎会怎样做证呢？律师心里没底。其实，开庭前一个月，他已经向周世炎调查访问过两次，周证人的态度是很“四角”认真的。律师当时问：你确定——老渡轮厨房的人影，就是梁详吗？怎么不是？五巴掌说，他的块头就是再不熟悉他的人，看一眼也记住了。律师又说，那么，你有叫住他吗？打招呼什么的？五巴掌说，没有啊，我只是隔窗看到他，我叫他干吗呀？律师说，傍晚光线不太好，没有打招呼就想是他，可靠吗？五巴掌说，你什么意思呀？看得清看不清我自己知道。

五巴掌周世炎（证人5）最后一个出庭，他穿着海外亲戚以前寄回来的灰格子西服，几个大皱褶中，散发出箱底樟脑片的味道。他显得很正式也很拘谨。审判长才问他名字，他的脸就红了。

被告席上的梁详，始终垂着头，但他的律师看到自己的委托人，额边冷汗汩汩。

周世炎声音很绵软，很小。检察官不得不提请他大声点。五巴掌周世炎说，当时的叫声，是辛甲的，后来我注意观察过，辛甲拉琴时发出的声音就是那样。还有，厨房里有个人影晃过，我原来以为是大歪个，但其实我突然站起来容易眼花，我有低血糖，也许那里根本没有人影。我不敢肯定的……

检察官说，你以前一直是很肯定的。你看到的是被告人。

五巴掌嗫嚅：以前我忘记我有眼花的毛病了……

检察官：你能再仔细回忆一下吗？

五巴掌头更低，声音也更低了：可能……真的什么人也没有……

五巴掌的证词刚落，法庭哗然了。

搂着儿子坐第一排的阿荔，抖动着肩膀，突然发出拖拉沉重物品的奇怪长音，像一忍再忍终于憋不住似的，突兀的哭声猛然袭击了法庭。法警立刻走过去制止了阿荔的抽泣。但阿荔热切感激目光，红地毯一样，一次次铺向五巴掌周世炎，就像前面一次次铺向证人席上依次上去的证人们，但是，却没有一个证人想对接她的目光，他们甚至表现得很冷漠很厌恶。一个个都这样相似的目光，让精明的阿荔困惑而畏缩，她不明白这些可以联手置她丈夫死地的人，怎么突然一致改变了证词，更不明白他们为什么又好像都很厌恶她感激的目光。菩萨啊，阿荔想。是菩萨显灵了！

旁听席上的人们，理解力达到极限，他们再也无法理解，所有的证人，为什么都发出了那么一致的声音。五巴掌周世炎涨着通红的瘦脸走下证人席时，旁听席彻底乱了。有人站起来又坐下。人们在急急忙忙地交头接耳，有人公然转过头和后排的听众讨论，人们急不可耐地要交换看法，法庭顿然变成股市交易大厅，法官不得不连续重击法槌，重建法庭秩序。

法庭辩论只是两轮就结束了，因为诉辩双方都不再有新观点。辩护人是梁家从市里请来的刑案资深老律师。老律师说话平和简洁，所作无罪辩护的三个观点逻辑清晰，展开紧凑，他不煽情，却对法庭极具影响力。他说，法庭调查已经充分显示：被告人不具备杀人动机，也没有任何证据能证明被告人在案发当时，进入案发现场，实施杀人行为。而警方现场提取的半个指纹，只有八个特征点和被告人一致，达不到同一性认定的十个特征点的要求。在没有其他证据的支持下，警方的半个指纹毫无意义。结论是：他的委托人故意杀人罪不成立。

公诉人是两个有激情的年轻人，他们声调激越，疾恶如仇。他们指控梁详犯有故意杀人罪。但九个证人证言一致性地“倒戈”，使控方本来就够“确实充分”的证据链，全部溃败。

法庭休庭三十分钟后再次开庭。法庭宣布：梁详的故意杀人罪，因事实不清、证据不足。罪名无法成立。

百来号听众的旁听席一片寂静。太寂静了，以致法官们有些不自在，审判长一直在揪自己的耳垂。

审判员和陪审员都站起来，整理卷宗离开了审判席，旁听席依然十分寂静。直到书记员用孤独的声音，招呼相关人员在庭审笔录上签名。

旁听席这才嗡嗡有声音，随着人们起身，一张张椅子也啪啦、哒啦地响起来，有人怪叫了一声，又有两声尖厉的呼哨划过法庭，有人很突兀地哈哈哈笑，有人骂了粗话。人们三三两两离开第一法庭，就像一场周末音乐会的散场。还有一些岛民意犹不足，驻足看着大歪个和儿子拥抱在一起，甚至看着他搂着儿子，看完了庭审笔录签名。

警察老侯和新警察小易也在法庭散出来的人群中的边缘。随后两名年轻的公诉人从法庭后门出来，文件袋和帽子抱在手上。老侯笑了一下，说，辛苦，兄弟。新警察小易说，窝囊啊。他绝对是凶手！

两个检察官也臭着脸笑笑。

孩子们的合唱一阵阵传来，

去——年——我—回——去——

你——们——刚——穿——新——棉—袍——

今——年——我——来—看你——们——

你——们——变——高——又——变——壮——

你——们——可——曾——记——得——

何——时——荷——花——变——莲——蓬——

花——少——不——愁——没——有——颜——色——

我——把——树——叶——都——染——红——

……

两名警察和两名检察官一路无话，在童声合唱的《西风的话》中远去。

十七

凤凰岛渐渐从凶杀案中脱离出来，慢慢地恢复了昔日美妙的生活。两个月后，叶青芒从轮渡深夜最后一班渡轮上投海自杀。人们说她是下岗，后来证实，她的确是下岗了。但一说是暂时的，因为他们华联被一个外资大卖场收购了，岗位是没有问题的。

老侯和小易得以再度进入老渡轮的家。他们在桌子上看到一张包装纸上，画了很多脚丫子，画得很幼稚，每一只脚上的五个趾头，分开得像一把扇子。每一个指甲都涂得黑黑的，也许，那表示涂了指甲油。

其他没有任何异常。没有遗书。

梁详看到了报纸关于华联收银员小姐坠海自杀的报道。

他吹了声非常流利的口哨。

肝病嫌疑人

在蛎子湾区，34 岁的熊一欣的私宅，就在最靠海边那栋红砖 7 层小高层的楼中楼内。说是海边，水其实不是绿的，就像普通的洗衣水，海腥味倒是有的，这证明了它是海。熊一欣买这套 118 平米的小楼中楼，说起来占了开发商的便宜，他是他们的常年法律顾问。但是，住进去，熊一欣就发现，谁占了谁的便宜不好说。最令他不悦的是，原先介绍，规划特别好，楼前楼后这大片空地，将全部盖三层独立小别墅，就是说没人的眼睛会比熊一欣家高，可是后来靠熊一欣卧室这边，却盖起了 26 层的公寓。楼距最多 30 米，一旦竣工，熊一欣的裸体，对面的人，肯定很方便看到。

熊一欣不跟他的顾问单位说这事。但他前妻毛沁知道。毛沁是个滑稽而可爱的女人，离婚后，她经常要回熊一欣巢穴寻找自己遗忘的物品。那天她收拾自己东西时，看到对面在挖那么深的地基，她就叫唤起来：

要盖高楼哪？

26 层。熊一欣说。

毛沁就大笑起来。好，好。姓熊的，你完了。你真的完蛋了。

熊一欣在聚精会神地研究带商务通的新款摩托罗拉手机，没吭气。他穿着蓝灰色的、质地精良的和服式睡衣。光滑的缎面随时使那个结很容易滑散开。他现在就是半裸的。事实上，睡衣也是因为前妻毛沁进门，他出于礼貌尊重才穿的。从床上起来，刷牙、剃须、完成跑步机上的 800 米，到浇花、用餐、看早间新闻，他都是裸身干的。

毛沁是第一次与熊一欣探访性生活时，才惊悉熊某从小就有这种裸癖。不仅如此，他的孪生哥哥熊一欢也这样。当这对孪生兄弟越长越大，却仍在家中千方百计地不穿衣服时，他们的母亲感到深切难过和自卑，最后，他们的父亲不得不承认，这同样是他从小最大的秘密渴望。如果妻子不介意，他也想这么自在一点。

据说，熊一欣、熊一欢的母亲不是太久就辞世了。临终她说，让她真正绝望的，不是家中三个男人都有裸癖，而是她竟然也开始厌恶衣服。

毛沁离婚的时候说，我有 17 条理由和你离婚，但是，这 17 条理由中，只有一条是人人都会举手通过的，因为没有人能忍受在家里有不穿衣服的人。所以，我决定使用这条作为申请理由。你不介意吧。

熊一欣摇头。熊一欣说，我有个同事为了和他太太离婚，说他当护士的妻子，嗜血上瘾，每天自己从静脉中抽出 20cc 血，又趁热偷偷喝掉。做丈夫的说，他夜夜做噩梦。

从居委会递交离婚协议书出来，毛沁坚持要请熊一欣共进晚餐。餐毕，毛沁说，其实还有一条离婚的理由，最最重要。她说，出于虚荣心我没说。但现在要告诉你。

熊一欣以为她会说，她想成为或者已经成为，那个榨糖甘蔗守门员怀中的球，但毛沁说的是：

第 16 条——我提出离婚建议时，你没有否定。

熊一欣无限惊奇。女人真是荒唐非凡。熊一欣笑出声来：要不要重来一次？

毛沁说不要。

熊一欣所在的律师事务所，在这个城市中心 5 点 25 分的位置，即东南面那个最高的凯旋大厦的 31 层。熊一欣是个普通律师，能力不是律师业这颗橄榄上最尖的两头，收入也不是最尖的那两头，他只是在橄榄上最中粗的中流位置。就像他的模样，混在人群中，通常很不容易找出来。据说，外貌没有特点的人，正是做间谍的最好人选。他得以进这家一流事务所，不是他有间谍的外貌和才智，仅仅是因为，这个所的合伙人，喜欢打80分来确认来者是否俊才。合伙人一致认为，不会打80分的家伙，做律师笃定毫无前途。他们把这一条已经写入事务所章程。

而熊一欣的80分牌技超群。实习期，他就把十名合伙人轮番打趴。实习期满，他就成了该所的当然成员。但他本人对他们选拔人才的方法质疑。七年普通的执业生涯，也是最好的证明，但合伙人集体视而不见。每日午休，案件讨论大厅的椭圆桌上，至少有两局开战，只要不出差，熊一欣是少不了的，哪怕在洗手间，也会被敲出来。合伙人通过战胜熊一欣来获得"一览众山小"的成就感，来赢得牌技提升的巨大快乐。

熊一欣暗暗惭愧。觉得自己像江湖骗子，混进了这个名牌学子成堆、精英律师成堆的地方。但合伙人们从不提这一茬，合伙人一致狂热地喜欢熊一欣。熊一欣出现在牌局上，就意味着挑战的快乐。就这样。当然，话说回来，作为一年有三十万单位业务量的执业律师，熊一欣即使不出类拔萃，也从来不是麻烦和包袱。

办公室情况。

熊一欣到办公室时，女助理就进来了，后面跟着医疗赔偿案的委托人洪光辉。在熊一欣阳光过于灿烂的办公室里，洪光辉说，我的朋友给我消息，说我的案子上诉一定会被翻案。你在中院有没有关系好的法官……熊律师？

熊一欣不说话。他在找另一个案件的一份单据。

熊律师，该花什么钱我不在乎，只要你发个话。一审你尽力了，我们赢了，但二审，你看我们有把握吗？院领导、政法委有人也行。人家都说，现在打官司就是打关系呀，有理也没用。

熊一欣说，那一审也是赢关系了？

洪光辉暧昧地笑笑，很快脸色就沉重下来。我当然是信任你，熊律师，我的意思是说，该花的钱，我们不要省。明明有理，最后还被人翻了案，不是太窝囊？我绝对咽不下这口气。出再多的钱我也干！

女助理看出熊一欣不高兴，就说，明天所里统一体检，空腹去，不要吃早饭。

熊一欣的心情和满屋的阳光反差越来越大起来。熊一欣说，那个海事案件的货物单据怎么找不到了？

熊一欣把卷宗往桌前一扔，说，空腹和不要吃饭有什么差别呢，我早就告诉你，做律师的，说话别重复啰唆。

女助理有点委屈地瞪了瞪眼睛。洪光辉说，我们还是请中院法官坐坐吧？我有这个开支准备，你是不是还是安排一下？

女助理恨恨地说，您为什么这么不相信法律！一审我们什么也没有做！

熊一欣知道她在冒邪火。这个24岁的女助理能干、脾气坏，反正熊一欣是骂不走她的，相反，熊一欣心情一好，女助理就有撒娇的嫌疑。

熊一欣说，对不起，如果没有别的事，你们都走吧。洪先生的事，我会考虑的。

女助理把洪光辉送到电梯口，又回到熊一欣办公室。女助理说，洪这个人真讨厌。不过，今天天气这么好，你为什么一进来就不高兴？

我没有不高兴。

就有。你不高兴。

给我来杯罗汉果茶吧。

女助理把茶送进来，说，你干吗不高兴？

我没有不高兴，——没有。那个单据是原件，你马上给我找出来。

找到啦，我夹错卷宗了。你就是不高兴，你今天就是不高兴。

是！我不高兴。

为什么？

我不知道。可能是我家旁边要盖高楼了。所以，我不高兴。行了吧？

高楼会挡住你的视线是吗？

不是。我不看海。

那为什么？

地中海商厦的律师意见函，到底写出来没有？

站在阳光下的女助理，金灿灿地眯着眼睛，天真而动人：你告诉我，我马上交出来。

下午那个劳动争议案的判决你别忘了去。熊一欣点了一支烟，开始收拾提包。他要去一个顾问单位。因为熊一欣不接招，女助理转身就走了。

洪光辉是个嗜酒成性的倒霉蛋。原来在一个电气厂任工会副主席，后来下海和别人开发一个什么科技项目，据他说是挣过一大笔钱，意气风发地有过4年多黄金岁月。黄金岁月留下唯一的纪念，就是酒瘾。现在，每次在酒桌上，他都要喝酒，喝了酒，每次都要说，你们知道吗，梁姬瑞（他们市的分管副市长）当时握着我的手——这只。说啊，好好干，有困难找我，你们是我们经济的未来和希望。

洪光辉高举着那只被市长握过的左手，像要举手发言。

我跟你们说，我洪某就是不会巴结人，尤其是领导。我不轻易麻烦他，我从来就没找过他。尽管他是要求我去找他。可是，我不去。我也知道，要是我找他，我们公司就不至于被人整成这样——

有人就打断他说，喝酒喝酒！光辉，别说不痛快的事。我喝了！你随意！

洪光辉瞪起眼睛，说，我他妈什么时候随意过！——干了！

洪光辉一抹湿漉漉的下巴，我跟你们说实在的，梁姬瑞这个人还是不错的，只是偏偏碰到我洪某是不爱搞关系的人。知道吗，他当时握着我的手，非常用力！从小到大，还没有人这么和我握过手，可是，用力握就用力握吧，我洪某就是不会顺杆爬。我当然知道这个社会要关系呀，关系就是生产力，我怎么不知道？我只要开口，梁姬瑞保证——

一个青脸酒鬼站起来，看准洪光辉举着的左手，抡掌用力劈了下去。

洪光辉一拳打着青脸酒鬼瘦肩上：干你姥！

我干你姥！青脸酒鬼说，你到底行不行？不行就说不行，废话那么多，喝还是不喝？！

洪光辉举着酒杯和青脸酒鬼用力相碰，一只玻璃杯脚当啷地掉了下来。洪光辉一仰脖喝光，把破残的酒杯摔向墙根：干你姥！大男人谁说不行！——行！你们女人不能说随意！大男人怎么能说不行，谁不行?！和我喝！我看他行不行！

说洪光辉是个倒霉蛋，还有两个原因。

据说，他那黄金岁月挣的钱，买的150平米的德拿花园楼，每平方要4600元。当时那大厦可是全市最牛的人才敢问津的，可是两年之间，现在只卖3000多元。业内人士说，由于内部结构、房屋质量及城市中心转移等问题，德拿花园只有看跌的份。

洪光辉还买了股票。说股票，洪光辉简直要上吊。

他老婆原来的造纸厂，发行的职工内部股，一股2毛多钱，每个职工可买2000股。洪光辉哭穷喊穷，成功地将它们转嫁到慷慨的同事和三姑六婆头上，结果，事隔多年，这些股票一上市竟然17块多，还一路飙升，洪光辉气疯了。股票节节飙升，每天下午一收盘，他老婆万小琴必定能找到一个理由和他吵架；洪光辉更是一肚子阴火没地方窜，每天9点一开盘，就埋伏着恶劣情绪要等着和他老婆干一架，所以，他们家整天都是伏击战与反击战，硝烟缕缕不绝。

有人怀疑，洪光辉老婆头部的脑垂体肿瘤，就是在那时和洪光辉反反复复的袭击与伏击中播的种。后来，洪光辉痛定思痛，开始研究股票，先是做军师，让老婆开户入市，后来自己亲自冲锋，小赢些菜篮子钱；但下海搞科技公司的4年里，洪光辉大彻大悟，很是看不起股市沉浮，他觉得太投机，不如做实业来得正大光明、底气十足。但再后来，公司濒危，前途晦暗，又经不住老婆夜夜鞭策，别无他途的洪光辉只好再入股市拼搏，但是，无论洪光辉怎么折腾，无论牛市熊市利好利空，洪光辉铁定的只输不赚。人家好好的一只股票，昨天还是红的，只要洪光辉一买，次日必定下跌变绿，百试不爽。洪光辉有时吓得不敢出手，而只要他不碰，人家股票也红红的很安全，甚至逆市飘红。有时，洪光辉自己都纳闷，觉得自己像个暗杀者，挺对不起人家上市公司。

洪光辉霉绿的生活，基本可以确认，是导致他老婆死亡的真凶。老婆死了，因此，洪光辉就和熊一欣有关系起来。第一次开庭快到1点才结束，洪光辉坚持要请熊一欣吃饭。饭桌上，他用不屑一顾的表情，说了梁姬瑞紧握他手的事。熊一欣就进一步确认，他的委托人是个简单又骚包的大笨蛋。但律师德行是，收人钱财，替人消灾。酒桌上，熊一欣听得笑一笑，又在应该的时候，再笑一笑。洪光辉就说，哥们，你是个好律师！你不妒忌我。

熊一欣有点心疼洪光辉请他吃饭的钱。洪光辉没什么钱，尤其是发现，每次和他联系，洪光辉都是掐掉打通的手机，再找固定电话回。

洪光辉的老婆万小琴原来是个厂医。发病第一天是个上午。第一阵强烈的眩晕过去，她从沙发上站起来，就敏锐地宣告说，洪小三（洪光辉的乳名，万小琴悲愤的时候，都是叫洪光辉小名）！我离死不远了。都是你害的！

洪光辉不以为然，他在研究大盘走势。万小琴就过去拎他的耳朵说，我快死了，你怎么一点感觉都没有？

洪光辉把她的手拍掉，说，都是你！我说出仓出仓，你偏偏要捂一捂，你看现在这走势，哪里是底！股评家都是胡扯蛋！无论如何，明天割肉！我要换青岛海尔。

万小琴一把掀翻他的《证券一周刊》和钱龙图：我快死了！洪小三！我告诉你，我头晕！我想吐！我溢乳！你知不知道，我已经4个月不来月经了！我——快——死——了！姓洪的——！

洪光辉看了她一眼，说，你又要吵架？头晕为什么还要爬起来骂人？

骂不了你多久了，因为我快死了。

好好的，今天我又没有惹你。你说你怎么啦？月经不调？我有什么办法，不舒服看医生嘛，骂我有什么用？

万小琴突然哭起来，呜呜的，哭得有点怕人。洪光辉只好站起来，说，走走走，陪你去医院。——走啊！

走什么呀走！今天是星期六！你想挂急诊啊！你有多少钱哪！哼，现在挂一个专家号，就是十几块钱！看不了两分钟。我星期一去，你陪我！我可不挂什么狗屁专家号。

但当天晚上，万小琴还是去挂了急诊，而且是用120救护车拉去的，因为她洗好澡，突然天旋地转，摔倒后开始大量呕吐，把晚上吃的小肠猪血芥菜，都吐了出来。一开始，洪光辉不知道是猪血，觉得很恶心，他认为喝酒的人，吐出来的东西会好看一点，而且隐约还有酒香气。

万小琴最后被确诊是，良性脑垂体体腺瘤。

熊一欣和他的同事，空腹一大早到了仁爱大医院。抽血的时候，熊一欣就感到不顺利。6个一组进抽血室，大家一字排开，熊一欣相对的抽血护士可能昨晚通宵看DVD片，她和旁边的男护士，一边说精彩片断，一边拍着熊一欣的胳膊，找血管。扎了好几针，都没抽出血来。女护士说抱歉，一边又拍熊一欣的胳膊，说你的血管长得不好。熊一欣想向她报告有关血管的看法，但女护士又说起了可怕的日本恐怖鬼片。因为回忆的恐惧，她扎针很急。

熊一欣说，这是第六针了。要不你歇会儿？

女护士瞪了熊一欣一眼：握紧！我叫你手握紧！

等熊一欣抽好一针筒血，左右已经换了第二拨的同事落座消毒胳膊了。

当然不是好兆头。后面证明果然。从抽血开始，熊一欣就翻开了极其不祥的就医新篇章。正是这种经历和感受，他得以在更深层次上，理解了当事人洪光辉，可能还有他死去的太太万小琴。

体检报告整批出来了。同事们有几个是血脂高、胆固醇高等这高那高，有人脂肪肝，有人胆肾都结石了，有人肺部不太利索。从报告上看，熊一欣除肝部不利索外，样样都好，很健康。

熊一欣的肝部不利索，体现在他的两对半指标上，他的第一、第五两项呈阳性。据说，正常人每一项都是阴性，而肝病患者第一、第三、第五呈阳性的，就叫大三阳，还有什么第一、第四项的小三阳。但奇怪的是，熊一欣和正常人、非正常人都不同，他是一、五项呈阳性；此外，指标还显示，他的转氨酶比正常人高一点，血浊不清。

医生结论是，肝质差，疑肝病。拟进一步检查，确认病肝类型。

主任是脂肪肝，老问题。主任怕熊一欣不了解肝，就劝导说，没事，你去看看，现在甲肝、乙肝什么的，都比脂肪肝好治，死不了的。

熊一欣说，我从来没感觉过肝部不适。我的肝没问题。

等你感到肝部不适，说不定就是晚期了。明天别上班了，先把这问题搞定。你现在手上还有几个案件？急的先移给别人。我会计算清楚你们的工作量。

熊一欣拍摸着自己的肝，说，肯定搞错了。

主任有点愁苦，侧着脑袋，很认真地看着熊一欣敲击琢磨肝部，这时，又有三个合伙人进来，愁容满面地在熊一欣办公桌前一字排开。一个合伙人说，搞错的可能性有，但是极小。另一个合伙人说，据报载，十个中国人里面，必定有一个坏肝，或者说肝异常。熊一欣，你别不当回事。

最后一个合伙人说，我的小姨子在松林医院搞化验，你再去查查。

干吗到精神病医院去？主任说，大医院里也可以找到熟人。

不是怕搞错吗，那个合伙人说，那边平时很少人抽血检查，就几个疯子。所以，错的可能性比大医院小。

熊一欣就去了松林医院。事实上，他不去也不行，因为合伙人已经给他肝病患者待遇，比如，中午的牌局，就不劳熊一欣参加了。熊一欣原来很自然地想参与一把，但遭到椭圆桌上合伙人和全体律师的坚决抵抗。熊一欣困惑后有些自卑，怀疑自己的肝可能真有大问题。他依稀记起来，肝病是通过接触传染的。熊一欣从这下开始，才有了一些真正的沮丧。

那个小姨子很热情，开口闭口熊大律师。小姨子有个眨眼睛的毛病，刚开始见到她的时候，看到她一边说话，一边眨眼睛，熊一欣就老是觉得她在和谁暗示什么，或者在对什么人急速隐藏什么秘密。

小姨子说，我姐夫说了，让我认真给你查验一下。你还别说，我们医院化验室，还真的从来没错过。嘻嘻。

小姨子又在眨眼睛。熊一欣忍不住顺着她眨眼睛的方向，看那方位是否有人接到暗示并反馈点什么。这样一个心理过程后，熊一欣不由自主地怀疑这地方验血的准确性。

小姨子亲自为熊一欣抽血，她没有批评熊一欣的血管，抽血一次性取得圆满成功。小姨子说，要是你还是担心，我马上带你去找一个人。他是真正的传染病专家。

熊一欣没有反应过来，小姨子又眨眼睛说，你开车来的吧，我可以先溜走，反正没事。市区老干部体检中心你知道吗，老专家就在那。他是退休返聘的。

老专家一头如漆的黑发，贼黑得令人不知所措。当然是染的。小姨子真是一个好姑娘，她热情地向老专家介绍说，这是我的好朋友，好多医院都查不出他的肝有没有问题，特意过来请您老看看。

小姨子说这些的时候，肯定有大眨眼睛。为避免不良效果，熊一欣不看她，专看老专家。老专家没有眨眼睛的毛病，可是，看久了，熊一欣发现，老专家也有怪相，大约平均每两句话，老专家都会像抽噎似的悄悄、狠狠地抽一下下巴皮。

老专家看完仁爱医院的报告单，俯身凑近看了看熊一欣的眼睛。

把衣服拉起来。熊一欣就把T恤一直拉到胸口。

老专家的手像一个软质旧皮具，在熊一欣的右肋一带游动。

没有肿大。老专家说，小便怎样？

正常。熊一欣说，想尿的时候才尿，很清亮透明，很多。

老专家一掌覆在熊一欣肝部，一手握拳擂击其掌。一边擂击，一边移动位置。

怎么样？

你在敲我。

我是问什么感觉？

震动……

不痛？老专家狠狠地抽了下下巴皮，目光殷切，一点都不痛？

无意中，熊一欣又瞥到小姨子，她在大眨眼睛，他分明感到是小姨子在暗示他：千万别说真话！就说痛！痛！

熊一欣含含糊糊地点了头，有点吧，……闷痛？

老专家神色凝重地直起身。让熊一欣把衣服放下。老专家说，现在肝炎的种类很多，甲、乙、丙、丁、戊……表象也越来越复杂。老专家狠狠抽了抽下巴皮，你是做律师的吧，少喝点酒。年轻人，酒伤肝。

小姨子说，马老，你看他是不是肝有问题？

先查吧。要不B超也做一个？既然查了，就查个清楚彻底。根据我的经验，不是太像，但是我不能肯定。这样吧，我有个学生是903医院的化验室主任，昨天他正好告诉我，他们进了一些新设备。不放心的话，我介绍你们过去。

小姨子又在大眨眼睛，紧跟着老专家狠狠抽了一下下巴皮。

熊一欣赶紧说，算了吧算了。再说吧。

小姨子看了看手表，说，要不去一下也行。我家正好就在903后面。马老您给您学生打个电话，看他在不在，在我们就过去。

两分钟后，熊一欣就被带走了。

洪光辉的老婆万小琴是通过核磁共振查出肿瘤的。当时，医院要洪光辉做核磁共振时，洪光辉怀疑医生想抽取20元的回扣，所以，他不想干。

医生看出他的心思，很轻蔑地用鼻子笑了笑，你自己决定。CT也可以查，但核磁共振看得最清楚。

洪光辉最后还是让万小琴做了460元的核磁共振。这样就很清楚地查出万小琴的脑瓜里确实有问题，她的脑垂体有个体腺瘤。接下来，就马上手术。万小琴手术后醒来，迷迷糊糊听到，洪光辉要为她请个护工，一天30元。万小琴气得脑垂体大痛。

洪光辉看万小琴似乎醒了，就坐在她床边，轻轻汇报说，有个人日夜看护你，我看比较好。

万小琴挣扎出声，那你干吗？

洪光辉窃窃私语地告诉万小琴，男女有别，病房里这么多人，不方便。

万小琴说，病房里有什么男女！

洪光辉不敢惹老婆生气，只好和讲好价了的女护工摇头解约。女护工站了站，没有表情地就走了。

洪光辉就每天老老实实地来看守万小琴，有时给老婆做肉羹汤、猪脑线面，急急忙忙地送来。这样，万小琴心情很好，康复得很快，元气恢复差不多了，有一天，居然当着病友们的面，公开表扬洪光辉。十四天后，他们就出院了。

出院后，他们发现，股市就在万小琴住院期间，有了一拨比较辉煌的小牛市，他们手上的四只股票，都长势喜人，有两匹准黑马，按次高价估算，他们至少有平均60%的利润，但是，但是，关键的问题是，就在万小琴出院的前一天，它们又基本回到从前了。说是进入箱形整理阶段。

洪光辉难免生气。但毕竟不敢发作。糟糕的是，万小琴有一天偏偏提起了护工的事。

万小琴说，哼，既然我们没本事挣大钱，我们总可以算计着过好点日子。我住院半个月，要是依你找什么护工，起码去掉四百五！四百五啊，一个月的伙食费啦。这不，一省不就省下来了？

屁！洪光辉说，省省省！你就懂得省小钱！你知不知道，要不是我成天在医院陪你，我们这一拨至少赚五千！四百五！四百五算什么屁！小里小气永远做不成大事，还他妈四百五，简直是个二百五！

万小琴火了。大火特火，尤其是觉得自己刚刚出院，洪光辉就敢这么狠毒，特别委屈恼怒。他们家又吵起来了。后来，万小琴就身体不舒服，尤其是头部。洪光辉将信将疑，怕是万小琴耍花招，后来万小琴病情加重，洪光辉就克制着不敢吵了，专心侍弄股票。可是股票仍是一如既往地辜负他，所以，他的脾气也很难料理。终于在一次摔锅打碗后，万小琴宣布——我真的快死了，洪小三！——万小琴就倒地不醒了。

又住院。住院一周后，万小琴再次开刀，医院为她做什么脑液补漏手术。手术前这一周，洪光辉和万小琴一次也没有吵架。有一天下午，夕阳把医院楼照得镀满红霞。万小琴突然哭了，嘤嘤嘤的，很娇气。洪光辉用手摸她的脸。万小琴流着泪说，你还爱不爱我呀？

洪光辉一时答不上来。万小琴湿漉漉地亲了一下洪光辉干巴发硬的掌心，说，你可能不爱我了，我知道。不过，我是爱你的，骂你的时候也爱着。

洪光辉差点酸出泪花。赶紧说，我当然爱你万小琴了，不爱你爱谁呀。别哭别哭，不是吗，你嫁给我的时候，不就说我脾气坏吗？你妈还不想把你嫁给我，不是吗？

不是，我骗你，我妈不是嫌你脾气不好。实际上是，我妈最嫌你的是，穷！又爱大手大脚！

那一天，是洪光辉和万小琴最琴瑟和美的日子。美丽的夕阳像个喝醉的证人，一下就翻脸而过了。简直就没有人记住这一刻。据说，洪光辉在万小琴死后有一次醉后大哭，一句句地将当时对话哭诉出来。但他从来没有和熊一欣说过，当然，熊一欣完全可能对此毫无兴趣，律师只会关注与法律责任有关的事实。

开刀是周五。据说，有经验的病人不喜欢在周五接受手术，因为，手术后一有情况，你可能找不到你想找的医生。手术出来，万小琴一直在昏迷，有点发烧。洪光辉有过一次手术经验，也不是太紧张。医生说应该没事就应该没事了，后来，万小琴似乎醒了，可是一副什么也不需要的样子。当晚，洪光辉睡在万小琴病床前的白木条长椅上。天快亮的时候，他好像听到万小琴在叫他，大喊大叫的，他还嘀咕老婆怎么这么快又开始骂人了。然后，就爬了起来，小了个便，回来凑近看看万小琴，却发现万小琴神情不对。洪光辉一惊，大叫大跳地冲到值班室。医生赶过来，听了听，看了看，对他摇头说去了。

洪光辉就傻在那里。

熊一欣不敢确定，小姨子眨眼睛的特质，是先天的毛病，还是后天的智慧。反正她总能传达一种奇妙的“天下之大，我只和你默契”的神秘感觉。每个人都觉得，天上掉下个小姨子，而你是她的唯一的选民，她和你暗示这个、暗示那个，领着你避开人间种种麻烦，你看着看着，不由和她贴了心。

传染病老专家的学生，只和小姨子过了两招，就着了这个道。他几乎对小姨子言听计从，俯首帖耳地就让熊一欣走后门不排队地抽了血，再约定明天上午来听结论。

熊一欣把小姨子送到她家的小区大门口。下车后，小姨子又拉开车门，像功臣一样笑了笑说，其实，我觉得你不像肝炎病。反正有事呼我吧。

熊一欣习惯性地往事务所里开，到电梯口，又等了半天的电梯。等电梯门开了，下来了一大堆大楼里的下班或买快餐的人，他才想起来这是八十分大战时刻，想想无趣得很。只好又往大楼外走，很沮丧地跨进了他的车。

手机响了。毛沁在电话里喊，劳驾你回来一下开个门，我的年票找不到了。晚上有个球赛。

你不是有我家的钥匙？

可能上次去落在你家了。我到处找不到。

熊一欣停好车，穿着暗豆绿色低腰牛仔裤和浅灰黄色紧身T恤、足蹬球鞋的毛沁就在防盗门外。两人也不说话，上楼、进屋。熊一欣直接走到楼上卧室，开始脱衣服，脱到内裤，想想又拉上来穿好，然后坐在面海落地窗的印尼藤摇椅上，点燃了一支烟。一个早上忙到顶，抽了两大筒血，还是不清楚肝有没有问题。想一想，熊一欣就其烦无比。

楼下的动静像是来了强盗。毛沁在书房哗啦啦地乱翻什么，又窜到客厅似乎在打开一个又一个矮柜抽屉。

熊一欣闭着眼睛在摇椅上摇了好一会，一支烟完了。熊一欣说，快点行不行？我还穿着短裤呢。

脱了吧你！在我面前装什么文明。我记得是夹在一本书里，黑黄格子足球图案做皮的，一巴掌大小。你有没有印象？

熊一欣又点燃一支烟。毛沁找的是足球年票。三十不惑的毛沁，是个疯狂的足球迷，成天为本地那支平庸无奇的甲 B 球队摇旗呐喊、呕心沥血。球迷使用的长长短短喇叭、大大小小望远镜、各色彩带、三角旗、小鼓，足足占了一大抽屉，有一次还差点买回一面铜锣！她还珍藏有一个该队全体球员签名的足球；那个长得像榨糖甘蔗一样的 9 号守门员，最受毛沁追捧，毛沁说，她就喜欢看他出汗的样子；离婚前的所有日子，毛沁经常在家像袋鼠一样，挪动跳跃踢球，当然不是用签名球，而是另外买的两个中的一个，如果该队一场球下来，有什么精彩或失败一瞬，毛沁必定要在家里，以袋鼠的方式，反复演示回味，以便在球迷协会交流时主讲。熊一欣不胜其烦，告诫她，真正的球迷应该有品位。毛沁就反击说，真正的球迷就不能嫌贫爱富、势利眼！

离婚的第十五条理由：不热爱足球，诋毁某守门员。

毛沁搜索到楼上卧室来。她掀掀鼻孔，说，什么味道？消毒水？

毛沁的嗅觉很灵，原来是你身上的，刚才和你上楼，我还以为是过道里的。你怎么啦？

体检。

毛沁开始翻床头柜上的书。那不可能有，熊一欣说，那是才买不久的——离婚后。

毛沁站起来，不对呀，上周我碰到何志宾，就说你们体检呢。你怎么慢一拍？

你快找你的，别磨我的时间，你在这我穿不穿衣服都不自在。

毛沁笑了笑，或者……爱上一个小护士？

熊一欣点头承认。他爬起来决定帮她找。他好像记得一本书里夹过这样东西。到书房法律类书籍里翻到第四本，果然找到了。毛沁扑了过来。

嘿！就是！肯定是你夹这儿的！《法律与本土资源》我是不可能看的。害我找半死，以后少动我的东西。我的钥匙你放哪儿啦？

我没拿你钥匙。既然你钥匙没了，你就克制点，别老来我这儿。

毛沁欢笑，做出无耻的表情，开始找钥匙。她顺手操起茶几上熊一欣喝剩的大水杯，要喝。熊一欣一把夺下。

毛沁怒发冲冠：我离婚后，你就没买过一次性纸杯！我不嫌你就不错了！你小气什么？

熊一欣伸直胳膊，把消毒过的针眼给她看：抽了3次血，因为医院怀疑我的肝有问题。

毛沁飞快地放下杯子，马上又不好意思地拿起来，两只眼睛骨碌碌地打量着赤裸的熊一欣，尤其是肝的位置。熊一欣交叉胳膊，你看什么，B超都不行，你肉眼能看出什么？

你是肝炎。毛沁郑重点头，我早就该下结论。你的性生活太清淡，有时还要助兴。肯定肝不好。

熊一欣蒙了一下。他今天见过的所有的西医加中医，还没有一个这么分析判断的。毛沁经常有了不起的判断和举措，事后，你往往会不得不钦佩她的里程碑似的非凡。

离婚的第十五条理由：肝病嫌疑，性生活需要助兴。

熊一欣无语。现在，他开始真正考虑进入肝病患者角色了。

遵医嘱，熊一欣15时许到903医院取报告单，老专家的学生已经在那了。他接过熊一欣的报告单，凝神看了一会，毫无表情地说，去2楼找邱主任。

熊一欣想从他脸上破译出一点信息，但他挥手要他走：马上去！

邱主任内科诊室里面围了好几名病人，外面还是有电脑叫号控制的。熊一欣拿不准自己可不可以享受熟人待遇，正迟疑着，邱主任就起身去洗手间，经过熊一欣身边的时候，有了个邀他同往的表情，熊一欣莞尔婉谢。等邱主任再回来，受到前面邀请鼓励的熊一欣，就很自然地把报告单递了给他，说，金主任要我马上来找你。

邱主任就看化验报告。从侧面也能看出他神色严峻。

马上住院。邱主任抬起头，你这就去办入院手续。

熊一欣无辜地说，我真的没有任何异常。

邱医生瞪了熊一欣一眼，开始在长条形的绿单子上写什么。熊一欣小心谨慎地说，邱主任，明天和大后天，我要开两个庭，我可不可以下周再来办住院手续？

不行！马上去登记，正好还有一个床位。

一个病人家属奔进来拨开人群：医生医生，这种药药房说没有，你看是不是换一种？邱医生接过处方，又看熊一欣，你父亲怎么样？

熊一欣说：我父亲、我爷爷的肝都很好。

邱医生笑起来，显然十分欣赏熊一欣的幽默。邱主任在处方上大笔一挥，病人家属如获至宝地说谢谢，邱主任置若罔闻，只看着熊一欣，说，上次他来做过胃镜，就没再来。我是说他的胃还好吧？

熊一欣再也反应不上来。因为他的父亲的胃，六年前就和他父亲一起火化了。邱主任很敏锐，又翻了翻报告单，嚯，搞错了？姓熊的，你不是梁副市长的儿子？约好来着。

熊一欣惭愧地笑了笑，抱歉。误导了你。

邱主任勉强笑笑，把单子递给熊一欣，到住院部办手续，就住下！不要走了。快去！熊一欣还是不想走，但发现所有看病的人，都对他露出了明显愤怒的克制表情，邱主任也不想再看他一眼，他就只好下楼去办理住院手续了。

熊一欣得到三人病房，他领了天蓝色的一次性枕头、被子，还有水壶。一过去，却被护士长挡驾。护士长的帽帽，像个炸薯片造型。护士长说，正在用紫外线灯照射消毒房间，3 小时后才能进去。熊一欣放下物品，决定先出去吃饭。

在风暴牛仔牛排馆，在熊一欣吃掉一巴掌大的七分熟厚牛排，正准备吃光通心粉时，洪光辉和一个什么朋友进来了。一看到熊一欣，就大喊一声凑了过来。我正要找你，熊律师。这是我的朋友小吴，他表弟在中级法院当法警！

洪光辉拉了椅子在熊一欣对面坐下，并示意小吴也坐下，同时扭身，打了个榧子，嗓门很亮：

黑椒牛排！两份！五分熟！——熊律师，你要不要再来点什么？

熊一欣摇头。他飞快地吃光通心粉、卷心菜洋葱沙拉，要结账走人。

洪光辉把他的大提包按住：我买单！不是说我有事和你商量吗，急什么呀，不然我也要到你所里找你一趟。这不正好吗，不多耽误你时间，就几分钟。

洪光辉说，我那案子听说很快就要开庭了，再不找人怕来不及。你说你会安排，又过去好几天了。

熊一欣说，你干吗死活要花这个钱？一点意思都没有。

熊律师，你不要怕我花钱，这种钱，我们打官司的人都有准备。我都了解过了，你在中院有很多关系，所以，我二审绝对信任你。我们就请他们坐坐吧，就明天晚上？

熊一欣说不。

为什么呢？钱我有钱，关系你有关系，我们又不理亏。二审赢了，我洪某决不亏待你！

我没有关系。我觉得无聊。

洪光辉笑起来。你就帮帮我吧！看在我老婆冤死的分上。就请一次承办法官吧，请韩飞燕，你肯定能请得动她，他们说，韩法官在大学对你很好。

熊一欣拿眼睛瞪着洪光辉。

洪光辉心领神会地笑笑：我说我了解你的关系吧？我清楚，人家还说她那个……洪光辉停下来笑，有些等待自首的神情，见熊一欣没有反应，就诡秘地压低了嗓子，人家都说，她暗恋过你……

熊一欣站起来，他把整杯开胃酒从洪光辉的领口里倒了进去。

换代理人吧，熊一欣说，我肝炎。住院了。

你等等！洪光辉像揪自己领带一样，揪着湿湿的、藏红色的前襟，奋力挡住熊一欣，什么肝的炎？甲肝还是什么肝？

熊一欣说，都有。

洪光辉起诉诉求是，请求判令：一、被告（指中心大医院）承担拖延尸检的法律责任；二、被告赔偿原告经济损失及精神损失10万元。

万小琴去世的当天下午，洪光辉就向医院递交了万小琴尸体检验申请表。尸检理由为“对死亡原因有异议”，意见为“要求保留尸体，搞清原因，再作处理”。同日下午，医院开出万小琴猝死的死亡证明书。

中心大医院收到洪光辉的尸检申请表后，没有做出直接的、书面的答复，也始终没有递交给卫生行政部门。第二天上午，中心大医院通知洪光辉就尸体检验事宜进行协商。

下午，洪光辉就向市卫生局反映，说中心大医院已经接受他尸体检验的申请，同时，他投诉，要求卫生部门进行医疗责任事故鉴定。但是，卫生部门告之，由于尸体检验必须在48小时内进行，万小琴已经超时，尸检已经没有意义。洪光辉的万小琴只得被火化了。

火化完万小琴，洪光辉对医院强烈不满。双方就医疗事件的责任认定产生严重分歧。洪光辉打烂了医务科长的德国眼镜，又掀翻了中心院长的红木大班台桌面，还连根拔掉了院长的系红绸、枝条打成辫子的发财树。

院方不为所动，半个月后，还是做出了鉴定意见：确切死因待尸检证实。不构成医疗事故。鉴定结论栏：空白。两个月后，市医疗事故鉴定部门做出如下鉴定意见：

由于现有资料不完整，特别是缺乏尸体解剖材料，无法确定判断医疗过失与病人死亡存在直接因果关系。

鉴定结论：无法表决。

洪光辉当然愤怒。他又坚持不懈地奔走了两个月，市卫生部门同一医疗鉴定机构又相继做出两次与第一次完全一致的鉴定结论，那就是：“缺乏完整资料，经表决，无法判定医疗过程与死亡之间有直接因果关系。”

顺便说一下，在洪光辉为医疗责任认定奔忙的5个月中，中国股市进入了人人盆满钵满的“疯牛”时期。可是愤怒的洪光辉，根本没有时间和心情看一眼股票的辉煌行情。别人偶尔论及股市红火，洪光辉就横眉冷对，心境阴冷糟糕到极点。那些这一拨行情的暴发户，在他眼里分明就相当于谋杀万小琴的中心医院的罪恶同谋。

他找到熊一欣做律师纯属偶然。当时他到法院表达了起诉愿望，人家说可以立案，给了他两张空白状纸。他走出法院，在公共汽车上就开始构思诉状内容，他想到了很多精彩的语录式的句子，他提醒自己一定要写出来。但是，公共汽车刚拐了个弯，就看到凯旋大厦一幅巨大广告：明证律师事务所。洪光辉把头伸出车窗看仔细了那排十分气派蓝底白字，当下就决定找个律师。找个厉害的律师。

事后证明，至少是截至目前已经证明，熊一欣还算是个基本厉害的律师。洪光辉的判定是这样的，他赢了。赢了就是好律师。

不过，通过漫长的诉讼活动，洪光辉的有关司法实践的见识是增加了不少，比如，他的官司进行中，他知道有个执行庭的法官被“两规”了，据说是才关进去，人家只是随便拎着他抖一抖，他就抖出了100万。100万哪！100万！据小道传来消息，说是人家问讯记录的钢笔水，还没吸饱墨水，该法官就叮叮当当地吐贿款了。洪光辉非常惊异，从这个时候起，洪光辉对司法公正问题，有了以偏概全的错误认识，他对所有的法官的廉洁性表现出强烈忧虑，后来竟坚韧地鼓捣一名区老人大代表提出一个荒唐的廉政议案，呼吁提议通过法定程序，定期将所有法官拎起来“抖一抖”。用心良苦但十分反动。

熊一欣的女助理在和熊一欣探讨该案的法律依据与事实证据时，洪光辉总是报以宽厚的笑意。一审第一次休庭，他就自作聪明地跟熊一欣耳语：我注意到了，审判长对你很好。你说话，他从来不打断你，可是，医院那边的律师说话，已经被打断五次了！

熊一欣告诉他，三次被打断是因为对方代理重复说过的观点，一次是不着边际，还有一次是没有信息量，浪费大家时间，煽情讨好委托人。

洪光辉就报以深沉的、宽厚的微笑。他相信熊一欣绝不是他自己说的那样没有“关系”的人。

在律师的内行帮助下，医院方面在诉讼阶段，开始斗文字游戏。他们坚持认为，洪光辉在尸检申请表中的意见“保留尸体，搞清原因，再作处理”就是保全尸体的意思，它不仅没有同意尸体解剖，反而将保留尸体。就是说，原告洪光辉的真实意思表示就是——不同意进行尸检。

洪光辉当时在法庭上就站了起来，我是疯子是神经病？我老婆死得莫名其妙，我自己要求拿尸检申请表，我会填不要尸检？请问我是二百五吗……

法官拧着眉头，制止了洪光辉的喧哗。洪光辉当场就在原告席上，想和熊一欣紧急磋商，休庭后如何请审判长吃饭，包括盲人按摩两个钟等等等等。

熊一欣把他的脑袋拨开了。

事实上，这个官司赢了。洪光辉反复细阅以至能够倒背如流的判词段落是这样写的，本院审理认为：被告对原告尸检申请表中所附意见的理解，一方面已由本院确认与意思表示的解释原则不符，另一方面，即使原告在该表中所附意见具有多义性，被告作为专业医疗机构，在本案中完全有能力、有义务指导原告及时澄清有关的文字歧义，然而迄今没有证据表明被告及时、有效地尽到这一协助义务，且该行为无正当理由，依法已构成拖延尸检并以不作为的方式，侵犯了原告对死者尸体的处分权。

法院还认为，原告对死者尸体享有的所有权中，包含有特殊的精神权益内容，因此，被告拖延尸检的侵权行为给原告造成的精神痛苦及感情创伤是显而易见的，有必要进行抚慰，但原告要求的赔偿金过高。

最后，洪光辉经济损失和精神损失合计赔偿两万元。比原计划缩水五分之四。他私下反省，关键原因是没有请法官吃饭。要不然，他怎么算也可以得个五折，让那么大个医院赔个五万算什么。一条命啊，还有他的后半生，怎么才值五万呢！不过，吃一堑长一智，洪光辉觉得自己心里比较有数了。

熊一欣还是决定回家。他要带着他七分熟的风暴牛排，回到他的家里去无人打扰地消化。在他看来，除了可怜的求生，医院是打击和摧毁任何欲望的地方；健康和死去都是欲望饱满的，唯有不死不活的状态是最乏味无趣的。

家，多好。辛苦地读书，拼命地工作，努力地为人，不就是为了弄一个自己的家吗？从小到大，熊一欣很明确，他知道自己生下来，就是寻找一个能不穿衣服的地方。在熊一欣看来，很多人制造家，完全是随大流的行为。他们从来到走，都不明白他这辈子占有的人间那一两个秘密空间，意味着什么。他们品位太一般、流俗。只有他和熊一欢天生就明白（注：可能还有一些别的人秘密地知道），家意味着什么。真正的敞开自在，真正的澄明和自由，显然是很多人一辈子做梦都无法企及、享受的境界。

熊一欣不知道在医院成天包着病号服是什么滋味。他已经咨询过小姨子，说是至少要住院 20 天。这是个相当艰巨的历程。所以说艰巨，是熊一欣因为自我奋斗到相当的阶段的前提下。当年在大学，他只是坚持封闭了两周，就开始裸睡了，偶尔上蹿下跳，震惊过舍友们，但舍友通过审查熊一欣的眼神、温度和脉搏后，最后还是笑纳了；再后来出差，他从来都是尽量争取独立单间。

现在竟然要住院了，为一个毫不可疑的器官。

且不说讨厌的治疗过程，仅仅说，在医院连续二十个日日夜夜，在至少邻床 4 只不健康的眼睛的睽睽注目下，分明就是备受煎熬。在熊一欣看来，人生如果是一盘棋，那这样的日子，简直就是没有气眼的生活。事实上，熊一欣后来的情况比预想糟糕得多。

光着脚，从浴室出来，熊一欣踩在自家的樱桃木地板上。地板和脚有点细微的摩擦感，脚印的水渍有点灰感。清洁工很久没来了。她有熊一欣家的钥匙，一周来处理一次。

熊一欣半躺在沙发上，什么也不干。当然什么也没穿。他环顾着他的家，轻风穿过窗帘的白内衣，在房间的每个角落秘密旋转，在龟叶上无声歌唱。自由的海腥味随风而来，味道不纯，让人想起不太新鲜的海产。

浏览完一摞报纸，又翻看了这一期他们所的《明证律师通讯》，电话响了，又是姓毛的。

熊一欣说，你又想起什么没拿？

毛沁说，哪能！我太高兴了！二比零！今天二比零！客场大胜高科！我太高兴了！！！所以，我想问问你的肝的情况。

它挺好。

住院了吧？有什么需要我帮忙的？毛沁在电话里笑得像母鸡唱蛋。刚才她和她们协会那帮球迷喝了十箱啤酒。所以说话比平时轻浮。她说，我是妻子，就是时效过了一点啦。

熊一欣谢谢后，想挂电话。毛沁说，顺便问一下，我妈妈是农历9月23还是25日生的？

毛沁的娘，是个历史系教授。怎么也记不住自己亲娘生日的人，恐怕天下只有毛沁这一个。而且她是老问，结婚前，她偷问她哥哥，第二年再问就遭到嫂嫂的嘲笑；她发誓绝不再忘地专门买了一个新本子，郑重记下，但后来，连本子也不知忘在哪里了。后来她就要熊一欣帮着记。毛沁自己辩解说，一是她妈妈的农历生日没有和任何节日相连，不好记；二是她有个同学生日和妈妈相近，所以谁是23日、谁是25日，已经在她脑子里难解难分。

熊一欣说，你还记得我是谁。

你是熊一欣。我前夫。我们相爱过，流产过两个小孩。你很善良迟钝，有时很乏味，是个暴露狂，但记忆力极好。你现在肯定又没穿衣服。秋天了，小心感冒。

熊一欣说，农历二十三日子时你妈出生。这是最后一次。

毛沁嘻嘻笑，说，本来我到轮渡邮局发完给我妈的鲜花礼仪电报，就很方便去你那。因为我太高兴了！太高兴了！人人都想狂吻上帝！我恨不得陪你看一夜A片。但是，你的肝不行呀，我不敢造次。

第二天9时，熊一欣一进传染病房，几乎被护士长拎起耳朵。那个戴着炸薯片帽帽的护士长，在熊一欣面前做的手势，就是让熊一欣感到有涉及耳朵的危险：

你跑到哪里去了？！护士长说，一个传染病人乱跑什么！5点就要抽血，你怎么敢一整夜不回医院？

熊一欣说，又要抽血呀？

护士长白了他一眼。空腹吗？熊一欣摇头说，刚吃了三碗馄饨，还有一个包子。

护士长狠狠地又白了熊一欣一眼：明天清早五点，准时抽血！什么也别吃！

熊一欣把水杯、毛巾等住院物品一一掏出来，还没摆放好，一个只露出眼睛的小护士推着小车进来了。每个病人都分到了一些药。熊一欣拿着药，准备还给她。

你是熊一欣吗？

是。

白的两片，其他各一片。

我还没确诊哪。

白的两片，其他各一片。

小护士转身就推车走了。

第二天，穿着白大褂的邱主任来查房，他身后鱼贯跟了5名实习医生。他们全都戴着只露出眼睛的大口罩。邱主任俯身仔细看了熊一欣的眼睛、又摸按了熊一欣的肝部。然后，把熊一欣介绍给他的学生们：来看看，这是个新病人。你们都来观察一下，喏，这是蜘蛛痣。这是肝硬化的典型标志。

5个实习医生立刻排起队，轮流挨过来翻熊一欣的眼睛，按熊一欣的肚子。一个考察完，另一个手就按上来了。熊一欣负责提自己的衣服。他已经确认他们中的一个早餐吃了大蒜酱面，一个吃的是牛杂汤，剩下没味道的，他无法明确，他们胃里是豆浆、馒头还是稀饭、咸菜。

每个实习医生最后都十分认真观察熊一欣肚脐旁边的红痣，熊一欣就不好意思地解释说，它很早就有了。

一个像是女生的实习医生说，多早呀？

熊一欣说，十岁，不对，也许两岁就有了。噢，说不清楚了。

邱主任看了熊一欣一眼，那是说不清你就不要说的意思。然后邱主任就率着众弟子走出了病房。熊一欣低头也研究了一下自己的红痣。他第一次知道红痣的学名叫蜘蛛痣，而且，它是肝硬化的标志。这么说，我从小，肝就有点硬了。

熊一欣一入院就渴望回家。可是，医生说化验结果不好，说他的转氨酶有90，可以确定肝一定有问题，同时确定不是甲肝，也不是乙肝、戊肝。他们给熊一欣服用大量的保肝消炎药，每天吊瓶点滴两大瓶。一周后，再次抽血化验，奇怪的是，转氨酶竟然更高了，据说是120。医生十分烦恼，决定换一种新药，点滴量也增加了一瓶。照样是每天查房，医生和实习医生天天就围在熊一欣的病床边，好像明证所进行的合伙人例会，他们比画着熊一欣的身体，仿佛是合伙人在会议圆桌上指指戳戳；他们在熊一欣的身体上，严肃认真地展开分析和思考，进行种种谨慎的、大胆的推测。

八天后，熊一欣开始感到疲劳倦怠。他感到食欲减退，有点恶心，怕油腻。医生们非常高兴，因为熊一欣终于承认自己的症状。医生们奔走相告，兴高采烈地乘胜追击：上腹部有不适感吗？肝部疼痛？你要实话实说，不要隐瞒，这是治疗的前提。

事实上，熊一欣和医院关系已经搞得很不愉快。整理一下，主要事实有：

一是逃院，第一天就逃院，给医务人员留下非常不良的初次印象。

二是涉嫌流氓行为。原因是一名量体温的护士，被裸身而睡的熊一欣惊吓过度，而被吓醒的熊一欣无论怎么解释，护士都坚持被调戏了的唯一认识。

三是偷看病历，还和值班医生争吵。这个事情的大致经过是，熊一欣在值班室，发现自己的入院记录，病人主诉竟然为：精神萎靡，纳差、乏力。熊一欣当场就叫嚷起来，这是哪个病人说的？我一进来的时候，明明是精神好、胃口香、精力旺盛，我跟哪位医生说乏力、纳差了？你们怎么这么不负责任，居然不顾事实地瞎写？医院就发现熊一欣偷看病历了，结果院方更为恼火，他们不喜欢病人这么没规矩。尤其是传染病人。再后来，有一些嘴尖的护士，就背地里叫熊一欣“那个三床的流氓”。

所以，熊一欣是非常渴望出院的。尽管转氨酶越测越高，医生又推导出各种新名词，预警他务必严阵以待。但熊一欣还是想走。他过去的一名当事人，介绍了一个标的280多万的经济纠纷案给他，可是，因为莫名肝炎，熊一欣只好转给小姨子姐夫去做，按规定，他只能拿一点点案件介绍费而已，当然，收入提成是小事，但听当事人电话里述说，这案子胜诉把握比较大，而一旦做好了，以后就会带来很多类似案件，所以这种机遇，律师都是很珍视的。但是，熊一欣还真又太愿意马上出院，这就和洪光辉密切相关。洪光辉所遭遇和折腾的麻烦，现在在熊一欣看来，完全不亚于一场爆发性病毒肝炎。

住院不到十天，洪光辉至少打了十八个电话给熊一欣。后期更是紧锣密鼓。洪光辉对医院有天然的不信任，所以见缝插针地诋毁医院。等了一周，他发现熊一欣的肝竟然还是查不出问题，就图穷匕首见，一厢情愿地宣布，熊一欣的肝，狗屁毛病都没有！

求你啦，出院吧！出来救救我吧。我听说，被告这次组织名医到俄罗斯考察，外带了两个法官去呢。——（第六个电话，后查明系以讹传讹。）

求你啦，出院吧！你那个女助手太嫩啦，那个上诉答辩写得很不好。她又固执。你再不出院，开庭的时候怎么办？我一点准备工作都没有做。——（第八个电话，实际上，女助理的答辩是通过电子邮件传给熊一欣看过，熊一欣在便携上修改后再传回去的。）

求你啦，出院吧！我实在是心虚。这样开庭是不行的。听说，中院法官体检从来都是在仁爱做的，关系铁得很。还听说一个副院长太太正在住院。我这不是倒了八辈子霉吗？——（第十个电话，除了心虚是真的，其他消息都无从查实。）

熊律师，好消息！这下不为难你了。老梁你知道吗？梁副市长呀！我告诉你，他的秘书小马、小马的岳父我认识了！我们非常投缘。我偶然说了我的情况，他主动说，他可以找他女婿帮忙。他说，梁副市长很欣赏小马，可是，小马就是怕媳妇！怎么样，天无绝人之路吧？今天晚上，你无论如何要溜出来，我们在爱使园，你现在就给韩飞燕打一个电话，说有梁副市长的秘书小马在就是了。

熊一欣说，我不能去。我还在传染期。如果其他客人知道你请肝炎病患者和他们同席，而且是从医院溜出去的，你就彻底完蛋了。

洪光辉无语，后来勉强出声，你的肝是好的……

你说好没用，我也觉得我的肝好。但医生说它坏了就是坏了。

要不然，你给韩飞燕打个电话。求你了！求你！就打一个！下辈子我洪某做牛做马帮你，我帮你把所有的病都生掉，包括肝癌。我要让你天天快快活活的，想死都死不了……

熊一欣不悦。其实平心而论，他和韩飞燕同学关系尚好，但工作后没什么私交。根据他办案经验，这同学能力和品质都挺可信的，到法院阅卷有时会交流一些观点看法，共识颇多。大家都依据事实法律干活就是了，多想也没意思。再说，熊一欣也过了初出茅庐的好胜期，心情比较散淡超脱。忠于事实法律、忠于操守，就问心无愧了。当然，在自然的情况下，对律师来说，和法官成为心心相印的朋友，是个比天小一点的大好事，但你要刻意去营造，比如半夜从热被窝里爬起来，把自尊丢在被窝里，飞快应召赶去某娱乐场买单，确实太耗神，心太累。

熊一欣开始恨洪光辉。

洪光辉也开始恨熊一欣。

熊一欣强烈渴望出逃医院，远离“那个三床的流氓”，但是，他又绝对不情愿立刻出逃。拿一副坏肝坏心或好心好肝，陪洪光辉到处公关，在他看来同样是艰深畏途。所以，呼吸着传染病房甲、乙、丙、丁、戊等肝病患者交流的空气，躺在锈迹扎手的点滴瓶架下，看着透明的消炎保肝药水，一滴一滴注进血管，熊一欣忍不住在想，拼命追求的那副好肝脏，现在对他的意义究竟大不大，思考深了，简直令他有些神经错乱。

洪光辉恨熊一欣。洪光辉真想撤了委托关系，但越活动越发现熊一欣在法院口碑良好，是个说话有些分量的律师，何况，洪光辉坚信熊一欣是韩飞燕暗恋的大学情人。所以，洪光辉铁了心，坚决要依靠熊一欣，要熊一欣绝对代理到底。

所以，洪光辉又打出一个令熊一欣焦躁不堪的电话——

韩飞燕是穿四码还是六码的？

熊一欣还没反应过来，洪光辉说，她喜欢什么颜色？黑的？烟丝色？你干吗不说话？我又不会说是你说的。我要送两套“宝屐”给她。法官现在不是不开庭可以穿便装吗，很多女法官都没好看衣服。你的助手也说，女人最喜欢的礼物，就是衣服。

你疯了?!

我不疯。你不肯开金口请她，马秘书那天又没空，算了，我就把那三千块预算，改成衣服得了。下周四开庭，所以要快。

你会自讨没趣的。

你说几号就是。

真见鬼，我怎么知道几号？

你和她那么多年。

我和她什么那么多年？

你助手说她和她不太熟，只能确定在四和六范围——“宝屐”这种高档衣服，不合身就废了。

你干脆说只有我量过她的三围！你他妈整个一个大浑蛋！一个好好的诉讼，也会被你这号人弄臭捣烂。我晚期肝癌！确诊了！你别再找我了！

洪光辉在电话里面嘻嘻笑。

熊一欣把电话摔一边，手机差点滑到公共痰盂边。戴着炸薯片帽的护士长，正好经过。她小心地将手机捡起，放到熊一欣床头柜上。熊一欣看了她一眼。

没两天，传染病房所有小护士都知道，“三床那流氓”说到一个女人三围的时候，骂粗话、摔手机，完全像个失意的嫖客，还夸张自己是晚期肝癌！

实习医生就向老师们讨教，说，203 床用了那么多平肝降火消炎药，怎么肝火还是那么旺？

到周四开庭，这一周内，熊一欣出逃两次回家过夜，弄得传染病科鸡犬不宁。护士长和值班医生几乎打 110 报警。她们决计，要给 203 床注射安眠药。

医生正告熊一欣，作为一个严重传染源，这是对社会极不负责的行为。如果再次逃逸，就列入本院黑名单，属于本院坚决不再收治的病人。

是通过电脑拒绝？

对。医生说，以后你一挂号就报警。

好吧。我改正。

医生护士们就放了心。但是，周四一早，熊一欣郑重提出转院申请。主治医生很生气，说，你搞什么名堂？你现在怎么能走？指标还没下来！

我到病案室看了，档案表明，我是越治疗指数越高，所以，我必须转院。

你又去偷看病历了?！你这个病人怎么就这么不规矩？那是外人不能进的地方？你是怎么进去的？

熊一欣当然不告诉他是花了 20 元就买通而入的。熊一欣回到关键问题上：档案表明，我在这里的治疗没有成效，反而每况愈下。所以，我要求转院很合理。

医生到里间打了一通电话。其他医务人员不时从这厢走过，探头探脑的。熊一欣觉得，他再不走，绝对会把这些人引导出虐待狂倾向。这对病友们来说，将是最糟糕的情势和危机。

从里间出来，医生愤怒地说，你写份后果自负的材料，要签名！然后再考虑办出院手续。最后一点，我想提醒你，你不是个好病人。除非你不生病，否则，你到哪个医院都不会受欢迎。

熊一欣和医院的关系终于告一段落。开着车，熊一欣乘风而去，呼吸着大街健康的空气，熊一欣感到精力充沛；目力所及，女人、孩子和树木都那么可爱；五脏六腑也健康地感觉不到存在。我不可能有病！熊一欣忍不住唱《苏三起解》，越唱越大声，摇头晃脑摆尾巴的，差点闯了红灯。一个交警让他靠边，不等交警过来，熊一欣就摇下车玻璃。

交警拿着酒精测试仪。熊一欣说，阿 Sir，我没喝。我只是太高兴！我差点被误诊为肝脏有问题！可是我的肝太好了！如果你快下班了，我愿意等你一起去喝酒吃东坡肉！

交警严肃地看了熊一欣好一阵，突然笑了：我上次差点被诊断为肝硬化。兄弟，我理解你了。下次开车小心点。

熊一欣一手开车，一手摸着肝部。他完全相信自己从一个严重的差错里出来；他的肝备受药物折磨，今天总算脱离苦海。

还有一件高兴事，洪光辉的事今天也终于熬到开庭了。估计开半天的庭就会结束。那么今后，洪光辉也实在没什么理由再来吵他烦他了，就是来找他，他也退路宽广，不像给瓮在传染病房。何况这次是女助理上阵的。

熊一欣盘算在家先好好地睡它两天，当然，是一丝不挂地好好轻松自在两天。然后，他要到仁爱大医院再认真查一次血。因为，和婚姻不同，婚姻是你的脚觉得鞋子合适，社会就都承认你合适；肝这个东西就不一样，你自己觉得它合适你，哪怕它真是好，就是好，再好也没有了，但只要缺乏医院的旁证，它就无法得到社会拥护。所以，解铃还须系铃人，必须向医院讨个平反书来。

快到家的时候，有个女人远远地向熊一欣招手。熊一欣停了下来。竟然是小姨子。小姨子挎了个大包，装满了像是达能酸奶的东西。小姨子爬进车来，说，送我回家吧，大律师。我们单位发了酸奶，很重。

熊一欣帮她放好酸奶。小姨子眨着眼睛说，最近还忙吗？案子多不多？

熊一欣侧头看了小姨子一眼。她一手把熊一欣送进医院，不问他康复情况，却问他工作情况。熊一欣觉得女人都有健忘症。熊一欣含糊地点了一下头。

小姨子又问，你现在手上的案子好不好玩？有没有凶杀分尸之类的？

我在住院。熊一欣说，我住了半个月院，今天刚出来。

为什么？小姨子大眨眼睛。你怎么啦？车祸？

小姨子在上上下下看熊一欣。这认真好心的模样，真的让熊一欣有点生气，我不是肝炎吗？你还帮我验过血，找过专家，专家又找了专家。所以，我在903住了16天。

啊？！小姨子啊过就尖叫一声，天哪！你真的住院了！你很健康啊！我忘了给你看报告单了！你没事！我是想反正你到903也查了也抽了血，肯定他们也会和我化验的一样嘛，所以，我就……我就……

熊一欣一把把车刹住：我的报告单呢？！

小姨子低头在大挎包内乱找：你的各项指标都很好，我记得很清楚，有抗体了。我没骗你。

熊一欣恨不得一脚把小姨子踹出汽车。

熊一欣的肝毫无问题。报告单证实了小姨子所言不差，两天后，仁爱大医院的最新化验报告和B超又都证实了小姨子精神病治疗院的报告。正确结论是：熊一欣的肝健康、漂亮。

两名医界权威谨慎分析说，差错是这样形成的，先是体检报告可能张冠李戴了，然后，903医院不慎又出了大差错。严格说起来，903的医生是认真负责的，但是，医院的化验试剂，可能不幸带菌了。而熊一欣住院那么久没有被交叉感染，一方面说明他免疫力强；另一方面，也许是更重要的因素，那就是——传染病房里可能住的都是健康人——大家又都在忙于降火消炎保肝来着。

熊一欣的肝，彻底昭雪。

但洪光辉的运气没有这么好。

周四当日中午1时40分，洪光辉医疗纠纷案一休庭，女助理的电话就打了过来。她说，糟啦，熊老师！开庭前，省里的医疗鉴定突然到了！

完全否认医疗事故。我们非常被动！差点措手不及！因为只要排除了“医疗事故鉴定未果”的假设和前提，我们主张权利的依据就不复存在了。我看二审我们会败诉。对方已经得意扬扬了。

为了证明自己能干，女助理说，看法官表情，其实他们完全接受了我们的上诉观点，至于省医疗事故鉴定委员会的鉴定，尽管很突然，但已经当场组织反击。

鉴定委员会的分析是这样的：该病例身体偏弱，第二次手术前活动平板运动实验阳性，提示冠状动脉供血不足，脑脊液鼻漏修补术，第二天出现高热，加重了心脏负担。死亡原因猝死的可能性大。该患者两次手术前诊断明确，有手术指征，治疗过程未违反医疗规程，不是手术不当造成患者死亡。

鉴定结论：不是医疗事故。

女助理的反击大纲如下：省医疗事故鉴定委员会的鉴定结论是虚假的。事实上，死者手术前并没有做平板运动，鼻漏手术也根本不可能做平板运动实验。该鉴定结论不能作为认定事实的依据。

洪光辉未经女助理许可，也突然起立反击，他击桌高嚷：尸体都火化了，那个混账鉴定是怎么出来的！我想问一声，本地鉴定委员会三次鉴定都做不出来，省里他们就那么厉害?！这里面肯定有猫腻！

在等待判决的日子里，熊一欣和女助理都没有告诉洪光辉这官司会输。开庭后好几天，洪光辉都像不敢呼吸似的活着，唯恐惊扰了什么信息。他多次找到熊一欣，要请熊一欣吃饭。熊一欣执意不肯。他就察觉不好，就说，恕我直言，熊律师，要是输了，就是我们主观努力不够。我们这一方几乎就没花什么钱！他这是在含蓄地谴责熊一欣。

我们到底会不会输？洪光辉反复纠问。熊一欣和女助理都说，等判决吧。洪光辉说，如果败诉了，绝对输在关系上了。医院肯定找了省里的人，才有什么狗屁鉴定出来。真是一个狗屁。

洪光辉十分沮丧。还因为韩飞燕根本不收那两套“宝屐”。这使他更没有胜诉保障。熊一欣问他，那她当时怎么说？洪光辉说，我是守在她家门口两天才出手的。四下绝对没人。但是她好像我扒了她的衣服，那么恼火。神经病。这女人神经过敏。

熊一欣笑。熊一欣说，碰到真正心黑的，你那三千块又算什么?!

你是说，韩飞燕嫌我少?

我不清楚她的三围，但是我大致清楚她不是那种能被收买的人。你让她恶心了!

那你说怎么办，你帮我送她吧?你送的她肯定能接受。不要说我买的。求你了，官司都打到这分上了。你看，对方多厉害。

熊一欣像去洗手间一样，走出了办公室。外间，女助理迎上来。熊一欣说，劳驾你和他谈谈心。然后把我的包送到老林办公室来。

熊一欣完全恢复了肝病嫌疑前的好心态，不容易动气，不容易疯狂，他的自由意志基本不担心被人主宰。他认为，上帝给他配置了恰如其分的迟钝和沉着，反正，有时是因为迟钝，有时是因为沉着，加上他还能自由回家，就没有什么可以妨碍他气定神闲的呼吸和心跳。

别离肝病病房，熊一欣重温自己的生活，感到切实幸福。这词也被很多不懂这个词的人用滥了，恐怕只有少部分人才明白其中真谛，比如熊一欣。站在他自己私密的空间，站在只有他和窗帘能动的专属空间里，他充满感恩的心情。

这期间，毛沁又来找过两次东西，一次是找什么职称证书，还有一次是什么法国人送的手镯。熊一欣原想把门锁全部换掉，以抵制这种麻烦，但想手机号不便更换，而只要需要，毛沁绝对还是为妻心态，很任性地使唤他，熊一欣一副柔软好肝，也断然拒绝不了，所以，只好任毛沁侵扰了。

毛沁来找法国镯子那次，因为又赢球而心情特爽。毛沁说，你的裸体其实比其他男人好看，尤其是肩部的骨骼线条，臀部也很紧。说这话的时候，毛沁至少貌似诚恳，熊一欣没有被调戏的感觉。毛沁又说，你想不想知道离婚的剩下理由?

熊一欣说，不想。

我要再告诉你一条，离婚的第 14 条理由——在现场赢球的时候，我竟然几次想抛光衣服，裸身狂舞。真是近墨者黑。

毛沁就走了。熊一欣听着她欢快的球鞋声嘭嘭嘭地下楼远去，就想，要是在肝病嫌疑期那个晚上，她拍完她老忘记生日的亲妈的电报，能上来陪陪他或者同看 A 片，他可能会因为心底的温暖，而产生一些想入非非、损害生活品质的想法。不过，熊一欣清醒，家的真正意义，应该是完全个人性的，家不是人和人的关系，家首先应该是，人和一个私密空间的关系。他绝对不会重蹈覆辙。

熊一欣家的空调开始放暖气的时候，判决书就到了。是女助理去听判决签收回来的。这份终审判决真的很残酷：

本院认为，被上诉人要求判令上诉人承担对尸检申请不作处理的全部法律责任，但未能提供相应的事实和法律依据，且由于对尸检未果，双方当事人均有过错，因此，对该项诉讼请求不予支持；其次，被上诉人要求精神损害赔偿金的问题，由于该诉求不属于最高人民法院《关于确定民事侵权精神损害赔偿责任若干问题的解释》第三条规定的范围，本院亦不予支持。综上所述，本院判决如下：撤销原审，驳回被上诉人洪光辉的全部诉讼请求。

一看完判决书，熊一欣就给韩飞燕打了电话。熊一欣说，你们也太狠了。

韩飞燕说，鉴定结论就摆在那儿，皮之不存，毛将焉附？我能说什么？至于尸检责任和精神赔偿问题，是我们各自对法律的理解问题。你相信我吗？

那天中午，和通常中午一样，熊一欣和合伙人在会议室打 80 分。看牌的也不少，还有人捧着快餐盒，满嘴冒油地当军师。但是，没有人敢在熊一欣旁边指点江山。熊一欣盯着牌在思忖一个阴谋的时候，没有看到酒气熏天的洪光辉提着一个黄色塑料袋走了进来。

在他甩出一双主对红桃 8 的时候，洪光辉就把篮球大小的塑料袋提高，对着熊一欣的脑袋，倒了下去。一大袋的稀饭稀里哗啦无声地、糊糊地淋灌下来。合伙人和观牌者一片惊呼，一个女助理小声尖叫：烫呀？

熊一欣眼明手快地把最后一对牌，一对置敌死地的决胜牌——红桃 5 甩出。合伙人和围观者又一片惊呼，各方向残牌纷纷抛丢，有人查看别人的牌。输牌的主任惨叫一声，我们的新地毯啊！

洪光辉双掌齐出，把熊一欣连人带椅一把击翻：冷血动物！你简直不长心肝！

跌坐在稀饭上的熊一欣，一手撑地，一手用力推起粘在额上的头发。熊一欣冲着洪光辉笑笑，坐在地上没起来。洪光辉看着地上这个像从胶水罐里跑出来的人，突然号啕大恸：我输透了！他们一点责任都不负！连 5000 元的诉讼费都要我出！这世界还有没有公道啊！

熊一欣站起来，张着双臂，看不出是手太黏，还是想拥抱洪光辉，洪光辉哭着，靠近了熊一欣，最后抱住了熊一欣。熊一欣像拍孩子一样拍着洪光辉的背。

熊一欣在他耳边轻声说，诉讼费我替你出。你把那两套“PORTS”送我吧。

一个用心筹备的邂逅

这是个一天两夜的故事。故事的开始，要溯及半个月前、成年聊天室的对话开始。那个时候，想放纵一下的女人苏小姐“风吹草案”，第一次来到在“E 夜情深”聊天室，在蜂拥而来的要求聊天的男人中，选择了“嫌疑人”。当时，很多男人劈头就问，做吗，宝贝？或者：聊性好吗？有人直接报上自己身高、体重，紧跟着就是——我想和你 One Night Stand 。

“嫌疑人”似乎与众不同。他的问候是，既然是草案，吹掉就算了。

苏小姐就想和他聊聊：你好。你为什么叫“嫌疑人”？

“嫌疑人”说，有无限可能性吧。你是学法律的吗？

“风吹草案”说，爱好而已。你呢？

“嫌疑人”说，我不爱好，但是生活。

就这样，一个多月来，他们在聊天室无所不谈了。因为是“E 夜情深”，所以进行的更是没有禁区的对话。比如，“嫌疑人”问，你是几号杯？

“风吹草案”说，B 杯。它们弹性很好。

“嫌疑人”说，这样手感不错。什么颜色的内衣？灰色？

“风吹草案”说，今天是粉紫色。

“嫌疑人”说，梦幻的、胆小的。

"风吹草案"说，我喜欢不能预料的性。你呢?

"嫌疑人"说，我喜欢设计好细节。

"嫌疑人"又打来一行字：不能预料?你那样说，会让人以为你喜欢强奸。

"风吹草案"说，你太恶毒啦！我只是喜欢突如其来的美妙。

"嫌疑人"说，永远没有突如其来，因为我的前奏棒极了。

这样的对话，双方谁也不意外，因为本来就是成人聊天室，那里，一见面就要一夜情的，几乎和你好的问候频次一样多。性大于情，是那个领地上招展的旗帜。在那里，隐私的敞开，比敞开的思考，更加自然。

在这样一个聊天背景下，聊了一个多月的一对异地男女，就要真正面对大活人了。

那是一个初夏的、风暖的日子。

"嫌疑人"说出差，拐到了"风吹草案"苏小姐所在的那个城市。在长途车站，"嫌疑人"见到了"风吹草案"。"风吹草案"自然也见到了他。

第一眼，双方都暗自惊奇。他们都有思想准备，知道想象和现实不太可能一样。"嫌疑人"那个男人有对坚韧的招风耳，不高不矮有点瘦，整体看上去却很帅，像个日本电影里深沉的杀手，带着好识别的浅灰色无框墨镜；"风吹草案"苏小姐在人群里，也是丰满出挑，一头板栗色的漂亮长发掩映的是端秀的五官，眉眼之间十分性感。她穿着粉绿色过臀韩装，下面是紧身牛仔裤。

"嫌疑人"提着一个简易旅行包，他出现在长途汽车总站口的时候，"风吹草案"坐在汽车里没有马上下来。她仔细看着二十米外的车站广场，那个戴着灰色墨镜的男人，如约往报刊亭而去。途中，三个讨饭的小孩子拦截了他。有个孩子还扑上去抱住了那个男人的腿。"风吹草案"窃笑了。但没想到，戴浅色墨镜的那个男人，猛抽起腿蹬掉了小孩。"风吹草案"苏小姐默默注视着几个乞儿暴跳如雷、想追又不敢追的样子。

直到这个粗暴亮相的男人一直走到绿色的报刊亭，"风吹草案"才嘀嘀按了两声喇叭。“嫌疑人”循声望去，一个穿浅绿色韩装的二十六七岁的女人，站在一辆灰色旧小车旁，向他挥手。折身过去的时候，“嫌疑人”想，她早就看到我了吧，因此有点不大自在。进入汽车他发现，汽车里并没有像他妻子的车一样，挂满卡通毛绒玩具。这辆车，甚至有点脏乱。继而，他又发现这个女人的粉底没有打好，耳朵凹陷部位都是皮肤原来的浅黄色，而耳轮突起部分都是雪白的。好比一个印章，女人把粉底，只抹到了凸起图案文字上。他不由想，靠近车窗的那只耳朵怎么样呢？转而他又想，看她的眼色，一定也发现我身上什么不如意的东西吧。

不过，见面几分钟内所有的细微迟滞感，很快在奔驰的速度中散去了。两个人的汽车空间里，颠动着一种隐隐的好奇和兴奋。这两个成人聊天室的熟男熟女，穿过层层暧昧、意淫的语言瀑布，终于进入了只有两个人的、无须电脑连线的封闭世界。就像怀胎十月，就要迎来一个难以回避的临盆了。

但两人竟然没什么话。汽车在椰子大道行驶了好一阵，只有车载收音机的台海娱乐圈节目，在低低地播出，一会儿音乐、一会儿问答、一会儿广告。可是，本来他们在聊天室是很放得开的，和所有成年话题的聊友一样，他们可以在第一时间切进最敏感的话题。

“风吹草案”苏小姐打破了这个尴尬局面，她说，我和你想象的很不一样吗？

“嫌疑人”说，不不，更好。你很有女人味。——你是不是对我挺失望？

苏小姐说，哪里啊，你很帅啊。你的背很平很直呢。

“嫌疑人”大笑起来。苏小姐想，如果是在网上，他会打出哈哈或者^_^的图案。现在，这个图案没有了，那个有声音的笑声，发自耳边一个大活人的胸腔，带着轻微的、消化中的蒜薹类的气息，充满着原来无法设想的嘶哑和生疏感，如果是文字^_^或者哈哈，就不可能这样，至少没有那种轻微的薹苔气息。哈哈，或者^_^，和真实的笑声好像很不一样。

说起来也怪，一个多月来，尽管两人相谈默契，性趣盎然。但“嫌疑人”只问过一次，视频好吗？“风吹草案”拒绝了。你很丑吗？“风吹草案”说，那倒不至于。只是我喜欢给彼此想象空间——你丑不丑啊？

“嫌疑人”答，我丑。

“嫌疑人”就再也没有提出过视频要求。

一路还是话少。两地房价啦、椰子树啦，有一句没一句。陌生感，令这对熟男熟女有些尴尬，不过，他们自己暗地里都不承认这个尴尬，毕竟曾经聊得太深入太私密了。

下车的时候，“嫌疑人”说，自己的车吗？

她说，老爸的老捷达。

吃过“海边人家”的当地菜出来，已经是各色霓虹灯LED灯满天了。“风吹草案”和“嫌疑人”驱车前往十五公里外的西莲下榻处。

第一夜也就正式开始了。开着车，苏小姐忽然想到父亲喜欢唱的一句歌词：一生只为这一天。转念又觉得夸张可笑，就悄悄牵了牵嘴角。“嫌疑人”说，你笑什么？

苏小姐说，没有。

但苏小姐还是觉得可笑，怎么会闪过这一句呢，的确是太夸张了。至于吗？不就是想堕落一下吗？“E网情深”来去唠叨，不就是筹备个一夜情吗？以后谁是谁啊。何至于一生只为这一天呢？苏小姐脑子里还是萦绕着老爸的唱词。

在酒店填登记表的时候，“风吹草案”苏小姐无意间瞟到了“嫌疑人”的身份证，心里居然震颤了一下。那上面的名字是骆维淡。骆维淡，“嫌疑人”就是骆维淡，骆维淡就是“嫌疑人”。“嫌疑人”那个男人是虚拟的，骆维淡却是真实的，他的衣服，隐约散发出另一个人家柜子里陌生的味道。在汽车里，她的鼻腔里就有了丝丝缕缕陌生的气息，再说刚才吃饭，两人面对面边吃边谈，不约而同，双方都很自然地，使用的是一套和网络聊天完全不一样的语言系统，客气而得体，陌生又礼貌。他们优雅地比较着两地的风土人情，社会时弊及电影艺术的评价。情欲藏匿了，简直就像两个无欲天使在会晤。

当时，苏小姐的胃有点胀气，她暗暗想自己是不是有些紧张。她还注意到，那个男人也吃得不多，和汽车站广场猛地提脚踹小丐的狠劲不同，和网络上的激情热欲的文字形象也不同，他是文质彬彬的，是清清淡淡的。不过，餐桌上，苏小姐发现，“嫌疑人”那结实有力的手，好几个指甲缝里都有铅笔画过那样的细线污渍，她不想看到它们，但是，她的眼睛老看它们。一种轻微的、陌生的肮脏感告诉她，这并不是清心寡欲的手。

你是不是吃不惯？她说。

不不，他说，很好吃。我很喜欢这个口味。

从长途车站接人开始，到共进晚餐，苏小姐不时处于陌生感的眩晕之中。几天以前，如火如荼、欲望勃发的网聊，好像不是他们两个之间进行的。现在，骆维淡署名的身份证在柜台上，折射着大堂辉煌的灯光，泛散出某种窒息人的力量，一种坚实可触的压迫感。一个身份证就是一个现实的源头出发。失去距离掩护又有身份证佐证的一个大活人，身体竟然如此生分而沉重。她甚至猜测，如果她亮出自己“苏里红”的身份证，对方是不是也会有别于“风吹草案”的同样反应呢，是不是也会感到“苏里红”的压力？或者男人女人不一样？要不他是个见惯不惊的一夜情的老手？真是恍若隔世，网聊中，双方对彼此的性爱的身体是多么熟悉啊，那种熟悉轻快而毫无压力的宣泄和张扬，到哪里去了？

蒙上眼睛？——有时候吧。

角色扮演？——要古典音乐。

喜欢偷窥？——不，按摩。

擦油？——胡子沾着擦。

……

这是个四星级酒店。“嫌疑人”交代的，要环境好的，钱不要太在意。苏小姐特别喜欢他这个交代。她的女友的邻居，是个狂放的女大学生。离婚后，不断有一夜情。她有一句名言，叫一夜情就是蹦极跳。第一次克服了恐惧，后面你就懂得蹦极的享受了。据说，有一次，一个电脑工程师和她约会在异地一家两星宾馆，一完事，就赶她起床，说很忙，买的是钟点房，说着就去结账。等她穿好衣服出去，正听到工程师和前台的几个小伙子说笑，评论说她看上去一般，床上功夫真是不得了。等那几个小伙子发现她过来了，示意工程师赶快住嘴，那工程师已经来不及反应，女友的邻居，像老鹰一样扑过来，狠狠给了工程师一巴掌，两人就在肮脏的两星酒店大堂里打成一团。

女友们总结说，怎么能信任一个找这样地方一夜情的人呢？

四星的好吗？“风吹草案”苏小姐选了个离家很远的新酒店。“嫌疑人”说，好的。你满意就好。

现在，登记完毕，他们俩穿过大堂要去等电梯。在走过咖啡座弹钢琴的人身后的时候，一颗人造水晶球忽然从高高的天花板上的灯簇中，脱离而下，砸到钢琴上又反弹到她的身上，苏小姐尖叫了一声。大家都吓了一跳，弹琴的白衣男人站了起来。穿黑色西服的大堂工作人员也赶了过来。“嫌疑人”说，没事吧？她摇头。“嫌疑人”一笑，牵起她的手，往电梯走。他的手温热有点潮湿。按电梯的时候，“嫌疑人”自然放手。苏小姐扭头看着水晶球吊灯下聚集的人们。心想，他是回避热闹的聪明人，还是另一种急切呢？

进了房间。“嫌疑人”四下走动看了看，说，不错，挺不错！谢谢。一身尘土，我先冲洗一下。你不介意吧？

没事没事！我看电视，这里还有送阅报纸呢。你去洗吧。

她忽然有点燥热起来，并为此有些迷惑。记得第二次开聊时，“嫌疑人”打出了一行字：理解 One Night Stand 吗？

她回复说，我策划一次堕落的邂逅。

“嫌疑人”打出一句歌词：请让我来帮助你，就像帮助我自己。

她回复：你也在寻找堕落吗？

“嫌疑人”说，我可以不用这个词。

她说，你真的很精彩吗？

“嫌疑人”说，当然。（一个鬼脸。）

在键盘上，所有的对话，就像火星和水星的对话，语言只是在星际漫游的、来去虚无的电波。在“E夜情深”聊天室聊天的时候，她也知道在一个陌生遥远的电脑后面，一定坐着一个有身体的男人，但她更多地陶醉于语言的本身。而现在，使用那个语言的男人，带着他的身体，带着另一户人家陌生衣柜的气息，离开了电脑来到你身边，就在一门之隔的卫生间里，那个身体被水冲击着，发出哗哗的水声。她感到困顿，有些轻微的怪异感。

通过廊道上的穿衣镜，“风吹草案”苏小姐审视着自己发热的脸颊。她给自己倒了杯凉水，回到椅子上。她打开当天的报纸，顺手遥控也打开了电视。但电视和报纸都没有细看进去。

你的第一次在哪里？“嫌疑人”这么问。

她打出一行字：在他出国的前一周末。

感觉好吗？

当时不好，后来，我很怀念。

为什么呢？

我不知道。就是怀念。

他打出：是怀念炒饭（做爱）本身，还是他和你的这份情？

我还没有去区分。你呢，你的第一次在哪里？她反问。

在她学校后面，那里有个废弃的寺庙。那天夕阳西下，她忽然就忍不住了。我们就在夕阳下做的。

感觉好吗？

他打出：太好了。金红色的天空中，她泪流满面。

你爱她吗？

当然。

现在呢？

他打出：依然，但她走了。她是最棒的。

她问，你是指性吗？

性也是。我没有遇到比她更好的了。

你比较过很多人吗?

“嫌疑人”又打出了^_^图案。紧跟的文字是，这个问题，我也想问你。

她说，我从现在开始收集案例比较研究。你呢?经常一夜情吗?

“嫌疑人”说，不，但我准备拿你开始。

……

“嫌疑人”从浴室出来了，用毛巾劲擦着湿头发，浑身散发着酒店洗浴品的香气。让她意外的是，他并没有穿酒店衣柜里的白浴衣，而是自己的衣裤。

里面很湿。“嫌疑人”说。她在猜他的意思，里面很湿?是说她可以等一会儿再进去洗?还是提醒她现在就进去小心点?想着，她说，你要喝茶吗?这里有绿茶也有花茶，还有铁观音。我不知道你喝哪种。

我自己来。你在看什么?

苏小姐把报纸给他，说，有条新闻很有意思：《明知被强迫卖淫而嫖娼 受害人举报强奸》。“嫌疑人”接过报纸，哦，我看看——卫生间你可以用了。

没事。我给你泡茶吧。她说着到了小吧台，绿茶好吗?她晃动着一个绿色小袋。

“嫌疑人”说，铁观音吧。苏小姐开始烫杯子。她说，怎么有这样的事呢，我觉得那个男人构成强奸罪了。你肯定也这么看吧。

本报讯：拒绝色情服务，老板强制服务员卖淫。昨天，休闲按摩馆按摩员柳小姐，控告嫖客周某及老板强奸。

柳女是市休闲按摩馆新招的按摩员。昨天，周某到该场所嫖娼。老板张某接了嫖资200元后，要柳女接客。在包厢中，柳女表示自己不卖淫，是被老板强迫，拒绝与周某发生性行为。周某离开包厢，要求退回嫖资。老板张某大怒，带人冲进包厢，对柳女拳打脚踢，并将柳女衣服扒掉，然后出来对周某说，同意了。周某进入包厢，强行与柳女发生了性关系。事后，柳女拨打了110。

“嫌疑人”看报的时候，苏里红给他端来了泡好的茶。“嫌疑人”用食指和中指，点击茶几桌面致谢，这是南方人的致谢习惯。她注意到他的两个指头的指甲缝里，依然有铅笔芯粗细的暗色污秽。也许，他完成过什么泥灰类的粗活。“嫌疑人”则注意到“风吹草案”随手用遥控器变更了电视频道，也注意到她调小了音量，停留在一个法国时装发布会上。

两人都没有声音了，给人的感觉好像屋子里没有人，或者主人离去但未关电视。

一个在看报，一个在看电视，这个无人般的安静在继续。屏幕上，一个个衣袂飘飘的金发模特、黑肤模特在大步走来。“嫌疑人”看着这条卖淫社会新闻，也游览着其他新闻。他的眼睛之外，感受着这个他既熟悉又陌生的女人，脑海里不断翻腾着他们网上的对话。

我喜欢叫喊的女人。你会叫喊吗？

不太会。也许……快会了。

呵呵，什么意思？

如果他没有走，我可能已经能够发出被爱的声音了。

形容得真好。

有一次，我在外地出差，

她接着打出：住在小旅馆。半夜的时候，

一对夫妇在马路上大吵。我被吵醒了。

深夜的大街，只有他们两夫妻凶狠空旷的吵架声。

我毫无睡意。我报警了，警察来了，

街上的声音消失了，

这时，我听到，旅馆隔壁情人“炒饭”的声音，

主要是女人一波一波的叫声.

那一下子，我突然感动。

我只会报警生气，

而他们知道怎么克服困难，享受美好生活.

……

还是"嫌疑人"轻声打破了这种古怪的漫长的安静。他指着报纸说，你为什么说这是强奸呢？

苏小姐说，因为那个周某明知柳女不是卖淫女，而且不同意与他发生性行为，又明知她是被人强迫，但仍与其发生性行为，所以他违背了柳女意志，侵害了柳女的不可侵犯的性权利，因此，周某构成了强奸罪。

"嫌疑人"说，我不这么看。他的行为应该还是算嫖娼行为。

苏小姐的电话响了，她看了看就按掉了。她说，为什么周某不构成强奸呢？话音未落，电话却又响了。她看了，马上就接了，说好的，差不多了，我这就去买，我带回去。

放下电话，她说，我父亲的。我妈胆结石又发作了，现在还不是很厉害，可是我父亲说药没有了，车子又在我这里，他说，如果我正好要回去了，就带药回去。

"嫌疑人"还在翻阅报纸，后来像忽然惊醒一样说，噢！那你回去吧！没关系。

苏小姐说，平时她痛起来不得了，满床打滚，用头撞墙。刚刚发作的时候，赶紧服胆通，一般一个小时后，症状就能缓解。家里正好胆通用完了。

为什么不手术呢？

我们也劝她，但她害怕手术。再拖下去恐怕不行了。

哦，那好，我送你下去吧。"嫌疑人"收起报纸，站了起来。她有点细微的尴尬，因为她指的是手术再拖下去不行了，但"嫌疑人"误会成是无法在这里拖下去，这个误会又不好更正，她只好也就顺水推舟了。

你往家开，到了药店，我陪你买了药，我就自己打的回酒店。

呵呵。她说。好的。

两个人的汽车，在夜色中奔驰。不知不觉间，两人发觉，彼此又进入了隐隐尴尬的沉默中。苏小姐挑起了话头，说，我妈妈身体本来挺好，非常爱吃大鱼大肉，尤其是红烧肉。胆结石以后，一吃就痛，结果身体就垮了。

胆结石不能吃油腻的食物，“嫌疑人”说，荷包蛋、花生、螃蟹、肥肉、坚果都不能吃。

是啊，医生也是这样说，说是消化不了。

因为油腻的食物，要加剧胆汁分泌，所以有病的胆，承受不了。

呵，我以为你不是法官就是律师呢。

说不定我是医生。“嫌疑人”笑。

第一夜，这个在网聊中给双方以无穷想象的第一夜，就这样落幕了。

回到家，苏小姐一进门就看见父母一起在沙发上看电视。母亲已经呕吐一场过并缓过劲来了，自己赶着买来的三盒胆通，已经没什么意义了。苏小姐把药递给母亲的时候，询问了发作的原因和程度，母亲确定暂时不再服药后，苏小姐去浴室冲凉。对她来说，母亲好转也不可能再出去了，太远了。从药店分手起，这个夜晚已经结束了。这样的戛然而止，有点突然，也分外轻松又隐隐失落。

洗浴好出来，她发现床头手机里有个短信。是“嫌疑人”：

你的弹性很好的乳房上，真的有颗红痣吗？

她立刻回复：如假包换。

记得你说过，那个位置有痣的人，是寂寞的。“嫌疑人”回信极快。

是相书上说的。不知道包不包括红色的痣。

其实不是痣的问题。我知道答案。

什么答案？

明天我告诉你。

好的。对了，明天白天请不到假。傍晚我一下班就过来。

没事。我自己逛逛。晚上我请你吃饭。

“嫌疑人”并没有问候“风吹草案”的母亲胆病的情况，而她也根本没有想到主动和他谈这一茬。他们似乎又回到网络时空，在距离的掩护下，“风吹草案”“嫌疑人”才真正醒来，再度焕发生机，活灵活现起来。

第二天傍晚，下起了大暴雨。这延误了“风吹草案”和“嫌疑人”的约定时间。骤雨初歇，“风吹草案”苏小姐亭亭玉立出现在“嫌疑人”的四星酒店6011房间门口。叮咚一声，来开门的“嫌疑人”，手上还有毛巾，在擦湿头发。她脱口而出，又在洗澡啊？

“嫌疑人”说：哪里！在酒店游泳池泡了一下午。

怎不到处转转看？

上午看了看，没多大意思。你不进来吗？

先吃饭吧，都快八点了。外面空气很好。

第二夜就这么开始了。

他们在酒店28层露天顶层的红羽毛餐厅喝自助晚茶。“嫌疑人”选了一个靠边的位置。远望，这里能看到海浪连天的凤凰岛，抬头就是星光散漫、薄月如冰。天台上的风不时猎猎作响，“风吹草案”的栗色长发，像镜头前被风扇阵吹的模特儿，有几分美丽与狂野。她不时要用指头，把长发勾到耳后。因为是自助性，两人各自不时起身，去取点自己爱吃的东西，谈话也是断断续续的。苏小姐抱怨自己的局长素质低劣，讲诉了前一天他和一个部门女主任大打出手的可笑事。

“嫌疑人”并不很在意听这样的八卦新闻，可是他随口却说，真有趣。男上司怎么会和女部下打起来呢？

她死不认错找借口，本来就烦她的局长火透了，骂她要胸没胸，要臀没臀，躺在地上都没人要上。主任就跳起来，一把抓掉局长的眼镜，局长白白胖胖的脸上，马上有了两道出血条。这就打起来了。

A杯，没有弹性。零性感度。“嫌疑人”脑子里闪过这句话，但他说出口的是，你知道吗，美国西点军校最著名的行为准则是，“没有任何借口”。你的局长素质是成问题，但是，作为部门负责人，那女的不应该为自己没有完成任务寻找借口。借口的实质是推卸责任。

他想，如果在网络上对话，他手里打出来的肯定是前面那句：A 杯，没有弹性。零性感度的女人，要更勤奋更随和。或许再打出一句，我向往弹性十足的红痣乳房。

苏小姐说，如果你当老板，手下可能不好过。

“嫌疑人”说，可能吧。你冷吗？这里风会不会太大？

不冷呀。苏小姐说，这么好的空气，都说雨后负氧离子多，对身体有好处的。

两人又聊了一阵子管理问题。一个实习服务生，给苏小姐送来了她预定的两小碗煲好的海参汤，因为被两个嬉戏的小女孩撞了一下，碗倒了，从托盘倾洒了一些黏稠的汤汁在苏小姐的小臂肘上。她被烫得跳了起来。

怎么这么不小心！“嫌疑人”站了起来。那个女实习生可能看“嫌疑人”面目暴躁，顿时语无伦次，我……不是我，是她们淘气，突然……

去叫你领班来！

苏小姐说，算了，我主要是吓了一跳。

这不是都烫红了？

苏小姐说，一小块，我去冷水冲洗一下好了。

不知道“嫌疑人”有没有再训斥那个紧张的实习生女孩，苏小姐在洗手间待了好一会。她忽然想，要是与“嫌疑人”在网上“E 夜情深”聊天的，就是那个餐厅女实习生，他们两个相聚，那又会是什么样的情形呢？

回到座位，“嫌疑人”拿过她被烫红有乒乓球大的手臂看了看，说，要不去我房间用冰箱里的东西镇镇？“风吹草案”苏小姐笑着说，没事。我没那么娇气啊。

“嫌疑人”说，客随主便吧。“嫌疑人”又叫了酒，但“风吹草案”苏小姐没多喝，她说我开车，“嫌疑人”就不好勉强。

苏小姐说，其实，我还是不理解，昨天你为什么认定周某不构成强奸？

“嫌疑人”点燃了一支烟，似乎在迟疑说不说。

我洗耳恭听啊。

我想你应该知道“强迫卖淫罪”吧？“嫌疑人”说，强迫卖淫罪侵害的客体，是他人人身自由和性的不可侵犯权利，客观方面表现为违背他人意志，强迫他人卖淫，所以该罪本身就蕴涵着违背妇女意志，因此，在从事交易前，就已经决定了非自愿性，与之对立的周某嫖宿行为，自然也是在违背柳女意志的情形下完成，另外，刑法第385条将被强迫卖淫的次数，作为结果加重犯的情形之一，可见，刑法将嫖客违背他人意志的嫖宿行为，也就是妇女的被迫接客行为，仍然看作卖淫行为，而不是被嫖客强奸。

“风吹草案”苏小姐觉得这个男人说的有些道理，但是，他低调的、淡漠的表情，让她感到的不是谦虚，而是骨子里令人不快的自负，同时，说不清为什么，她觉得这个无意中来到的话题，既荒谬又令人难以放弃，它正好填补着这个微妙的时空，甚至，她在“嫌疑人”的思考的神情中，也看到了这个非同寻常的意义。

我认为，苏小姐说，前面他们可能是卖淫嫖娼关系，可是，后来柳女已经告诉周某，她不愿意，到这里，周某再进行性关系，性质就改变了。

不，周某在主观上始终是嫖娼。他到那个地方的主观故意很明确，并且先支付了嫖资，当柳女不卖时，便主动退出。你说的第二次进入包厢实施性行为，他仍然是去完成交易“买淫”。身份是顾客。虽然，周某在明知柳女是被迫，但经营色情活动的整体性掩盖了柳女的个体，这里只有卖淫买淫的活动。周某在主观上没有强奸的故意，客观上也只是实施了买淫行为，所以，他不构成强奸罪。你只注意到了“违反意志性”，而没有放到整个强迫卖淫活动过程中来评价。

或者，柳女的老板那边属于强迫卖淫罪，而周某还是构成强奸罪？

可是，这是一个行为的两个方面啊……

苏小姐把头后靠在椅背上。

夜空如墨，星光绚烂，阵阵海风就这样把时光，阵阵吹向了比凤凰岛更远的天边。苏里红小姐觉得吃了并没有多久，就已经十点半了。红羽毛餐厅已经开始给每一桌，换上一盅彩色蜡烛，吧台也换上了另外付费的咖啡餐点，调酒师像练巫术一样在夸张地表演调酒，服务生端着礼花四射的盘子，把细小烟火飞溅的酒水送到夜幕中星星下的餐桌上。

“风吹草案”苏小姐想，当初故意选择离家远的，是出于避人耳目的考虑，没想到却成为时间的制约，她看了看表。“嫌疑人”说，累了吗?是不是想休息了?

令苏小姐难以置信的是，她脱口而出：路程要近四十分钟，比较远。太迟了，我父母会着急的。

哦，我去买单吧。“嫌疑人”神态自若，起身就往收银台走。在下电梯的时候，“嫌疑人”似乎毫不犹豫地按了一层，而不是他住的六层。

第二个晚上就这样结束了。

“风吹草案”苏小姐驱车离去的时候，纷杂的情感一齐袭来，几乎令她窒息。好奇、兴奋、失落、排斥、新鲜，又有点莫名的牵挂吸引。今天晚上，她以为他会说乳房上的红痣，但是，没有，他没有接近这个话题，他们谁也没有提这个话题，连擦边都没有。他们始终是风度翩翩优雅得体的，他们一直是思考的、理性的，无暇顾及其他的。具体的、近在眼前的身体，是不是具有怪异的力量?难道语言和身体不是一回事?究竟是什么不能令人放松呢?是身体还是脑子?是脑子还是身体?五花八门的闪念，万花筒一样在“风吹草案”苏小姐的脑袋里旋转冲撞，它们令人眩晕，又顽强地折射着性爱的光华与梦想，折射着冒险和挑战的极致诱惑。明天上午还有最后半天，我们将会讨论法律还是企业管理还是胆结石疼痛预防呢?还是履行网上的邀约——放纵去?堕落去?无牵无挂无拘无束一回去?

——去践诺真正的、纯粹的 One Night Stand?

快到家的时候，短信响了。是“嫌疑人”的。

再见了。我改成明天上午走了。就此道别。

“风吹草案”回复：为什么？

不为什么。

我不明白。

你明白。好了，还是做个乖女孩吧，早点回家吧，不要让父母惦记。

我明天会去看你的！

我一早就走了。晚安。

你蹦极过吗？

没回音。

喂！你蹦极过吗？

没回音。

良久，“风吹草案”苏小姐又拿起手机，她的短信电波就像在水星和火星之间穿行：

第一夜，双方沉默用时超过二十九分钟。现在，你还沉默吗？

“嫌疑人”回复了：

谢谢你陪我。晚安。

短信永远消失了。

就像消失在遥远的水星和火星之间。

国王的血

一进门，父亲从大衣里的胳肢窝下拿出了一块偷来的五香牛肉。母亲并没有像以前那样，两颧贼亮地佯骂父亲：要死了要死了，又偷好料回来啦！

母亲连瞟都没瞟案上的牛肉块。她从缝纫机上起身，到案板前，打开牛肉的薄膜袋，操起菜刀就笃笃地切。父亲也阴沉着脸，反而好像是别人偷了他一块肉。父亲瞪了儿子小庆一眼，儿子佝偻在阁楼的木梯子边。看着缝纫机，他在眼睛的中心外视野，感到了父亲的怒意和沮丧。儿子忙站起来，去高压锅里盛饭。

饭是他煮的，没有菜，只有一盘中午他和母亲吃剩的虾皮冬瓜和芥蓝。中午洗碗的时候，他把它们合在一个盘子里。洗了碗，他一个下午都呆在自己的小阁楼上。傍晚，听到母亲在楼下叫他下来做饭，他就爬下梯子。没有菜，他也不问。量米、淘米、上灶打火。阴雨天，三三两两来修改缝补衣服的客人，早都没影了，但母亲一直在缝纫机面前嗒嗒嗒地车着不知男女的牛仔裤，并没有起身弄菜的意思。

外面的雨声大了起来，能明显听到屋檐粗重的滴水声。下了一天的细雨，这会儿终于大了。

三个人在红色塑料矮凳上围坐，就着一个半米方的折叠矮方桌，开始吃饭。没有人说话。儿子一片牛肉都没有去夹，母亲注意到了，她是心疼儿子的，她夹了一大筷子狠狠戳到儿子的稀饭里，儿子感到了她这一戳的戾气和爱怨。儿子从小就爱吃五香牛肉，但现在，他已经毫无胃口。一碗地瓜稀饭，也不过是装样子吃的。一点不吃，他不敢。尤其是晚上父亲也回来了。如果母亲细心，就会发现儿子这两周以来，几乎不怎么吃东西。

儿子把碗底的稀饭全部扒进嘴里，然后把母亲戳给他的三四片牛肉也扒进嘴，他还没有咬，那五香牛肉的味道就直冲他的脑门，胃里一阵气胀，他连忙起身，他想吞下去的，他感到了翻胃。他几乎慌张地往上阁楼的木梯子蹿。步子急，小塑料凳倒了，身后，父亲的目光已经是怒不可遏了。儿子没有回头。他仓皇抓着楼梯，蟑螂一样手脚并用上去。与此同时，父亲手里的筷子摔了过去。摔在楼梯下的碎布头堆里。没摔在儿子身上，竟然连个痛快的摔响声都没有，父亲腾地站起来，母亲手快，一把将他拉住、死死拽下。

儿子的阁楼小得只能放一张单人铁床。一个学校的老式书桌，挤挤地放着一台电脑，键盘放在和电脑几乎平行的地方。这里使用电脑，估计身子要扭得厉害。他一蹿上来，稍一猫腰，就从小窗跨到外面的阳台上。他吐了。稀饭牛肉统统吐了出来，大部分吐在一个空花钵里。他自己看了很恶心。想想，拿起种郁金香剩下的半包土，把那个呕吐物掩盖了。

这实际不是他的阳台，而是市场一个阴暗卖冰屋的水泥屋顶。它为市场卖海产的小贩，供应降温冰块。小冰屋顶十平方米不到，一面紧挨着他的阁楼窄窗子，一面是那棵被雷电劈死又复活的老榕树的树枝丫，阳光就从那边过来，平时很多鸟儿会来这里散步、拉屎。小小的天台，早就被一整天的雨淋透了。小庆站在这个小天台上阴冷的微雨中，听到远远近近，雨声参差打落在四周雨披上的滴落声。雨似乎比吃饭的时候，要小一些了。

他转脸看天。冬季的阴雨，仿佛从四周参差高楼围成的漏斗往他家这个小平房飘淋下来。那些楼角各色的夜景灯灯光，迷离地晃着丝丝细雨，风大的时候，能看到紫色、红色、蓝色的粉状雨，旋转着飘下。而漏斗底部的他的小天台是暗的。那盆郁金香，被放在雨淋不到的角落。阳台上，被雨淋着的两个泡沫箱，种的是葱和辣椒，另一个板条箱里，种的是芫荽和薄荷。它们都长得不错，夜色中，黑乎乎地茂盛着。父亲总是把新鲜的朝天椒直接戳碎在酱油碟里，当佐料吃。这些是他父母要求种的。他种的是郁金香。一棵。

小伙子蹲在一个水泥瓦楞板斜角保护的搪瓷花钵面前。这个季节的温度是郁金香喜欢的，白天17度，夜里12度。它不能淋雨，不干不浇，浇则浇透。他把花钵捧出来，跨进自己房间。他有点长的额发，因为雨淋变得有点卷。

小小的阁楼间，里面灯亮了。

阁楼下面，是常年亮着灯的。因为它白天也昏暗。

儿子已经像蟑螂一样爬上阁楼。楼下的父母，却还在谛听什么似的凝然不动。看得出，他们全身心地被楼上牵提。父亲突然反抗似的抄起手，每个指关节啪啪啪啪地，被他狠狠捏了一遍。

做母亲的说，这都是命。

说这干屌！父亲声音大了起来。

母亲手举起来，想示意楼上儿子在，但举了一半，它就不负责地垂颓下来。

阁楼上面悄无声息。只能从梯子口子看到洒下青色的节能灯灯光。

进城这些年，母亲都是靠手头的这个老缝纫机替人缝缝改改、修修补补赚钱。这需要好眼力，需要灯。如果不下雨，她都把缝纫机直接拖到菜市头公厕前面的小路口，挨着那个补鞋摊子收揽缝补衣物。市场上来来去去的人，主要是女人，就把衣服给她，换拉链了，改腰身了，镶个裤腿移个扣眼了。一块三块地收，一天下来也有三四十块，有的时候更多。

和平市场边的这些几十年前的旧房子，一直说要拆，一直没有拆。电线老化、老鼠不怕人、下水道易堵，房屋主人早都搬走了，现在住在这里的都是临时性租住的外地人。卖土鸡土鸭的、卖蛋的、卖水果的。小庆家和租住在这里的各色贩子们不一样。这是有理想、本来也快实现理想的一家人。半年前，他们全家的储蓄，加上老家卖掉的房产，加上女儿女婿借的几千块，一起在市新开发区按揭买了一个小三房。因为买了房，父亲母亲都经常对邻居、亲友抱怨说，唉！我们负担重啊，房贷每月两三千啊！说得很张扬，谁都看得出这对夫妇眉眼间、语气里的自得和满足。

父亲有手艺。虽然脾气不好，经常跟人拍刀吵架，所以不断换工作。换来换个去都是普通小厨师，大宾馆、小酒楼、大排档、单位食堂、快餐店。现在是职业技术学校大食堂。待遇一般，但是管理松懈，所以，他们家的肉类、鱼类，香菇什么的，基本不用买，父亲甚至是煮好再偷回来，连烹饪成本都节省了。味精、鸡精什么的，就更不在话下了。

父亲说，这就算是福利吧。

他们那个天庭饱满、眼睛像受惊小鹿的矮小儿子，学电子的，中专毕业后，求职了一年多，文凭差，个子矮，其貌不扬，都成为被拒绝聘用的感觉和理由。他在一个洗车场打了快两年的零工，后来靠女婿家一个远房亲戚的路子，招进了区园林部门，先做绿化工。为此父母没少花烧香钱，烧到他们对这个黑暗社会和笨蛋儿子都很恨。上个月，儿子终于转正了，成了有三金保障的合同制在编员工。母亲忍不住告诉了很多熟客，熟客们也很好，都夸她要享福了。接受了顾客祝贺时她总是那一句：是啊是啊，工作、房子是不愁了，可是唉呀，做人都是苦的，一辈子愁完这个愁那个，现在我们最发愁找媳妇啊，有合适的，帮我们介绍啊，唉呀……这是更发愁的事啊……

话说得轻快，心里更是欢乐的。而现在，他们家是尖锐而惨痛地愁了。

母亲换了一件外衣，又到钉在墙柱上一块水银玻璃片前，梳了两把干涩的头发，不知往上面涂抹了点什么。她说，晚上她肯定在。就是这样突然过去好。

地上敞开的雨伞，被父亲踢得像青蛙一样跳了一下。

母亲怒气就出来了：那不然怎么办！

去，你去！我看你能借到！父亲说。

不然怎么办！母亲说，去借钱你还想当大爷啊？人家就是不愿见我们，你以为我是傻瓜不知道？今天不在、明天没空、打电话又不接。你以为我是傻瓜吗！我这是为了谁?!

楼上的儿子听到楼下的门，很重地摔了一声。

夫妻俩打着伞出门了。

摔门响之后，儿子舔了舔嘴唇。他停了一下，伸出舌尖，舔触了一下郁金香的叶尖。

青花白瓷钵的郁金香被他小心放在桌边。他已经把键盘移开了。悬吊的节能灯不够亮，他把床头的夹灯移夹在电脑显示屏上，台灯弯下腰来，照着那盆花。他的手轻微地滑摸郁金香的叶子。就像滑过琴弦。最早长出的叶子，已经快三寸长了，宽厚地包着后长的新叶，就像童毯包裹婴儿。现在，三片叶子出落得茁壮小清新，都披着葡萄皮上那样白色的薄粉，三叶基底部互相托护着，已经能看到第三片叶子芯里的一个绿色的花苞。小板栗大，顶上四道楞，看上去非常结实。

在南方，郁金香是绝迹的。两个月前，他在一个搬迁公司丢弃的大堆弃物堆里，见到几个蒜头大小的、被遗弃的鳞茎。花木班老林说，像是郁金香呢。他就兴奋了，说要种。老林说，这里的气候一般种不活。太热了。老林说，去年他家种过，女儿从荷兰带回来的黑郁金香。九个鳞茎种下去，最后只开了一朵紫色的花。花期也才正常的一半。四天后就不行了。

这个天庭饱满、眼睛像受惊小鹿的小伙子，不在意这样的消息，他说，噢！我只在电影电视里看过郁金香！噢哦！我从没看过真正的郁金香！

老林看他亢奋执拗，眼睛闪闪发亮，便拨弄着那些个蒜头，帮他挑选了一下。一个好像被老鼠啃过了，一个很干瘪。老林指着两个比较饱满的说，那你试试吧。明年一月可以种了，但种之前，你把鳞茎放冰箱冷藏，先九度后五度处理。差不多冷藏五六十天吧，这样，就可以入土了。

小庆后来选了一个十五口径的青花白瓷钵，还专门抱到单位给老林审查。他反反复复问老林，它会开出什么颜色的花？会不会是黑色的郁金香？老林见他真是喜欢，隔天便在自己的专业书籍上，抄了一些相关养护知识给他。也是在老林的指导下，他用赤霉素浸泡了郁金香球茎，老林说，这样可以加大花的直径。

两个月后，也就是一月底，小伙子严格按要求，从冰箱里取出两个微微有根须的鳞茎，把它们仔细种了下去。一周后，一只小芽尖冒出土面。被老林确认是郁金香后，小伙子喜不自禁。但是，另外一个，一直没有动静。它永远也没有醒来。所以，这个矮小的小伙子，把他全部的热情，都倾注在那个冒芽的郁金香上。不知为什么，他固执地认为那是一枝黑色的郁金香。他上网搜找过黑郁金香的图片，他给自己手机下载了最让他感动的黑郁金香图片，之后，他以内行的语气，宽慰老林说，我查了，这世界上，实际上没有全黑的郁金香，紫得发黑就被人叫为黑郁金香了。你种的就是黑郁金香。

老林说，这还要你说。

小伙子嘿嘿笑，说，我还是想种出一朵最黑的郁金香。

你能让它长好叶子就不错了。老林很不屑。

出事的日子，是郁金香第二片小叶刚刚翻展的时候。也就是两周前。现在，第三片叶子也有些翻展，虽然它还不过一指长，但它围合包容的样子，已经很像一个怀孕的小妈妈。小庆觉得它就像未婚先孕的少女，那么年轻，那么庄重的蕴含。这个联想，让他自己充满吃惊的欢喜，但一秒不过，他就颓然了。

小伙子盯着他的郁金香呆坐。

一百七十万是什么概念？如果换成十元一沓的纸币，能把他活埋了。它是大地震，是火山爆发，是雪崩泥石流，它冲毁湮灭整个家，席卷了一切。他根本没有还手余地。父亲和母亲现在还像一对雄雌兽一样，拼命挣扎。儿子从一开始就知道无济于事的。他和内心坚强、外表强悍的父母从来就不太一样。从小到大，他就知道，他总是输掉的那一方。任何方面，所有情况。正如母亲当他的面，对客人宣布过的：我儿子呀，只有一个好，乖，孝顺！我就担心，不要找个坏老婆，连这一点点好都没有了！

也可以说，母亲是不指望他能改变局面的。母亲一贯对他爱而蔑视。

而这个时候，在这个冬雨霏霏的雨夜，他也不是十分清晰自己努力的方向。他只是模模糊糊有了一种感觉。这些天，他一直和他的郁金香在一起。单位已经叫他先不要去上班了。园林部门一开始就向交警撇清了责任，说那车已经过户。昨天夜里，那个一直昏迷未醒的女人也在医院重症监护室断了气。没想到，那一家人，最脆弱的是那个男人，当场就断气了；其次是那个宝宝。这个女人生命力最顽强，她熬了两周。熬到他母亲暗暗祈求说，死吧你就死了吧，你老公你儿子都走了，你们一家人下去团聚吧，要不然，你这不死不活的医疗费，加上两个死人，我们实在是受不了哇。

小伙子感到郁金香花蕾，就是在他注视下，很细微地翘起了花瓣尖。整个板栗大的花蕾，在这个霏霏雨夜，在他数小时的目不交睫的注目下，肯定长高了至少两毫米。原来叶子怀抱的、紧闭成团的绿色花瓣球，似乎松开了一丁点，像个小女孩在悄悄换口气。但是那四个明显挑起的花瓣尖尖，却似乎透出清浅细微的淡黄。这个发现，让他非常吃惊。他不断揉擦眼睛看，又把台灯从电脑上拿下了，近照细察。端详半天，他不得不说服自己，整个花球的确是绿中透黄，越靠顶部中心，越透黄。

就是说，它肯定不是黑郁金香了。

父母应该是一路厮打回来的。他们进屋后，父亲还在咆哮，死！都给我去死！一声踢门一样的爆裂声，不知道谁发出的。母亲的声音似乎混着哭泣，但那个哭泣声掩饰在很凶悍的语气里，两者混起来，变得古怪狰狞，像是一个陌生人发出来的，她在喊：有本事！你有本事！小伙子走近下楼梯口，又退缩回来。他停了停，然后把郁金香小心搬出窗口。外面湿拉拉的风凛冽扑面，他打了个寒战，把郁金香放置在避雨处。他从小平台还没有跨进来，父亲的头，兀自在地板楼梯口出现了。一眼扫到，那个暴烈的头就像突然长在地板上，父亲的头发全部被雨水淋湿了，看上去不像是一个人头，更像一颗灰黑的大草菇。儿子不由哆嗦了一下。他以为父亲要蹿上来发泄点什么，结果，父亲只是阴鸷地瞪着他，目光僵硬，像某种夜鸟。见儿子目光回避，父亲又茫然无措地睃巡了屋内，随后，他狠狠地捶了一拳梯口的地板，那湿湿的黑头，倏地就下去了。

败家子！父亲这样吼过他。当时，母亲为了托女婿亲戚帮这个不到一米六三的儿子，弄进事业单位，真是花了许多心思和贿款。先后拿出了八九千，看还没有招进去的意思，父亲就憋不住了；进去后又说不能马上签合同，要试用一年绿化工看看——那不还是临时工?!父亲气急败坏，觉得钱被人骗走了。说来说去最后就是他妈的儿子不争气。父亲吼：我他妈的生了个败家子！你到底是不是我儿子?!

但是，现在，这儿子真的要让他倾家荡产了，他却骂不出败家子了。这事太大，太重了，太狠了。面对一直不出声的儿子，父亲就像行凶却找不到棍子的人。

父亲咚咚咚地下去了。他怎么能把一架直木梯，走得那么腾腾有力。儿子想。

儿子在自己小小的钢丝床上睡了。出事这两周以来，父母仇恨地发现，儿子好像一直能睡觉。出事当天，他被那户人家亲友打断了牙齿，打黑了眼窝、长流的鼻血把他的牛仔夹克里的灰套头衫都弄脏了。他的手指上也都是血，不知是撞的，还是被人打的。但是，在交警那里办完手续，回到家天已经快亮了。他洗洗就爬上阁楼了。当时母亲把一小瓶碘酒和一包棉签放桌上。他似乎忘记用了，在他爬上阁楼的时候，母亲想叫他涂药。被父亲一把拽住了。眼神里是——死不了的！

两周来，母亲睡不好，父亲睡不香。楼上倒是一到十一点就熄灯睡觉。出事的次日睡起已经是中午，儿子从楼梯上下来，蓬乱的头发、肿起来的脸、发黑的眼眶、充血的眼睛，看起来就像一个矮小的恶魔。父母看他眼神里都满是厌恶。奶奶却来了，自己一个人倒公共汽车，摸进了菜市，一路问进来。进来看到孙子，揽到身边就哭了。就是这个时候，家里人听到了小庆第一次也是唯一的一次爆发的哭嚎，哭得非常大声，像一只临屠的挣扎的小兽。他猛力摇晃着老人，揪扯自己的头发，看上去滑稽绝望地跺脚。祖孙俩就那么哭坐到了地上。

在父母看来不知死活的好睡，在儿子自我感觉里却是空虚混沌的。他已经失去了睡眠的界限。他呆坐着，坐着坐着就看见梦一样不真实的片段，而在梦里，他挣扎着抗拒着，不知不觉又触地站在了安全的现实中，可能是搬着郁金香追逐太阳光，可能是电脑边浏览，可能是给郁金香小心喷水。

这一个夜晚，他被睡眠之雾舔卷之后，看到了冰箱里的温度计，整个二手小冰箱里全部是温度计。却看不到郁金香鳞茎了。到处是一排排五度的，九度的温度计，密密麻麻、层层叠叠，它们把鳞茎盖压在什么地方?温度计很快沾满了白雾，所有的温度都看不见了。他把它们一支支掏出来，必须找到一支能看清温度的，如果温度太低、太高，郁金香都受不了。他着急翻找擦拭着，手指却冻得痛起来，到处都是血。他看到了自己开的灰色皮卡车，它像惊马一样高高站了起来。不要倒啊，你不要倒下来！他在下面大声哭喊，他看到自己在驾驶室里惊慌失措。而马头下面，就是那一家三口，父母追着一个两岁的宝宝，他们似乎在海边散步，宝宝的肩带上，系了一只红鲤鱼形状的大气球。因为风大，红鲤鱼在空中落在了一家人后面，看起来就像在颠颠赶路。

直立的皮卡车上半身就是一匹惊马，只剩最后一个着地的车轮，还没有变成马蹄，所以它站不住，它靠不住，它是惊慌滑动的，它垮下来了。沙尘暴飞扬。马在凄厉地嘶鸣，穿云裂雾，所有人的耳膜都在那个绝望的嘶鸣中，树根一样裂开了。

郁金香就在床前开放了，他从床边高兴地向它走去，阳光怎么那么耀眼啊，阳光怎么变成了耀眼的一个花蕾球，就那一团，花瓣打开了，越开越亮，看不真切。因为它太耀眼了，就像一个小小的太阳在里面。可是，他还是微笑地向它而去，他舔着嘴唇，笑着。突然他看清了，阳光消失了，他看到郁金香的长圆形的花蕾，并不是花瓣，而是一只宝宝的小袜子。红黄色的，小小童袜。郁金香开花了，花朵却是一只带血点的小童袜。

他一屁股坐了下去。坐在了奶奶带来的三个苹果上，苹果在满地溜溜地滚；母亲的手指被缝纫机扎穿了，她痛得把手抽离机头，食指上却连着蓝色的缝纫机的线，越抽线越长。剪刀！剪刀！谁看到我的剪刀！母亲握着被线穿透的手，嚎叫哭泣，她喊，你把全家人都害死了！你害死了全家！我这辈子没有干过亏心事啊，昨天我还给那个没腿的讨饭婆，一碗炒米饭！里面还有很多肉丝……

出事后，花木班老林一直回避单位所有人。他说他当时醉了，什么情况都不清楚。皮卡是老林买的单位二手车。局里更新了一些办公用车，把两辆旧车照顾给本单位职工。

两周前的那个周末，大家说好完成环岛路马拉松赛道最后的盆景布置后，就去庆祝一下。庆祝他们区少儿艺术馆的园林设置获得全国优秀园林奖。老林和文工程师是那个项目的主创者，所以，大家纷纷敬酒。后来又唱歌，唱歌的时候，又喝啤酒。散场时，大约是五点多。老林和文工程师都醉了。大家都酒意蒙眬满嘴小曲、步态颟顸。只有小庆，既没有喝酒，也没有唱歌。他一直是笑着看大家闹，然后帮这个倒开水，那个点烟，或者招呼服务员。散场时，老林想开自己的车，在走向自己车门的时候，摔倒了。小庆说，我送他回家！文工程师醉眼迷离保持着清醒，她说，你行吗？小庆说，行，我原来在洗车场，经常帮客人开。我移库特别好！老林之前也让我开过！

先送老林。卸下老林，再送文工程师回家。之后，他再把车子开回老林家小区。都在沿线，周日的车流量不大，半个小时够来回了。然后，他换 17 路车，20 分钟到他们家菜市站。但是，在送完文工程师回头的时候，事故发生了。那一家三口，突然横穿环岛路，他们应该要奔向海滩。那是一个弯道，但小庆看到了，也有足够的反应距离，他的错误在于，紧急刹车的时候，他猛踩了油门。

老林酒还没醒，就被叫去了交警处。在那里，他看到了被死者家人打得像丛林野人的小伙子。出事后，小伙子下车呆了几分钟，之后，打了报警电话后，居然想逃跑。老林无语。后来老林帮忙办理了交强险的理赔，12 万相比 170 万的赔偿，基本微不足道。但总比没有强。老林到菜市小庆家的时候，他母亲挥舞着一尺长的裁缝剪刀，怒责老林：你为什么让他开?！就是你害他无证驾驶！母亲的大剪刀，像随时要戳透人的胸膛。老林有点害怕。小庆知道母亲的剪刀不会戳向儿子，但是，他没有勇气承认说，是他自己抢着要开，和老林没有关系。也没有勇气承认，他心里是多么喜欢车，当时他多么想开一把。那天能开上车，他心里是多么舒畅欢乐。如果不是家里按揭买房，他肯定要去考个正式的驾照。

在老林不在场的时候，他回答父母说，我本来也不想开啊，是他们要我送，就只有我没有喝酒。我又不爱开，是没办法啊。

他说，他们知道我在洗车场经常要……

放屁！洗车场能培训，那要什么驾校?！

面对母亲的大剪刀，老林嗫嚅说，我一直以为小庆会开车，现在人人几乎都有证……反正那破车……

破车就拿来害人是不是！母亲真的要杀了老林，幸亏老林逃得快。老林其实也是害怕连带责任，他对单位、对交警都坚持说，他当时确实醉了。他平时也不知道小庆没有证。这当然是自我保护的说法，那天醉酒是有目共睹的，但平时，他是知道那小伙子想开车，也知道他根本没经过正规培训。因为是二手旧车，车贱，小伙子想开也让他开过几次。他去他家的意思，一是内疚，最重要的也是叮嘱小庆千万别出卖他说，他的车以前也让他开过。

小庆送老林到公交车站。老林的皮卡车作为肇事车，已被交警暂扣。俩人走着，没有话说。最后，老林掏出一张存折，说，密码写在里面。是我自己的私房钱。小庆有点想哭，说，林师傅……你……不要生我的气，我不敢跟我爸爸妈妈说，是我自己很爱开……

老林说，我不管。反正你们都能证明我醉了，当时我什么也不知道。谁叫你开的，我也不知道，反正不是我！

老林给的六千多元，马上都交到了医院，那个被撞的母亲，还在抢救室内。

之后，老林和小庆再也没有通过电话。直到郁金香花开。那是十四天以后的事了。

郁金香的花蕾冒出一点黄，越来越扩大，越来越清晰，这让小庆既迷惑又期待。接下来几天，不只是那顶端的黄，而是整个小板栗中上部，都有点发黄了。绿中带黄，那最早的花瓣小尖尖，又开始转暗，有橙红的意思，像小女孩噘起小嘴的样子。这些天，白天温度都在12度左右，夜间在七八度。郁金香一定是满意这个温度的，所以，长得特别欢，一天一个样。

而现在，他已经很清晰地知道自己将去的方向了。

因为完全清晰，目的地明了，小伙子的心渐渐变得沉静安定，甚至有点恬美。而在这个想法明确之前，他是多么焦躁混乱啊。有两天他甚至忘了给郁金香浇水。他满脑子的念头，像垃圾场一样肮脏纷乱。他曾经懊悔自己当时为什么不直接驱车逃跑，怨恨自己为什么要下车发呆呢？他痛悔自己有时间却错过了一个躲避大灾难的机会，在还没有人围上来的四分钟里，他可以跑得多远啊；他曾经想去街上碰瓷，地点和时间都模模糊糊有了设计，他希望有辆最有钱人的车，把他给撞了，一下子赔他百八十万，而他最多花掉一万块就能康复，他就能把钱直接转给那户人家；但后一个时候，他突然想明白了，这是不行的，即使他不小心被撞死了，也只能抵掉一条命，还欠他们家两条，也就是还有两个五十六万块。而那个司机，万一也和他家经济状况一样糟糕呢？万一被人查出他是故意的，一分不赔怎么办呢？他还纷纭杂乱地做着关于盗墓、抢银行，关于体育彩票大奖、六合彩的白日梦。

父母的心比他乱。他们一直像热锅上的蚂蚁。母亲只要看到像是有钱的、稍微熟悉一点的顾客，总是试图想向人家借钱，说得自以为委婉，别人听来很无耻。人家总是强烈兴趣地听完前半段，也就是车祸本身，等母亲说到天文赔款、说到家庭经济艰难的后半段；人家就粗浅地表示了同情，也就赶紧走人了。有些心细的人也会委婉地说，是啊是啊，开车最大意不得，我儿子还死活要借钱买车呢；或者，哦，我公公正在做大手术，一天就是一千多，这钱用得简直都怕哦；父亲则把女儿及搞装修的女婿逼尽后，就异想天开地向他所在的学校借，一个随时拍屁股走人的临时工，真是有勇气。学校当然不理他。

父母的所有这类努力的失败碰壁，最终都会反弹到儿子这里来。儿子木头木脑的平静淡定，则越来越令父母共同愤怒。那天调解协商，那个承办交警说到房产抵押时，父亲呼喊：我们家就这一套房子，你给我弄掉了我住哪里?！对方家属代表拍桌子怒骂：我弟一家人都被你们撞死了，人都没了，你还想着怎么住舒服?！母亲分辩：不是不赔，是没有能力啊，我们还在房贷借债你知道吗？我们又不像别人有几套房子的……

交警态度很坏：都不要再说了！到时候我看你不卖也得卖！

吃饭的时候，父母既委屈又愤怒。他们怒火熊熊地回忆在交警那里调解时受到的煎熬和欺辱。没有想到，他们的儿子语气轻淡地说，我们家的房子留着。

儿子说得很小声，一时父亲觉得是错觉，他梗着脖子盯视儿子，儿子却好像没开过口一样，低头喝汤。母亲却开腔了，她说：留着？你有本事留吗？你有本事撞死一家人，怎么没有本事赔人家？你以为我不想留吗？那是我们一辈子的血汗钱！

他看着母亲，想说什么却没有再说，但他凄美安详的目光，大大激怒了父亲：

留？留给你结婚是不是?！老子去抢银行是不是？父亲悲从中来，精光四射的眼珠，居然蒙上一层薄泪：留？留？你以为你老母一辈子真爱吃鱼头鱼尾巴？你以为你老母就是爱吃煮破的水饺？猪头，你把你老爸老母都害死了你知不知道?！

儿子低头吃饭。他默不作声了。

洗完碗，他爬上阁楼。父母歇斯底里的发作，让他更加坚定了自己的选择。就是在这个夜晚的月亮下面，那个原来依稀模糊的、他自己也害怕的蓝图，完全清晰明了了。这个决定一旦做出，他感到自己辽阔而镇定。他的心里越来越安静恬美。小平台上空气寒冷。在狭小的月色星空下，他静静地蹲在郁金香身边。他蹲了很久，直到他母亲在楼下喊。他站起来的时候，才发现腿麻了。

母亲重申了一个不容置疑的指令：去争取园林局捐助，你是好心好意为大家的！没有一点自私自利。要让同事统统来帮忙。公家私人捐款都要。明天就去！就让那个害死人的老林师傅去发动。母亲锐利地发现他在轻微摇头。母亲说，你给我搞清楚！这是你自己的事！不是我们的事！我们是在帮你！

他的轻微地摇头，摇得那么恬适静安。这副皇帝不急太监急的样子，让父母除了绝望、愤懑，丧失掉了所有想象力。父亲怒吼：这跟老子屁关系！十八岁以后，要死要活要关要杀，都跟你老子无关！

去菜市尾公交站的时候，可以折进一个小马路，里面就是花鸟市场一条街。很多店员在店外整理成捆的鲜花，卖鱼的也把大木盆的鱼放到了人行道上。花木琳琅，他觉得，和郁金香相比，这里所有的花，都很平庸。那个紫色的香水百合简直是肮脏的巫婆；他遛了一段就折回公交站点。什么也没买，他也没有多余的钱。单位里很多磷酸二氢钾溶液，郁金香种下的时候，他就倒了一瓶回去。按老林指导；郁金香展叶至开花前需施入适量微量元素，叶面喷施 0.1%磷酸二氢钾溶液 2 次，促使花大色艳及鳞茎发育充实。昨晚他喷了第一次，有点担心效力过期，但他不想再买了。他也不想回单位，连电话也不想打给老林。

他出现在他奶奶家的时候，奶奶一个人跪坐在神龛前面。里面插着几支新点的香。供桌上是新鲜的福橘和香蕉。伯母看到他，没有表情地为他开了门，转身就回厨房里了。伯伯伯母借了两千块给他们家，而且话说得很重：我们老二连房子都买不起。这钱给你们小庆，我们也不指望他还了！

他站在老人后面，专注地看着神龛上的白瓷观世音菩萨。奶奶看到他说，咦，真是你来了！观世音菩萨带你来的。他知道我放心不下你。老人牵孙子往自己的屋子走。孙子闻到了一股浓重的老臭味。到了屋里，老臭味更重了。这就是人老的气息。

看着奶奶的头发，他说，我帮你洗头。

不要。老人说。

我以前帮我妈干洗过。

老人还是说，不要！

要啦。孙子说。

我要是有钱，我孙子就不会被人家关起来了。老人像是对观世音还是另外什么人说。

孙子摇头，不会。在想办法呢。

他拿来洗发水，又把毛巾围在了老人领口。奶奶还想扯掉，被孙子按住。看来，她是真不喜欢洗头。

小伙子往老人头顶挤了洗发水，就开始按摩抓挠。泡沫不太多，头发太脏了。他只好倒更多洗发水，抓挠着。老人的头皮被按摩抓挠得很舒服，她渐渐安逸下来，可没两下，老人却哭了起来：你的命怎么这么衰啊，我找人家又看了你的八字，唉，人家说，躲不过的，这一坎很厉害，你躲不过的，如果躲过了，我们自己要死人的。唉呀，这是谁造的孽啊。

南方的暖冬，确实太热了。一颗郁金香种子从荷兰到海边，肯定比昭君出塞还不容易适应。一月底二月初，已经是这里一年最低的气温了，可是，看起来温度是在花卉资料允许的范围内，郁金香却显得反常地早熟，也许这里的水土都太热了。不过，和老林师傅九比一的存活率相比，他觉得自己两比一，已经非常非常了不起了。

那个前两天就变黄的花蕾，刚刚在包裹的叶片里探了一小半的脑袋，那里透露的花色，已经是诱人的明黄。百分之百的不是黑色郁金香了。他不用放大镜细察，就确定了这花苞里肯定黄色偏橙的花瓣，他还能从花瓣上捕捉到羽毛形红丝般的斑点。

他渐渐同意郁金香自己的选择，好吧，你不喜欢黑色，那就不开好了。你愿意开成什么样，我都等你。

小庆认为，郁金香要长到十几二十厘米后才正式开花，资料图片上每支郁金香花茎，都是纤长挺拔的，那是多么超凡脱俗与众不同啊。按它现在欲放的姿态，估计三有四五天，它就会挺秀开放了。

没想到，只是隔天，他就发现那个长卵形的大花蕾，好像脱壳鸡蛋一样，马上就要脱离叶子的围护，它就要独立面世了。而它底部的花茎，最多才五六厘米。正常起码要抽茎十几厘米啊。小伙子看了心里怦怦急跳了好一会。这棵早熟的花儿，让等它的人，有点猝不及防。

小伙子慌乱之下，甚至想到楼下买冰房捡些碎冰，做个塑料罩子，搞个降温罩。但他马上就知道这是不可能的。在这个全家危亡的时刻，他还惦记着给花降温、控制花期节奏，会把可怜的父母逼疯的。他不想这样。这两天，冷空气要来了。

开吧，我的花儿。我会等你的，等你来了我才走。

郁金香花萼微微松开了一条缝，它在微笑。花儿就要开了。

爸爸妈妈：

你们好。我想了很多办法，只有这个是最好的办法。我走了。这个债也就停止了。这是我个人负的债，和你们任何人无关。警察知道的。我也问过了，个人债务，不能再叫你们赔了。我死了它就终止了。

爸爸对不起。妈妈对不起。奶奶对不起。

冷空气是裹挟着狂风来了。气温一下骤降五六度。满街的女人冻紫了嘴唇，男人冻青了两腮。父亲回来得很晚。他没有听母亲的话，早上拒绝穿过臀的仿皮夹克。他嫌那个早就过时，结果，回来的时候，他的脸青得像走色的柚子皮。

阁楼上，郁金香已经开放。儿子曾经很想问，我把花拿下来给你们看看好吗？但是，家里沉重阴郁的空气，让他不敢妄动。他为母亲盛饭，为父亲夹菜。父亲忍受不了他恬适宁静的眼神，故意无视他夹的菜，假装去换电视频道。

母亲说，这么满！谁有那个胃口！

他的胃口却很好。父亲的目光透着鄙夷和隐忍，母亲倒有点困惑。这个晚上，他破例没有洗好碗就爬上自己的小阁楼，而是洗了个澡，然后在缝纫机边看着母亲。母亲在缝补一个像小帐篷还是睡袋一样的物件，针一直断，换到第三根针的时候，母亲忽然抬头看了儿子一眼。儿子笑了笑。

母亲又开始车，忽然，她泪水滴在那东西上。她不肯抬头，还是车。第二颗第三颗泪水相继滴落。儿子犹疑了一会，抄起一个碎布片，伸手为母亲擦拭。母亲扭开脸。儿子说，会好的啦。很快就会和以前一样啦。

母亲倔强地打开了他的手。

白天刚刚开放的郁金香，在晚上又闭拢了。顶部闭合得那么严密，仿佛几个女孩头碰头手挽手紧紧地围抱在一起。矮小的主人，歪过头，把脸颊小心贴在花蕾上，贴了一小会，他站起来，那双小鹿受惊一样的眼睛，最后看了一眼他的花，回到了自己小房间。

夜深了。晚上的风很急。小伙子在迷离恍惚之际，听到了远处高空一个未关好的房门被风打的嘭嘭直响。只有无人看顾的、失去了家的门，才会被风这样肆意地摔打。从小，这个声音就会让他停顿，他总不由又猜想那个空房间的样子，猜想曾使用那门的主人，在这样的天风浩渺的深夜，是否也能听到那门的一声声孤寂的摔响……

冷空气长驱直入南方。小阁楼上的郁金香开得分外美丽。法医过来了，说，手腕筋键都割断了。他是铁了心了。勘察现场的法医也看到了那朵郁金香，第一眼他惊艳了一下。勘验之后，他也就忘了它。

第二天，老林师傅和他的同事都赶过来了。没有人注意到小平台上那钵黄中带红拉丝的郁金香。它依然在开放，六厘米左右的花茎，矮戳戳的，就像那个矮小的小伙子。

老林蹲在郁金香面前，轻声说，这品种叫“国王的血”……孩子，你这比我种的黑郁金香，好看多了。

丰满的一天

一

母亲打来电话的时候，陈幼红正在开早会。上周业绩不好，经理在骂人。她是内勤，不跑业务，所以，经理骂人和她没有关系，但是，这时候，她也不想招惹经理，想等会儿再打给母亲，可是，母亲执拗地说，大事！快出来听！

陈幼红在经理的虎视下，夹着尾巴离席出了会议室。

母亲说，不得了，我刚放下报纸，中央电视台收藏栏目的鉴宝专家来啦！

陈幼红不明白母亲为什么语气这样，但她从小就知道母亲是有主见的人，所以，她哦了一声，心里有点急，想快点听明白进去开会。

你家的那两个古董，还在不在？母亲说。

陈幼红随口又哦了一声，脑海里也出现了那两个盘碗的样子，但她还是反应平淡。这是她和魏一伦结婚蜜月旅行时，在一个河南北部一个同学家乡的小集镇买的。当时也是买着玩，其实他们两个都不懂收藏，看小集镇人家摆地摊似的，塑料布上放了好多很古意的东西，东西都很便宜。陈幼红就有点大地方人应对小地方人的优越心理，蹲在那里仔细翻看。同学说，这里挖出过不少古墓，说不准就买到个千年宝物呢。所以，她一半是好奇、一半是博弈地要买。魏一伦说不要，现在到处都是刁民，刁民这样身段低地摆摊，吃准的就是城里人占小便宜、自以为是的心理。但魏一伦语气婉转，说，哪有那么多古董啊，肯定是假的！

陈幼红还是买了。新婚蜜月，丈夫还在随和期，何况陈幼红遗传了母亲很有主见的个性。她狠狠砍了价，自己掏钱就把那两个东西买了。那俩东西一个像碟子，另一个应该是古人的碗了。

之后多年，魏一伦一想起来就调侃那两个宝贝，后来就比较明显地嘲笑。陈幼红有一次翻脸了，说这和你魏一伦无关。再后来，大家就不谈古董的事，慢慢地小两口就淡漠了这件事。随着时光流逝，陈幼红从纤细苗条的新娘子，变成了个倔强而容易心慌的胖子；魏一伦在股票挣过相当一些钱，又变成了街上非常一般的穷人中的小康。两人偶尔吵吵架，魏一伦脾气不好，尤其是股票不好的时候，但陈幼红很沉静倨傲，魏一伦就渐渐安静下来，就像溪流奔流到了大海，生活慢慢复杂平静下来了。这些年，他们一直没有孩子，查来查去，各负其责，因为医生一致认为是女方输卵管不太通畅，男方的精子活力又弱一些。就这样十多年过去了，当年见证新婚蜜月之蜜的俩宝贝，早就退居到了柜子里的什么角落了，几乎被人遗忘了。生活就这样把人们的想象力和激情都打磨掉了。

陈幼红的母亲却记得它们。早上读报，一看这鉴宝会的消息她就激奋起来。报上还说，前一次举办的华东六省鉴宝会，过境本地时，专家就发现当地民间宝藏很多，真品率高达59%。专家吃惊地评说，这和当地人个性保守有关。

陈幼红心有点活络起来。

母亲说，上午来不及了！下午还有半天鉴宝会。你赶紧请假！机不可失。我陪你们去。

一开完会，陈幼红就给母亲打了电话回去。母亲正在去“的话”家的路上。所以鉴宝话题和展望，说得也不是很透彻。主要说到了魏一伦要不要去鉴宝的问题。陈幼红的意思是，还不知道真假，干脆不要告诉他。

母亲沉吟了很久，最后说，我看还是告诉他。假的，他也没什么想头，万一是真品，难不准很多人惦记，一路有个男人护驾，有安全感吧。

陈幼红没有吭气。这显然是个重要提醒。陈幼红和母亲，从她少女期就呈现出强强相惜又强强相斥的关系。她们一致不大瞧得起陈幼红的父亲，所以，在两个温和强硬的大小女强人相惜相斥中，倍感孤独的父亲，在陈幼红结婚不久就辞世走人了。魏一伦就代替陈幼红父亲的观众角色，轮到他经常观看两个胖女人，今天相斥、明天相惜的母女亲情。陈幼红有时候真挚地挽留母亲在书房睡一夜，有时候含蓄而又决绝地让母亲快回自己家。那个“的话”，能够和母亲好上，就有陈幼红的努力，也有魏一伦的推波助澜，他觉得岳母还是有自己的小家，各家都比较安逸。母亲开始并不喜欢“的话”，她天生喜欢牙齿整洁、说话利索的男人，唇齿不清、满口官腔的“的话”令她生理上不悦，但是，“的话”是个效益很好国企的处级干部，虽然退休，有房有车，家境不俗，子女经济条件也不错。

二

陈幼红谎称母亲便血，跟部门经理告假回了家。

魏一伦照例在家，在书房的电脑面前。电脑里面是股市行情，或者股吧讨论区之类。每周他外出两到三次，他同学开的一个不死不活的投资咨询公司，他每周二下午要过去开个会，他有个虚职，叫投资顾问，周四下午几个球友固定要去体育中心打球，羽毛球。

陈幼红提着一份快餐往家赶。

她知道魏一伦在家，但她没有按楼道防盗门门铃，而是咬住快餐袋提耳，自己掏钥匙开门。上了6楼，到自己家门口的时候，她不知不觉就越发轻微地转动钥匙，门悄悄地开了，家里像无人般安静。她有点为自己隐秘无聊的心思害羞，所以，一进去就大声咳嗽，动静很大地把手袋扔在鞋柜顶上。在电脑面前埋头的魏一伦被她的喧哗惊扰，抬头看了她一眼，又埋头继续了。陈幼红走进厨房。厨房里是他吃剩的方便面汤，菜板上都是切碎遗漏的白菜葱段，还有鸡蛋壳。

陈幼红坐在餐桌上吃自己的快餐。本来她都是一去一天的，魏一伦知道她朝九晚五，可是，她进门，他只是看了她一眼，就算是打了招呼。他真是一点好奇心都没有：你怎么突然中午回家了？为什么不叫我多做一份饭？魏一伦都没有问，当然，问了陈幼红也不一定就告诉他下午有个不得了的鉴宝计划。她还要再想想看。夫妻本是同林鸟，反正他也不相信那两块破碗。

陈幼红看了时间，她大约能在家里待四十分钟。她和母亲约好，在鉴宝大会的新时代广场花圃大钟那里见面。买快餐的时候，她特意买了报纸，母亲所报的内容，她又看了几遍。现在又边吃边看。在专家眼里，他们当地好像还真是未经开发的处女地，无论是收藏之心，还是收藏现状，似乎都很混沌。民间藏龙卧虎，到处是被忽略的、漫不经心的宝藏。这个推断，让陈幼红想象力飞驰起来。她想，说不定她的宝贝一亮相，专家眼睛都直了。他们围过来、愣怔唏嘘、难以置信、痛苦叹息而又爱不释手。想到这，陈幼红莞尔。

魏一伦已经路过她，进了卫生间。听动静在洗头。他总是这样，一出门，必定洗头。果然，他出来拿着干毛巾在镜子前大擦湿发。陈幼红说，要出去？

外地有个同学来。准备陪他转转。魏一伦说。

女同学你就去吧，男同学就别去了。她说。

魏一伦没有解释说男女，而是说，怎么啦，下午有事？你今天突然回来了。

陈幼红有点淡淡不快：他现在才关心啊，如果真是稀世珍宝，和这种男人分享有意思吗。她说，你要不要跟我去？要陪同学你就别去。

你什么事啊？

当然有事。你陪我还是陪同学？

到底什么事？我和人家约好了。

那你就别跟我去。我的事和你没关系就对了！没事的。你去吧。

哎呀，我和人家约在先不是，你现在才说有事。

所以你去啊！我又没有反对你去！我随口说的。

魏一伦使劲擦头发。他随后去了卧室，自己在衣柜里找衣服。陈幼红把快餐盒扔进垃圾桶，就看见魏一伦已经衣冠整齐地出来。魏一伦不胖，一直保持运动，看起来还是年轻。多年前，他曾经建议陈幼红减肥，但是，陈幼红三天打鱼两天晒网，最后干脆放弃。这个模式就像他们的睡觉方式，陈幼红以前喜欢握着魏一伦的小鸡鸡入睡，后来，就渐渐地三天打鱼两天晒网起来，再后来，就全面放弃了，再后来，就分床睡了。

魏一伦在找手机的时候没话找话地说，你今天跑回家到底什么事啊？要不你叫你妈陪你去嘛。

就是我妈要你去的，我是无所谓。陈幼红脱口而出。说完了她有点莫名的后悔。她现在完全清楚自己的心思了，她根本不想让魏一伦参加什么鉴宝，很清楚，这个宝贝是她个人的。离婚这两块碗也是归她的。

魏一伦果然停止了寻找动作，说，你又要去疏通输卵管？

陈幼红做了个呸的表情。魏一伦困惑地走了过来，说，算了，我已经打定主意，我们不生了。别遭那个罪了！魏一伦说得其实很轻淡，陈幼红还是有了点触动感。她说，我要把那两个碗碟拿去鉴宝。

魏一伦显然没有明白，他的记忆里已经没有那个蜜月旅行所购的所谓古董了。陈幼红站起来，把报纸推给他看，自己到卧室大柜子里翻。魏一伦拿着报纸跟了进来，等看到陈幼红掏出破黄报纸里包的破碗，他轻蔑地大笑起来。

她不动声色地让他笑完。魏一伦知道陈幼红和她母亲一样，越平静表示事情越重大。所以，他把报纸拿起了看看。无非是礼貌，他的心已经出门了。要见的是个网友，当然是女性。他觉得自己也没有什么暧昧的东西，那个女人听起来有不少闲钱，很崇拜他，想寻找一些好的理财建议。女的在岛外，说做完一个美容项目后想约他一起喝喝咖啡，谈谈股票。听声音，还是挺好听的，不过，上次有个类似的交友，却遇上了一个年纪起码大他半轮的女人，虽然有钱，可是，很烦心。声音甜美年轻是有欺骗性的。相反，有个嗓音粗哑的女人，和他网下聊天见面时，却给了他大惊喜。美貌随性，喜欢爱抚，叫床尤其放肆动听。只是，在魏一伦连续推荐的股票都不怎样后，那个嗓音粗哑的女人就隐身了。

等魏一伦看完报纸，陈幼红说，你忙你就别去了。我无所谓。是我妈担心它们万一价值连城，说有个保安总好。

魏一伦的心，隐隐活络起来。他第一次对那两块旧碗，有了一点期待。

他找到手机，跟女网友发短信说，临时有个重要的投资洽谈，恐怕抽不出身。

三

陈幼红心里也并不十分愿意母亲掺和进来，但是，这事是她发现、热心促成的，她要参加，也是理所当然的。可是，她居然迟到了。

陈幼红在新时代大厦前焦躁地来回踱步。

“的话”有个小别克，自己也会开，第一次约会就用小别克载了她母亲去超市买大米。可是，母亲和“的话”有点意思的时候，那个小别克就经常被他在本地读大学的外甥开走了。气得母亲问，这车是你自己买的吗？“的话”说，如果不是我的车的话，那小子的话还有车开吗？今天，母亲照样指望不上代步别克。她原想建议魏一伦早点出门，拐到新村来接她，可是，陈幼红想起“的话”的车子越来越有名无实，有些不高兴，觉得母亲被轻慢了，就偏要看雪上加霜的效果。她说，我从公司赶回家，煮煮吃吃完怕是时间很紧。母亲立刻说，没关系没关系，我这有直达公交，你们在大厦前面的花圃大钟那里等我好了。两点半！

其实陈幼红和魏一伦也迟到了。路上一个小刮擦，两个司机当街理论半天，把整条路搞得像便秘。陈幼红和魏一伦到的时候，已经是过点了，他们以为母亲会在那里焦急等待，结果却空无一人，大花圃上的钟已经是两点三十七了，其实已经是两点四十一。陈幼红觉得母亲不该迟到，她做事一贯是安稳有序的。打她手机，却没有人接。她猜她在公交车上，她的耳朵一贯不太好。陈幼红踟蹰着。因为一直无人接听，心里也知道她不会有什么意外，盘算先进去，可是，魏一伦说，我们先进去，她肯定快到了。陈幼红又不干了，说，不要。除非电话通了。言下之意，就是怕母亲有什么意外。魏一伦感到了她不动声色的谴责，便袖着胳膊，在花圃大钟的另一头来回走着。陈幼红手袋里放着那两块旧碗。

大约在三点十分的时候，她母亲远远地赶来了。她像个大胖发糕，沉重而虚晃地跑过新时代广场大门。等她气喘吁吁地跑近，其实已经没有速度了，但是，她的身形还是做出了奔跑的动作，沉重而抖动，见到他们几乎喘不出话，一个劲地挥手，表示快进场。

陈幼红说，迟就迟了。怎么电话不接也不打一个呢。

母亲说，特意要充饱电，没想到走得急，偏偏忘了拔下。赶紧赶紧，十九楼！

母亲看出陈幼红不高兴，但还是进了电梯才抖包袱，说，公交车真是不能坐了！突然有人钱包被偷，大喊大叫，说是两千多美金，非要司机开到派出所。都不知道什么时候被偷的，小偷可能早都下去了，拉我们这些人去派出所有什么用?!

那你们去了？魏一伦说。陈幼红没问。

这么多美金坐什么公交车啊。魏一伦又说。

那可不是！很多人都这么骂。那个失主闹得太厉害，司机只好把车子开到派出所，大家都很生气，有一个赶上班的人，简直要夺那个方向盘了，车子都要扭翻了，司机大喊，失主就站起来保卫司机，说，你又不是小偷，怎么这么没有同情心？抓到小偷我赔你十美金好啦。更多的人喊起来，我们迟到也要扣钱的，你要赔就都赔！失主快哭出来了。真是！我还没开口，我心里想，你耽误了我家鉴宝，你就是两千美金全部赔我，也不过是我家宝贝的一个零头——唉呀，那车里呀，真是那个乱七八糟啊！

最后还是去派出所搜身了？魏一伦说。

母亲注意到陈幼红没有被这么生猛惊人的意外吸引，她一个问题都没有问。母亲觉得她是生她迟到的闷气。因此也有些意兴阑珊，便敷衍地对女婿说，去了。警察还不是随便问问，大家又吵着赶上班，赶做事。几下子就算了，留下那人自己在那里了。有什么用。

四

因为迟到太多，沿途引路岗都撤了，三个人摸来摸去到了鉴宝大会门口，却被两个蓝色西服的先生礼貌挡住，要鉴定通票。说没有票请到左手拐弯的第一个办公室去买。魏一伦说他去买，回来就脸色不开朗，原来一张鉴定通票居然要一百。这鉴宝的边还没有挨到，就去了三百块。三个人都心照不宣地脸色有点不开朗。不过进去就好了。一屋子里气场强烈，充满暴富的隐喻。无数的梦想的翅膀在诡秘地飞旋。

里面一个可容五十人的会议室里，乌烟瘴气，居然都是怀揣宝贝的人。通票上有号，叫到了才能进到里面一个自动玻璃门后面的房间，里面的灯光似乎特别明亮清爽，好像能让所有的宝藏现形。偶尔有穿浅蓝色工作褂的人严肃进出，不知道在忙什么。恍惚间，一屋子好像是医院里等候专家看病的人。

陈幼红和母亲在一个系红带的发财树旁的一角坐下，她们身边有两个男人在讨论一对豁口陶质破烛台。魏一伦没有位置，他就在等候屋里走动。看有个角落几个人在品赏什么，很热烈，就踱了过去。一个穿白色唐装的清瘦长者，在仔细看一个旧瓶子。一位老太太期待地看着他。清瘦长者轻微地叹了一口气，说，漳州窑白釉筒瓶。明代的。

老太太急问，值多少？

清瘦长者说，估计在百万。长者指着老太太包裹宝贝的报纸和提来的塑料袋说，你看这条裂缝，太可惜了！不能这样对待它，这样随便地包裹，怎么还敢挤公交还转两三次车？清瘦长者发自内心地摇头痛惜。老太太很惶恐。

有人问，如果没有这个裂缝，那它值多少？

老者看了发问者一眼，似乎懒得回答，与此同时，有个干瘦男人，怯怯地问，周老师，您可不可以帮我看看这面古镜，要是……

清瘦老者说，古镜我不是太熟悉，看是可以看一看，你不用当真。

干瘦男人从一个黑色大书包里，小心抱出了一面童毯包裹的、有很多绿锈的铜镜。老者一看，欲言又止。随后又拿出放大镜，看了几个细节。大家都声屏气敛。魏一伦发现，岳母不知什么时候也过来了，手里拿着一纸杯的水。发财树那边，只有陈幼红一个人掖着有宝贝的手袋平静地坐着。

干瘦的老人体贴而巴结地笑着，说，周老师，您直说，没有关系的。我只是爱好，并不指望它发财的。

清瘦老人笑笑，说，我说过，我只是对各代陶瓷有点造诣，所以那方面把握性大一点。你这个古铜镜吧，我看是魏晋时代的，品相虽然差一些，但我估计价值在 30 万元以上。不过，还是要到里面让真正的专家看了才算数。我是说着玩的。呵呵，大家不必认真不必当真啊。

清瘦老者随意翻转着铜镜，说，这几年，古铜镜价格倒是翻番了。我有个朋友弄到一面从德国回流的西汉铜镜，竟然身价到了三百多万。想想大跃进的时候，多少行家到废品回收站和炼钢厂去捡宝，什么铜镜、铜香炉、铜烛台等，最多的是铜钱，数也数不清，知道吗，我认识的一个人，从那里捡了一百多面从战国到唐宋的铜镜回来。

人群中唏嘘感慨声如潮水拍案。更多的人围过来了。

清瘦老人站起来想走开了，陈幼红的母亲笑吟吟地说，老先生，可不可以劳驾你也帮我们看看？有个小伙子抢着说，周老师，你刚答应要看看我这个烛台的！清瘦老先生无奈地看了陈幼红母亲一眼。

等清瘦老者终于移步到发财树这一角时，陈幼红已经对他充满期待了。因为母亲不断把最新鉴宝情况通报给她，有这么一个对各个朝代瓷器都如数家珍的老人，母亲和陈幼红的崇拜之情油然而生，不由梦想飞翔。魏一伦的兴致也高涨起来，眼中的热切不亚于岳母。在很多人争抢清瘦长者时，他用坚定有力的身姿，把老者迎请到守着座位的陈幼红跟前。

陈幼红把报纸包住的两块破烂掏出，正在解开时，清瘦老者眉头皱了起来，说，怎么能够把两件瓷器叠在一起呢？互相碰撞会刮坏的。

全家人惶然惭愧。母亲和陈幼红急忙把两块宝贝分开，清瘦老者拿起一块，说，古越窑的。老者眼神自信，你看，这外面的褐色是沁进去的脏东西，里面的青绿色才是碗的本色。这个色泽，就是很难得的秘色瓷。

一个旁观的男人小声惊异：秘色瓷?！不会吧？胎质不白呢。

母亲和陈幼红目光温柔地轮番看着老者和那个惊异表现者，只有母女俩自己知道，这个温柔文雅的目光里，暗含着多少警惕和精明的疑虑。

老者不回答，他在专注地看那只碗，兀自微微摇头。魏一伦假装内行地说，周老师，你确定它真的是秘色瓷？这我是十几年前在河北乡下买的。

陈幼红说，那里被人盗挖过好多古墓……

老者谁都不看，微微点着头，说，秘色瓷以前一直是个传说，直到后来打开法门寺地宫，人们才终于解开了秘色瓷的秘密。

陈幼红和母亲温和淡定地微笑着，胖胖的大方脸上，是赞许的意思。只是她们一式绞握手掌的镇定方式，泄露了她们共同的激动。母亲不时看着陈幼红，想交流一下沉着的兴奋，但陈幼红不看她，也不看魏一伦。她只是认真地看着周老师。

清瘦老者的食指，很怜惜地轻轻划过那块碗两个大小不一的缺口，他说，秘色越器是唐代创烧的，它的釉含铁量在0. 70%左右，正是秘色越器的创烧成功，才使越州的越窑成为唐代的一座名窑。其实真正的秘色越器瓷也只是烧造了一批就停止了。如果这个通过里面鉴定，价格，我实在不敢随便估量……

人群里有个男声低语：秘色瓷起码值两百万……

清瘦老者不语。这种庄重的神态，让陈幼红一家人立刻感到那个男人的估价的轻浮。显然，他们家这块秘色瓷，价格远在两百万之上。清瘦老人轻轻打开了另一只碗的包裹报纸。

他怔住了，两眼放光：

哥窑！这是哥窑瓷啊！

一直很矜持淡定的周老师，居然出现了不能自持的亢奋表情，这个失态的眼神虽然稍纵即逝，但几近贪婪，陈幼红夫妇及母亲全身过电一般，忍不住互相看了一眼，那一时刻，简直千钧一发。魏一伦也不装了，连忙不耻下问：什么叫哥窑？

老人仔细看着那块像碟子的碗，说，如果你这是宋代哥窑，至少价值千万。至少！即使是明清仿制的，也值不少钱。老者又在微微摇头，他的手指摸遍了那只碗的每一毫米的地方，他甚至闻嗅了一下，这个莫名其妙的动作，连外行都破译出他实在爱不释手。

魏一伦没有注意到，家里的两个女人的双颧在微微发红，陈幼红在给清瘦长者递纸杯的时候，居然被魏一伦碰翻了，他正在给老人递烟。水打湿了两块宝贝，报纸全部湿了。周老师的前襟也溅上了水花，陈幼红连忙掏出纸巾，要帮他擦。母亲敏捷地把碗捧护在胸口。

魏一伦说，那个秘色瓷，是不是就是绝版了？后人再也烧不出了吗？

清瘦老者想离去了，魏一伦急忙递上名片，说自己是搞金融投资的，但隔行如隔山，敢问老者什么时候方便，一起坐坐？老人客气地说，自己闲居在家，没什么名片，听说这里有鉴宝盛会，特意从外地过来开开眼界的。赐教就不敢当了。老人又要离去，旁人也在急切拉他。清瘦老者顺势站起来，这时，鉴定里间门口，一个黑西装的工作人员出来了，他使劲拍了下巴掌，全场顿时肃静。

对不起，我们很抱歉地通知大家，今天下午的鉴宝时间结束了。领了鉴宝通票尚未完成鉴宝的人，可以选择退票，也可以等明天上午再来。主办方决定延期半天。如果大家都不再需要，那么，今天，现在，本次鉴宝盛会就此落幕了。谢谢大家参与！

有一个声音说，我不退票！

魏一伦喊，明天几点开始？

五

会议室的人开始散乱了。魏一伦立刻把两块碗包起，放进陈幼红手袋，然后，不由分说，把手袋横挂在自己胸前，然后，警觉异常地环视众人。两个女人一下就认识到，魏一伦的反应是恰当的，这些人可不比街上盲流，全部都是开了眼界的识货人，甚至那个清瘦老人，他最后看到哥窑瓷时，眼睛放光的那个贪婪劲，回想起来都令人不寒而栗和后怕。这个世道，能帮你的，只有你自己，可信任的，只有你自己，不是吗。

陈幼红和母亲，自动分布在魏一伦两侧，形成护翼。

三人小心翼翼地撤出人群。进了车就比较安全了，但母亲还是环顾四周，看有没有追兵，幼红和魏一伦也不由在车里大睁眼睛，严谨扫视路面各类可能伪装的闲杂人员。

我们分两路走吧。魏一伦说，这样目标比较分散。妈你打的走。

傍晚了，陈幼红本来还是想送母亲回家，但是，魏一伦镇定果决的语气，让她们一下就强烈感到坐拥价值连城宝贝的沉重。母亲深明大义地点头。幼红要给母亲打的费，但母亲坚决拒绝。

魏一伦和陈幼红慢慢驶离新时代大厦。这辆超期服役的二手的宝马，除了车标，已经没有几个地方还像宝马，但魏一伦实在没有力量再买新车，一个投资顾问，你总不能买十来万的薪水阶层的车自毁形象吧。

老宝马似乎载不动这两块连城之宝，老熄火。要不等红灯停车，从停车挡就扳不回D挡，搞得很多车在后面鸣笛抗议。呆了一会，又可以扳回来了，继续开。一路这么磕磕巴巴地开。魏一伦说，我们还是换个车吧，那种新款宝马，也就七十多万。

也就？陈幼红微笑，看你那口气，就像也就七十多块钱的意思。

现在，七十万在我眼里，确实和七十块差距不大了。我们是上千万资产的人。魏一伦迷人而自信地微笑。

幼红撇了个嘴角，她想表达对魏一伦的不屑，她记着他十几年前对她购买古董时的反对态度，记着他对它们一贯的嘲笑而淡漠。她觉得他几乎没有资格用我们我们的口气来谈她的两块宝贝。正如，之前，母亲迟到后，张开闭口说“我家宝贝”“我家宝贝”的口气，这些，对陈幼红都构成了微妙的侵略。说起来，这两块碗的钱，都是她个人出的啊，这和别人有什么关系？

不过，陈幼红心情非常恬适，非常非常恬适。她总想微笑，而且，久违的魏一伦的笑脸和健谈，平心而论，还是有些男人魅力的。他们在汽车里，在磕磕巴巴的汽车里，谈笑风生，带着一点点羞涩。生活，品质一般的生活，打磨销蚀了多少人的温存爱意，到后来，还剩下多少多钙有力的骨头、蛋白质弹性肌肤、青春结实的身形呢。基本都消逝了。

黄润西不行了，魏一伦说，他期货做砸了，很惨。就剩下一辆发财时留下的奔六。现在还开着，还是要维持那个有钱架势啊。夏天的时候，一个熟人的孩子顺道搭他的车，三十多度的大热天，没舍得开空调。里面热得跟桑拿房似的。润西自己也一头猛汗前胸后背都湿了。孩子不好意思要求开空调，自己就伸手开窗。别别！润西大叫，赶紧把窗关上，说，哪有开奔驰的人，大热天开窗开车啊！别让人笑话！孩子热得实在受不了，说，叔叔，我先下去吧。

幼红笑，魏一伦也笑，腾出一只手哥们一样拍着副驾座幼红胖胖的肩。

幼红啊，我们的新生活就要开始了。我们要好好规划一下。魏一伦说。

魏一伦的笑声里有种真诚惜福的感慨，有感染力，他的动作也是大方温暖。以前，在多年以前，他们是有这些亲密举动的，后来，就被生活简约掉了。甚至正常交流。比如，刚才这个令人捧腹的假富人故事。黄润西幼红认识啊，可是，魏一伦已经不会再回家说了。如果不是今天，两块瑰宝像强心针扎进生活，他们是绝不可能这样谈笑风生地唠嗑这些甜蜜废话的。他们俩在一个屋子里吃吃睡睡，也真是没什么话想说了。一想到这，陈幼红又有点被人侵略的感觉。做人真没意思啊。陈幼红心里这样闪念着，依然是春风满面。她心底确实是快乐的，她也暗暗检讨了自己后来不是也懒得和魏一伦多说什么，单位里匪夷所思的事啦，好笑的八卦啦，都懒得说了。彼此不过吃喝拉撒简单征询，奋力生小孩的七八年前那段，有过杀鸡取蛋似的疯狂性事，结果，彼此彻底倒了胃口。不亲、不近、不谈、不性、不即、不离。他们也不知道自己需要什么。现在，两块宝贝要现真身了，就像卤水点豆腐一样，他们突然被激活了。生活性状要彻底改变了。

六

超期服役的二手宝马，似乎在寻找自己的接班人，在汽车城附近，它不明不白地再次熄火。魏一伦笑道，我看，我们就直接进去开了747出来好了。陈幼红深沉地抿了下嘴角，似笑非笑。魏一伦密切注意她的反应，立刻说，我们要开始习惯以百万为单位思考生活数据了。嘿嘿。

陈幼红还是抿了抿嘴角。她其实内心轻盈，美好的遐想已经在云蒸霞蔚。但是，她天性能节制情感，她一贯是缜密稳妥之人，再说，万一两块古董最后一钱不值呢？当然，现在这个可能性微乎其微，简直像个无力的笑话，退一万步说，一件是假货，至少还有一件价值连城，这是跑不了的。可是，她遗传了母亲为人处世留后路的习性，永远不会得意忘形，另外，她对魏一伦张口闭口“我们”“我们”的用语，敏感而反感。这东西，溯本求源，是我的，是我陈幼红个人的，是我用自己口袋里的钱，在他人的反对下执意买下的，不是什么“我们的”。魏一伦有意模糊所属强化共有，实在令人隐隐不快。如果当初，是他执意要买，并从他钱包里掏钱，这个“我们”才能够成立。

但是，陈幼红一再感到另一种舒适甜润。这是夫妻之间的感觉。这个行将就木的夫妻之情，忽然像冬日的蜡梅，毫无绿意的过渡，就爆出了绚丽的生机。魏一伦的魅力，真是久违了，他也像枯木逢春，机智温存，妙语连珠，生机勃发。虽然这归程一路熄火，后车啧有烦言，但没有影响他的情绪，他不时摇下车窗，宽厚幽默地说抱歉，自嘲人穷车破路挤。

商业中心灯红酒绿奢侈激越。定力过人的陈幼红也难免走神，经过磐基酒店的名品专卖玻璃幕墙时，内心里像美人鱼一样沉睡的愿望苏醒了一个：多么想要一个 LV 的包啊。那些业务员，来行政办这里领提成的时候，要么讨论着名品，要么肩上挎的、手上戴着、脚上蹬的，上上下下都是让全球潮人心里有数的奢侈大牌。陈幼红一贯衣着得体，但能感到大牌业务员投资性地夸奖，她们无非想一团和气手续顺利点罢了。陈幼红心里是不服名牌的气的，有什么呢，凭什么那么贵，她们用了，也未必漂亮。现在，当她和自己价值连城的千万宝贝，在人流车流里穿行时，她猛然醒悟，那些触手可得的大牌，那些遥远飘渺的奢侈，其实一直蛰伏在她生命的冬季，比如，LV 那个大包，那个不变的稳重图案，和她自信沉静的气质，再天然协调不过了。现在，春风吹起了。

我喜欢 LV 的大包。她脱口而出。

买呀！魏一伦说。

你送我啊。

没问题！

一万四呢。

便宜！我们买！

你送我啊？

等估好价，就给你买！第一件事就给你买包！

是你送我的吗？

是呀！

是用你自己的钱给我买？

咳，我的钱，不就是你的钱吗？魏一伦笑，我的什么，都是你的！

我就要你——自己的钱——给我买！

行啊，没问题！

陈幼红几次要脱口：我的不是你的！但是，她忍住了。她到底抵抗不了魏一伦的温暖喜悦，抵抗不了他久违的、生机勃勃的美妙。

二手破宝马终于把他们送到了家。这期间，母亲已经来过三个电话，关于今晚古董安防问题、关于明日出行安全、关于未来资金规划。陈幼红看出母亲小题大做的深层心思，有点不悦，故意轻描淡写说，拉倒吧，没那么严重，到时没准就是两块破碗！屁也不是。你省省啦！我看就是两个破碗。

魏一伦说，你妈那个财迷，今晚该睡不着觉了。对了！让她别跟“的话”说！

废话，她是什么人！再说这跟“的话”有什么关系！

魏一伦笑：虽然她精明，但女人说不准，交代一下总好。陈幼红其实也不踏实，便打母亲电话，她老占线。可能电话没放好。她说。魏一伦说，是太激动了，嘿嘿。魏一伦又说，也可能正跟“的话”汇报呢。

陈幼红狠狠白了魏一伦一眼。

自从母亲和“的话”有点意思以来，“的话”的三个女儿，看幼红母亲就像看横空里杀出的抢匪，没一个给母亲正常脸色，不是伪善礼貌的虚假客气，就是明显的冷淡或公然的猜疑，有个女儿甚至借别人家一个黄昏恋争夺财产的故事，说，还是咱爸省心，咱爸的财产可都给了三个外孙了！他自己什么也不留。另一个女儿就接腔，咱爸要的是真感情。最后一个女儿说，真是，人家未必都是图老爸的钱来的。

母亲把这些对话，转给陈幼红听的时候，陈幼红很生气，说，那你怎么说。母亲说，我能说什么？我又没有和他明确关系！陈幼红说，那“的话”怎么说？母亲说，傻笑！——天知道真傻还是假傻！

我就不明白你为什么一定要跟他？

谁说我一定要跟他？母亲说，现在还不是跳舞练剑唱唱歌？

七

魏一伦的今天的脾气特别温存典雅。

车子拐进他们小区要经过一段正在翻新的水泥路，比较狭小，人挤车、车挤人地通过不容易。但这会儿下班的高峰期已经趋缓，人不多，魏一伦前面两个老人在慢慢走，一个拄着四脚拐杖，拖着条腿移步，另外一个也许是老伴，搀扶着他。魏一伦的车慢慢地跟着他们，没有按喇叭要他们让道，这么地居然走了十来米，两个又聋又慢的老人，显然没意识身后一辆汽车跟着他们慢慢移动，依然慢慢拖擦移行，陈幼红焦急之后忽然感动。魏一伦基本是个车怒族，有一次，陈幼红母亲搭他们的车，事后说，七公里的路，他按了十二次喇叭，两次摇下窗，挥拳痛斥和威胁路人或其他司机，还在车里说了四次我操。母亲这么说，是佐证陈幼红控诉他是个急暴性子，母亲笑着说，陈幼红听了也忍不住笑，立刻想起来魏一伦开车还摇窗啐过其他车唾沫的丑事。母亲笑道，人说开车最见真性情。挑女婿挑媳妇，你跟他或她跑一天车，什么德行，一清二楚。

如果母亲今天跟车，就会发现她的女婿其实蛮有绅士情怀的。比如，现在。

等老人移行的当儿，陈幼红困乏地打了个哈欠，魏一伦扭脸，就在陈幼红的嘴巴不可遏制地张到最圆最大之际，魏一伦的食指，直指她的嘴巴正中心，看上去就要直捅喉咙。陈幼红笑了，但还是有些紧张。这是热恋新婚时玩的游戏，第一次魏一伦剑指她哈欠时无法闭关的嘴巴时，她吃惊得无以复加，以为手指要入侵，致使哈欠匆忙潦草。但很快明白不过是惊险游戏，两人一起大笑。之后，无论谁打哈欠，另外一个一定赶将过来，剑指十环。那个动作总是带来两个人的无限开怀。

一对老人终于发现后车在陪他们移行多时，赶紧让道，同时点头致歉。魏一伦和他们挥手道别。陈幼红却在想刚才历险的呵欠，不知不觉，他们至少七八年没有玩这个游戏了。

这个晚上，说不出的甜润，宽广。

尽管表面上看，和近几年来的彼此相对常态，他们彼此话不多，但他们都感受到了对方脸上的宁馨，感受到内心的轻盈，双方似乎都在力图镇定淡泊，表现出对天大惊喜越来越淡定。这期间，魏一伦轻描淡写地提醒，给你妈去个电话吧。

陈幼红出于对母亲智力的充分信任，直到厨房收拾好才打。这个电话，让她不舒服，母亲居然跟“的话”说了他们家的惊天新闻。

陈幼红说，妈，你这是怎么想的？不是八字没一撇的事吗？

母亲做了分辩，一是“的话”主动打电话的；二是，她本来压根也不愿说这事，主要是被“的话”二女儿气的。母亲说，我要图钱，找比她父亲大的官，别人也介绍过的。我和那老头成不成，我都必须告诉她，我们是有千万财产的人，睁开你们的狗眼，看看清楚！

你跟他怎么说的？陈幼红问。

我就说我们参加鉴宝会了。那里，成百万上千万的东西，多得是！

你说我的两块破碗了？

说了。我就要让他们一家眼红！我们不是穷光蛋！

妈，这碗可能一钱不值。万一真值点钱，我什么人也不想说。我不要人笑话，也不要人羡慕。我只想一个人安安静静地过日子，我不要打扰。

母亲听出了女儿的批评，也听出了女儿从来不说“我们”，而是说“我”。电话因此静了音。陈幼红想挂电话，到底不敢。母亲说，“的话”说，他和我结婚，最好还是先住我这边，省得他女儿们以为我真要谋他的三房两厅！那个嘴最尖的老二，更是狗眼看人低，说什么我的退休金不过比最低保障线多了二百五……

陈幼红听了非常恼怒，但她此刻不想声援母亲。等估价出来，那个时候，生活任何方面的主控权都在她手上，那个糟老头子母亲不嫌弃他，是他的造化，那几个精明势利的女儿更不过粪土三堆，走着瞧吧。走着瞧。

陈幼红说，妈你明天还要去吗？

母亲显然已经感受到女儿微妙的语气，她审慎而委屈地迟疑着。陈幼红意识到自己的残忍，笑着说，你不累就再陪我们去好啦。

母亲释然：累什么自家人，你需要我就去。这节骨眼上，自己家人才是最可靠的！

魏一伦在网上紧急恶补古董知识，关于秘色瓷、关于青瓷、哥窑。他手里拿着放大镜，不断用新知识来观察当年蜜月所购的地摊货。因为心里已经被清瘦老者打了底，所以，他现在是越看越狂喜，越对照越亢奋。最后他宣布，这两块宝贝，保守估计，价值两千五百万！老婆啊老婆，你真是仙女下凡啊！这样的慧眼，完全是天生无师智啊！和你的智慧相比，我们这些学问、经验满肚子的投资理财顾问和你相比，简直就是行尸走肉。惭愧啊，老婆，谢谢，我们家多亏了你啊！你是我们魏家的神仙！

陈幼红鄙夷地接受了这个甜腻的马屁。

傍晚起的大风，阵阵点击拉窗，大好生活里，月色喜人。

浴室里，陈幼红喊，一伦帮我去晒台收个浴巾！

魏一伦拿了浴巾，敲门，陈幼红伸手，却拿不到浴巾，伸头一看，魏一伦像天使一样张开翅膀，浴巾在他怀抱前铺展。魏一伦笑，说，进来。我的城堡。

陈幼红居然有点羞涩，魏一伦上前一步包起妻子，一个深呼吸，把肥胖的妻子抱起，直接进了卧室。很久都没有练习了，彼此的身体有点认生。但好在他们的心已经宽广辽阔如月色、包容下万水千山。

缱绻完毕，各自睡去。睡意蒙胧间，魏一伦咕哝，我就知道你妈要去炫富。

陈幼红听了不悦，但翻身不睬。

魏一伦咕哝，她比我们还激动。

陈幼红说，你比我还激动。

八

一大早，母亲带来电话，说，小魏车况不好，万一半道抛锚了，可是不得了，预防万一，不如让“的话”接送好了。陈幼红断然拒绝。

魏一伦说，大不了我让黄润西把奔驰给我用。只是，魏一伦看了看钟说，恐怕时间有点紧了——要不我叫他开过来好啦。我们换车！

神经病啊，陈幼红说，你要全天下人都知道你家有两千万吗！什么事！

魏一伦笑，说，行，行，听你安排！

陈幼红说，看人家中彩票的，才五百万就戴口罩、眼镜什么的，听说还有人戴防毒面具去领钱……我现在就理解他们了，我要那么多人注意干什么，又不是坐地分赃、见者有份啊。

那还是开我的车吗？魏一伦说。

陈幼红说，低调自然一点好啦。我们开你的车去。等鉴定结果一出来，你先护送我妈和我进的士，然后，你的车随后好了。

魏一伦说，我这车磕磕巴巴的，真有人打劫你们，我还救不了你们呢。干脆我们一起打的来回好了，不不不，我们直接送银行保管箱。那才安全稳妥。存了东西从银行回来，我们就直接去汽车城挑辆新宝马，你也该去学车了……

学车？现在？我们单位正要洗牌清人呢！

嗐，真是我的傻婆娘！你搞清楚啊，现在，不是你的老板要不要炒你鱿鱼，而是你——陈幼红——想不想炒你老板鱿鱼！懂吗，你的生活已经天翻地覆慨而慷，今非昔比啦！你已经达到了人生新境界，这个新境界就是，你可以对任何人拍桌子！你有最大的尊严！

陈幼红忍不住笑起来。这时，电话响了。陌生号码，一接听，居然是母亲的男朋友。从来没有通过电话的人，这个来电让陈幼红意外又别扭。

哎，小陈，我不放心啊，不稳妥的话，还是危险的。所以，还是慎重点，因为几千万的话，不是几万啊。我的话，还是亲自来一趟吧。本来我的话，是要去打桥牌的，节骨眼嘛，最信任的人不帮的话，不安心的……

陈幼红冲着魏一伦，把自己肥胖的脸，扭得像天津大麻花。

不要跟伯伯客气，见外的话不好。我的话知道你们的车坏了，所以，心里急。现在的世道，人心的话都跟疯狗似的，我的话还是亲自接送你们。

陈幼红五官端正地说，张伯伯，我们已经在路上了。谢谢你了。

那，我和你妈来接你们回来！人多的话好办事，我们小区，上个月一个买早餐的，就被人抢了，她走在……

陈幼红挂了电话。挂了电话，陈幼红眯缝着眼睛，鄙夷地微笑。电话又响了，她把电话扔给魏一伦，魏一伦说，我懒得接。

陈幼红也不接。电话就在沙发上响着。两人各自进行出门前的准备工作。

电话终于无趣地停了。不一会又响了起来，还是那个陌生电话号码。魏一伦说，我们打的去，你跟你妈说，她可别又去告诉那糟老头子。我看你妈干脆也别去了。

陈幼红觉得也是。但沉吟着，她怕母亲有想法。电话还在顽强地响。陈幼红用沙发靠枕压住，自己拿了魏一伦的手机，打妈妈电话。妈妈很快接了，一接就撇清责任地大声说，我可没有邀他去，是他自己坚决要去的。哼，以前要用他一个车，不是说大外孙在用，就是老三去购物，不然就是小外孙已经偷偷开走，什么时候这么积极主动啊。他爱表现你就让他去吧！我们省油。

我神经病啊！陈幼红说。

我就知道他自讨没趣，活该。母亲说。

好了，我的事跟他无关。我们决定打的去了，所以，不去接你了。你怎么走？

母亲没有马上回答。陈幼红说，你可别叫“的话”送你！我烦！

母亲说，我又不稀罕他送！我还不是不放心你。你若嫌人多，我不去也没关系了。

你当然要去了。陈幼红说，不是说好了的？你也打的去吧。我报销！

母亲笑，我还没有穷到那个地步。我打的就是了。

“的话”的电话，居然又响了三次。真是够顽强的。陈幼红厌恶至极地接起，既不想解释为什么不接电话更不想道歉，哪知“的话”欣喜若狂：哎唷，吓我啊，你们没事吧？

陈幼红莫名其妙，说，啊？

没事的话就好啦，电话通得好好的，忽然的话就没有声音了，连续打就再没有人接电话，我当场就想，是不是车子出事了……

什么乌鸦嘴嘛你！陈幼红怒不可遏，很放肆地吼过去。“的话”竟然也不介意她不敬老，反而谦恭地：我的话不是担心嘛，我这人一贯心细。你没事的话，就好了……

陈幼红再次掐了他的电话。她说，他再打进来，我就把手机扔下楼！

魏一伦说，你看，有钱人的脾气已经出来了。好，扔！

九

陈幼红和魏一伦一起坐在的士车的后排。魏一伦提护着电脑包，里面有那两块碗碟。现在，它们不再是旧报纸包裹，而是分别用两块红丝绒包好。魏一伦随时把电脑在腿面上托起，怕颠簸震伤了它们。两口子很长时间没有并排坐了，行驶间，魏一伦用手挑了下陈幼红的鬓发。陈幼红假装看车外风景，对这个动作没有感觉。车子又开了一段，魏一伦低声说，哇，你有根白头发呢。说着魏一伦又挑拨她的头发，说，我替你拔掉。

陈幼红说，早就有了，才发现。

哪里，魏一伦抚摸她的头发，你的头发一直很漂亮。

这期间，的士师傅因为在一个检修管道地段抢红灯，差点撞到一个推童车的妇女。一个紧急刹车，让陈幼红的头，撞到了的哥椅背，魏一伦死死护住包，肩膀撞到了陈幼红右臂。

的士司机为推卸责任，大声诅咒那个女人瞎走，早晚会死在路上。

魏一伦骂道：师傅，你今天开车最好给我小心点!! 否则你赔不起！

陈幼红痛得哼哼，说，看出来了，那个包比我性命重。

魏一伦笑，一边伸手要抚摸幼红起包的额角。陈幼红打开他的手，那手又温存地抚摸上去。陈幼红说，这手很无耻。

咦，魏一伦说，我护的是谁的宝贝啊！这么说真没良心。

那你承认这宝贝是我一个人的？

夫妻本是一个人，谁是谁啊，法律上还不是有共同财产一说？谈恋爱买的，可以不算，蜜月买的，我不想要也是违法的。有福同享有难同当，这就是夫妻！

两人一时无话，师傅没话找话地说，呵呵，上我这车，两分钟我就能搞清楚他们是恋人还是夫妻。我还以为两位是恋人呢。嘿嘿，二位不容易啊！恭喜恭喜。

魏一伦无声笑了，又抬手摸陈幼红后脑勺。陈幼红甩头，但也微微笑了。

电话响了，是幼红母亲打来的。

太过分了！她说，简直厉害得要吃人！他家老大要向你借钱！

陈幼红立刻就听懂了，是“的话”家的大女儿。母亲既然已经发火了，她就很淡然，说，她借什么钱啊？你到了吗？

在路上。电话接了实在气不过，就干脆给你打过来。她说她孩子出国，正急着要筹一笔款子，看你能不能先借她五十万，应个急。

陈幼红笑，是你告诉她我有两千万了。

母亲说，我告诉她！我二百五啊我告诉她！肯定是她父亲跟她吹的！他以为他傍大款了呢。那老大平时精得五块钱都要看是不是假币，现在，一开口五十万！五十万，她也真敢开这个口！

陈幼红笑，好哇，她敢直接跟我开口，我就借。

疯啦你?！母亲叫起来，你还真把她当一回事呀？那三个女儿是怎么瞧不起我们的，你统统忘了？你给了老大，还有老二，还有老三，他们家我早就看透了。我告诉你，红，“的话”那种男人，我都要重新考虑呢！一分不借！我们不开这个坏头！

好了好了，陈幼红说，别浪费电话了，马上就见面了。

合上电话，陈幼红苦笑，一伦，看来我妈好像已经是大款了。魏一伦说，是啊，她已经有了很多大款的烦恼。

两人和好，默契地笑。

出租车在新时代广场停下，陈幼红等魏一伦买单，一起从右边下，这时，她的电话又响了。也是陌生号码。接起来是一个春天般繁花似锦的问候，我说我怎么最近老是左眼跳，原来贵人就在我们家啦。说，嘿，猜得出我是谁吗？

陈幼红茫然，对方说，哎唷，连我的声音都猜不出了。女声咯咯笑着。陈幼红以为是自己久违的同学，却不明白她和谁一家人。对方笑道，幼红，我是丝娜呀！

——“的话”的女儿，尖嘴老三！

陈幼红简直有晴天霹雳的感觉，肯定没有好事，所以，她立刻就鄙夷而愤怒，而不耐烦。但是，她的个性还是温和的，所以，她说，丝娜呀，你好。有事吗？

哎呀，你真是我的贵人！你是我们家的贵人！你不知道，我已经半个月没有睡好觉了！我有个同事要去上海，把她家的房子便宜卖给我，这不是机会难得吗，你知道，我们老跟爸爸挤也是不行的，你妈和我爸，也不方便。可是，她那房子一下子要一次性结清，如果我拿不出，她老公的堂弟要接，急煎煎的，可是，我在先啊，但我一下子又拿不出八十八万，正好你成千万富翁啦，太好啦，太及时啦！贵人哪，幼红，你赶紧接济我一百万，因为接过来也要装修什么，干脆给我个整数，我出来住，你妈妈也……

你说段子啊，陈幼红咯咯笑，我什么时候成千万富翁了？

你们不是有两个一千年的古董？不是鉴定了吗……

笑死我了！什么一千年，不过是赝品。几百块钱的破碗。我们只是来上个古董知识讲座，你这样说，丝雅、丝婷要笑掉大牙啦。你赶紧找你们亲姐妹筹钱吧，便宜的房子可不是便宜大白菜，错过了这个村就没有这个店了。拜。

陈幼红把电话挂了。等她和母亲会合，一起谴责嘲讽完“的话”和他的三个女儿，就商定把电话关机了。母女都一起关机了。魏一伦笑着点头表示佩服，说，有钱人不是无情无义，是他有本钱无情无义了。

陈幼红听出他骂人，娇嗔地白了他一眼。

没想到今天来鉴宝的人更多了。陈幼红说，怎么还这么多人啊。魏一伦说，因为想一夜暴富的人数也数不完。那个清瘦老者还在，有人在给他看一个花里胡哨的大瓷盆。幼红母亲对幼红说，这个周老师，真的很了不起，你看他肚子里有多少学问哪。幼红盯着老人看了一会，决定起身过去凑热闹去了。她还没走到跟前，周老师却起身跟那些等候的人们告辞。有人挽留，他笑着摇手坚决走了。陈幼红只好退了回来。

远远地，那个没有被周老师预鉴的男人，明显失落，一个长相像甘蔗头一样，胡子拉碴极干瘦的男人，过去借火的时候，安慰了一句说，拉倒。这周老师说不准是托，我就没见他说一个东西不好。另外那个男人不解地看着他。那根甘蔗头却走远了。

叫到陈幼红号码的时候，夫妻俩都被人领了进去，陈幼红母亲也想跟进去，被一蓝西装礼貌阻拦，说，对不起，太太，里面需要非常安静。你们人太多了。

幼红说，妈那你就在这儿等吧。

里面，一张白色的桌子，就像个手术台。两盏奇怪的灯雪亮而不刺眼地照射着台子。为首的专家确着便衣，胸前挂着奇怪的眼镜。三个着白大褂的年轻人在坐在桌边，考量着进来的人是不是真的身藏瑰宝。夫妻俩情怯怯的，走近手术台的脚步声，消失在厚厚的地毯上，这使他们兴奋而心慌。

一个西服小姐收了魏一伦手里的票，说，等下，如果要鉴定证书的话，一张五百。魏一伦连忙鞠躬点头。魏一伦把电脑包打开，小心翼翼地打开一件丝绒布。是那块古碟，就是昨天清瘦老者惊叹的古越窑的秘色瓷。染过发的便衣专家斜瞥了一眼，大手很轻率地抓过，看了看放下，穿白大褂的年轻人也相继拿起，他们显得比较小心谨慎。几个人的交谈，简洁得像接头暗号，完全令人摸不着头脑，虽然魏一伦恶补了一夜古董常识。因为听不懂，他对这些人莫测高深的眼神和短语，更加崇敬。专家最后一次又拿起，在灯下比较仔细地看了看，即对左右徒弟一样的两个年轻人说：

东西没错。

陈幼红和魏一伦一起感到气管的轻微痉挛。陈幼红用手堵住了嘴，怕自己情不自禁；魏一伦则大张嘴巴，深深呼吸，力图镇静。

专家说，隋朝的，但是破得太厉害，品相不好，有历史价值而没有经济价值。

这个……魏一伦说，算破得厉害？

专家没有回答，他身边的一个徒弟说，品相太次。没用啦。

你是说——不值钱？魏一伦说。

怎么只想钱呢？历史价值很高啊，这是无价之宝！珍藏吧。专家说。

到底能卖多少钱？我是说，如果我急需用钱的时候。

徒弟模样的年轻人都笑了，一个说，没有经济价值，你买它干吗？一钱不值。

魏一伦几乎生气了，那你为什么鉴定是无价之宝？

那徒弟轻笑：一钱不值，往往就是无价之宝。这你都不懂？你要鉴定证书的话，请那边走。魏一伦盯住他，专家已经不愿搭理这样的鉴宝人，他压根不看魏一伦，陈幼红连忙掏出另一块丝绒布包。这就是昨天震撼到清瘦老者的、令他目光贪婪的“哥窑”。

陈幼红的母亲在外面，焦急得坐立不安。不知怎么的，她有个感觉，陈幼红夫妇出来可能会对她很潇洒地说，不值钱啦，都是假货、地摊货！幼红会说，我早就叫你别激动，我们还是穷人！她肯定一副无所谓的样子。

这个场景的设想，让她感到一丝悲凉。她不由想起幼红死去的父亲。做母亲的，突然感到无言的孤单。人心都是向下长的，她的这颗心，永远向着女儿，至死不悔；而女儿的心，向哪里呢？她没有孩子，不会向下，会不会就因此回向母亲，陈幼红的妈妈，并没有感到信心。幼红打发丝娜的话，说得多么自然真切啊。你知道哪句是真话？

母亲坚信那东西是真的。她直觉肯定它们超过千万，它们必定是乡下盗墓人弄出来的。绝对。想到这，幼红母亲一阵潮热。

新时代广场的草坪大钟，是十一点四十七分。

少许是多少？

一

游兵在厨房里修菜罩子，他希望在老婆起来之前修好。

游兵的父母从外地来了，母亲一来就把菜罩子给弄坏了。她总是抢着做家务，见缝插针地抢，差错因此增多。

那个菜罩子看上去很简单，就像把开合的无柄洋伞。平时看见老婆，揪着伞尖，一拉一压，收放自如。母亲不知道怎么操作的，菜罩子竟收成了合不拢的冻鸡爪，合也不是张也不是。母亲已经是第二次操作失败了。

第一次是母亲刚来的第一天。母亲当时就很难堪，父亲在旁边像向主人献殷勤一样，强烈指责妻子：不会弄的东西，别想当然乱来。这不是你自己家！母亲讷讷，手里还想努力。可是那个冻鸡爪就是筋骨僵硬。游兵说没关系，没关系，我看看。游兵接过，看那白色蓝色的蕾丝网里面，有个无名指大小的白色塑料芯子歪了，显然是这个关键导致了菜罩子合不拢。可是，游兵颠来倒去摆弄了半天，那塑料芯子不动，菜罩子就是张合不得，死了一样。

游兵暗自惭愧。游兵是个一向被老婆伺候的男人。生活上，老婆照顾自己实在太多太周到了。就说菜罩子，游兵一餐一餐在饭桌上上下下，竟从来没动手开合过它一次。依稀记得老婆有抱怨过：吃完你就不能顺手罩上它吗？

游兵用劲掰，死劲拽，菜罩子都扯得变形了。母亲小心说，别把伞骨掰断了。

那时，老婆没有声音地从卫生间出来，一把夺过游兵手里的菜罩子，只听喀啪两声，菜罩子就紧紧收好了，再一揿，伞腾地张开了。老婆什么也没有说，啪地一按，收了菜罩子，就离开了厨房。

餐桌边剩下游家三人。游兵的父母看着游兵，他们羞惭局促的目光令游兵难受。游兵说，没事，家里的事，她比我懂……

母亲说，你也该学会体贴人了，家里的事互相帮忙做……

父亲说，是啊，孩子一个星期才回来一次，家里也没什么事，不要总累着她忙里忙外……

父母的声量很高，游兵知道，这些话是说给他老婆听的。

父母从来没有来过这里。这次，不是游兵坚持，母亲不会过来治疗结肠息肉。一说要在儿子媳妇家住四十天，他们就畏缩了。游兵打听到说这个针灸专家非常有名，说国内外都有病人慕名而来。他还说，支玲也说来试试嘛，不试怎么知道。父母在电话那边听了，在揣测“不试怎么知道”一句是儿子加上去的意思，还是媳妇支玲的原话。如果前后句都是支玲说的，那么，媳妇看来是有些真心的邀请；如果后半句是儿子加的，那就说明，媳妇可能只是客气敷衍的话。

他们惴惴不安，担心给儿子媳妇添麻烦，担心自己不受欢迎。

现在，也就是父母来的第三天，这一大早的，母亲又把菜罩子使用坏了。支玲还没起床。游兵上洗手间，就被母亲悄悄叫住了，母亲表情很局促：我们真是老了，又弄不好了……

父亲低声呵斥，是你弄坏的！不是我们……

游兵说，没关系没关系。你们到小区下面走走吧，早晨空气好。

可是，直到老婆睡眼惺忪地起床，游兵还在餐桌上摆弄菜罩子。一头细汗，加一嘴没刷牙的口臭，还有说不清道不出的闷火。他觉得这个菜罩子的设计有问题。

支玲在马桶上哗啦哗啦地大声说，你告诉马老师、游老师，菜罩子再这么乱整，修好也白搭！

游兵苦起眉头。

支玲说，伞骨总弄歪，四边不平整了，蟑螂随便都爬进去了。还有什么意思？

游兵想把菜罩子摔地上：大不了再买一个！可是，他不能。他知道，至少父母在这儿的这一个月，他要小小心心地看老婆的脸色行事了。

二

可乐鸡块。原料：鸡腿四只，生姜两片。配料：酱油、盐、柠檬片少许，可乐若干；

做法：鸡腿切块，用姜片炝锅，后下鸡块、酱油、可乐及少许盐，调好味。大火烧开可乐后改小火焖，待鸡腿酥烂后即可装盘。

备注：这道鸡菜甜香适口，没有勾芡却有黏腻的浓汁儿，即便没有调料的鸡肉部分也在浓稠的汤汁浸润下有滋有味，很适合小朋友吃。

中午快下班的时候，游兵问大家，少许是多少？

办公室老蔡说，就是一点点嘛。

张姐说，不是一点点，是刚好……差不多……按比例，有一点点的意思，但肯定不是一点点啦。

司机小严说，我看到电视上，说少许的时候，厨师都是用碗大的铁勺子，舀一勺子边那么多。那才叫少许。

游兵说，那么，酱油的少许，具体是多少？

办公室里至少有两个人同时回答：

一调羹。

两汤匙吧！

还有一个慢一点的声音说，颜色变黑就够了。

游兵就闭了嘴。一方面，他看得出大家想下班了，一方面，他感到问也是白问，他并没有比发问前明白得更多一点，而且，即使酱油的少许弄明白，盐（这个还好理解）、柠檬片少许，也都是令人疑惑的问题。少许到底是多少呢？

在收拾办公桌的张姐说，你家里不是有个能干的老婆？是不是父母来了，想亲自露一手？

游兵说，小丫头晚上回来，固定要吃“可乐鸡块”。老婆最近旅行团多，没空回来，给我写了菜谱。

对呀，她就是大厨呀，“少许”你问她不就简单啦！

张姐出门的时候，和奔进来的老蔡撞个满怀，老蔡都没空和她道歉。老蔡说，游主任！杨副总的江西老婆来了！还带一个孩子，在外面哭闹！

游兵一时不明白，张姐说，那带去找杨副总啊！

老蔡不知所措地摇头，似乎要和游兵单独谈。这个游兵懂了，示意张姐先走。张姐知趣，一笑，走了。

老蔡这才说，你不知道，接待台说，昨天傍晚那母子就下了火车，突然来的，直接到了公司，进了杨副办公室，好像吵架了，杨副就把母子俩带走了。刚才母子俩又来了，说，杨副昨晚把他们带下楼，转了两个街角就跑掉了。他们母子找了半夜，最后只好在火车站一个小旅馆住下。现在，那女人在骂，杨副是陈世美。我怕影响不好，把她领进接待室了。你看怎么办？

杨副呢？

早上根本没见人。业务处说，几个文件都没法签，龙总要后天回来。怎办？

游兵打杨副手机。通了，没想到杨副焦躁万分，说，妈的，突然就来！搞突然袭击，不管她！你就说我出差了，要一个月！替我给她三百块，让她赶紧回去！回老家！下午就走！

你昨天怎么中途丢了他们呢？

她非要去我住的地方，这么突然！你说，甄娜往哪里躲？

孩子会不会……

顾不上了！只能让她走。你快替我打发了！越快越好！

接待室墨绿色的地毯上，东一只西一只，是孩子的脏拖鞋，再里面，扔着一个陈旧的牛仔包，也许是当年杨副上大学用的便宜时髦货，现在看起来，又旧又脏，还有点笨拙可笑。孩子大约六七岁，正光着脏脚丫子单脚跳，他对这么干净的地毯发生了兴趣，可是，他的脸上还有眼泪和鼻涕的痕迹。而他的母亲，站在窗前，恨恨地哭泣。女人黑而矮胖，看上去很结实，染着猩红色的头发，却干巴巴、乱糟糟的，好像，刚刚和人扯了一场架。因为哭泣，女人的胖脸更加肿大，看上去的确不好看。

老蔡说，这是我们游主任。

女人说，叫良山来！我是他老婆啊！这是他儿子，他亲儿子啊！

游兵说，嫂子，杨总临时出差了，唔……要一个多月。下次你来，先打个电话……

女人呜呜地又哭骂起来，骗人！骗人！他的心怎么这么狠啊，他是陈世美！

光脚丫的男孩子安静了很久，轻声说，爸爸叫杨良山，不叫陈世美……

红头发的女人，一巴掌打在小家伙脸上，孩子顿时满眼是泪，忽然嘴一咧，哇地大哭起来。女人索性扑上去扭打孩子，孩子钻进圆桌下嚎，女人把椅子放倒，往桌下捅。

老蔡把女人拉了起来。

游兵和杨副总的妻子，恳谈了一个中午。期间，他让人给他们母子来两盒肉丝炒面，小男孩因为狼吞虎咽，动作过快，一不小心把饭盒打翻，油汪汪的面，毁掉了公司新铺的墨绿地毯。母亲挥起筷子，像打击扬琴一样，准确暴击了已经吓哭的小家伙的手指头，弄得接待室又是哭声嚎声一阵。

终于，杨副的妻子，接过了游兵递上的三百元，提起牛仔包，让孩子穿上拖鞋，跟老蔡叫来的一个临时工司机走了。去火车站。

三

游兵父母都熟悉支玲。支玲原来一直叫游兵父亲游老师。游老师就是游兵和支玲的高中数学老师，当时支玲很怕他。支玲数学不好，家里很穷，哥哥还判过刑，所以，游老师夫妇坚决反对儿子和支玲恋爱。支玲狂追游兵，遭到了游老师夫妇“以学业为重”的严厉批评阻击。后来游兵考上大学，支玲不过成了亲戚的餐馆打杂小内务。游兵母亲说，我们没有门第观念，可是我们游兵就是再不济，也是仪表出众，至少要找个看得过去的吧。言下之意，自然是指支玲相貌也差。支玲是比较黑，单眼皮的眼睛，还有两只薄薄的大招风耳。

但游兵坚决要娶支玲。

游老师夫妇没办法，谈判僵持了几轮，父母妥协。只当鲜花娶了牛粪，最终还是给了儿子媳妇白头偕老的祝福。小两口远离家乡，到了特区自己打拼事业生活，什么都不要游老师夫妇关照。结果一家三口，倒也生机勃勃。一年见个一面两面，大家都变得格外热情客气。游老师夫妇对支玲越来越好，越来越殷勤。每次回家，洗碗扫地什么活都不让支玲碰，支玲也会淡淡地说，我来我来啦。母亲几乎要勃然大怒，简直要打一架，就是不让支玲干。有时游兵看不过去，说，妈，我们家都是支玲做，她快得很。母亲就说，难得回来，回来就让她休息休息！走走走，你们去看电视！

一年一年下来，游兵感到，父母在支玲面前，也越来越小心翼翼，简直连自尊都受到影响。母亲的大肠息肉很严重，一度被误为大肠癌，确诊后，家人都以为母亲失而复得，高兴得很。打听到游兵这里有个祖传中医世家，针灸消退大肠息肉有奇效，所以，游兵和妹妹都极力动员母亲来治疗三四个疗程。游兵支玲虽然只有两房两厅，但孩子寄宿，周末才回来一次，所以，多两个老人还是挺方便。可是，父母都很退缩。直到游兵说，支玲也说来试试，他们才松了口。

父母真的被劝来了，而且要住一个多月，游兵心里也不是很踏实轻松。过去的日子里，支玲经常在背后嘲笑鲜花与牛粪的婚事，自嘲自己是早恋典型，在背后从来不叫爸爸妈妈或你爸你妈，而是伤痛性地叫游老师马老师（游兵母亲曾是幼教）。当时母亲被误判为大肠癌时，游兵赶了回去。支玲因为在“客家红菇鸡”当后锅大厨，忙而没有请假。

后来确诊是息肉，母亲精神状况立刻好起来。只是依然吃什么拉什么，或者便秘，出血，人很干瘦，体质日差。游兵打听到有那么个神医，就想要父母来治。支玲不以为然。因为针灸是隔天进行的，一个疗程要十天，自然要常住一阵。游兵问支玲，他们来了，睡嘉怡房间，周末嘉怡回来，跟你睡，我睡客厅好不好。支玲说，嘉怡不喜欢别人睡她的床。游兵说，自己的爷爷奶奶又不是外人。支玲说，一个多月可不是短时间，她会干吗？反正这事我不管。

支玲不管这事，这事就拖了下来。反正父母那边也一直退缩，有时电话里游兵说，你们来吧。他就知道，父母必定说，再说吧，我们这里先吃吃中药调理吧。

直到前一阵子，支玲弟弟要买房，向他们借走了三万元。支玲管家，她是先斩后奏把钱汇出了再告诉游兵。游兵很生气，说，去年你哥孩子上大学借一万，你妈妈装修借一万，可都没有还哪！我妈住院我们才给了三千！

支玲说，我也不高兴借，但他们也实在没办法。再说，有借有还，你急什么？那五万块永远是我们的。马老师那三千是我们的心意，不用还的。

三万可不是三千，你至少要跟我说一声对不对？

我知道你不是小气鬼，说不说你都不会反对。就像你妈要来治病，我从来也不反对。

那我叫我父母来？

她真相信那个“神医”，就来试试嘛。

支玲在这样的情况下，产生了这句话。游兵就把这样的一句话，当关键词，一上班就打电话回家，催促父母来治疗。

四

游兵给老婆支玲打电话，说，你晚上真的要很迟回来吗？支玲说，不是说好了吗？别忘了，嘉怡回来，一定要吃“可乐鸡块”的！鸡块在冷冻层盒子里，四个鸡腿。拿出来再冲一下，是洗干净的。游兵说，知道了知道了，顺便问一下，少许——是多少？

支玲说，问马老师去！

我妈根本没做过什么“可乐鸡块”。

那游老师总知道“少许”吧？

游兵挂了电话。

下午下班前，他上新浪网搜了搜，输入的文字是“少许是多少？”，结果涌出了二十一万条数的量。连续翻了几页，好像所有的人都在问“少许是多少”。好像绝大部分的人都不知道，大家都把握不住。因此，批评“少许”这两个字含义模糊的声音很多，可是，毕竟有个别聪明人，他们镇定又明晰的回答，让游兵很意外，赶紧把它们都复制下来：

3—4 钱。

我的经验是：一勺。

一撮——食指中指拇指合作一撮。

指甲盖大小的调味勺，平勺，四下。

筷子一拨拉。

模糊回答有：

少许的意思是，先少放一点，不够再加，再不够，再微微加。

味道偏淡一点就可以了。

比你预想的减掉一半即可。

……

贴到最后，游兵发现依然不能完全理解“少许”的意境，便闷闷地下网回了家，他也没有来得及实践“可乐鸡块”的诸多少许，老蔡的电话就来了，说，快回来！那个女人和孩子又到单位来啦！根本没走！

不是给了钱，送火车站了吗？

小李又没有押他们上火车。哪里知道她不甘心又杀回来了。杨副让我找你，他说他真的已经在出差途中了！

我刚到家，我要做“可乐鸡块”呢。

哎呀，你“少许”都搞不清是多少，还做什么做呀，我担心出人命哪！你想想，我们公司二十三层高，随便哪个窗口跳下去，人都烂了——谁负责?！杨副指定找你呢。

游兵把支玲的菜谱交给母亲，只好又往公司赶。

游兵后来知道，母亲倒是把“可乐鸡块”做出来了，但嘉怡一尝就哇哇尖叫：难吃死啦，奶奶，你是做咸鸡块呀！从小没在爷爷奶奶身边呆过的孩子，感情上本来就比较生分。孩子一叫唤，爷爷奶奶就很局促，马上发誓明天重做，可是，这个初中小女生还是马上打电话给妈妈，要求支玲亲自补做。

结论：菜谱是正确的，但“少许”是很难掌握的，即使万一掌握正确了，母亲和老婆的“少许”，显然还是有区别的，因此，效果是不一样的，这样又推翻了之前掌握的正确性。

五

杨副的妻子带着那个老被她揍的小男孩，又进驻了游兵他们公司的小接待室，就是有墨绿色新地毯的那间。踏进去，依然闻得到肉丝炒面的味道。游兵这才想，这个新地毯算是毁了。让杨副再批再买吧。

游兵和杨副的妻子重新开始对话，直到大厦外夜色辉煌。

小男孩不再对地毯感兴趣，吃了手里的几块蛋黄派，就伏在桌子上睡着了。杨副妻子很亢奋，话很多，但内容十分重复，反复就那几点意思，

一、我还给他输过血，没有我，他别想今天能这样出人头地；二、我就是不相信陈世美出差了，所以我回来了；三、绝不离婚，我要拖死他！四、我死也要等到他回公司。

游兵口干舌燥之余，打量小接待室那个铝合金拉窗。他想如果外面有个碰窗（窗子护栏）拦拦就好了，就是说，她想跳也跳不出去。但是，谁会在二十三层装碰窗呢？谁也不会。为什么就没有人在设计的时候，要考虑选择“少许”几个窗子，设有保护网，抵制有一天有人可能会利用这个设计失误而自杀呢？那么，这个“少许”是多少呢？至少应该是这样，哪个窗子出现有人自杀的企图，那个窗子就必须设有护栏。比如，现在，他们公司的这个的小接待室窗子。

游兵胡乱想着，踱到窗边往下探看。遥遥的下面，灯光稀疏，那是一个酒家的露天大阳台，散放有六张小的石桌石椅，四周隐约是盆景植物。他想，如果，女人真要跳下去，可能不会砸中石桌，她没那么准。但是，阳台的地面也是花岗岩，也异常坚硬，就算扣掉两层，二十一层下去，重力加速度的脑瓜，和这样的地面接触，可能会当场爆掉的。孩子呢，这个女人傻乎乎的，直愣愣，会不会连孩子也推下去？

游兵决定让女人出来。他不可能一个晚上守着她，所以，她必须远离有窗子的地方。

我哪里都不去！杨副妻子断然说，你赶也没有用。我不上火车，就是打定主意要等他回来！

我跟你说实在的，杨副真的是出差了。骗你我从这里跳下去！

游兵说完这话，后悔得咬舌头，因此恍惚没有听清女人反击他什么，好像是抱怨他狼狈为奸之类。游兵说，公司有统一管理的，办公室晚上都要清场熄灯。女人说屁呀，我老公是不是这里的领导？

是呀。

那我是不是他的老婆？

当然是。

那你给我出去！

游兵和老蔡互看一眼。

你们都出去！女人说。

游兵突然跨过一步，抱起那个睡着的小男孩，直奔门外。他指望女人追出来，老蔡就可以趁机关门锁门。没想到那女人，扑上来就给他一大嘴巴，她并不抢孩子。游兵迟疑了一下，还是奔向门外过道，女人像红毛女狼一样，跃起，死死揪住了他的后领子，游兵顿时被她勒得呛咳，但还是死奔向门外。老蔡立刻提着破旧的牛仔大包，扑出门并嘭地关门。女人扭头一看，怒火全部转向游兵。她张牙舞爪，指甲乱飞。游兵左抵右挡，脖子上顿时火辣辣的，眼镜也掉地上了。游兵放下那个迷迷糊糊的小男孩，猛力推开女人，想拼命抢起眼镜。女人又扑上来，一口咬住游兵的胳膊，游兵呀呀地叫，抓着女人红头发，死劲扯。老蔡帮忙拉。孩子做了噩梦似的惊叫连连，整个过道一片混乱。

女人终于被拽倒在地，游兵的胳膊出血了，眼镜也不知被谁踩坏了，镜片碎了，镜框歪了。女人号啕大哭。

六

大肠息肉导致了游兵母亲腹痛、腹泻，还有便秘和便血。没想到，这些特点导致了游兵支玲家洗手间的紧张。周末这一天，有了嘉怡这个喜欢在马桶上看漫画的女生，卫生间紧张情况大大加剧了。

虽说已经开始针灸了，还开了许多中草药每日配合煎服。但效果还没有出来。所以，母亲一天还是要上很多次厕所，有时是因为便秘，占用卫生间时间久；有时是因为腹泻，占用卫生间次数多。支玲不说什么，她什么也不说，厕所有人，她就退回客厅等。那天母亲出来她进去，小声说了一句，天哪，一卷筒纸才几天啊，怎么就用完了？

游兵父母次日针灸回来，就微笑地带了一提卫生纸回来。十筒装的。游兵没有注意到，后来听到妻子对母亲说，我们家的卫生纸都是买百分百的原生木浆纸，一提二十三块，贵是贵一点，可是干净，像这种十多块一提的再生纸，嘉怡根本不爱用。你们就不要浪费钱乱买了。

游兵听到母亲说，哦哦，我不知道。这个也要十四块呢，不要紧不要紧，嘉怡不用，我和老头子用，反正我身体不好，用得也多……

周末的早上，游兵起来迟了，去卫生间的时候，发现母亲在那里，似乎内急。游兵说，嘉怡，快点，奶奶肠子不好。

嘉怡在里面闷声说，快啦。

又等了六七分钟，母亲脸色变白了，父亲也转了过来，似乎要上厕所，一看有人，他又调头了。游兵感到自己便意更沉重了，他的生物钟很准，平时这个时间，在单位就是蹲大点的时间。游兵大吼一声，嘉怡！快点！

嘉怡不吭气，外面人仔细听，居然听到翻书的声音。游兵愤怒地擂了门：别看了！出来！

孩子说，讨厌！个破家，上个厕所都没自由！

终于听到马桶放水的声音。游兵小松一口气，对母亲说，快去。母亲的眼睛张望着，似乎还想叫父亲先去，也许她知道自己比较慢，但身子已经艰难地转向了卫生间。

游兵盯着卫生间的门，依然谨慎地提着气。肚子里已经浊气乱窜，七拱八翘，闸口就要垮了。他使劲憋着。这时候，他想起看过的一则新闻，说是有个长途汽车乘客，车行途中，忽然要紧急出恭。千呼万唤司机停车方便，司机称没有方便点而疾驰不息。该乘客一忍再忍、终于忍无可忍，竟然攀爬到车顶上头方便。结果，那名乘客摔下车死了。

现在，游兵想着这条新闻，格外理解那个人。他猜测，那人死之前，到底把那泡要命的大便排掉没有？一泡大便不能决定他的生活质量，却无疑确定了那名乘客的死亡质量。如果那人还没有排出，就摔下汽车，死得就实在太委屈了，反之，如果排掉，哪怕是排了……少许……？那么，那人临终前的快感，恐怕是一般临终者不可比拟的。

支玲出来了。大厨师支玲昨晚十一点才到家，说是有客人投诉吃到小蟑螂，惹来卫生监督局官员。所以早上支玲比平时更迟起来，一起来，她就往厕所奔。她看到游兵站在厨房和卫生间之间，也看到平时不关的卫生间门关上了，但是，她还是直通通过去就推门，游兵不及阻拦，卫生间的门嗵地发出很有威力的闷响，好像每个框边都在抖。可能是她用脚尖撞的。母亲在里面慌慌地说，好了好了！我好了。

母亲看到游兵，似乎很惭愧。但什么也没有说，没洗手就去客厅了。游兵也说不出什么话，他咬紧牙关，全神贯注卫生间里面的一丝进展声息。他觉得支玲在里面太久了，而且正常的声息之外，不正常的安静太久了，什么动静都没有。游兵屏声静气，还是绝望地捕捉不到任何声音，他冷汗都憋暴了出来，怒吼一声：快点！我不行了！

里面的声音说，催我，就会催我，你怎么不催别人呀，我便秘！

游兵掐死人的念头都有了。

七

司机小严在念他刚收到的手机段子：王科长和局长同进一电梯，局长放了一个臭屁。局长对王科长说，你放屁！王科长说，我没有哇！次日，王科长被免职。王科长叫冤，找局长申诉。局长说，你连一个屁大的事都扛不住，你还能干什么?!

材料员小锦哈哈笑，说，我那天也收到过。太逗了。真是屁大事啊！

张姐说，如果是老蔡，保准认下来。老蔡最会保护领导了。

老蔡说，我为什么要认？说不定旁边有美女呢！

有美女，你就更要替领导认了！张姐说，你不认，那你的副主任就撤啦！不就是一个屁吗？老蔡，又不是让你替领导砍头。

小严和小锦都说，是啊是啊！

游兵进来了，配了个金边新眼镜，怪怪的。大家就对游兵嘻嘻哈哈地说这个段子，并要他通过测试，小锦还说，电梯里面没有人，就你和领导两个人。

游兵说，肯定有人了，否则领导干吗推卸责任。

大家说，对了，电梯里有美女、有更大的领导，有小报记者，等等。现在，你说吧，你放没放那个臭屁。

游兵说，要是知道后果，我肯定会扛下这个臭屁。但是，关键是，当时我可能反应不过来呀……老蔡，你可能可以应付得好。

老蔡说，我也反应不过来。但就算我明白后果严重，让我全面认下，恐怕也……有点……难。不过，领导既然那样说了，我想我可以含蓄地笑一下，不否认也不承认，笑笑而已，领导吧，可能认为我承认了，而电梯里的美女或其他人，则不一定认为我是在承认，说不定有人感觉我是肚量大，和领导不一般见识。反正吧，仁者见仁、智者见智这效果就对了。

喂！游兵，张姐说，现在，你知道“少许”的境界了吗？可乐鸡块你会做了吗？

游兵说，噢，我基本不明白。

下午上班不久，龙总的秘书给游兵打电话，让他马上到龙总办公室去。听口气，好像有什么事欲说还休。游兵不知怎么的，心里有点不安。龙总是个从集团总部才调来不久的人，听说杨副和他还没合辙。

龙总的办公室在走廊的尽头、一个什么招牌也没挂的豪华房间。铺的也是暗绿色的新地毯，这也是游兵和那个小接待室一起换的。游兵进去的时候，龙总没有抬头，一张报纸在他桌上。游兵走近龙总大桌子，龙总突然把报纸拍在他面前：

自己看！

报纸上，杨副的妻子，对着镜头示意她被抓伤还是打伤的胳膊。猩红色的乱发和手臂上的红药水，都挺震撼人，孩子无辜地张大眼睛。标题是：陈世美老公抛妻弃子，丈夫公司对寻夫女拳打脚踢。

游兵的头嗡地大了。

就在我们公司过道上拍的！游主任！

记者没有采访我们啊！

到底怎么回事？

她突然就来了，杨副出差。可能他们夫妻有了问题，唔，那个女的带着孩子在这里哭闹。杨副让我们给她几百块钱，让她回家。都送到火车站了，她又悄悄回来了。坚决赖在公司。我们公司二十几层高，又没办法一直看守她，怕她万一想不开，那不是出人命？所以，我们要她离开有窗户的接待室。她不干，推扯是有的，但怎么可能对她拳打脚踢呢？

为什么不报警？！

报了，警察就是不来。拖到晚上十点多，我和老蔡实在没办法，只好把她拖引到过道里了。直到昨天下午，老蔡通过熟人关系，找到警察，而且说，我们外商多，过道里住人影响不好。他们这才出警，把她请走了。

这期间给杨副打电话了吗？

打了，手机不通。

我的呢，你们就不会给我来个电话吗？大家讨论一下行吗！

游兵支支吾吾：以为……小事……

小事？小事都处理到报纸上了！小事！我告诉你，公司有陈世美，我未必管得着，可是公司“两名负责人”对被丈夫抛弃的妻子孩子，“拳打脚踢”“轰赶出门”“毫无人性”，我不管也得管。这事关公司的社会评价。我已经接到了十几个电话，其中有市分管领导，问的都是这件事！我也了解了，报纸是同步上网的，就是说，我们这个“毫无人性”的公司要全国闻名了！小事！

游兵把胳膊上的咬痕和脖子上的指甲抓痕，给龙总看。

不要给我看！龙总说，两个男人对付一个女人，还有脸给我看这个！

我们真没打她啊！

跟记者说去！跟我说没用！马上写个检讨来！

八

兴元堂在游兵家一个小时公交车程的地方。第一次游兵让司机小严送父母过去，他自己也陪了父母去了头两次，之后，都是游老师带马老师自己坐117路公交车去针灸了。隔天一次，针灸约半小时。老人通常很早出门，十一点前，或者下午 4 点前赶回来，还会带点青菜豆腐什么的，回来做个饭。

马老师躺在白单子铺的针灸床上的时候，游老师就在旁边听小收音机或者看报纸。专家倒是亲自动手针灸，收针才让助理干。专家说，马老师是个感应度比较高的人，估计两个疗程会见效。每次，马老师的头部、腹部到腿部要扎二十多根不同粗细的针。进针之后有针灸灯烤照着，烤着照着，一会儿后，马老师的被扎穴位的那些银针旁边，会有晕红一团。专家说，这就是感应度高的表示。如果感应度比较低，针了五六个疗程还不一定见效呢。所以，马老师游老师都很高兴，对两个疗程后很有期盼感。

浑身是针的马老师躺着说，兴元堂下面那个果蔬超市有榴莲，回去记住给游兵买一个。

游老师说，你爱吃，我不爱吃。太臭了！

说什么话，轮不到你爱不爱吃。我是给儿子买。他最喜欢吃那个了。记得吧，以前你们童校长去马来西亚回来，给我们带的三角形的榴莲糖，就是他爱吃。最后一颗还天天闻着放口袋里舍不得吃。

好好，买就是了。

买多一点，放冰箱，嘉怡可能也爱吃。

好啦。买多一点。

儿子最近脸色不好看。你觉得呢？

哎呀，你让我把报纸看完好不好？医生不是说，针灸不要说话效果才好吗。

我怕他们两个是不是因为我们吵架了。他那脖子上手臂上的伤痕，肯定是女人抓的、咬的，看了我的心……

儿子不是说，是单位里的人的老婆耍赖吗？

骗人！马老师说，这么幼稚的假话你也相信啊。他们是那么正规的大公司，都是高素质的人，怎么可能？我看是支玲弄的！她背地里发脾气了。你呀，不是我说你，人家那么贵的电水壶，你一下就把它烧坏了，三四百块的东西，你怎么不小心点呢。

怎么说是我烧坏了？只是刚好碰到我烧水罢了。我要修，那个工字形的螺丝，他家没有那种螺丝刀，拆不开我有什么办法？去外面修，他们自己又找不到发票。哎呀，年轻人和老人住在一起，就是不习惯。你看，你煮的菜，那么咸，支玲都说你几次了，你改了没有？

我现在放很少的盐了。再说，游兵从来没有说我的菜咸。你老是上了厕所忘记冲水，还不洗手，她是怎么提醒你的？

好了好了，不是你，求我来这里住我都不来。我自己家……

也不是我想来的——

好了好了，让我看完报纸。咦！——这是游兵的公司嘛！哎，哎！我的天……

说嘛！人家躺着不是！

还说你儿子骗你，都见报了！他就是被单位一个领导的老婆打啦，不不，他也推打了别人——啊?！打一个女人？还写检讨认错了？他们公司很重视，约记者采访了，表示要严肃处理——啊，我的天——决定撤掉当事主任游某的主任一职？——留职察看？

马老师霍地坐了起来，护士小声尖叫着，把浑身是针的老太太摁躺回去。

乱七八糟。胡说八道！不可能的事！马老师气坏了。

老人回家的时候，真的买了个很大的榴莲。榴莲像一个歪长的巨型花生，表皮布满瓜子大小的刺身。

游兵快八点才进门。进门也不说话，脸色看上去还正常。两个老人互相看看，便小心招呼他吃饭。游兵说吃过了，就进了卧室。老人在厨房悄声商量，要不要安慰儿子一下。母亲说可能连饭都没吃呢。她说她去问问儿子，是不是来一小碗面？游老师想了想，还是决定自己先和儿子谈谈工作问题。他说，在报纸上被单位撤职，心里肯定糟糕透了。吃不吃也没心情了。哪里有什么胃口？所以，游老师说，我有必要先进去谈谈。

儿子躺在床上，也没有开灯，只有客厅的灯斜了些光进去，使老人看清儿子和衣躺着的身影。游老师为他开了灯，儿子说，我想休息一下。父亲迟疑着，便说，你妈给你买了榴莲，她记得你爱吃如命。你吃吗？

儿子说，好。等下吃。

父亲看游兵皱着眉头，只好转身出去，但好像还是想说点什么，于是他说，嘉怡应该也爱吃吧？

儿子说，唔。

父亲说，你妈想给你煮点面，饭已经凉了。其实，我们也没吃，在等你……

你们吃吧。

你……有什么不舒服吗？

儿子说，没有。累了。想休息会儿。出去把我的灯关了。

九

老人就在厨房小心翼翼地剖榴莲，不时互相交换担忧的眼神。马老师说，他知道我们没吃饭，也不着急哦？马老师又说，以前他不是这样。他是心细的人呢。对不对？

游老师说，对。新闻联播都结束了，快八点了哦。

他们并不是剖杀榴莲的熟手，只是买的时候，马老师刚刚虚心地请教了售货员。剥开“刺身”外壳，榴莲里面是奶黄色细腻的膏体状物，有点像脑容物。

实际上是刚扒开条缝，游老师就快窒息了。这个臭味不是锋利刺鼻的那种，而是轰然灭顶，磅礴而密致，胶汁一般，扑上来巴着你令你无处可逃，也有点像正在吞噬人的沼泽，越挣扎越淹没你。游老师被熏得大脑缺氧。马老师多少还是能接受这个气味，所以，她表情要轻快活泼一点。

他知道报纸上登他的事吗？马老师勾着脖子压低嗓子。

父亲点头。

我担心他憋出病来。母亲窃窃的声音丝沙丝沙的，让人耳朵发痒：你跟他再谈谈吧？也许谈了心里就好受了……

没用。父亲也窃窃私语地对准母亲的耳朵洞：我看他可能只想和媳妇谈。我们毕竟老了，又是客人……我们就当不知道这事算了……

我是绝不相信我儿子会打人！

嘘——父亲说，小点声！唉，我实在被熏得头昏眼花，太臭了！我去阳台透个气。

这时，门铃响了，支玲回来了。

支玲一进门就尖叫起来，天哪！原来是我家！我在楼道里就要吐了！天哪天！你们游家人怎么喜欢吃这种臭东西啊!!!

支玲扔下包，鼻子皱成花卷。父亲说，这榴莲啊，书上说是水果之王呢。说闻着臭，吃着香。游兵爱吃得很。你要不要来一份？

支玲又一声尖叫，拿开！就是长命仙丹我也不吃！恶臭！太恶心了！简直就是个恶性肿瘤，嘉怡叫它“坏人的脑子”！这哪里是人吃的！我的天，哎，别放冰箱！拿出来！拿出来！我的冰箱全搞臭啦！

马老师哈哈大笑，笑声有点干。说，你不知道啊，游兵小时候，别人出国带榴莲糖回来，他爱吃得要命。母亲亲昵地走近媳妇，声音很轻，甚至很随意，好像她们两个关系非常铁：快去安慰他一下，好像单位有什么麻烦事了，顺便把他爱吃的这个带进去……

媳妇并不欣赏婆婆的亲昵，本能地避了避，但又被婆婆的叙述吸引，所以偏着脸，竖着两只薄薄的大招风耳朵注意听，可一听送榴莲，立刻哇哇大叫起来：不行！还想把我卧室搞臭啊！还让不让人睡觉啊！我的天！简直是疯了！——游兵，要吃你滚出来！

灰暗的卧室没有回音。

婆婆手里是一玻璃小碟奶黄色的榴莲果。婆婆说，他肯定没吃饭，还是你劝他出来吃点这个，开开胃……

我也没吃饭啊！媳妇说，哎呀，我说，你们以后能不能在外面吃这种东西?！我简直要吐了！

游老师给马老师使眼色，示意她赶紧把那碟东西拿开。可是，马老师不懂，马老师追着媳妇讨好地说，你不知道他小时候那个馋劲，过去我们那里又没有这种东西卖，我看还是……

哎呀，不要再说啦！我告诉你，早知道你们要吃这个，我就在店里随便吃。我根本不爱回来！

婆婆笑嘻嘻的，我们还说呢，不是一家人不进一个门，真不知道你不吃它……

好啦好啦！不要再说啦！反正，我们家从来就没买过这个！将来也不会买！

支玲皱着鼻子，猛力打开了家里所有的窗子，由于用力夸张，家里各房间顿时暴响起一阵仿佛狂风袭来的响声。回到客厅，支玲对着大窗外深深吸了口气，又深深地吸了几口，回过头，表情就很决绝：你们把这个恶心的东西，拿到小区石椅上吃！吃光了再回来。

可能实在是臭晕了，她又决绝地说了一句：我家！永远永远都不会买这个！

游兵站在卧房门口，没戴眼镜，一张脸因此微微变形。他什么也没有说，什么人也没有看，甚至谁都没有注意到，母亲手上的一碟榴莲，就被他打到了地上。所有的眼睛，看着小玻璃碟子在大理石地面上，当啷一声，碎裂而起。看着奶黄色的榴莲膏子，完整无缺地跳离破碎的碟子，软在茶几脚边。

游兵依然什么人也没有看，他似乎在琢磨地上那团东西是不是榴莲，似乎在反省自己的行为。老人互相挨着声屏气敛，媳妇似乎也反应不过来。这时，所有人都看清了游兵最新的动作，他一脚踩在了那团脱逃的榴莲膏子上，猛地踏上，踩扁，脚心还狠狠地来回拧磨着，好像要把它踩没了。

臭气轰然。游兵开门而去。

马老师和游老师互相看着，游老师看马老师眼睛里，泛起一层晶亮的光泽。他把妻子牵进了他们自己的房间。

支玲说，神经病！

十

老人并没有和儿子媳妇商量，就把火车票给买了。游兵和支玲都努力挽留他们。但是，他们说，针灸的效果不是很明显，专家正好也出国访问。所以，已经和专家说了，下次再来做完整的疗程。

怎么也留不住父母。

到火车站送行的时候，母亲抚摸着游兵的手，忽然掉了大颗眼泪。游兵吞了口口水，说，妈妈，对不起。

母亲摇头，说，我不是嫌你这里。我和你爸说好了，以后身体好了，你的房子大了，我们来住久一点。陪你。

父亲说，我有一点不明白，你为什么要打别人的老婆呢？

游兵愣了一下说，我没有。根本不可能的事。

那你为什么写检讨呢？

处理的分寸……掌握不好吧，领导之间的关系很微妙……

可打不打人，这个分寸很简单啊。

其实，很多事情，真的很难掌握。反正我没打人。

她头上、手上都青了呀。我和你妈都看了报纸。

我怎么知道，女人一碰就发青？

父母都没有说话。

候车队伍站起来了，开始检票了。

火车火车　你娶老婆没有

一

直到后来我才明白，其实，在立交桥引桥的花市批发路口，我就听到了那细微而奇异的铃声。就像师傅拔枪互射前水晶杯碰杯的噔叮余音。可是当时我并不知道。那水晶般的、耳语般的清脆的噔叮、咚噔，混迹在交织的尘嚣中，直到临死前我再一次听到，才分辨出这晶莹的、纤尘不染的声音来自尘烟之上，就像是天国的风铃，或者天国的马帮响铃，冰清玉洁，渺渺地横空而逝。

当时的现场太乱了。那家伙根本没有想到我们在那里设卡，实际上，就是为了逮住他，我放弃了前面一个黑“摩的”手，因为我看到他载着一个女客人正往这里而来。对于这样一个功夫超群的摩托车手，逮住他实在太不容易了。看他开车，就像一条线性闪电，一闪就消失了。据说有熟悉的乘客还特意选他的摩托坐，图的就是他的出众车技，刺激过瘾。乘客也都知道“摩的”是政府打击的非法运输，可是，这些“非法摩的”就是有市场需求。我们只能一边打击整治，一边看着他，迅速成为有影响力的黑车手。

一过花市门口，那家伙似乎看出了什么异常，速度忽然减慢了，那个女乘客可能不满，他只好再前行，设置路障和行动小组的便衣都出现了。他反应很快，立刻抢在一辆集装箱拖头车过来前的一段空隙，刹地，一个疯狂而漂亮的转身，他掉头而去。我知道他会这样，我的汽车斜刺里堵了过去。那家伙再一个转身，不料，那个女的失声惊呼，车停了，他们自己停下来了。我停下汽车，小组人员围了过去。

原来那个女人的裙摆夹进了后车轮。女人扯着拉不出的裙裾在大发脾气。我停好车一进人围，毫无防备地，一个耳光就差点打在我左脸上，那女人带着哭腔喊叫：你追什么追啊！赔我裙子！

我架开她嚣张伶俐的手。

那一瞬间，我的耳边声音喧腾杂乱，很凶的声音是专项整治中队协警吴稚、陈军他们的，很尖脆的、语速很快的声音是女人的，越来越多的围观群众的也在七嘴八舌。只有我和那家伙没有声音。我们隔着那摩托，互相盯着对方。我们可以说是一同出道的，我调过来的时候，他也才搞非法载客三个来月，不再起早摸黑运送蔬菜。仅三个月，他就成为一个极其令人生厌的挑战者。

他看到我试图把女人的混账裙子一把抽出来，他暧昧地笑了一下，恭谦而傲慢。在他的笑容里，我听到那个女人直销演讲般地说：噢！哪条法律规定我不能坐黑哥的车？噢我不能坐我老乡的车?！你们拿出法律来！

老乡！我操他祖宗十八代的鬼老乡！吴稚的管理姿态也很嚣张。你问他！不是非法载客，他躲我们的检查干什么！不是心里有鬼，他逃跑什么？童年贵！你他妈自己说，你不躲，她裙子能绞进去吗?！还他妈的竟然打我们组长！——你这是妨碍公务！

铐回去！统统铐回去！少废话！去中队查！这是陈军嘶哑的声音。

这个女人真不是省油的灯，估计是开发区里哪个小公司春风得意的业务员。她的声音尖厉流畅，哭腔哭调，很有煽动性，好多路人都被她吸引过来了。我的脸在发胀。我蹲下来给她处理裙子，还听到她在我头上唾沫细碎地说：噢！怀疑就随便抓人啊！你们有什么证据说他非法载客?！现在警察简直就跟土匪一样啊！如果接不上飞机，我告市长热线去！

我蹲着抽拔裙子，听到很多看热闹的人都在我背后指指点点。现在就是这样，人群中，只要有冲突，警察肯定就是众矢之的，什么三教九流，都万众一心瞬间结成统一战线。我听到吴稚在徒劳地申辩，他竭力揭露童年贵是个前科累累的“老拉客”；女人就喊：噢！老拉客，就算老拉客，就不能载自己的亲人朋友啦？这什么法律?！你们这些败坏政府形象的人，今天我误了接机，我跟你们没完！

不会说话的陈军，不断发出短促的威胁性的声音。会说话的吴稚的话，又总是被女的腰斩。这两个协警队员，显然都不是这个女人的对手。我本来就不爱说话，现在警察说错一句话，弄不好警务督察队就来找你，所以，公共场合，我基本不说话。围观者都公开站在那女人一边，有人大骂公共交通不延伸服务，又不许摩托载客，就是不管百姓死活。

童年贵一言不发。他一直站在树下，似笑非笑，像一个超脱的看客。

忽然，有个豆奶早餐袋重重软软地跳在我肩上，是人群中飞出来的，有人砸陈军，再从他头上跳到我肩上的。我一时没反应过来，就看见我肩头斜淌下白白的豆奶汁，一直流向我裤裆。

我跳起来：谁？谁扔的?！

他妈的谁！站出来！陈军喊。

陈军和吴稚他们，疯了似的吼。围观的人群夸张地互相探问：谁？谁啊？有人显然为大家默契的彩排般的效果，感到有趣而想笑，结果，一人发笑，众人都亲如一家地扑扑笑了。只有我和吴稚陈军一点都不想笑。

没有想到今天的设卡抓捕，是这样的局面，只能说童年贵这个流氓又棋高一着了。现在，估计谁要坐他的车，他都会告诉别人自己的自然情况，他一定要把司乘关系，变成朋友亲人关系，这样我们除非当场抓住他们收支车费，否则，你难以查处。难怪隔壁城市，出台一个滑稽的政府令：凡是摩托车手都要随车携带全家福照片。面对童年贵这样狡猾的家伙，这个荒唐的东西好像也不太荒唐了。

我一寸寸倒着车链子，把裙裾一点、一点抽拔出来。出来的部分，上面都是斑斑的黑色油污，还有齿轮小洞。女人又夸张地大叫起来。就是这个时候，我听到了噔叮、咚噔的水晶之音，好像另一时空的大门，在我耳边豁然误开。声音很快消失远去。

我的手停了下来。

童年贵过来蹲在我身边，他递过一支烟，被我一掌打掉。

他捡起来，吹吹灰，咔地打火自己抽起来。

那女人说，黑哥，别巴结他，他心虚得很呢！反正我这裙子非找他们领导赔不可！

童年贵一笑。我被他的笑再度刺激了一下，我喝道：你给我站好！

童年贵站到原位，抽着烟，睨视着我。

整个辖区几百个非法载客工，我对这个人的排斥感最为强烈，我和他就是对上眼了。我刚调过来的时候，我听到吴稚踢着一个蹲在地上的老拉客，怒骂不止：混账！你守不守法跟我无关，但是，既然我在管这条法律，你就要守！你就要给我面子！

行动了几次，我就开始明白吴稚骂的是什么意思。因为这个时候，你的对立者，挑衅的好像不是法律，而是我们个人的尊严了。而童年贵就是给你这种强烈感觉的人。最使童年贵名声大振的是一件他所谓见义勇为的事迹。据说，当时他路遇“抢金帮”，倒是挺身而出帮那个被抢金项链的妇女，追到了歹徒，就要制服时，没想到暗中另一个歹徒冲过来抢人，二比一的打斗中，无人相助，童年贵竟然喊警察打人啦！没想到，这一喊，果真有几个贩子和行人冲上来相助。歹徒倒是落网了。记者问他，明明是抢劫的，你为什么喊警察打人？童年贵说，以前这种情况，我喊抢劫啦，结果，一听歹徒，围观人都跑开啦。我发现，只要说警察打人，大家就敢冲上来战斗。这新闻电视台最终没有播出，童年贵也没有被评上年度见义勇为市民。据说，因为童年贵那一喊，实在他妈的太狠毒、太混账了！所有的警察都想揍死他。不过，不知道是传说还是真的。

其实，非法摩托车载客专项整治组，几乎所有的人都把童年贵视为刺头。全辖区有十多个这样经年不断和小组斗智斗勇的“老拉客”。我第一次和童年贵过招，我就再也忽略不了他了。我也不能说清楚为什么。那时我刚调过来。队长说，这样好，老拉客们还不认识你，你们小组就到林口加油站那个点伏击。后来我才知道，那个点是个摩托非法载客的重灾区，是开发区的交通枢纽地。很多下了公交车的人，脚都下不了地，非法载客的摩托车工，满满当当地挤在车门下，拉人上摩托。或者为争抢客人，大打出手；有的女孩干脆被直接半抱半拉抢上车，边开边问目的地。

那是个阳光恍惚的中午。童年贵和几个拉客工，都在卖冷饮的红色可口可乐的红色雨披下。旁边是高大的木棉树。六七个载客工都坐在自己摩托上，树下，有一个人半躺在摩托上，头枕着后箱，脚踩在车把头中央，那身子自在傲慢得就像吃饱喝足午休在自家沙发上。我不知道他就是童年贵。

我和三四个队员便衣从坡下走上来，载客工显然忽视了陌生的脸，就在他们稍一迟疑的工夫，我们就扑了过去。我没有看清楚童年贵是怎么动作的，我看清的是，他的摩托已经轰然冲过冷饮店。我抢上一步，伸手拧抓他的脖子，被他大力甩开。透过他头盔下半部的透明有机玻璃，我看到他一笑。车轮一斜，他竟然对着右边的石梯，笔直冲下十几阶的那么陡的石楼梯。所有的路人，像看杂技一样目瞪口呆。童年贵站在车上，那摩托绝望挣扎的轰鸣，听来简直要在楼梯上散架爆裂，这也是我盼望的，但是，没有，下地后那摩托一顿，立刻野马似的绝尘而去。

这一天，给我分派任务的队长受伤了。他那个小组在堆场那边的设卡，有人冲关，队长躲闪不及，肋骨一下断了四根，一个老组员走到我身边低声说，你幸好没有抓紧童年贵，如果那时你捉紧了他，以他的爆发力，你可能就没命了。老组员还说，保护自己是第一要素。听说你还曾跳上行驶的摩托，卡车手的脖子抓车，这更危险了！就算你神勇，我告诉你啊，这些人也不是罪犯，你别把你刑侦的那一套带过来。

这就是说，我和童年贵第一次过招，他就差点要了我的命。这个我没有深想。我一直回放童年贵冲关而去的笑。这在法律面前，是非常轻浮的笑。我不舒服的感觉，和他的笑有直接关系。

二

桌上，一台大便携电脑开着，小康人不知去了哪里。他的电脑里永远放着一个女人还是阉伶在唱的歌，缓慢地，像绕线一样唱着，反反复复，完全是假声，但唱得很真挚。我听不懂在唱什么，从我搬进这个宿舍，他就没有换过歌，只要他在宿舍，他就一直播放它，无论他在Q聊还是上厕所。他就是没完没了地听，很久以后的一天，我忽然顿悟了这种另类歌声隐藏的秘密。可是，我很快就没有欣赏它的机会了。

听说我调进交警，是因为血晕，他简直笑坏了，马上打开电脑要我参观他的收藏。我看到了铺天盖地的交通事故现场照片：鲜血淋漓的残肢，变形的头脸，像油脂一样的脑组织，和衣撕扯的肉块，拦腰而断的人体，哭天抢地的家人……

他说，你问问我为什么收藏这个吧。

我不问。有什么好问的，我们这个行当有着太多的变态狂。

他说，我就是喜欢收集血色还没有发黑的新鲜现场，所以，我总是第一时间赶赴现场勘验。也所以，我连续两年得到总队嘉奖。

我离开他的电脑。

他说，喂，你看了这些不难受吗？怎么没有呕吐反应？听说你两个刑警师傅互相射杀之后，你吐了三个月，才逃到我们这里来的？

我走出了宿舍。外面就是大天台。我们的临时宿舍就是在阳台上加盖的。房子紧张，新人没有地方住，就这么凑合。只要我不想听那个女人还是太监唱歌的时候，我经常会站在天台的蓄水池旁边看楼下街景。这旧的交通局办公楼四层楼高，下面一边是一个小学校，一边是不景气的国企宾馆。宾馆前面是横贯东西的区府大道，大路那一边就是生鲜果蔬超市和一个新盖的鞋城了。

水泥护栏到腰部高，上面的宽度可以摆放花盆。伏在上面水泥颗粒很粗，硌着我干瘦的小臂。大路上汽车驰骋，有司机会把胳膊放在车窗上开车，那只手上往往还有香烟。这样子，我就会想到我死去的师傅，那天，我们去渔家庄庆功的时候，他就是这样开车带我去的。他总是这样开车。还有一个师傅是我实习单位的经侦师傅，他开另一辆车。两个师傅都是一流的办案好手，从业快二十年了，我跟他们学了不少东西。那天吃得差不多了，师傅给我车钥匙，让我去他车里拿好茶来泡。加上去洗手间的工夫，我离去不过六七分钟吧，他们就互相把枪放到了对方嘴里，开枪了。

人们反反复复地问我每一个细节，问我要谜底。他们俩席间谈了什么？谈什么呢？无非还是那些老话题，单位人际关系、办案压力、家庭矛盾、孩子教育、外人误解。他们是烦恼的，但这也是大家不以为然的，于是，有人就推测他们喝醉了，很多人也都觉得这是最合理的解释。我知道不是。我见过师傅们醉了是什么样子。那一天，他们是清醒的，那天，他们的水晶杯里是红酒。水晶杯噔叮轻触，余音清长。他们激烈而清醒地喝着、聊着。我太了解我跟随三年的师傅们了。有个答案是我一个人相信的，那就是我的师傅们都彻底厌倦了。那样的开枪方式就是不允许回头箭。

但当时，我拿着茶叶回来，站在小包间里，我一个劲地呕吐痉挛，甚至忘了报警。我走前对面而坐的两位师傅，身子还在位置上，但他们各自的脑子，都像烂西红柿一样，摔粘在各自身后的白墙上。

一连几个月，我几乎什么都吃不下去。靠打营养液维持了好一阵，形同废人。恰逢我才失恋，个性阴郁，他们怕我再步俩师傅后尘，社会影响不好，认为离开专业压力会小一点。所以，不知怎么调剂的，让我到了交警部门。

我实习师傅的妻子提着实习师傅的鹩哥来找我，说，她再也不想养这个只会骂粗话的鸟了。换一般人，早就把它送野味店了。她让我替实习师傅养，或者我随便处理掉。她说，看你病着，不然我早就拿给你了！

舍友小康是事故处理大队的，一天到晚勘验事故现场。搬家那天，他一见我提着一只黑鸟搬进来，劈头就说，想不通啊，你俩师傅听说都是公认的一流捕快啊！为什么选择了这么变态的方式？

那只鹩哥说：我操！

舍友小康跳起来。他立刻被这只模样平常的黑鸟吸引，但他惊奇兴奋了一阵，回头还是问我那个问题。他们有感情问题吗？

还不等我骂混账。鹩哥大声说：我操！

看我不说话，他说：我操！天下乌鸦一般黑，逃我们这来，你以为和道路、行人、司机打交道，心理和正常人一样了？

我依然不想理他。我把自己的东西一一整理进柜子。

他大声说：喂！我告诉你，只要还穿着制服——不管什么制服，久了你必定变态，不变态也正在变态中。你逃不掉的！

那只鹩哥说：我操！我操啦！

这的确是一只粗野的鸟。我的实习师傅有一种骨子里透出来的洒脱，他一旦骂粗话，必定是那个时候，唯一准确的语言。但这只笨鸟只学了我实习师傅的皮毛。

我说：大家都在变态中，你，我，穿制服的，不穿制服的。全社会都一样！至于我的师傅，你最好闭嘴！你还没有能力理解他们。

嘿，我才不管闲事呢！他说，我只是遗憾我没有出那个现场。不然我一定要新鲜收藏。他扔了一个小瓶装的矿泉水给我。

喝了水，我说，你这什么东西，像念经一样？

他说，《天堂的阶梯是白色的》。

鹩哥说：我操！

我说，这么反反复复听不停，烦不烦啊！

不烦，因为那个阶梯几万光年长哪……

我一口气把那个小矿泉水喝光，我想，这个家伙不是变态是什么？

三

我们大队真的赔了那个叫什么喜的女人二百三十块裙子钱。我去领导办公室签经手人名字的时候，那个女人扬起下巴挑衅地说，今天又是黑哥送我来的！不信你到窗外看。

我到窗外看。童年贵果然就在大队门口的通知宣传栏下，他一只脚跨在车上，扭身在看我们的爱民月宣传栏。

那女人把钱一收，鞋跟阔阔阔地打着地板走了。

领导说，别臭着你那张冬瓜脸。两百三我又没叫你个人出！

我哈腰退出，领导大声提醒：考评小组要来暗访了。大家都给我小心点，疯子的投诉都算有效投诉！

我飞奔下楼，跨上陈军的非警用摩托追了出去。也许不能叫追，我就是想看看童年贵和那个女人。在路口等红灯的时候，我看到了那个叫什么喜的女人的背影，她的双肩包是牛仔布的，头上戴着童年贵乘客都戴着的那种工地红色头盔。

我一直跟到了一个门脸不大的印刷厂门口，童年贵停了车，脚还跨在车上。那个叫什么喜的女人把红安全帽摘下来，一边下车一边转过双肩包。我的心跳快起来，当然是给钱。是的，那女人把钱递给童年贵。童年贵的手势很怪，像是打情骂俏，但还是利索地接过钱，似乎还要找钱，但那个什么喜，摇手不要。童年贵乐呵呵地把钱塞进上衣口袋。

我手腕一抖加大油门，冲了过去。

我的摩托横在童年贵车前。他显然有些意外。

我吊着阴沉沉的脸，啪地庄重敬礼。不用说话，他就明白我的出现就是找他麻烦的。

那女的脸上有过一丝慌乱，很快就镇定了。

不是哥哥妹妹吗？怎么收钱了？我说。

谁看我收钱了？童年贵把烟叼嘴里，眯缝着眼睛。

我一指他怀里。

他从怀里拿出一小沓纸币，用指头一捻：你说，哪一张是她的？

我把他的钱一把打开，咬牙切齿：听着！驾驶机动车时拨打接听手持电话的，违反了交通安全法第 90 条，实施条例 62 条第 3 款，罚款 200！我再指着那个女人，你，乘坐两轮摩托车未正向骑坐的，根据交通法第 89

条，第 77 条第 5 项之规定：罚款 50 元！你们两人合计二百五十元！

那个女人，脸上白了又红、红了又白。

她一字一句地：你报复！真恶心！

我在开单。

那女的又说，你！——简直是条阴沟里的毒蛇！变态！

我没有表情。我说，如果你不方便缴款，我可以在他的处罚单上代扣。你把五十罚款直接给他好了，或者，你黑哥愿意替你出。

童年贵一直不把嘴上的烟拿下来，他就用那个透过烟熏火燎的眯缝眼，看着我。

那女的骂：罚款两百五，赔款两百三，你还赚回二十。你能算啊你！你这阴险的变态！我非得去告你！

我把单子重重拍他手上，举手敬礼。

童年贵把单子提高，他狠狠啐了一口。

四

今天舍友小康很兴奋，我一进门他就拉我看最惊爆的新收藏。知道他无非就是嗜血，我不想看。他着急地说，是你管辖的非法载客摩托车的！

我走了过去。他说，绝对惊爆！不过不是你们辖区的。他拖动鼠标，画面出现了：一辆集装箱车、一辆卡车，集装箱车前一辆倒地的摩托，一个男子伏倒在车前，一个浑身是血的女孩，我顿了一下，其实我看到了，但小康还是把鼠标点在女孩腰部，要我注意女孩的身体，那个女孩从牛仔裤裆处已经被撕开成两半了，简直不像人的身体。我说，怎么可以把人撕扯成这样？

这家伙幸好也当场死了。小康点着那个载客工男尸，他闯红灯，突然发现货车，要躲，可是这个方向来了集装箱车，他躲闪不及，一头撞了上去，女孩飞起来一条腿被大车刮到了。

小康就像展示他的艺术作品，不断点出他各种角度拍的照片。有的角度实在是催人欲呕。

可惜就载她一个人，如果两个三个乘客，这种情形下的碰撞，也都必死无疑。他陶醉地说。喂，他扭身看我，去现场的路上，你知道我看到什么？有个非法摩的冲过马路，上面竟然载了大小五个人——连司机六个！简直像一排墙啊。

六个？我说，我还见过八个的，司机前面一个大人一个小孩，司机后面一个小孩两个大人，不是墙，简直就是一列火车。

小康激动万分：哎，你想想！如果这辆人墙或者你说的那个人火车，在今天的事故地点会怎么样，太精彩了！按运动方向看，集装箱车头这位置，肯定倒了一个，货车后轮可能也躺一个，还有这里，这里，估计也有一个……

鹩哥说：我操！

天国的台阶是白色的，忽然我感觉这个不男不女的假嗓子，云遮雾盖，飘来飘去，雾盖云遮，根本让你看不清天堂的路在哪里。我想如果这辆摩的几分钟之前被我们截获，司机死不了，这个女孩也死不了，当然更不至于被车裂了。我脑子里马上就闪过童年贵和那个叫什么喜的女人倒在这些肇事车之间的样子，令我暗暗吃惊的是，当我假想是童年贵和那个女人死于非命的时候，心中一阵快活。

我拉过鼠标，来回看着现场照片。我说，这说明，我们打击查处的力度还不够大。

小康说，你相信吗？就是这辆车避免了，我的电脑里照样有别的车、别的人躺在这里，一样鲜艳生动，一样有点击率！你是管不了的，人家要生计，乘客要方便。我告诉你，街上很多职责，除了让有些人耍耍淫威，其实没有任何意义。穿制服的和不穿制服的人，经常在一起做没有意义的游戏。

你……这是什么意思？

这是我有时候的感觉，其实我也没有想清楚，想清楚了我告诉你吧。他说。

鹩哥说：我操！

有一天，我就忽然理解了小康所说的话。那天，我们中队在大队因为考评不佳被剋了一顿，我和吴稚从大队散会出来，看到一个家伙骑着自行车过来，我们两个都盯住了他。他的座垫底下竟然设置了一个小红灯，一路小红灯都在一闪一闪地亮，好像放红屁一样。看着看着，我们两个都生气了。那家伙似乎很得意，觉得我们注意到了他与众不同的屁股，故意一墩一墩地用力，屁股底下就一下一下发出更加红艳的光。

吴稚说，凭什么！

我也是这个意思，他凭什么把执法者搞得眼冒红光，还这么快活？

我们把他叫住。查证。那家伙一脚撑地呆若木鸡了老半天，说，我操！谁骑车带证！！他其实是面带微笑说的，可是，我们不是他的哥们。我们不笑，我们没有表情。我们一下使他的笑，变得很尴尬巴结。我们说，盗车猖獗，请配合路检。叫家里人立刻送证过来。

他哀叫，我奶奶七十岁啦！她根本找不到我的东西——我自己也可能找不到哇！

我说，车子暂扣了。请持证到我们中队来。

他似乎难以相信这一切是真的，迟迟疑疑、迷迷瞪瞪地看着吴稚、看着我，然后轻若鸿毛地说，不会吧？这满大街的骑车人……

我收起处理簿，啪地对他有力敬礼。那放红屁的家伙，忽然双腿跪下：求两位！我在赶约会啊！求两位爷爷了……

这才是执法者爱看的“法制的脸”。吴稚的身子在微微地抖，现在轮到他快活了。男儿膝下有黄金。屁呀。我们心慈手软、心满意足地放了那个骑车放红屁的家伙。回去的路上，吴稚回忆那个放红屁的孙子哀求绝望的模样，快活得拿胳膊撞我。

刚才我敬礼的时候，的确无比快乐，但是，一下子我又空虚无聊了。就是那个时候，我想起了小康的话。

五

对于非法载客摩托司机，如果无证，逮住了就拘留 15 天；如果有驾驶证，我们就视情节罚款一千到三千，所以，载客工对付抓捕拦截，都是没命地逃窜。有人为了逃得快，会翘起屁股，使劲把后面的乘客拱下去，以轻车速逃；也有乘客在疯狂摇晃的剧烈颠簸中，自己失手跌落，摩的司机绝不回头理会，甚至掉下去的乘客被随后的其他机动车碾过，载客工也是绝不回头的。他要保全自己就是亡命逃跑，关一天，对他来说损失都太大了。

童年贵是有证的，但很意外的，因为证件，他栽了一次。大约是在他杂技般飞梯脱逃之后的一个月后，我们再次狭路相逢，当时他载了个老汉。不知是有老人他不敢冲关呢，还是我们隐蔽得太好了，反正他被我们死死兜住。

夜色中，童年贵的脸还是那种随遇而安的神态，在沉静和傲慢之间。难怪吴稚曾骂他：那一张很不法制的脸！我们照例查证扣车，他突然摸不出证了。他整个皮夹子失踪了！我看那表情不像演戏。他被盗了。他顿时汗水满头，他说，我有照！你们知道我有照的！我也可以去找、去补！

根据法律，我说，只要驾照遗失，你就不能开车！何况你还非法载客！

吴稚和陈军也一副习惯性的执法严明的样子。童年贵开始失态了，他终于开始失态了。没有人听他显然着急惊慌的解释，他连声说我不是无证驾驶！你们知道的！你们不能拘留我！没有人听。我们根本不爱听，我们都从他的惊慌中，得到了心照不宣的快乐——他也有今天啊！多么傲慢的挑战者，他也有狗急跳墙的时候啊！执法者的快乐，很大程度上是被执法人的为难和苦痛给予的，是他们在法律和执法者面前的屈服谦卑成就的。

只有那个愚蠢的老汉带着浓重的地方口音，神情激动地为他开脱，因为他还打算坐他的摩托到达目的地。老汉理直气壮地说他要去女儿家。陈军被他反复拉扯着衣服，很不高兴。他使劲一甩手臂，让老汉滚。老汉气坏了，说他比国民党还坏。他说，我女儿在古里，刚刚生了儿子，到古里又没有公交车，这鬼新区，到处等不来公交车，你不让我坐摩托，我坐什么去！马上就要下雨了，你不是国民党是什么？你比国民党还坏！

老汉气得要哭。我最讨厌搅局的人。我扔给老人十块钱，说这没你什么事！快走！给你打出租车去！

老人看看钱，说，万一不够呢？

我说，够了！

老人说，万一不够呢？

我大吼一声：够！够！够！他可能还要找你一块！

我听得到！老人后退一步说，那他万一不找我呢？

不找你你找我！快走开！

陈军喊：再啰唆，就是妨碍公务，我连你一起拘留！

老人握着十元钱，一溜烟地走了，走得还真快。但远远地有骂声传来：你这国民党！

童年贵又恢复了那张介乎于平静和傲慢间的“很不法制”的脸。他看出了我们志在必得的共同意志，便由着我们把他和他的车，弄上卡车。

他是不应该这种表情的，这是法制社会。我们习惯于看到猥琐的、恭谦的、卑微的、低三下四、哀求无助、惊慌失措、歇斯底里、丧心病狂的脸，这才是“尊重法制”的脸，你心里要有一个怕嘛。童年贵真是令人讨厌的。

童年贵被带回我们整治中队。材料很快出齐，我们决定依法拘留他十五天。

没想我们刚把童年贵送拘留所回来，正准备烧一泡好茶歇歇，一个很胖的年轻女人闯进办公室。她把怀里的孩子一下放在中队办公桌上。她的手几乎有点重，孩子一顿在桌上，立刻哭声骤起。大家一时没反应过来，孩子大概八九个月大，哭声嘹亮。

我是童年贵的嫂子！她就在哭声中高声宣告：这他儿子！我没本事养

这个孩子，你们有本事拘留阿贵，就有本事也拘留他儿子！

那年轻的胖女人，根本不看我们，身子一扭，转身就冲出去了。

大家面面相觑。孩子蹬腿哭得满面通红。我气急败坏地冲出去追，门外，哪里都没有看到那个年轻肥胖的身影。我在大门口站了一下，看她会不会躲在哪里。站了好一会，就是没有可疑人影。他妈的那个胖女人还真无赖下流，就这样将执法机构的军！女人不现身，吴稚倒火燎火急地蹿出来说，小便啦！快点！你桌上的文件和档案盒都湿掉啦！

那混账小孩子还在桌子上蹬腿大哭。我们不知道他要什么。大家围着桌子，都不敢下手抱。小混蛋显然脾气很坏，哭得血管要暴出皮肤，眉骨都白了。嚎一声，一口气半天不回转，我们光看到他张大的嘴巴里，小小的扁桃体在发蓝发紫地颤抖。

整治小组没有一个女人。我让陈军先抱起他，好擦掉桌上的尿液，陈军怕他的衣服也尿湿，像举炸弹一样，远离身子地空提着。悬空的小孩可能没有安全感，更加死命哭嚎，小蹄子乱蹬。我让吴稚搞一件衣服把小孩臭烘烘的湿衣服换了，吴稚嘀嘀咕咕在铁柜子里挑三拣四地找不出来。我说，找不到就用报纸包！吴稚从文件柜里，翻出一件过时的保安服，准备包起小孩。他们刚把小孩衣服剥下来，要往保安服里包的时候，小孩从他们腿上滑到地上去了，咚的一声，又暴起一阵让我耳鸣的哭嚎。

没有人知道那个女人的家在哪里。在我们去拘留所请教童年贵之前（去了也没有信心得到正确答案），我们不得不去买了奶粉、奶瓶、尿不湿、小衣服小裤子——我让陈军在收款收据上，开“办公用品”。这个混账小孩只有我抱不怎么哭，陈军抱的时候也不太哭，但是，陈军又把他抱掉地了一次，孩子额头马上青起一个大包，哭得又要休克。只好我抱着办公。那一个中午，我们都没有睡觉，到了晚上，大家都快疯掉了。喂牛奶，泡奶糕，换尿布，处理侧漏大便，洗屁股。折腾得没完没了。我冲牛奶的手，还被烫到了。

吴稚在我火辣辣的手上，涂了蓝色烫伤膏。抽屉里有好多盒。原来，他们在抓捕载客工的时候，不时有人被摩托的排气管烫起泡。激烈场面中，也有乘客被烫伤的，他们自然要找警察撒娇撒气。吴稚说，所以，我们一直有备无患来着。

我高举烫伤的手，表示要回交通楼宿舍。我安排他们两个分上半夜下半夜看小孩，吴稚和陈军闻言都起身就往门口窜，都说带不了，给加班费也不干。这时，小孩突然安静下来，恩重如山地看着我们。吴稚愤愤地骂道：又一张“很不法制”的脸！孩子对吴稚咧嘴一笑，吴稚这厮立刻也咧嘴笑了。我和陈军趁机溜走了。吴稚在后面绝望地呼喊：哭了我怎么办?！值班室的床这么小哇！

我恶狠狠地回喊，再哭给他喂啤酒！

次日我和吴稚到了拘留所。我们严肃地要童年贵交代家庭地址，或者让他嫂子来带回儿子。原计划想威胁他，不带儿子回家，我们将以“扰乱办公秩序”行为加重处罚——虽然这违法主体肯定是不成立的。但我们没有别的办法了。吴稚在说明事情的严重性的时候，表情有点混沌不清界限不明。而童年贵一听完儿子的表现，哈哈大笑，笑得气贯长虹。我也有松弛感，但我好歹还保持了执法者的尊严。吴稚竟然也抿嘴而笑。

童年贵好像听不进我的威胁，他想一想就放屁一样大笑，他的笑声让我越来越不快，我说，你儿子一哭，我们就让他喝青岛啤酒！

吴稚说，对，他喜欢喝啤酒！晚上我就给他盖报纸睡！

童年贵脸色一变，说，他还不到一岁！

童年贵终于告诉了我们他家的地址。

六

我实习期第一个案子就在这个辖区蹲点守候的。那天，我就坐过这种非法摩托。实际上，在这个新区，因为规划滞后、线路冷僻等原因，公交服务一直没有延伸进来。随着开发区企业的增多，打工者越来越多，摩托交通成了主流运输业。但是这种“肉包铁”的运输方式，导致了高发的交通事故和高死亡率，政府很不开心，认为把投资环境弄得血腥无序，所以就坚决取缔。

没有想到，三四年过去了，这里的公交依然不是主流。做刑事案件的时候，我们并不关心交警和载客工之间的激烈战争。我们便衣追捕，倒也觉得摩的方便隐蔽。我们在第一时间赶到了新目标地。我记得我的实习师傅在踹开门的时候，第一个扑进房间，子弹穿耳而过。他后来告诉过我，生死就是这零点三秒间，但是，总要有人第一个扑进去。也就是说，第一和第二这零点三秒之差，就是生死两重天。我师傅说我的实习师傅，他是个亡命之徒。因为每一次都是第一个冲进去。

那天，一颗子弹从实习师傅耳边飞过。我的实习师傅没有受伤，但他的脖子和侧脸上，好几条长长的指甲血痕，抓得很深。其实，这是前两天晚上，他的妻子发脾气留下的痕迹。案组成员都假装看不到那个女人的痕迹。但案子告破后，市领导一看就用焦虑表达了爱惜之情：搏斗负伤了！还有其他同志负伤没有？

实习的第一个案子，就让我看到了英雄和英雄后面的状态。也是这一天晚上，实习师傅带我认识了他最好的同学、也就是我后来的师傅。就是这一天晚上，我知道实习师傅的脸，是老婆抓的，知道他们经常打架，知道他老婆外面好像有人，因为实习师傅办案忙碌经常不在家；同样在这一天晚上，我知道我后来的师傅，家里有个酷爱打麻将、什么都不管的贪玩老婆，还知道他初中的女儿学习一塌糊涂，成天结交社会上的不良男人，时不时离家出走。我知道师傅娶了个本地人，但我从来没有去过他家，没想到，童年贵就租住在我师傅的岳父岳母家的房子里。不过，去还小孩的时候，我并不知道，也没有看到师傅那个贪玩好赌的老婆。

那是个四层楼从外表看像毛坯房的民居。土地的开发，使很多农民成了房东，用师傅的话来说，都改“种地”为“种房子”。不过看这个四层楼房的样子，好像东家也不是太好，或者不用心经营。

童年贵说，铁路拐弯前的第一栋红砖房子，外表还没有贴瓷砖、有点破旧的那栋。

吴稚抱小孩已经越来越老练了。小孩喜欢抓着吴稚的头发，一边巡视风景。吴稚不断打掉他的小手，他不断换手抓。再打，他就号啕大哭。陈军说，至少你快到铁路的时候，不要打他了。哭着怎么谈话？

小孩狠狠抓着吴稚的头发。吴稚咒骂着，妈的，这是法律的头发，你他妈想抓就抓？！你他妈的，从小就不懂得尊重法律！

陈军和鹩哥一样说，我操！不过，他的嗓子沙哑。

雨后的村路，到处都是泥泞。一群黄狗在激战。跨过铁路上个小坡，就进入人狗拥挤的村庄中心。沿着一条青色、红色、黄色椭圆形废弃石板铺的路，我们走向那个在村庄中挺醒目的裸皮房子。吴稚指着地上的椭圆石板说，这是多少家厨房面板上挖出来的水池面啊，废物利用。

陈军又说，我操。

七

正要进红楼，旁边，一个看厕所的老太婆问我们找谁，并指出红楼后门的正确走法。原来，东家和租住人不在一个门进出。进去才发现，里面昏暗的楼梯，连护栏都没有装，楼梯踩脚处又小又陡，看着就让人担忧会栽倒下去。适应里面的昏暗后，才看到里面的墙壁，也是没有劈灰，不过抹了一层黄泥土。

小孩子似乎到了熟悉的场景，嘴里咿咿呀呀的，打打打地不停挥舞小胳膊，看上去亲密无间警民鱼水情深。童年贵家在三楼，门开着，一个只穿着花背心的、光着屁股的四五岁小男孩，在玩盆子里的豆芽，一地的水。地上的塑料毡破了好多地方。一看到吴稚手里的孩子，那个小男孩欢叫一声，扑过来企图抱弟弟。同时，他嘴里大喊妈妈——

布帘子一动，我以为从里屋出来的是那个胖女人，没想到却是一个胖胖的瘸腿男人，还有一个眼睛小眯眯的少女。她扶着瘸腿男人，脸上还带着笑容，也许他们刚才在里面说了什么开心好笑的事。

我以为瘸腿男人一看三个穿制服的男人，会呆住，没想到却是吴稚一愣，吃惊地说：肥老倌，你住这？！瘸腿男人呵呵一笑，指着吴稚怀里的小孩说，我还没死呢。我侄儿回来省亲啦！

帘子一掀，那个胖女人出来了。腰上还系着肮脏的围裙。吴稚以为她会来接过小孩，但她没有，她双手叉腰，说，谁让你们把小孩拿回来？挣钱养家的你们不放，弄这个吃饭的来，我拿什么养他？你们带回去，他父亲什么时候回来，他也什么时候回来！

吴稚说，原来还有一个儿子，我说怎么那么不宝贝带把子的！

胖女人说，男女我都宝贝！可是我怎么养？我老公被人打残了，孩子一大一小，弟媳妇丢下孩子跑了，你们说，这三个孩子都要张嘴吃饭，谁养?！阿贵累死累活，不偷不抢，挣的血汗钱、劳动钱！你们凭什么要抓？这里老百姓都要坐车的，你们怎么就非要为难我们老百姓呢？有这个力气，为什么不开公交车进来呢！看看你们这些长相，真都是土匪流氓的脸啊！

那你还把孩子丢土匪窝里！吴稚大怒。

是，我就是要让他好好读书，将来就当你们这样的土匪流氓！

那个胖瘸子脸上很温和，但是在穿制服的人面前，能保持这么平和表情的人，也是有历练的，之后，吴稚才告诉我他是谁，但我从他的“不太法制”的神态，猜到他是童年贵的哥哥，尽管看上去他起码大了七八岁。瘸子示意少女给我们倒水。

年轻的胖女人不接过想要她抱的娃娃，也不让我们把小家伙放下，搞得那个光屁股小男孩很焦急，他想抱弟弟。吴稚也很焦急，想把哇哇叫的孩子直接放地上，又觉得地上湿漉漉的，犹豫着。陈军把手上的孩子用品东西，使劲扔到桌上。我掏出一个铁罐啤酒，我说，孩子依法归还！他如果哭得很厉害，你们也可以就给他喝啤酒。我们都是这样的。

年轻的胖女人眼睛瞪得脸盆大，她大叫一声，抢过孩子。

我们踢门就走。我说，土匪的孩子都这样长大的！

吴稚似乎对那孩子有了点父爱之类的感情，走了楼梯口又回头去说了什么。我们都下去了。后来，吴稚说，我跟肥老倌说，孩子没有喝酒，骗你们的。

陈军说，有什么好说的！

我们在等吴稚的时候，我师傅的老婆站在东家门的不锈钢铁门口。她看到了我，亲切地大喊大叫，拉着我的手要去她家坐坐。我们就跟她上楼了。

四楼整层都是东家的，从一个外接的铁楼梯上去。四楼满地铺着花砖，但进了屋子，家具摆设装修也比较普通凌乱。客厅中间，一个自动麻将桌十分醒目。师傅老婆从上楼梯起就一直在抱怨，说我师傅单位领导都是变态，我师傅出生入死办了那么多大案要案，孩子、老婆常年都顾不上，一心扑在工作上，还是一直提拔不了，那些拍马屁不干活的人一个一个提起来，提起来水平又差，功劳都是自己的，失误都是别人的，还整干活的人的黑材料，师母说，你调走得好。你最知道这是多么得罪人的饭碗，到处都有他的敌人，有一段时间晚上回家，他老觉得有人跟踪他。这样卖命有什么好处。我知道他早晚要受不了了。我知道就是单位害死了你师傅。害死了他，补助还吝啬得很，说出去人家都不相信！

师母的批评，一直混在大家蹬铁楼梯的空、空响声里面。她说，她所以住这边，是市区那个房子出租了。村里这边呢，她父母和哥哥盖了更大的出租楼，在村尾，所以，这个旧屋子就叫她看管，离家里人近一点，多少收一点钱，补贴家用。她说，不过，这老房子条件不好，又靠近铁路，很吵，租金很低，所以，来住的都是穷光蛋，或者是皮包公司、假和尚。成天吵吵闹闹的。

说着，火车隆隆地震动着驶近。

我走到阳台，忽然，我听到楼下有人嗓音辽阔地大喊——

火车！火车！你娶老婆了没有——

火车几乎是应声而起——呜——呜——

楼下，立刻爆起好几个人的跺脚的大笑声，大人的小孩的都有，就在三楼。我探身低头一看，三楼屋子，看到几双大脚小脚在欢快地跳着。视线被挡住了。

师母拍着巴掌过来，嘴里骂着脸上却也是笑：

疯子！一家疯子！每次火车开过，都有人抢时间大声问火车娶老婆没有，火车当然要呜了，在本地话里，呜，就是有的意思，所以，这家人就快笑抽筋了。有时候抱在一起跳脚笑，楼都要笑倒了，不是疯子谁这样啊！

听她一解释，陈军跺脚哈哈大笑，吴稚想了想也大笑了。

吴稚说，这楼下住的是什么人？

师母说，开摩托车的。哥哥弟弟两家人。三个孩子。哥哥被抢劫的打残废了，弟媳妇跑了，弟弟不运菜了，也改开摩托。钱没几个钱，倒整天穷开心。反正在我这儿住的，都不是正常人！

我们三个互相看了一眼，我们都知道那是谁了。

临走，师母把我拉到一边，悄悄说，你能不能借我点钱？也不要多，一万一就好了。

八

吴稚和陈军，告诉了我载客工的许多情况。

按他们的观察计算，童年贵这些人一般早上七点左右出来，晚上一般干到十点半左右，一天有早中晚上下班四个高峰期，平峰期他们可能回家休息，可能团伙聊天，甚至小赌两把，十分自由自在，一天净收入至少在一百块以上，甚至三百。成本大概是半箱柴油，最多十多块。因为警察扣车凶，很多人就买五六百一辆的拼装车，你拉住车，他人逃走了，车也就不要了。所以，越抓车越差，越差越死人，越死人越抓。不过，即使是拼装车，也最好不被扣，童年贵这班后起之秀就是改动了点火装置，搞了点火暗门，你以为拔了车钥匙，就定住了车，没想到，一个转身他们就飞驰而去。后来整治小组道高一丈，直接拔了他们的火花塞。不过，童年贵这些人，一般不给我们近距离遭遇的机会。仗着车技好，他敢距离整治人员十几米远的地方公开拉客。这就是吴稚和陈军非常讨厌他的原因。

童年贵的哥哥肥老倌，尽管也长着一副“不法制”的脸，违法业绩突出，但是，肥老倌圆通温和，有时看到吴稚他们还问声好，递个烟。吴稚他们自然爱理不理，很凸现执法者的尊严，但暗自还是满意了他这份对法律的尊重。肥老倌也被打击处理过，所以，吴稚他们就了解他的过去。吴稚说你别看那个肥肥的家伙，在他们老家乡下，他可是代课老师，不过代了十几年课，十几年总收入还不到三万块，他就出来打工了。只是，那么大的年纪，又没有什么专长，不非法载客，他妈还能混出什么名堂？

吴稚陈军看不起肥老倌，但是，对肥老倌被打残的事，说起来还是有些唏嘘同情。这个事也简单，一年前肥老倌贪心送了一个人到偏僻的地方，据说那是载客工都不太爱去的地方，老江湖肥老倌也知道，可是为了女儿学费，他在晚上十一点多居然载人家去了，结果，到了地方，车一停，等候在那里的几条黑影就扑过来了。两百多块钱抢了，肥老倌以为自己可以驾车脱逃，没想到人家不只要钱，更要车，这样七手八脚就打坏了。肥老倌半年爬不起床。案子现在也没破，人也自然抓不到。

那天一路回去，吴稚和陈军都在稀奇，说他妈的童年贵怎么是肥老倌的弟弟！真是不是一家人不进一家门。这家人全都不是什么好惹的货，都他妈不是好东西。

火车火车——你娶了老婆没有？

陈军突然没头没脑地大喊一声，吴稚鼓着腮帮子用力地“呜——”。

两个傻瓜纵声大笑。

我又想吴稚陈军他们很奇怪，退伍军人，干个协警，按他们这样算，他们的工资才载客工的三四分之一，为什么不动心，还照样一天到晚人五人六的斗志昂扬？好像一点都不羡慕童年贵他们。他俩害羞地说，不是喜欢穿制服的感觉嘛，谁跟钱有仇啊！可是有钱最终也不就是为了买个人前神气？穿制服挺好，如果能转正成你们正式警察，那就更好啦！

吴稚突然冒了一句，要我不穿制服当老百姓，我可能也习惯得了。陈军肯定不行，他开单位的车，眼里从来没有红灯，你让他当老百姓，他根本不会开车了！

陈军说，放屁！你他妈讲梦话都在马路上骂人管人！最爱穿制服的是你！

九

我要给师傅老婆送钱去的时候，彭蕾来了。看她满面春风的表情，根本不像已经遗弃我的人。我木然地站在阳台楼梯口，她招呼我进屋，那种热烈和舍友小康依然播放的《天堂的阶梯是白色的》的氛围很不相称。看我不想回屋，她就跟我站在楼梯口。她的葡萄红长发在眉眼之间翻飞。

小气！她说，买卖不成仁义在，恋爱不成友情在。你算什么男人。

我看着楼下小学操场上，几个高大的少年在比赛投篮。我懒得问她有什么事，她想说什么她自己会说。

我妈其实心很好的，全城都在议论你两个师傅自杀的事，可是我妈听说了，第一反应就是担心你呢！

有一个矮而瘦的少年，投得特别准。每次投完，他都回味地勾弄自己的手腕，好像在研究自己为什么这么神奇。彭蕾撞了我一下，你真那么小气啊！

我懒得反驳。有什么小气的呢，我知道真娶了她我也没有多大的幸福可言。随嫁的她母亲就会够我的呛。她母亲是个半吊子的心理医生，认为天下没有几个人心理比动物健康，尤其是警察。彭蕾父亲去世前后，她母亲有个不错的朋友，说好要关照我分到司法局的，后来那个人在节骨眼上被双规了。而我专业成绩突出，是被公安到学校直接挑走了。这也是命运。她母亲不同意，说她一个远房亲戚就是干这个，被人乱刀砍死在街头，而且，这个行业的人，很忙，嫁了就等于守活寡。更重要的是，这类人三年看到的丑恶面，比普通人一辈子看到的还多。他们看人都是怀疑的，大部分都心理阴暗，总之，坚决不行。很快她妈给她介绍了一个来看心理疾病的小老板，据说小老板很大方，彭蕾和她妈妈一人得了一个戒指。彭蕾一套上钻戒，就跟他走了。

我不是嫌弃你，彭蕾说，我们真的对你个人没意见。真的，我和我妈都是嫌弃你的职业。彭蕾说，我原来还觉得我妈妈考虑得不对，后来一听说你俩师傅一起自杀，我就觉得，真的，你们这个职业太容易让人变态了……我差点变成寡妇……

说正事吧！我还有事。

我当然有事了！可是，人非草木岂能无情？看到你难免想多关心……

我真有事。

小气！你还不承认！我有事求你！

我看着楼下少年投篮，不知道她又要干什么。

她居然塞给我一张红色的违章电脑通知单。帮我们处理了。我低头看是个罚款一百块的东西。我把纸张还给她。她像老夫老妻那样高叫起来：你干什么呀，这么一点点屁大的事！

我说，就是这么点屁大的事，还要你来求我，值得吗？

又不止这一点，他电脑里还有三个通知，总共要罚款五六百呢，还要扣分、缴滞纳金。现在，让你显示权力的时候到啦！

你就这事？

对，你帮不帮？

行内人都知道，红色的电脑单不是一般人员更改得了，几乎就是没用了；如果是白色的手写通知书，也就是说，还没有进入电脑，那就有人为处理努力的空间。不过，负责这一块的支队领导，是我自杀师傅的发小，听说我过来实际和他的暗中关照有关。来时，他把我叫去他办公室说，今后有什么事可以找他。他就是我新大哥。所以我想，要去处理红单子，估计不是什么大问题。

可是，我就是不想。我说，你真要我帮？

她点头。我说，这谁的车？

她说，你别管。

那我就不管到底好了。

你干吗呀，男人不像个男人！小气！

我转身走。她像过去撒娇那样，黏上来死吊我胳膊。

你干吗嘛！她说。

我返手掐住她脖子，脱口而出：干你！

彭蕾张大了眼睛。

我以为她会抽我，可是，她四下看看，降低音量说，在哪里？

我一下子懊悔得闭上眼睛。我要宣泄一次，可是，我不要别人顺手牵羊；我要爆发一次，但我容不得彭蕾这么唯利是图地犯贱；我气得要命。

她友爱地牵起了我的手，拉着我，我们走向天国的台阶。天国云遮雾盖，白色的台阶时隐时现，噔叮的铃声在云端。小康依依不舍地离开电脑的血腥，说，快点啊，我在处理照片！

鹩哥一见来人，在笼子里扑腾了几下。彭蕾一边解衣服，一边吹口哨逗它。鹩哥睁圆眼睛定神看她，突然，它响亮地说：我操！彭蕾一怔之下，大笑：真是一只下流的鸟。

一完事，我就起身穿衣。我把红色的单子放在桌上。

我说，那事我处理不了。

彭蕾像出膛的炮弹，一下从毛巾被里蹿起：

你！——流氓！混蛋！

我踩着床架飞快扎鞋带。

彭蕾赤裸地扑向我，我几乎被她扑倒，她使劲甩了我一耳光：——缺德！

我把她扔回床上，我说，你要不缺德，早就该甩我一耳光，而不是现在！

我拿出七八百块钱，狠狠摔在单子旁边。

那个人不就是想省这个钱吗？好，给他！我就当出了嫖资！

彭蕾嚎叫着，又扑了过来。她在眼泪中嚎叫：你混蛋！变态！你除了变态，你什么都不行！你滚！我不后悔蹬了你！你活该！

十

过铁路的时候，远远的我就看到，一个人摇晃着，背着一座比普通餐桌还大的瓦楞纸皮堆，走得摇晃，因为他是个瘸子。走在纸堆旁边的还有一个小孩子，七八个矿泉水空瓶子，用编织袋绳子，像挂炸弹一样，前前后后地挂在小小的身子上。我看出来是肥老倌和他的儿子还是侄子。看那个样子，也就是捡破烂的模样，但是，那一大一小好像很开心，小家伙在唱着嘹亮的歌，打着有力的手势。我的车一驶而过，没听清他唱什么。我从来没有见过这么神气快活的拾荒人。我一直在后视镜里瞟他们，直到拐弯看不见。

到师母楼下的时候，我听到楼上好像人声鼎沸，整个铁楼梯在控控哐哐地乱响。忽然好几个人哇哇大叫，我正要抬头看，铁楼梯上面，稀里哗啦的水下来了。看厕所的人把我拉开，哎哟！还好不是开水、刀子掉下来……

看厕所的人忘记我上次来过，她说，你也是来讨债的？嗨呀，赌是无底洞啊！

我找了个好点的位置往上看，一个头发像女朋克那样的银发少女，手持浇花水管，向楼梯上的人猛烈射水。突然有人尖叫，停啦！停啦！一吨水两块八呀！不要射啦！好像是师母的声音，但是我看不见她人。

我说，怎么回事？

看厕所的说，这些本地人啊，越有钱越糟糕。一个寡妇了，还那么爱赌。金山银山也败掉了。

楼梯又响了，从底下能看到七八条人腿，控控哐哐地交错杂乱地下来了。这些人中，有的人头发是湿漉漉的，有的人胸口湿了一大块，有的人大腿、小腿都是湿的。他们很激奋地咒骂着：她还以为她那个喔咖（骂警察土话）老公还活着呢，可以罩着她欠债不还！一个声音说，我早就说我们不要让她赊账，你们不信！一个声音说，王鳖你就算了，上次你嫖娼，还不是她喔咖把你捞出来，你还真是欠她家人情呢！一个说，我又不是没有帮过她家，我儿子上次还帮她女儿打架呢！……

一伙人咒骂着远去。看厕所的人立场不明地一直摇头，我犹豫着要不要上去。电话响了，是师母家的。我走到楼房后面的几棵龙眼树下。电话忽然停了。大地有点抖动，好像火车要来了。我把电话放回口袋，电话再次响起，我马上接了，还是她的。

我靠在树上接电话。师母的声音温文尔雅：小杜啊，你快到了吗？

唔……临时有事，改期吧，师母……

突然，一个声音在我的头上高声响起——这真是他妈的世界上最快活的大声咨询——

火车！火车！你娶老婆了没有——

呜——

火车瓮声瓮气但充满灵气地大声回答。

紧跟着，一大串笑声在龙眼树叶上面爆起。大人小孩、男声、女声。火车太懂人事了！我再次想发笑。可是，我的耳朵里传来尖厉的质问：小杜！你到了?!

我没有回答。

你为什么不上来？小杜！

电话咔地挂了，转眼我听到楼梯控控哐哐地响起，有人追下来了，我转身就冲向汽车。

才开过铁路，电话又响了。我接起，师母说，我们家老齐生前对你不错。你负伤的时候，我家最后一条高丽参给你磨药了。做人要摸摸良心。你到底借不借我钱？

我说，我暂时……没有……

没有？没有你来干吗？

……

他以前抓人得罪那么多人，现在死了，人家都找我出气了，你不帮我不行！

……

不能你们风光我遭殃！

我不知道她的你们是指谁。

到底借不借？你有情有义你就说话！

以后吧……我要赶去单位有事……

放屁呀！人一走茶就凉！我算是看透了！告诉你，你不会比你师傅死得好看！你们这些喔咖，一个个都是冷血动物！都没有心肝！

……

我想挂电话。

师母口气突然变软，喂，你到底借不借？我会还你的——

……

老齐嗳，你怎么就撑不下去了呢，你叫我们母女怎么过……她一下子变成唏嘘哭声，我把电话丢在副驾座上，没有关机。

十一

彭蕾的事我还是去处理了。因为她把我说的嫖资和红色违章单子都扔在我桌上走了。

我的新大哥，坐在支队红木豪华大桌子后面，看到我并没有我以为的那么疼惜我。他说，什么事？眼睛还看着自己的手机，接发短信。我一下子气就有点虚了。但既然来了，我还是说了我的需要。我叫他老大。

他皱起眉头，公事公办地说，怎么，才来多久就开始搞这些名堂啊?!

……是……女友……

他说，女友？不是嫌弃你分手了？

我点头：……可是……

别那么轻骨头！入行这么久了，我们是什么人你还不清楚吗！我们不嫌弃她们就她祖上烧高香了。

老大我……

已经有人投诉你滥用职权了！他似乎抬眼看了一眼桌上的几张带信封的纸头。我立刻想到童年贵或者那个女业务员，我操。我想倾诉一下我的执业郁闷，可是，我发现他更关注的是他的手机短信。我正在想是不是等等再说，他却突然莞尔一笑，眼睛马上从手机屏幕上抬起，他不愿意让我发现他是看到手机发笑的，于是，他又对我笑了一下，笑得云淡风清。

这样吧，看在老齐的分上，分数不扣了，但罚款不能免。你还有事吗？我马上要开会。

我只好退了出来。我还是到银行，自己出钱替彭蕾把那违章罚款缴了。帮就帮个圆满吧，免得她瞧不起。

以权谋私做了件好事，心里还是轻快。全部处理完，我打电话告诉她统统消单了。我的口气控制不住地自满又傲慢。她接到我的电话果然异常兴奋，让我感觉好像一只喜鹊要从手机里跳出来。她说，你快来！科技园门口！快点快点，我需要！马上！

我以为她对我感激万分，就心情圆满地过去了。开着中队一个要报废的边三轮的吴稚，正好要去居委会，就顺便带我过去。我一路上宽厚地接受吴稚约会之类的打趣。还没到科技园，远远地我就看到马路梗阻似的围着人，肯定是车祸剐擦了。我习惯性直身看一眼，彭蕾就看到了我，立刻扑出人围：啊，让一让，警察来啦！你看这的士讲不讲理，好好开着，他突然就减速了……

吴稚一轰油门走了。彭蕾和一个脸色红润的、头发黑得可疑的中年男人在一起。他们的灰色马自达左前灯都瘪了，橙色灯片散在地上，天蓝色的士车的右后方也瘪了一大块。

的士司机看到我，眼神委屈又巴结。他一边给我递烟，一边着急地说，前面刹车，我有什么办法，是他自己不保持车距……这道理哪里都讲得过去……

我的圆满心情灰飞烟灭，感觉太坏了。我后悔没让吴稚等我。那个红脸黑发男人看着我，似笑非笑八分淡定。我一眼就看出，他认为彭蕾搞定了我，所以，就不用他赔什么殷勤来操心这事的处理。我掉头走出人群，一直走到科技园宣传栏前面。我心里恨得牙痒。这个浅薄势利的女人，她敢这样调度我，就像调度一个狗腿子。我也的确像个狗腿子，挥之即去，召之即来。我掏出电话打吴稚，电话突然被人一把打在地上。

彭蕾暴怒起来的脸，有一种悍然的魅力。她说，你有病！

我伸手要把电话捡起来，她竟然抬脚就踩，而且踩住了还磨了下脚尖，痛得我一下坐在地上。她使劲啐了我一口，跑了。风过，吹回我满脸的唾沫腥臭。

手机屏幕全部磨毛了，而且一直显示“你的智能卡，暂时无法使用”。我把电池拆开，重装，依然不能使用。忽然，我感到有异，一抬头，果然，在宣传栏的绿篱边，童年贵跨车站在那里，他戴着头盔，脸的下半部隐约有微笑——我不敢肯定，但是，我一下子血往上涌，脸色爆红。我操！他肯定什么都看到了。

童年贵感觉到什么，轰地一个弧线，扬身而去。

我捡起半截砖头，狠狠追砸过去。

手机不行，我只能拦的士回去。可是，正是的士交接班时间，很多车不载人，满大街的人似乎都在踮脚急切地招的士。有一辆的士就在我身边下客，我刚要上，一个中年男人不知哪里窜出来，拉开后门抢了上去：去轮渡！他砰地关门。那感觉，就好像我不存在。我火冒三丈，什么事他妈的都有个先来后到。我猛地拉开门，那个男人牛眼一瞪：怎么！喔咖了不起啊?！想欺压老百姓？——走！

的士司机歪着头，故作天真地向我招招手，以示欢快的无奈。

的士远去。我站在路边。天色向晚。

一个眉目和童年贵颇有几分相像的人，骑着摩托过来了。见我一直看他，他也好奇地回看我。其实这外表一看就不是载客工，但是，我一手指他，还是向他标准敬礼：你，过来！

他困惑、但不太高兴地过来。

把车推旁边！我说。

那个家伙很不以为然地推到路边，而且很倨傲地掏出证件，脸上是查就查，我怕个鸟的表情。我仔细查看了证件，把证件扔给他。我说，把车熄火。

他诧异地看了我一眼，把车熄火。

我说，启动！

他又看了我一眼，启动。

打转向灯！他没有看我，但明显顿了一下，重重打灯。

我说，刹车灯！

他狠狠打开刹车灯。依然一切正常。他挑衅地睨视着我，那表情明白地告诉我，他看穿了我一肚子坏水。

他的表情令我愤怒到极限，什么叫“不法制的脸”，不法制的脸就是这样一种自以为懂法、自以为无懈可击就可以不尊重人的混账的面孔。

我大吼一声：打开你的大灯！

那家伙以为看透了我，十分有力地甩了个响指，打开近光灯，而且意味深长地看了我一眼。

远光灯！我说。

他伸手打远光灯，眼睛却看着我，换上一副爱莫能助的遗憾表情，但这个表情在瞬间冻结了：远光灯不亮。灯泡烧了！

驾照！我伸手。

他有些愕然、有点尴尬。

我一把抽过证件。开单。

违章事由：灯光不全！扣3分，罚50块钱。

那家伙拿过单子，再也没有铮铮傲骨了。他哭天抢地地高叫起来：你——这简直是疯了——

我标准敬礼。敬礼的时候，我说，不喜欢扣分，建议你订全年的交通安全报！

我狠狠吐出一口浊气，转身，扬长而去。

十二

我开始感到小康循环播放的怪异曲子入味，是在他被撞到住院之后。他是在勘验现场的时候，被一个醉汉开的摩托撞了屁股，他护住相机栽倒，结果，相机没事，他的牙齿洒落了一地。骨盆也裂了。因为没有牙齿，他发短信让我去医院看他。到医院，他依然给我发短信：明天你帮我把电脑带来医院。我要照片上传。

我在我手机里写短信给他看：你有病！

他居然咧着无牙的嘴，空洞地微笑。他把短信写了给我看：你不知道它有多高的点击率。我说：就为了那破照片，不惜满口牙齿脱落？他写：政府会重新给我发一口牙齿的！我说，那种照片千篇一律地变态、血腥。你太无聊了！他写：不，不！没有血腥和变态，你怎么知道不血腥不变态的宝贵？他又空洞一笑，低头写：大家都需要。大家需要通过别人的支离破碎，确认自身的安全美满啊。

在医院，我意外地看到了童年贵。他风风火火地奔进来，到住院部缴费窗口交钱。久戴着的安全帽压扁了他头发，使他的头型古怪。他一头汗水，并没有看到我，但我还是不舒服。我不知道为什么，也许他那汗潮古怪的头，就是挑战我职业尊严、个人尊严的痕迹。他天生就是我的挑战者。我不知道我为什么就是不舒服，横竖就是不舒服。我始终悟不出来，直到我们那一天最后的狭路相逢。

那天晚上，我一个人在天台简易搭盖的宿舍，我没有把小康的电脑关上，躺在露天躺椅上我关了灯。

夜空中，那个男女莫辨的、行云流水般嗓子，在夜空下绕啊绕啊，循环反复直追月色清辉，就是那个夜深人静的时候，我听到曲子尾声出现——水晶般的——

噔——

叮——

咚——

我恍然觉得是一辆马车驶向天堂，越行越远，咚…… 噔…… 叮……最后消失在浩渺的天空深处。我开始反复听这首歌，尤其到最后，我就是要听那个晶莹清澈的噔、叮、咚，每一声，世间万物浊气下沉，天国的白色梯阶隐隐可见。

十三

我还是给师母送钱去。因为师傅家的反叛的银发少女用刀把人砍伤了。我知道我的钱肯定有去无回，所以就一减再减，最终信封里只有四千块，没想到，四千块还是让我心里不爽，而一不爽，马上我就想到了我师傅和我实习师傅。我的实习师傅的妻子，听说和人同居又分手了，又换了一个试婚对象。我不能理解，这么两个出类拔萃的男人，上帝为什么要让他们活得那么不开心。不知怎么的，一想到他们两个，近期我的耳朵，就仿佛听到噔——叮——咚……的声音，我开始分辨不出，是《天堂的阶梯是白色的》的结尾呢，还是我和我师傅们最后一次喝酒的水晶杯碰击声。

接了钱，师母夸张地要跪谢我，我赶紧拉起她。她手势好看而利索地数了数钱，还把一张钱对着窗户光亮照了照。要不要开个借条？她说。我迟疑着，暗自推敲这钱有没有欠条估计都回不来了。师母说，唉，我知道你不习惯这样，算啦，反正，你是老齐的小弟，今后就是我的小弟了。

客厅里，麻将桌上，砌着等待人来搓的白绿色麻将。老齐的遗照下，有一盘表皮干皱的苹果和发黑的香蕉，小黑虫在那里飞舞。照片上的老齐穿着黑蓝色制服，似笑非笑，这是我们工作证件上的标准照。

师母顺着我的眼光看师傅，说，我是对他实话实说，我说你既然不爱活，那为什么不争取去换个烈士给我们呢，这样体恤费、奖金、慰问金、孩子上学加分、我安排工作，好处很多！你知道吧，十年前，有一次行动，一把土制手枪，差点要了他的命，就差心脏一豆子远！这样拼命，最后也只捞到一个二等功。人家还爱给不给的，什么用！

师傅并不在乎这个……

不在乎经常在家喝多了就哭！

我很惊奇：他……哭吗？

师母说，哭得跟狗叫一样。别看他出去人五人六、威风凛凛的！

这个，我说，在乎荣誉是一回事，在乎公平……是另一回事……

还不是都一样！

我说，我师傅……爱不爱你？

师母被电打了一样，说，神经病！

我不知道她是不是骂我。见我默然，师母说，我是说我自己，嫁给喔咖的，都是神经病。

走的时候，她坚持要送我下楼。地板似乎在震动。

在这个铁路边出租楼，我也变得敏感起来，就在我感到火车要开来的时候，正好下楼拐弯，我看到后院里龙眼树下，童年贵和那个大点的小男孩，正在从摩托车上拿下菜啊豆腐什么的。这时，只见那一大一小，同时转身，面对火车比赛似的大喊：

火车！火车！你娶老婆了没有——

呜（有）——

火车应声而过。因为准确的时间把握，这个问候使这一瞬间，充满了天地万物之间的和谐与灵性的光辉。童年贵和小男孩哈哈大笑，他把孩子高举起来，孩子在童年贵头上，对火车猛烈挥手，画蛇添足：

火车——有空再来——

师母撇了撇嘴，说，穷开心！胖子都肾病住院了，昨天还要我宽限房租，还这么没心没肺地发癫！

十四

政府不仅给了小康一口烤瓷牙，还给他记了二等功。面对采访记者，小康展露着一口新牙，说，自己是为了保护现场工作照片，闭嘴不谈他痴迷的网络风光。

政府对他很关怀，之后我们“猎狐”行动，也和他舍身为公的牺牲精神刺激有关。政府把英雄负伤、飞车抢夺、道路交通事故高居不下，都算在非法摩托的账上。两节前夕，政府、局里和区综治组织抽调了一千多名工作人员，配合我们专项整治中队组，对全区进行了地毯式的大清扫行动。仅半天，我们就截获了八百多辆无牌无证、假牌假证、超期行驶、非本市牌照、非法营运的“黑摩”。与此同时，很多载客工到市政府门前上访静坐，要求权益。不知道童年贵有没有参加，吴稚说可能没有。不知道他从哪里听来的，说童年贵的哥哥和住院的嫂子，情况都不好。瘸子最近老伤复发在吐血，女胖子被下了病危通知书。

陈军说，因为打工者太多，公交依然不方便，这样，打击规模越大，避风头的载客工越多，黑摩的市场就越紧俏，出行人怨声载道。据说，价格涨了，载客工还挑肥拣瘦，爱去不去。这样，胆大妄为的家伙，挣得相当不错。而童年贵就像一骑枭雄，凭借他高超车技和机敏狡诈，在黑市里丧心病狂地南征北战。那天，看到童年贵为躲避整治人员，像箭一样，射进一条一线天一样的长巷子。吴稚悻悻地说，那混蛋在玩命地扒钱！

就是这样的背景下，那一天，我和童年贵狭路相逢了。

他是失手进了一个整治卡哨，一旦发现情况不对，立刻拱下屁股后面的乘客，加速杀出包围圈。整治人员对他心理很复杂，因为知道他车技疯狂，有所顾忌，又因为恨他，好容易发现，众矢之的，谁都不愿放过。童年贵似乎早就准备一场恶战，拱下乘客就是一个信号。

多路好手参加追捕。我接到对讲机指示是，童年贵由东至西，沿着铁路，往我们设卡的防区而来，估计会窜上施工的高架桥。陈军在一个引桥上截堵，我的摩托沿着直道，逆向开上大桥主道。吴稚他们在桥下设路障。

因为施工改造的围挡，这个方向的主道路面只有一个车道。我还没有上桥顶，就看到天海那边的引桥上，一个风驰电掣的一个摩托身子，远远地呼啸上桥。看不清也不用看清，肯定就是童年贵。

高架桥右侧，是铁路桥。摩托驰骋中，我感觉不到火车的临近，但是，不知是否错觉，我听到了火车声，是那种能听懂人话的火车声传来了。

童年贵似乎原来要右转下引桥，可是决斗似的又冲上来了，而且是直扑而来，义无反顾。他冲着我笔直而来。

他真是疯了。以他那种劣质的拼装车，能在整治队员的围捕中逃脱就算侥幸之至、福星高照了。难道他还想鸡蛋撞石头，和我白色的警用摩托对车？他这是找死！

童年贵笔直得像一柄咆哮的利剑，向我而来。

我忽然明白了，他就是来寻死的！

他疯啦！

火车轰然而近，我听不到火车的声音，因为我和童年贵的摩托，都比野兽还疯狂。可是，我又的的确确听到了一种问候，在我的脑海深处，辽远、充满人的纯真和欢欣：

火车！火车！你娶老婆没有——

呜——

我一打车头，童年贵重重刮着我的胳膊而过，就像石头让避了鸡蛋。我越过护栏凌空飞起。我和我的白色摩托在空中，慢慢腾起。什么声音也没有，白色的摩托，轻灵纯净，大气传递出浩瀚无边的轻松和安逸。原来如此呵。我看到我笑了一下，在头盔里。祝福火车吧，祝福关心火车婚事的所有欢乐嗓子吧。用他妈的生命去干杯吧，用师傅们的水晶杯。

我看到童年贵刹住了车，他呆望着凌空而去的我。他当然不知道我为什么要闪避，成就了鸡蛋的一条生路。我也不知道，我只听到天国的风铃在声声召唤。

噔……

咚……

叮……

我向桥下坠落，天国的马车却穿云而来，噔叮……噔咚……尘嚣渐渐下沉，下沉，雾霭般矮去远去。白色高架桥越来越小，我看到蓝色尘间，烟波浩渺。

噔……

叮……

咚……

我的太阳

一

这本来是个厝边小稿，但我却没有完成。

在本地话里，厝指房子，厝边是邻居街坊的意思，厝边新闻，就是街道、社区里一些家长里短的生鲜趣闻、小区小人物之类的“沙粒”新闻。日本人叫它“豆新闻”。当时一个厝边助理——其实也就是信息通讯员——到她嫂子的娘家玩，忽然听说这事，立刻扯着嗓子给我打电话，说那小区里有一个怪人，从BRT启用到现在的三四年间，天天在BRT的公交线路上唱《我的太阳》。说他一上车就唱，旁若无人，直到下车。不过，回到海滨小区，他就不唱了。那怪人每天的线路是BRT快速公交2路轮渡——海豚山。

这当然很“厝边”。我就和那个女厝边助理去乘2路车邂逅他。BRT是高架路，高高叠在原有道路上，在行道树顶、在高楼的腰腹凌空而过。我猜这样在城市的半空驰骋着唱歌，可能是比较有舞台感，只是不明白，他为什么只唱我的太阳呢？在第二次等候的时候，我们真的碰上了。一开始，他从前面上车刷卡向我们中间走来的时候，我和那个厝边助理都没有想到就是这个人。他戴着墨镜，脖颈有力，耳朵里塞着随身听，年纪大概在三四十岁间，外型几乎称得上酷，用那个助理的话说，他像黑客帝国那个主演基努。但是，后来摘掉墨镜，我们都看到了他的眼神里有一种十分羞怯的、茫然无措，甚至是等待判决或者宰割的东西，而且他几乎不能够正视对方。

公交车开过笔直的滨海西路，在两边芒果树顶奔驰时，歌声突然迸发出来了，一出来就气吞山河、非常辽阔，一瞬间我们竟然没有找到准确声音源。他是面对着车窗外歌唱的，我看到了售票员带着叹息的、过来人的微笑，并顺着她的眼光，确定了那人。

啊多么辉煌，那灿烂的阳光，
暴风雨过去后，天空多晴朗！
清新的空气令人心怡神旷，
啊多么辉煌那灿烂的阳光。
啊你的眼睛闪烁光芒，
仿佛那太阳灿烂辉煌，
眼睛闪烁着光芒，
仿佛太阳灿烂辉煌！
明亮的阳光照在你的窗上

公允地说，并不是优美的声音，高音的地方简直是分崩离析，但听得出直抒胸臆，有一种热切的情感，很畅快。我注意车厢里的大部分乘客在窃笑，有谨慎的生客赶紧问是不是卖唱要收钱的；有天性快活的人就兴奋地噼里啪啦鼓掌。那人背对着大家置若罔闻，一曲终了，反而没有人鼓掌了，车厢里静悄悄的。他停顿了许久，又开始唱了。他始终没有转过身子。我身边有个女人在看报纸，看到厝边助理过分激动，就淡淡地说，神经病。只要碰到这疯子，我就要听两遍《我的太阳》，才能到站。我说，有多长时间了？那女人翻着报纸，闷闷地说，几年了！也没人管，我打110，他们也不来处理。现在，大家也习惯，反正是个文疯子，就让那破锣嗓子唱吧！

就像一曲被设置循环播放的音乐，到海豚山站的时候，新老乘客大多意兴阑珊。我已经记不住他唱了多少遍《我的太阳》。到站下车，我们尾随他折向海豚山路口。我请他留步。一自报家门，他墨镜下面那条有力脖子，梗了一下，语气有点迟疑，他说，对不起啊，我忙……他摇头转身。我满面堆着恭维的笑说，喂，你唱得真不错！我们只要六七分钟！

他没有停的意思，我追了过去，把名片强塞给他，并索讨他的电话。他看着手里的名片似乎很发愁，也许很烦，我看不到他墨镜后面的眼睛，只好保持期待的笑容。

他还是那个迟疑的语气，说，我来不及了。对不起……

他走了。走上坡地。一阵海风疾过，我看到我的名片在他手里起飞，跌跌飞向了旁边的花圃。他照样往前走。

我们只好悻悻回去，再回 BRT 快速公交车。我到售票员身边的座位后，向她打听这个乘客。那个两颧发红的、拧着随身带的保温杯正要喝茶的售票员，一听我问那个歌手，笑得喝不下茶。神经病！还歌手呢！

她说，我是前年底调到这条线上的。大家都知道这一路有个半疯子，要不就是个二百五！反正不是正常人，好在他从来都是刷卡月票，穿戴又整洁，不打人也不骂人，所以，我们也都不怕他。爱唱就唱吧。这神经病！

她说（一指开车师傅后背），只有齐师傅说他不是疯子，也许他是在练什么吐纳养生功夫，而且一下车他就不唱了。不过，那天有个乘客跟我说，这人可能是搞声乐的，肯定是个艺术家。

她自已也不相信地笑起来。她说，有一次，一伙游客上来听到他放声唱歌，都兴高采烈，好几个男人嘻嘻哈哈地和他一起唱，有个人把头上的帽子都扔出车窗外了。他立刻就闭嘴不唱了，而且还提前下车走了，多莫名其妙！

二

我没有指望那人给我打电话，我看到他把我名片丢弃了。但是，那个厝边女助理十分上心，隔两天又到报社热线来找我，说她掌握了一些新情况。她说那人在气象局上班，是个首席气象员，但是他老是报不准天气预报，所以，在单位混得很糟糕；还有，她嫂子娘家那边的人说，几年前他们家发生了一起奇怪的事，他老婆半夜被人打得半死，喉咙都被扎成蜂窝了。警察把他抓走了，很多邻居也都怀疑他要杀他老婆，可是，不知为什么，公安局又把他放掉了。可能是他老婆没有死，也可能是气象员家里太有钱了，发生了权钱交易。最奇怪的是，小区的人说，他们到现在还没有离婚，不知道是不是他老婆原谅了他。还有，他老婆比他小十几岁，漂亮死了，当时她的喉咙被剪刀戳了深深浅浅二十几个洞，差点救不活，很久都说不出话来。康复后她的嗓子就全倒了，现在，她见了人基本不说话。

第一次采访不顺利的时候，我在系统的线索反馈单上，填“当事人拒绝采访”打算了结。不料两天后，我打开电脑发现我们部门老大竟在上面批复说，读者一定都想知道这位市民为什么这么热爱生活——傻瓜都能判断，这种好事，不会有采访阻力！言下之意就是我不够努力。所以，女厝边助理情况再报的时候，我和她相约去了她嫂子娘家所在的那个小区。

那个嫂子的妈妈，是个六十多岁腿脚利索的居民小组长，成天带着几个老头老太太在小区里，戴着红袖标，进行卫生巡逻检查工作。现如今，在很多人眼里，记者和狗屎基本一样糟糕，可老太太看到我们，还是满怀少女般的亢奋，话很多，问一答一百。她亲自带队，一路飘香地跟沿途居民打招呼，说带记者考察考察小区。那个气象员住在和宁里，老太太说她可以以调查垃圾分类工作的名义，去敲他家的门。老太太说，家里肯定有人。好像那个女的没有工作。

我们还没有走到和宁里 7 号的防盗门，远远地，一个女人在紫荆花树下，边打电话边拔鞋子，动作仓促而美丽。那是一个远看就能感受到的、轮廓四肢背部线条都悦目的女人。老太太顿了一下，着急地说，糟，她要出去！

果然，那个女人脚步匆匆地走过我们。老太太大叫了一声，女人回头，这才看清老太太，脸上有笑的意思，但她还是要走。老太太说，忙啊？女人摇头好像是客气地表示还好，或者是没办法就是忙。老太太过去就拉她的手，你家的白蚁还有吗？

女人开口了，这一开口吓我们一跳，是喉咙深处发出的、低沉粗糙又含混不清的声音，就像一个野兽在学说人话。她说：谢谢你。没有了。女人招手，飞快离去。老太太一急喊道，喂！你老公又在公交车上唱歌啦——

那个女人可能是假装没有听见，她像逃跑一样疾走远去。

在和宁里，这个叫康健一的气象员，是个颇为出名的人物。一开始是他成为本地电视台的气象播报员，随后，大家都发现，住在他们小区的气象预报很不准。有经验的家庭妇女都知道，今天要是本地新闻后，出来的气象员是康健一，今夜和明天的气候情况就要靠经验了，比如，康健一说明天有雨，那么明天往往会没有雨，甚至会出大太阳；如果康健一预报说明天晴到多云，家庭主妇们一般不敢晒了衣服被子外出，外出前也必定要检查包里有没有伞。往往是用得着的。如果是日常小气候，报不准也就算了，康健一最糟糕的是，预报台风尤其不准，每次说正面袭击本地，结果每次都没有正面袭击，害得市民每一次都如临大敌，抢购似的买了蜡烛（蜡烛商每次都哄抬市价）、手电、收音机，还囤积了不少箱牛奶、方便面、青菜；渔船入港、广告牌加固、浴场封闭、学校停课，总之，制造了很多精神崩溃。有一次，他总算预报了是在外埠登陆，结果台风硬生生拐弯了折回头，以十环的精准直扑本地，结果，十四级强台风，把猝不及防的本地人搞得哀鸿遍野、狼藉不堪、损失伤亡惨重。虽然，气象员康健一不如那个气象美女，不那么经常出镜预报，但还是因为不准，赢得了深刻记忆。但是，在和宁里，在厝边助理嫂子娘家人眼里，康健一更加让人难忘的是，他家发生的故事。

几年前的那一天深夜，邻居们听到了他们家的争吵声，康健一气象员却说他不在家。第二天，昏死在阳台的他妻子是邻居先发现而打电话报警的。她在 ICU 病房昏迷了一周。这一周里，全听气象员康健一自说自话。康健一去了哪里呢？听说气象员说他去了他母亲旧宅听歌剧。他母亲前一年就去世了，空房里有一套好音响，气象员康健一不时过去听，因为妻子不喜欢。所以，气象员康健一独来独往，所以，他也找不到证明人。而他太太一周后醒来，反复写道：她什么也不知道，一定是被人下了迷魂药。一些有侦探精神的居民，通过关系，多少暗查了一点他们家的保险情况，但听说也没有什么进展。助理嫂子家的母亲，就是这样见义勇为的热心居民之一。现在，老太太惭愧地对我们说，当时保密性不强，不小心惊动了气象员，不管有没有都伤了人自尊了。老太太说，所以，那气象员见了我们几个居委会干部，都不大理睬，他老婆还好。当然，老太太很客观地说，后来警察都不追查了，我们还怀疑什么呢？最多就是怀疑他的气象预报准不准，谢天谢地，他现在也不怎么出来乱报了，听说首席预报员，一个月也快一万块呢，他老婆不工作也正常了。这世道真是奇怪，你看看，明明都预报不准，还可以拿国家那么多钱！我孙子光光算数不好，他妈妈一看考卷每次都打他手心，我就说了，算不对就算不对，大不了我们以后当天气预报员去！

三

那天晚上，我在大超市意外地发现了气象员康健一的妻子。她的浓密的头发上，扎着不知真假的爱马仕丝巾，冷柜的灯光打在她白净的脸上，她在对比挑选大瓶的酸奶，身边的手推车里堆着满满的商品。这的确是一个悦目的女人，比她的脸更悦目的，是她的身形线条和动作。我不由跟在她后面，猜测她究竟知不知道自己丈夫成天在公交车上唱歌？这事她到底怎么看，事情的成因？他在家里表现？他本人能接受采访吗？我还想她一个人买这么多东西，怎么拿得了呢，是不是我可以由此接近她，跟她聊聊，外面就有一个玛琪雅朵咖啡。我赶紧摸包里的证件。在。

出超市大玻璃门，一眼就看见气象员康健一在超市门口，依然戴着醒目的墨镜。他大步过来，接过妻子手里的东西，走向停车场。康健一把东西放后厢，就去开副驾座的门，随后的、空手的妻子，提起裙边直接就上了副驾座。我注意到，气象员的手很随意地搭在车门顶框上，如果是像宾馆门童那个的掌护姿势，一眼就让人看出是怕你蹭到头，气象员的手势不是那样，他甚至随意到你可能以为他手没地方放，但实际，他的手，为妻子的头顶防护了那个可能的磕碰。

车子绝尘而去。我直愣愣地在那里看了好一会。这不是奇怪吗？气象员有私家车，可是，他每天都乘 BRT 公交。到底为什么呢？真是爱那样的唱歌方式？像我们老大说的——极其热爱生活？看他对妻子不动声色的体贴样子，怎么能相信他脑子有病？

次日我又去 BRT 的 2 路车等气象员。在第三天的下午，我碰到了他。照例，他对着车窗外灵魂出窍一样大声歌唱，和上次一样，他挂着耳机。间隙，我直截了当到他身边，我说，我要请你喝茶。显然，他已经忘了我这张大众化的脸，但看他墨镜以下的表情，似乎也不能把我算作陌生人。我趁机像熟人一样笑了一下，说，今天又碰上了，很想和你聊聊天呢。

他似乎束手无策了，我是猜的，因为我看不到他的眼睛。我就那么站在他身边，还有一站路就到了，我以为他会再唱一遍，谁知他看着车窗外，并没有再出什么声响。他下车的时候，我也跟了下去。

我们坐在云水间茶楼。他那边能看到我身后镂空的木雕窗花外一个水库改的湖水一角，他老是看着我身后，因为戴墨镜，我觉得他老在看我的腋下。

我说，你总戴着墨镜吗？

他点头，开始一丝不苟地看着我处理茶具。他并不解释，也不展开话题反问我。我用木镊子烫洗着薄瓷功夫小杯，像是对同事朋友那样突然冒出了一句调侃：你是怕观众认出你找你签名吧？话一出口，我就后悔了，真不知轻重。但是，他依然没有表情地看着杯子，看得很专注。那一下子，我真觉得他是个二百五。谁都知道，他是个著名的报不准的气象员，难道他还真的假想着自己充满了粉丝的烦恼？

其实我也不认同自己这种不礼貌的判断。很快地，我们都喝上了茶，品着。茶一般，但颜色清绿，我看着舒服。我决定要酝酿一个好的重新开始，他突然说话了：现在的茶，简直是魔术。我一时不明白怎么接，他慢慢地说，别人给我了个三百块的茶，那天一个茶专家到我办公室，一喝就说起码要四千多一斤！

我接着他的话题，说了另外两个更典型的事例，证明了他的命题完全成立。我说，你是个特别热爱生活的人吧？

他说，我的眼压偏高，怕光。我不喝茶，也不太习惯和人面对面聊天。

那你休息的时候干什么？我说。

那就休息啊。休息累了，我会听点音乐。

喜欢音乐？

他不置可否。我给他续杯。真不习惯在室内和这么一个戴着墨镜的人对坐。安静了一两分钟，光听到杯子拿起、放下和啜茶的轻微声响。在我终于下了决心发问，我们的声音对撞了。我说，你在公——他也开口了——我们家的后山——我就赶紧收声，让他说。

他说，我们家的后院有个小山，很多的细细的竹子丛，像中楷毛笔画的极细的叶子，毛茸茸的，远看像动物的皮毛。一簇簇地围抱着长。一年里的很多时候，山上开着多种小野花。我妈妈喜欢摘几朵，或者几枝绿竹叶回家。有的花还没有等到我回家，它就萎谢了，比如一整把的蒲公英。三角梅也不行。她喜欢古典音乐，我回家的时候，家里总有一小撮野花和古典音乐在等着我。

你喜欢古典音乐是吗？

气象员竟然摇头：算不上喜欢，只是我习惯了它在我耳边，我习惯了一进家门，就听到它们，这使我安定……满足。我一进门就要听到，甚至差洗手时间也不自在。我妈妈就是这样，她出门的时候也开着音响，她叫

“煲”，煲过的音乐才是最入耳的，一推门，音乐就扑耳而来……

我猛然想起来，他母亲在几年前就去世了，他这样说，初听者根本想不到是在说一个死去的人。

我说，你父亲喜欢吗？

我五岁的时候，他就走了，对他我没有记忆，但是，我母亲说，我没有遗传他的好嗓子。

还记得你第一次在 BRT 公车上唱歌，是什么时候？

第一次坐那车的时候吧。

为什么唱？

有时候你吹口哨，你能说清为什么吗？

我笑起来。嗯，不过，我没有经常吹，也没有……你那种有规律的做法，我随便吹，还有，我不高兴的时候，可能就不吹了。

我力图说明他的行为和吹口哨不一样，他干脆地打断了，那你有没有大声呼吸、深深呼吸的时候？他总结地说，一点儿也不奇怪。要是你试了一次，你就会感觉那样很舒服，很好。

我说，如果你在普通公交车上，在地面上开的那种车，你会想唱吗？

他摇头，我不喜欢看到人。那会影响我呼吸。

最后一个好奇，我说，你不能用别的歌来呼吸吗？

我不知道。不知道！他说。他这么说的时候，我感到他很决绝，压抑着冷酷和愤怒，但是，他摘下了墨镜，我大吃一惊，看到了和墨镜的形象截然不同的东西，那眼神茫然、哀伤而羞怯。这个时候，我觉得他很无助，脑子里一下滑过高脚酒杯的那种“小心轻放”的易碎品标志。我的内脏的不知什么拐弯的地方，痉挛了一下。

他说，我想起来了。你是在采访我。我不愿意接受采访。如果你写了这些，我就告你！

不看他的眼睛，他的话总是给我感觉很决绝。我看着他给他倒茶。

他看着手里的墨镜，在呵气除污。

真希望他把墨镜戴上啊。他的强悍冷酷才会激起我的斗志，扫荡我的怜悯。但是，鬼使神差，他脱下了他的墨镜，我看着他没有墨镜保护的脸，甚至比他脱光了衣服还要令我无措。他根本不能正视我的眼睛，他那怕光的、总往桌子两边看的眼睛里，闪挪着是那么无助的、茫然的、混杂着哀伤和羞怯的光。他在单位，在人群里，他一定是个受气的能委屈自己的角色。

我的腑脏深处再次针尖一样轻微地痉挛一下。

四

老大在部门例会上，清算本周最浪费线索或者出稿最慢的家伙，都点了我的名。例证就是那个厝边新闻。事实上，之前我就跟老大口头反馈说，采访了，但人家拒绝上报。由于我不能证明当事人是不是热爱生活，老大就怀疑我根本没有采访，呼吸一说更是信口雌黄。老大说，不管他是热爱生活还是疯子，写个厝边不是很简单嗳?！送你工分都不懂得要！我们的记者就是这样糟蹋独家线索、暴殄天物！

跑气象的同事正好坐我旁边。我说康健一，他就笑了：那是个倒霉蛋。过去去气象局采访我最怕他值班，几乎每次都预报不准，害得我也挨骂。后来我差点在稿子后面另起一行，告诉读者说，天有不测风云，建议急于掌握天气情况的读者，把我写的天气预报，颠倒过来反着看为妥。

现在好了，我的同事悄声说，他们有了外宣办，统一对外发布气象信息。后来我去那里，一般都是直接找外宣办和芳芳玩。你知道，芳芳就是那个经常出镜播报天气的美女预报员。

其实，你不知道，他们也很苦。我同事下巴抵在桌面，压低嗓门丝丝地像个爆破引信在响：预报下雨，没有下雨，半夜都睡不着，会爬起来看天。康健一被搞得几乎神经衰弱。有一次，他开车送我回家，我们一路聊天。昨天他预报那天是阴天，有中到大雨的。而我们在上车前，天光还蛮明亮，看不出什么下雨的意思。我也不敢提这一茬，也许半夜会下吧。快到我家的时候，大雨忽然倾盆而下，康健一竟然踩了个急刹车。他的头一下子后仰在靠背上，闭着眼睛。后面一辆车猝不及防，砰地追尾了。康健一不为所动，面颊微微抽动，我以为他要哭了。车顶上一片爆豆一样的剧烈雨声，外面顿时雾气茫茫。一点点轻微的幸福的笑意，竟然出现在他嘴角。那一下子，我真的感动。一下子理解了所有的天气预报员。

我也尽量压低嗓子：你知道康健一，三年来一直在 BRT 的快速公交车上唱歌吗？他总唱《我的太阳》。我同事愣了一下，大笑。他捂着笑嘴低声说，这个老处男结婚的时候，就是唱《我的太阳》，一塌糊涂的嗓子，差点把来宾都搞到地上去坐了。老康平时很闷，不好玩，但一两下，逗得不行。上个月，芳芳结婚的时候，我还看到他老婆，还是那么漂亮。一路进来，老康很殷勤地帮她脱大衣、很绅士地给她拉椅子、夹菜，试茶水烫不烫，恩爱得不得了。我老婆看得酸溜溜地说，你他妈的和康工比，简直就是个野蛮人！——你听谁说他老在公交车上唱，卖艺呀？

我说你知道他家三年前发生的事吗？

知道啊，他说，入室抢劫吧，老康老婆受伤了，歹徒跑了。这么多年了，大家也懒得问老康案子怎么样了，估计老康也懒得问那些笨蛋公安了。大难不死，必有后福，听说老康的马来西亚舅舅，给了他一笔一辈子用不完的遗产。

那他为什么还要上班呢？

我怎么知道。呵呵，也许他想把天气预报搞准了再退休吧。

五

我上网百度，分别输入“康健一 天气”；“首席 康工 天气”，果然还跳出了不少资讯。我跳跃着游览：

主持人：有听众提问说，现在天气预报有时预报得不准，这是什么原因造成的？有什么补救措施及时通知市民吗？另外，我市的气象监测设施是否达到国内的先进水平？目前国外发达国家天气预报准确率有多高？我们国家与之差距有多大？

康健一：影响天气的因素很多，太阳辐射、海洋、冰雪、地形等都可影响大气运动，从而影响某地天气。大气运动本身也十分复杂，它是旋转的地球表面的流体运动，这一运动可由一个非线性方程组来描述，现阶段科学技术水平尚不能对其精确求解，只能通过数值求解去逼近它的精确解（即数值天气预报），因此，天气预报不可能百分之百的准确。采取的补救措施，只能是加强中小尺度天气系统监测网的建设，不断提高灾害天气的监测水平；其次，积极开展短时、临近天气预报，及时发布灾害性天气预警信号。

我市的气象监测设施和预测预报水平处于国内中上水平。由于我国与一些发达国家的天气预报内容和评定标准不尽相同，所以，不好比较。

……

主持人：有听众提问，为什么气象台预报的最高气温有时候总是比实际感觉的气温要低，康工能给我们解释一下吗？

康健一：气温实际上受周围环境和地表状况影响非常大的。在高楼林立的城区测得的气温，可能比湖面、山区测得的气温要高好几度。因为它的地表状况不一样，周围环境不一样。这就要求我们在气温的测量和预报方面要有一个统一的标准。气象台目前观测和预报的温度是在一个平整草坪上面，距地面 1. 5 米高的避光通风条件下的百叶箱内的环境温度。这跟大家拿个温度表放到水泥地上测的温度是不一样的。

……

台风“罗莎”诡异行径　让气象专家无所适从

“罗莎”在未登陆台湾之前，一度加强为超强台风，气势汹汹。但于昨天下午 16 时及今天凌晨 2 时，相继减弱为强台风和台风。

市首席气象员高级工程师康健一说，这次“罗莎”行踪太诡异，不断挫败了所有专家对它的预测。6 日下午 3 点 30 分它在台湾宜兰登陆后，原地踏步一些时间后，在台南逆时针打转了将近 7 个小时，并又在台湾二次登陆，最后沿台湾岛北端于7日1时进入台湾海峡，包括日本等气象部门都预测“罗莎”会笔直扑向我省省城，不料7时突然90度转北向，在7日15时30分在与邻省交界处登陆……

……

台风预报仍受技术力量限制

市首席气象员康健一坦言，目前对台风的预报有技术力量的限制。比如现在海上资料缺乏，当台风走到海峡上空时，靠的是中央台发布的强度等资料，这个资料是靠卫星通过判断台风的成像数据得来的，有时并不能真正反映台风的真实情况，台风各个部分的具体数据更是不得而知……

为解决这个问题，美国已经开始利用专业飞机，在台风还远离大陆时，就飞到海上，钻到台风中，去直接获取资料，因此美国对台风的预报很“漂亮”。

当然，康工说，天气系统很复杂……总之，在气象部门发布“台风紧急警报”时，人们不能有丝毫的麻痹思想。

……

看了百度的一串信息，我同意我同事对康健一的评价，他的确是个倒霉蛋。这么浩瀚的一个搜索系统，就没有搜出两条让康健一长脸的东西，康健一站在百度里，就像站在一个被告席上。硬要说体面吧，那只能说，他的答辩还是颇有专业水准的。

鼠标一路拖扫下来，我对康健一有了我职业以外的好奇心。他唱《我的太阳》，他只唱《我的太阳》，是不是和他一向糟糕的天气预报能力和运气有关？它是一种对天气的祈祷？还是更曲折一点的，表达他与不可知的世界平等对话的渴望与梦想，或者曾经有过的美好的回味？——当然，他和被预报的天气，肯定有过良好的互动关系。

他说了呼吸，用《我的太阳》呼吸是什么意思呢，他在吐纳什么呢？

阴差阳错，之后在另一条厝边采访中，我竟然来到了有着后山的康健一母亲住地。

六

那个地方，其实在近郊了，只是工业园起来后，来来往往的人多车多起来，看上去有些热闹，但到晚上，冷清的交通线还是揭示了那一带的边缘性。

有个老百姓打电话进来，用疯狂的声音喊，立刻！马上！请到我家阳台参观！我实在忍无可忍了！你们再不曝光我就炸煤气瓶啦！

也不是天塌地陷的事。那人家住二楼，有个开发商赠送的五十平方米大阳台。那人在那一小片白送的地面上种花种葡萄，养鱼砌棋桌，治理得有声有色。但是，楼上的住户老是往他家阳台扔垃圾，果皮、塑料袋、酸奶杯、废弃的笔、包装袋。他家隔三岔五清扫一次，他说他简直就是物业的公共清洁工，说这也罢了，可是今年以来，五楼搬来几个小姐，太没有廉耻了，什么都往下扔。

我被让进屋的时候，看到一个三岁左右的小女孩在哭泣，看到我们进来，她斜开小手一看，又开始捂着眼悲伤地哭泣。那人指着阳台说，你看看！你看看！这还是不是人的垃圾！

我张望了一圈，垃圾比我想象得少，散落在花草、鱼缸边的，倒也还是人的垃圾，也只有人才有这种垃圾。在果皮、瓜子花生壳之间的，是几个薄厚不同的卫生巾，有的血迹赫赫，有的受潮膨烂，像死鱼一条；还有东一圈、西一吊的，散落着各色用过的安全套。有一个粉蓝色的还吊在葡萄架上。

那人怒不可遏，说我提醒五楼的小姐们多次，女人要自爱自爱自爱！她们嬉皮笑脸满口答应，回头就扔下来，那个速度快的，都不知道怎么弄出来的！我上去贴了字条都没有用！我女儿今天捡了那混账东西，当气球吹！我他妈找居委会解决，她们竟然对居委会说，不是她们干的！

我抬头看看，也觉得奇怪，上面三四五六还有四层人家，那人为什么认定是五楼呢。

那人气急败坏地说，就是她们！六楼是对退休的老夫妇，不可能！四楼是个五好家庭，不可能！三楼长期没人，只是有时有人过来听音乐，是个男人——也不可能！你说还有他妈的谁?!

那三楼的男人有女朋友吗?

没有！那人怒气冲冲，他没有！他都是一个人过来！因为这是他母亲的家！他母亲死了！他吃饱撑的时候，一个人过来听音乐！他来来去去都是一个人！鬼影一样，从来没有什么女人跟着！他不可能！就是这些贱人！

他听什么音乐?

那人怒吼起来：古典！歌剧！你要干什么!!!

次日，我们就把不良住户曝光了。按正常情况，我估计一点用也没有，因为很多出租户根本不看报，最多就是投诉的家伙，自己拿着报纸以为出了口恶气，很得意。但他高兴不了多久，因为垃圾还会照扔的。果然，没多久，听说那人又来投诉了。热线员一说那事，比满地的安全套、卫生巾更先浮上我记忆的，竟然是那个报不准的气象员，那个康健一。他还独自去他母亲的三楼的故居听音乐吗?

生活中，充满了未知的世界。我们蜻蜓点水地在生活的表面，掠来掠去，我知道，很多人和事，我们只看到了冰山的一角。更多的世界，永远沉寂在大海深处。区别在，有些人有些事，在水面冰山下的比例再大，你也没有什么探求兴致，有些人有些事，哪怕只露出了只够我们这些蜻蜓站一只脚的面积，它也是令人猜想的，就像一座神秘的宇宙。

我没有新的理由把蜻蜓的一只脚，踩在气象员的生活里，但是有一天，我和跑公安的同事、舍友，一起在外面混吃混喝时，在桌上意外地碰到了当年办理气象员家里案件的警察，借着他的回忆，我得以再次窥视了气象员的个人世界。

七

事情应该是发生在三年前一个春天的雨夜，那也是一个考验气象员的多变的天气。说开始没有雨，有人说，晚饭后看天，甚至有星星。后来，不知什么时候就下了，雨一直下，再后来，人们听到天上炸春雷的滚滚雷声。

即使这样，耳朵好的和宁里居民，还是听到了有夫妻在争吵的声音。那个时候，有人说是十二点多，有人说好像是快两点。也有早睡的老人，什么时间也记不住，但对警察抱怨说，政府早就该管管了啦，有人太不自觉，整个晚上看电视，还开得那么大声，又哭又打的，扰民啊！

说十二点多夫妻吵架的邻居，也是唯一确定是康健一夫妇的声音的人，但是，后来，那个地方的人在小区院子里议论的时候，都一致认可了她的说法。

气象员的妻子，是被拂晓送鲜牛奶并来收取订奶费的小伙子发现的，因为她家的大门虚掩着，他一推开门，门被什么挡住了，伸头往里一看，就看见女主人浑身是血地倒在门边，她穿着奶黄色及脚面的睡袍，脖子上、胸口上的血，浓厚吓人。小伙子跳出门外，像女人一样尖叫起来。

她家里没有人。女主人昏迷不醒。好几个勇敢的邻居，轻手轻脚地在警察还没有到的时候，伸手去探了她的鼻息。报告说有鼻息的时候，围观的大家都不以为然，说你看，那个脖子不是一直在流泡泡吗？她在呼吸。

气象员的妻子确实在呼吸，在濒临死亡地呼吸。每呼吸一次，大量的血和唾沫就打着泡，从她的脖子中间最大的洞眼里出来，因为整个脖子血色模糊，他们没有看清那条细细的脖子上，密布有二十一个剪刀洞。后来听说这么多洞，很多人都脱口补上惊叫和惊叹。

居委会的人赶来了，在门口大叫老康！老康！周围的人就说，别叫了，肯定不在里面！在里面早出来啦。有人说，早跑了，难道还等警察来泡茶呀！有人说，会不会也倒在里面的什么地方……？有人就说，看过啦，没有。里面都是血。有人说，喂！你有没有破坏现场啊！警察会发火的！有人醒悟似的大呼：120！120！要不要打 120 啊！有人说，打啦！等着吧！这年头最快的车，除了的士和救火车，没有快的啦！警车、120 都一个样……

这些乱七八糟、兴之所至、不负责任的话，警察都听见了，据说他们几个黑着脸，拨开楼梯上的人们，径直进了案发房间。

八

虽然在母亲的古典音乐熏陶下长大，气象员康健一却一直不能承认自己热爱音乐，他觉得自己只是习惯它们在他的耳边，像习惯空气的存在一样。这是家里的空气。母亲的气息。直到有一天，母亲去世。那之前，康健一已经和妻子住在离气象站更远的和宁里小区。本来他们也可以继续和母亲在一起住的，但是，妻子受不了婆婆的音乐疯狂，可能是母亲年纪大了，耳朵渐背，音量开得很大声却不自知，这时候，妻子往往会在快板的乐章发生生理性呕吐。几次之后，确定不是早孕反应，康健一的母亲就主动劝他们搬到外面另住了。

康健一开始不愿意。康健一说，你是不是觉得她不爱说话？母亲说没有。各人有各人的生活吧。康健一说，我也不爱说话呀。母亲说是啊，和这个无关。康健一说，你是不是嫌她不会做家务？母亲说，我现在还做得动啊，这没有问题。康健一说，你是不是觉得我对她太好了？母亲说，没有关系啊。倒也希望你们独立生活后，她能像我一样地照顾你。

康健一说，那到底为什么呢，你要赶我们走呢。母亲说，这样吧，你问问小苏，她愿意怎么住就怎么住吧。

结果，小苏很干脆地说，搬出去吧。单住自在。

母亲去世半年多，康健一几乎都遗忘了家里那套好音响，也淡薄了曾经像空气一样的母亲的古典音乐。忽然有一天，他在网上因为一篇文章，进了一个陌生人的博客，一进去，它的背景音乐喷薄而出，骇浪惊涛，康健一一瞬间没想起这什么曲子，他呆立在电脑前，很快地，泪流满面。

那天下班，他没有回到和宁里小区，他回到了尘封已久的母亲的家。他在落满灰尘的 CD 架上，找出了布鲁克纳的第九交响曲。他把门窗紧闭，然后，坐在两个音箱的中间的藤椅上，藤椅摆在他母亲最爱坐的和两音箱等距的三角点上。那一夜，康健一什么都没有做，他就是一个人独坐在屋子中，在一曲又一曲的旧乐章中，不时泪水满眶。新旧生活中，各色涡流激浪，折叠隐晦的情感，莫名的蹂躏，芳香般的欢欣，沿着熟悉的路径，带着母亲的气息，浓浓淡淡地扑来，或者沿着熟悉的天空，倾泻。

这个时候，他第一次不能确定自己到底像不像母亲，到底爱不爱音乐。

面对询问警察，康健一说，没有证人…… 我一个人在母亲的旧屋子里。

警察说，你在那里干什么？

康健一说，听音乐。听我母亲的古典音乐……

警察说，喂，说话实在点好吗？

康健一就沉默了。

九

以下内容，是根据我个人收集到的多种声音，所做的一种个人性复原，你可能不能把它理解成百分百的当时现状，只能是复原历史的一种。

那一天，开始于四月初的一个雨后的清晨。雨已经停了，但风和昨晚一样犀利，小区里的相思树梢的黄花小絮球飞舞。警车进入小区的时候，电动拉闸门口边，一个早餐工程摊点前，几个被赶上班的人们随手丢弃的极薄塑料袋，也在凌空扶摇轻舞，其中一个直接扑到正要进入小区的警车挡风玻璃上，车内，司机下意识敏捷闪身，里面几个出警人员哈哈大笑，对他们来说，再恐怖的现场，也没必要预先忧愁。

报警地点是和宁里 15 号 202 室。因为是一楼，又靠近防盗门，所以，从一楼防盗门到楼梯上，到202门口，楼道上上下下站了不少人，那附近居民，只要不是赶上学、赶上班的人，几乎都集中在那里了，像旅游团一样，但人们不敢贸然进去。

倒在门口的女主人的喉咙，被剪刀戳得烂乎乎，就像一个杀鸡杀鸭的生手，没有办法利索地搞定鸡鸭的脖子，正是这样，动脉的安全，延缓了受害人致命的出血。办案人也还没来得及仔细考察女主人的伤情，120随后就到了，大家七手八脚把那个奄奄一息的小苏抬进救护车；男主人始终联系不到。通过居委会找到了他的单位，可是气象局的人员后来回复说，一直在打康工手机，都关机了，只能等他来上班再通知他。

居委会的人放下电话就说，糟了，怕是已经潜逃啦！哪里还会回来！

办案人员没有人搭理她。他们按部就班，轻车熟路地操办忙碌着。外面的闲杂人员，也已经被两名警察弄去做调查询问了。由于楼里邻居都有足够的时间调整共识，所以，他们最后都不约而同地述说，亲耳听到了两夫妻半夜吵架的声音，这样众口铄金，办案人员也受到影响，觉得康气象员康健一的确有重大嫌疑。

可是，现场情况看起来，有点怪异。办案人员讨论来，讨论去：

小两口吵架，没有必要翻箱倒柜吧？

夫妻吵架动刀动枪是有的，但是，好像没有必要一连扎几十刀？这是要命的打法了。

再有，剪刀到哪里去了？

假如不是一时冲动，而是有预谋地取人性命，为什么又留下活口自找麻烦呢？那么，男主人去了哪里，昨天他还在预报全市天气情况。

如果是外人流窜作案，为什么到处没有撬挖入室痕迹？熟人？

如果是熟人作案，是什么熟人在这个春雷滚滚暴雨夜上门呢？为什么地上也没有明显痕迹？

为什么邻居都一致说，听到了他们夫妻的吵架声呢？

和宁里这个出血的题目，对一些办案人员来说，很像报纸上登的那类有点烦人的、可做可不做的醒脑智力题。

康健一被哄回来的时候，楼下的旅游团、楼上的办案人员，一瞬间都不由屏住呼吸，他们都在密切注视他的脸色。气象员康健一表现得非常吃惊，至少看上去他表现出真挚的惊诧。不过，诚实的表现和精湛的骗技，经常会被办案人员混为一谈。一进门，他就说了两句话，人呢?！还有一句就是，为什么这样翻啊，家里什么也没有啊！

做问讯笔录的时候，康健一时不时扭动着的身子，他急着知道小苏的情况，办案人员说，没事。你把情况说清楚了，在合适的时候，我们就会让你见她。

而康健一的麻烦在，他就是说不清楚昨天晚上的情况。

办案人员：你为什么突然去了你母亲家?

康健一：是啊，突然就想过去了。

问：你经常过去吗?

康健一：没事的时候，我会过去坐坐。

问：总是一夜不归吗?

康健一：偶尔吧，很少……

问：那昨天晚上是怎么回事呢？为什么不回家?

康健一：原来也没有打算不回去的，单位开完会，小苏——说她已经吃过了，我就想去我妈妈那里坐坐。后来听完音乐，外面雨很大，我打电话给小苏，她也说可以不回去，我就再听了两盘。

问：那个时候是几点?

康健一：唔……十点左右吧?

问：是打她手机吗?

康健一：我们家只用手机。

然而，现场却没有找到小苏电话。怎么也找不到，应该是被凶手弄走了。

问：你的手机什么时候没有电的?

康健一：记不住了。反正，我打电话回来时还有两小格。平时我电话不多。

问：你妻子可能打你电话吗？

康健一：这个……可能吧。音乐起来的时候，往往听不见电话……

问：那你什么时候发现手机没有电的？

康健一：睡觉的时候，当时还担心调不了手机闹钟醒不过来……

问：你和你妻子的感情怎么样？

康健一：这个……差不多吧……

问：是自己认识的？

康健一：不是。婚介所介绍的……咳，也算是自己认识的……

问：到底怎么认识的？

在太阳大厦的金石良缘婚介所，分为两个中心，一个是白领交友俱乐部，一个是打工周末中心。它们分属两个楼层，为所属的阶层提供交友婚介服务。通常彼此是不相交活动的，偶尔，楼上阶层的处女狂，会拓展视野，看看楼下有没有美丽处女，这事有成一二；反过来，白领女性是不会到楼下寻觅男友的，就像楼下打工男，绝没有可能混到楼上寻觅白领女友的。

但是，那一天，气象员康健一在太阳大厦的电梯里碰到了小苏。小苏为迟到的他，留了电梯门。康健一奔进电梯说了谢谢，小苏像看到亲哥哥一样，眼神甜美地笑了笑。小苏在打工周末中心出了电梯。

后来，在婚介的帮助下，楼上的钻石王老五康健一，就娶到了楼下的打工妹妹小苏。

十

小苏昏迷了一周多。这期间前三天，对气象员康健一来说是非常难熬的日子。他非常害怕小苏再也不醒过来，把她的秘密、把他的清白统统都带走了；警察更怕小苏再也醒不过来，怕没有人指控凶手，不便事半功倍地结案，所以，他们很警惕康健一要杀人灭口，也所以，在气象员没有被排除嫌疑之前，警方禁止他单独见小苏，这样，医院里，是小苏的两个老乡在照顾小苏。一直到有关部门通过通讯设备，排除了气象员在家里自拨自接小苏电话的可能。

这期间，康健一和家里的现场老呆在一起。

等气象员康健一被允许回家的时候，现场基本依旧。

地上的血迹比较多，从卧室的床前，到客厅大门前，都有，这是小苏的逃跑或者行走路线，血迹阶段性的疏疏密密，可能显示了她在哪里停留的长短。带血的剪刀，没有看见，也许被警察拿走了；厨房里刀具架上，是少了一把剪刀；家里都是原木家具，颜色很浅，一点血点溅在上面，已经发黑，玉润珠圆地很惊心；客厅里电视机那里的一排矮柜，抽屉都拉开了，东西翻得挺潦草，有个放电视食品的抽屉拉开了，也几乎没动；玻璃茶几上，那套杂志大的功夫茶盘被扔在地上，接承废弃茶叶茶水的白色垃圾桶，也倒在一边，里面有茶水流出来，干涸后，猛看上去，和血迹差不多。

康健一到了卧室，床上是乱的。米色的起居服，搭在床头柜上，按这样推测，小苏应该是换上了睡衣。卖内衣出身的小苏，有了条件后，外衣、起居服、睡衣，分得很清楚。她绝不会穿着外出的衣服，坐在家里的沙发上，进门就换起居服；她也绝不会穿起居服上床，一定是临睡前换上睡衣。按她两三天换洗睡衣的习惯，气象员推测妻子当时正穿着那件薰衣草色的套头绒布袍子。

康健一喜欢那件孩子气的睡裙，特别长，到妻子脚面，低低的松紧带圆领、袖口也用松紧带束口。它使小苏举手投足，像小女孩布偶一样稚态可掬。而那个裙子宽大可爱到可以两个人钻在里面。康健一喜欢由外而内忽然进入它的感觉。他知道小苏的习惯，里面什么也不会穿的。

后来知道，小苏就是穿着它被送进医院的。

后来还知道，小苏的手机没有了，脖子上结婚的白金项链没有了，她的一张里面还约四千多元的银行卡也没有了，还有一千多的超市购物券。这些，康健一一个人在家里的现场里转的时候，都不知道。

和半夜里的剧烈对抗、和案发时的人气汇聚相比，现在的现场像被所有人遗弃的荒原。只有窗外的紫荆树深处，两只学叫的小鸟在怯生生地试啼。小区公园，远远地传来放学的孩子们边跑边尖叫的声音。

康健一在卧室和客厅间游走徘徊，窗外人看到他的样子，会以为他是无所事事地消食。他当然不是，他只是不习惯自己置身于这样的环境中，置身于这样血迹横飞的家中。他从警察的狡诈的讯问中，捕捉到了事情的严重状况。虽然警察一再说，他的妻子是安全的。

他在一只摁擦在卧室的门上的血手印前，发了很久的呆。他猜不出这是谁的手印，因为它是摁擦过去的，肯定是那只血手先摁在门上后，很快又移开了。高低上看，小苏可以够着，其他人也可以够着，有些男人并不比女人高大多少。

屋子里还是有很重的血腥气，尤其是一阵风过。

康健一蹲在客厅地上，他不知不觉蹲到了双腿发麻。

看起来就是，有人进来了，入室抢劫了他家。小苏勇敢反抗，差点把命搭上了。还能是什么呢，肯定是这样，小苏关键时候，还是很在乎钱财的，当年，她选择康健一，并不在乎他大她十一岁。她很直率地告诉婚介说，找个经济状况成熟的男人，因为她是急性子，不愿意白手起家。她是对的，在没有有力的经济基础支持的时候，她就是个替人卖内衣的姿色平淡的小打工妹，没有人能看透朴素其外、美玉其中的本质，她就是结婚以后，才出落得越来越漂亮的。

但这是一个教训。康健一想，应该告诉她，生命永远比钱财更重要。

想通了这个问题，康健一就开始收拾整理房间，最后，用安利的地板清洁剂，把地彻底拖干净了，满头的汗水，也冲淡了房间的腥气。

十一

小苏醒来了。第一时间里，办案人员就取到了她的讯问记录。很让他们意外的是，小苏说她什么也不知道。因为无法说话，她写道：我不知道发生了什么事，好像有人叫门，我怕是我丈夫没有带钥匙，我就去开防盗门，没有人，我回屋的时候，喝了桌子上的水，之后，我什么也不知道了。

办案人员说，当小苏的记录给康健一看的时候，他触电似的僵直身子，让他们重温了初听小苏说法时、脑袋嗡地大了一圈的感觉。随后，他们看到，病床上，小苏使劲把手伸给气象员，她要他握着，气象员眼神空洞地坐在她身边，木然握着妻子的手。小苏的眼白已经变成了充血眼红，紫红色的，脸也因为充血，变成了肿紫的茄子脸。和她伸出的、纤细白皙的手，形成了鲜明的对比。妻子也许看懂了气象员的眼神，她想要讲话似的，喉咙里发出粗重的喘息声，伤痕累累的喉管无法吞咽的唾液，不断地从嘴角和连接的管子里冒出来，一个老乡用纸巾帮她擦了一把。床边，擦唾液的纸巾已经堆起了一大袋。

唾液还在继续涌出来，像正在排污的造纸厂水管。老乡熟练地给了小苏纸和笔，喉咙里冒着唾液泡的小苏就喘息着写：我没事。又写，其他都好。康健一看了纸条，却看警察。一个警察看窗口，一个警察转头看门外，好像在聆听熟人的脚步声。

看窗的警察说，没事就好啦。

两名办案人员潦草收兵。他们对这个案子有点不耐烦了，按他们的心思，要设法吃掉这个案子就是最好的处理方式了。妇检结果好像只是走了形式，强奸痕迹没法认定，更别提精虫之类；至于受害人说的、一喝什么也不知道的水，根本没有取样，现在自然早已证据灭失，再说——最关键的——没有一个办案人员相信，那迷药有意义。既然迷倒了，干吗还要上剪刀？

事后证明，气象员也注意到这个问题。他问了办案人员同样的问题，他还说，她已经换了睡衣，如果一喝就迷倒了，她应该是倒在床上，可为什么卫生间门口那么多血？呼救求生的线路，并不需要经过那里；气象员还说，我要是没有带钥匙回去，可以按防盗门密码自己上楼。不需要别人下来开门，我也从来没有叫开门过；他说，如果有外人来，他妻子肯定不会穿睡衣让人进来，她一定会换起居服；他问警察，这是怎么回事？

警察只是认真听着，连记录都懒得做了。

迷雾重重，而虚弱的妻子什么也不知道了。

据我所知，至此之后，没有任何一个人和气象员康健一交换过意见。雨夜事件像一团浓云一样，过来了遮住了，就慢慢过去了，看不见了。从时间上看，BRT 公交路的投入使用，大概在小苏康复后的两三个月，康健一说，他第一次上了 BRT 就喜欢了。也许我们可以说，康健一的生活姿态是美好健康的，因为他已经走出了浓云下的阴影。

实际上，康健一知道我们在采访 BRT 的歌声后，就不怎么唱或者不再唱了。直到有一天，我在他母亲的那个小区，采访一个跳楼自杀的小姐，邂逅了康健一。当时，所有的人都在自行车库边的尸体旁边围观议论，我认出来就是康健一母亲的楼道。抬眼看他家遮光窗帘紧闭。我经过他房门的时候，有意贴耳听了一下，果然，里面有音乐传来。全部采访完的时候，我决定回到他家门口，我敲了门，我使劲敲门。

门开了。

里面静悄悄的。音乐没有了，但我进去就发现暂停键红亮着。康健一根本不知道外面发生了什么不得了的大事。认出我，他就笑了一下。我帮他按了恢复键。音乐立刻汹涌澎湃。康健一为我拉过一张椅子，放在他的椅子身边。

我们不再说话。音乐结束的时候，我说，有没有水喝？

他有点尴尬地摇头，厨房都是灰……

我们聊了一下天气，我讨教了云片雨和雷阵雨的区别。我没有提他们家多年前暴雨夜的事，他自然也不可能说。我们一起下楼的时候，他说，现在可能年纪大了，我越来越喜欢一个人在这里听音乐；如果你喜欢听，找到好版本的碟，我约你。

他邀请我，我很意外。记得我们聊天气的时候，我问了一些外行的好奇问题。他还是不习惯和人对视，后来以手加额，做起了眼保健操动作。我觉得，他和外人打交道是艰难的，他可能更愿意自己面对他主动观察的世界，比如他对气象风云的观察，如果他的观察和预判是准确的，就没有人会回头观察他，他就是安逸自在的。但是天有不测风云，而作为一个专业气象员，不测的考验，实在太严峻太令人尴尬。这也许足以摧毁他对所有事物的观察和预判。

我没有再找过他，他也从来没有约过我。有一天，闷热多日的一段日子后，康健一准确地预报了一场大雨，他精准到午后。这大概是他最大胆自信的一次预报。

就是那个午后的雨后，我去一家婚姻咨询公司采访无性婚姻时，一个风姿卓绝的美丽女人和我在门口擦肩而过。接受采访的赵老师说，你看，刚刚出去的那个女人的婚姻里已经三年没有性了。我说，她姓苏吧，嗓子坏了。

赵老师说，你认识？喂，认识就别写这个例子了。

按酒后办案人员的复原，那就是，气象员家里发生了一个和暴雨夜一样激烈的奸情故事。施害人的主要目的显然是泄愤，但他伪装了抢劫现场；而受害人偏偏想保护施害人，或者说，在竭力保护自己的隐私。

我并不把我自己和别人酒后的复原图，当成真实发生过的事。天有不测风云，人心肯定比天象更加复杂难测。

水底的红痣女孩

一

我到过那个城市，地图上也有，它在海边。但是，站在地图前面，我又觉得我好像没有去过那个城市，地图上这个绿紫色的铅笔尖大小的地方，于我而言真切又模糊。我没有关于那个城市本身的任何整体印象，我只有那里的几个角落和光线还有粉红色的安全套、风中的阔叶木等几个记忆碎片。这些记忆都属于那个左眼下有颗绿豆大红痣的美丽女孩。而正是那个十七岁的红痣女孩，动摇了我去过那个城市的信念。恍惚之间，我怀疑，也许真的只是在几个无人觉察的夜晚，我的灵魂趁着夜色，独自御风去了那里。

公司已经进入了破产清算程序，整个大楼，出入的只有严肃的清算小组成员。如果公司单证完整，那么根据公司记录，也许能证明前年秋天我两次到达过那个城市，前后相隔十五天。但是，公司早就进入混乱状态。我认为我第一次是为那届投资洽谈会的我们参展展位的布展工作，头尾是四天；第二次也就是相隔两周后，我去收拾展位，处理展品。前后是五天。最后一天，和去布展那次的最后一天一样，我记得我和那个十七岁的、左眼下有红痣的女孩，几乎都是在床上度过的——不是一个劲地做爱，只是方便她触摸我。她不太说话，而是习惯像盲人一样用手指摸索谈话对象，她以她的方式在认识我、研究我。

记忆中，那是一个金色的风中的城市。下飞机的时候，好像是雨后初晴，地上湿漉漉的，到处是薄薄的金色光线，夕阳的空气中若有若无一股奇怪的味道，后来那个女孩告诉我，那是一种叫番石榴的水果的味道。当地人非常爱吃。第二次见那个女孩的时候，是一个银色的夜晚，我抽着鼻子要求尝尝那种水果，她马上就从背包变出来了。青白色的，像个失水的大梨子，裹在透明玻璃纸套里。一打开，我住的整个套房里都是古怪的味道。最奇怪的是，它随套配有一小袋像方便面调料那样的东西，话梅色的。女孩把那个调料袋粉往那上面倒了一些，然后就开始吃了，边吃边倒，蘸着吃，就像北方人用面酱。后来我尝了，那个调料粉很像话梅粉的味道。

再说我记忆中的我们第一次见面。我觉得和这个左眼下有着绿豆形红痣的女孩相逢，理由并不充分。我没有嫖妓的习惯，主要是我患有一定程度的洁癖。当晚住下后，我就步出大堂叫了一辆出租车。我说，带我看看这个城市最特别的。司机就心领神会地拉上我跑了。一路奔驰到了小金龙湾。我并不欣赏那些仰角射灯雕刻的一栋栋如林矗立的写字楼，我还来不及抱怨，就发现几个女的，像风中的火把一样冲向我们的车。有人敲窗，有人夺拉车门，有人贴在窗上招手媚笑，对我扑闪着扇子一样的假睫毛。司机说，快挑，快点！这工夫，有两个女人已经嬉嬉闹闹地挤进了车里，又一个红发飘飞的女人要往里挤，我急了，跳出车子，想把那几个统统拖出来。有着丰富经验的司机肯定想反对，他似乎想拉我，但我已经推门跃出。我这才知道了危险，因为几个女人已经像群猴一样，没头没脑地爬扑到我的身上。几个脑袋上纷乱的长发，让我感到置身于疯狂的野外篝火中央。我第一反应是快按住钱包和手机，但几乎是同时，群猴一样的女人，忽地四散而去，还有出租车，忽然全跑了。原来，一辆蓝灯闪烁的巡逻警车，从街角像恐龙一样款款闪了出来。

风真大啊，警车那个方向，一个巨幅喷绘马桶美女广告，在风中，像水面一样抖动。

那个城市的风大得惊人。从一下飞机起我就有这种感觉。如果没有那样不可思议的风，我也许也不会遇到那个 17 岁的红痣女孩。记得当时，隔着马路我和巡逻警车交错而过，准备再招一辆出租，但一阵狂风把我头上的棒球帽吹走了。那是我参加宝马车行活动赠送的漂亮帽子。我追逐帽子而去，几米远，一只白色的挂满穗子的长统小靴子，踩在了我的帽子上。从那只白色的小靴子往上看，是镶灰毛边的黑色短皮裙，低腰上，是很夸张的金属环饰宽皮带，再上面是黑白相间条纹的高领无袖毛衣，裸着两条偏细的胳膊。女孩的深栗色长发在上面旗帜一样飞扬。

我看到她脸上，准确说是左眼边下，一颗鲜红的痣，像半瓣绿豆趴在那里。这样罕见的鲜艳，在我的记忆深处发出熟悉的微光，因此那讶异的感觉，好像是低压电击。如果没有这个痣，也许我不一定认为我和这张脸似曾相识，但是，那一瞬间，我觉得她分明在我二十年前的记忆里，我见过这个红痣和它的年轻主人。

奇怪的是，她笑了。她掩面而笑，几乎称得上是欢快。她把帽子递到我手上。我接过，拍了拍，在指尖上转了转，还周正，我就把它扣在头上。她再次笑了。她说，我知道你的帽子会吹跑。

我并没有注意她在说什么。风中，这个“H”“F”声母不分的南方口音，又一次唤醒我的某种记忆。她又说，多么奇怪呵！她指着我，指着帽子指着风，指着更广泛的周围不确定物。我想，我喜欢听这个“H”“F”不分的南方发音。

我说，你和我回酒店吗？

二

我是从她的妆饰打扮判断她是妓女的。到了我房间，我建议她把那两扇假的睫毛取下来，她先是不肯，后来还是对着镜子把它们小心撕了下来。我摸了摸她那左眼下那个浮起的红痣，它很像半瓣小绿豆。边缘很细腻，指尖的光滑感，仿佛让我滑进那个褪色的记忆里了。我让她去洗澡。我说，全身。彻底的。我又指了指头发。

浴室里面的水声哗哗哗的，这个还没彻底长大的十七岁女孩还是挺听话的。我打量着她脱在床上的衣物，床边的小白靴子，它们已经不像夜色风中那么张狂而自负了，看上去到处是线头，应该全是时尚而廉价的东西。我在玻璃柜上拿了一包酒店配置的护理液，推开了浴室的门，里面的淡淡的白色雾气扑了出来，她站在浴室的莲蓬头下。看到我，下意识地掩了掩胸，马上就放开还狂野地斜着眼噘起嘴唇，但那种难以掩饰的孩子气，再次暴露了她的年龄和阅历的短浅，我似乎离我熟悉的记忆又走近了一点。我把护理液扔给她，靠在门框上看着。

她喝过酒的身体全身都酡红了，像一只快蒸熟的虾，不过，乳房中间到耻部有条界线不清的白色，脸色也是叛逆的玉白，而她湿漉漉的头发下，我看到那颗绿豆大的红痣，发出水滴一样的宝石晶光。我再次疑惑：二十年前，我是见过她的，这眉眼之间，我是多么熟悉。那噘起的饱满嘴巴，就像另一颗红色的绿豆。

最后，她穿着酒店的白毛巾睡袍出来，纷乱的头发已经吹干，狂乱地散在肩上。一出来，她就扑进我怀里。我让她坐在我面前。她做了个媚眼。我不许她乱动。现在，她脸上不再有浮华夸张的东西。我到卫生间拆开了一把梳子。她的头发还不太干，我把她前额到两耳边发际线旁的头发挑起，一左一右，整个边的头发挑起来，合成一左一右指头粗的两束，然后，我把那两小束头发，合在她的脑后。我需要一个结子。她说没有，早就不用皮筋了。我说，你把手机上的装饰带拆下。她明白我的意思了，自己接过，还把两细束头发各拧成麻花样，再并起，用手机带子扎好。这样的发式更像一个扣住长发的花环。那两个小猪造型的小铃铛，成了花结，吊在后脑的头发中间。她一摇头，铃铛就轻微响了，她笑了，看我没笑，又把笑容收了。因为带子没什么弹性，头一晃动，发型就松动了。我不准她再摇头。我让她对着我坐好，她又吐出了舌头。

我大概笑了。她的表情放松自然了。我们现在面对面，相隔一只手臂的距离。在酒店柔和的台灯下，我目不转睛看着那样发式的红痣女孩。那个红痣在我的记忆深处发出熟悉的微光。是吗，二十年前，我见过这个少女。在我们省城的师范学院。那个女孩和她妈妈陪着她哥哥来上学，我是在学校门口的铁门边看到他们三个的，那时我还不认识后来和我同一寝室的她哥哥提提。兄妹俩很像，提提的牙很白，笑起来很友善，说话的时候，声母“H”“F”不分；妹妹同样是那么副脸型和五官，但是，妹妹太漂亮了，小兔牙也很白，最特别的是，她脸上，左眼下面，有颗绿豆大小的、非常引人注目的红痣。

我们这几个新生在老生的带领下，进了铁门往没有树荫的那条新铺的水泥道走。老生们扛着我们的行李，非常热情地介绍着什么。我在看那个女孩。我是不相信一见钟情的，但是，那个女孩吸引了我比较长久的注意。大概十五六岁吧，她穿着乳黄色蝙蝠袖上衣，忘了下面是什么裤子。母亲好像有着很疲倦的脸色，一路跟儿子叮嘱什么，又问老生这啊那的。女孩没有说话，一路走一路吃着鱼皮花生，不时塞一个在她哥哥嘴里。途中，哥哥可能是不想再吃，摇头躲避间，一颗鱼皮花生掉了下来。我一脚踩了上去，踩烂了。是故意的，我不知道为什么。她看了我一下，定神一看，好像有嗔怪的意思，但又像是打招呼。我没有表情，不，是我来不及调整表情。她一下就噘起了嘴。噘起的嘴，圆嘟嘟的，十分饱满结实，好像一个放大的绿豆红痣。

但是，更鲜艳耀眼的是，她左眼下像小花蕾一样的鲜艳红痣。

那是多么与众不同的痣呵。

那女孩和她哥哥提提，是在第一年的暑假一同去世的。第二个学期开学的时候，那张床位空着。空了有半个月吧，学校才搞清情况，说是来不了了。说我们的室友提提在假期和中学同学到一个当地风景区游玩时，整个小船翻进了锅底形的水库里。三天后尸体捞上来的时候，他是和他的妹妹紧紧抱在一起的，后来分都分不开。

这个令人震惊的消息传来的时候，我们宿舍整夜无眠。说话的时候大家唏嘘感叹，安静的时候也无一人入睡。大家先是推断提提是救妹妹死的，因为提提会游泳，后来，就说起妹妹那个奇怪的红痣，我上铺的申卫华说，唉，我从来没看过人可以长出那么红的痣！我一直以为痣都是黑色的。

没有想到，几个人都诧异人的痣怎么可以有那么鲜红呢？不知谁说，我问过提提，他说他妹妹上舌面上还有颗和脸上一样大的红痣。合起来就像一个完整绿豆。那才更是稀罕！不知道是因为她的不同寻常的美丽，还是她不同寻常的厄运，整个晚上大家老聊到她。有个家伙忽然打亮电筒，喂，在床板上，看不看？他们一家的照片！

其实，大家被那个半夜的电筒光晃得都有点心虚。安静了一下，有人用牙缝发出丝丝像是自嘲的声音。申卫华先坐了起来。大家都动了，一半是好奇，一半是显示胆量吧。七个人在那只并不太明亮的电筒光柱中，围拢在那张空铺前。电筒像幻灯片光一样，指向了提提的上铺床底板。果然，那里贴了两张彩色照片，一张是提提和一个男人的，还有一张就是提提和他母亲妹妹的合影。妈妈和妹妹笑着，头发和我见到的一样，两边的发束像发带一样，往后扣住了一头柔软的长发。应该是送提提上大学前新拍的照片。照片上，只有提提没有笑。电筒光停在了他妹妹脸上。那颗与众不同的痣再次弹跳了出来，但并没有我面对面见到的那么鲜红。有人小声说，那男的是提提父亲，好像有人说是离婚还是去世了。电筒最亮的光点，因此潦草地照了那个男人一下，但很快，最亮光点又回到妹妹的脸上，并停留在那里。

有个声音说，怎么会这样呢？

有一只手伸过去，用指头抚摩了她一下，看上去充满惋惜。

老申上次不是说，还梦到提提小妹……

有个家伙忽然"呱——"地怪叫一声。拿电筒的家伙，猛地栽到提提的空床上，那个膝盖拱在床板上的声音震撼我们深夜的耳膜。是申卫华推的。刺耳的怪叫加有人咚地栽倒、加光源抖动和迅速变化，实在把我们吓了一大跳。低矮的光源中，大家像无常鬼一样高大而飘忽地纷纷摸回自己床上。电筒熄灭了。又过了一会儿，申卫华说，提提为什么那么严肃？

马上就有个声音在黑暗中恶狠狠地回答说，谁把那个肮脏的指头放他妹妹脸上来着?!

有人又像夜鸟一样怪叫一声。但已经没有前一声那么惊悚了。

三

不知道是不是被我的沉默吓住了，那个十七岁的女孩的话很少，在床上我把她翻过去的时候，我以为她会反对，她笑了一下。这不是笑给我看的，是我把头突然倒在她脸边的时候，我发现的。那是她给自己的笑。但她显然知道我要干什么，她的腿非常配合。我亲吻着她的头发，我已经找不到当年的芳香，不，不，找不到我当年假想的芬芳，找不到我当年对那个发式芬芳的联想。

我突发奇想，我说，把嘴张开。

她也许误会了，有点复杂的表情。当时我没多想，我沉浸在自己的新的遥想中，把她的嘴捏开了。我说，啊。她小声地啊了一声。我说把舌头伸出来。其实，我进行这一切的时候，心里根本不相信有什么惊奇发生，就像二十年前那个空铺前，没有人在意是哪个家伙说的，关于死去的女孩舌面上有绿豆另一瓣的红痣。

她把舌尖吐了一点出来。我示意她再伸长。她慢慢地但乖乖地把舌头都吐了出来。我觉得我是平静的，我不能说，我惊诧、我震撼，当时的感觉是——我的整个脑门像被人抹了风油精，凉得如风在滑：我看到了一颗颜色浅红的痣！不，半瓣！她舌头中侧靠右，一颗粉红色的绿豆大的突起，状如女孩脸上的另一颗红痣，的确，仿佛就是脸上复制的另一半，只是没有脸上的那颗那么红艳，如果我不是有意去找，也许还容易被忽略，但是，二十年前那个少年的声音在我发凉的脑际，风一样地溜过：是的，它们就是同一颗绿豆的各一瓣！

临走，我说多少？她迟疑地说，两百吧。我把钱给她，她接过钱，却回头看房间。我说，忘了什么？我让开身子。她看上去脑子简单得发笑，慢慢地摇着头，显然，生意结束她放松了，笑得挺蠢，她说，你、这个沙发、这个房间还有地毯上的那块污渍、那个台灯的颜色、白床单一半拖在地上像裙子的样子还有为我梳头的动作、把我翻过去做、对着灯，一直看我的舌头，我好像都做过了。

我愣了愣。做过什么？

一模一样，像是……像是重复了一件事呢。

我觉得我有点喜欢这个女孩了。我说，上次我付过钱了吗？

她摇头。我伸出食指压了压她左眼下的红痣，压了又压，那是永不褪色的鲜红。我说，明天和我一起吃晚饭吧。她笑了笑，有点职业的虚荣。我说，梳刚才那个发式来。不要化妆。

她走了，我重新躺回床上。忽然我又起身把这个酒店标房的场景，认真打量了一遍，我想象着她的眼光。女孩说的是真话，对她来说，这一切似曾相识，心理学上叫这种现象为“先视感”。可是，对我来说，她莫名其妙的“先视感”深深触动了我遥远的怀想。是一个 17 岁的少男对一个有着红痣少女的迷蒙情愫吗？是一个有关情窦初开的早夭的幻想？好像并不是。刚才那红痣女孩并不多话。她同意我说她是湖北人，是湖北哪里就不说了。提提是湖北人，但他总说“扶北”。我们大家嘲笑和反复纠正的“H”“F”不分的发音，让我记忆犹新。

你多大了？她说，这个月就满十七了。

姓什么？他们叫我小阿丁。

干这多久了？

才从老家来嘛。

四

这个女孩总是用笑来表达意思，她的笑很简单，有点等待判决的傻气，但它能表示：好的。我要。痛了。不去。快点。我也不知道为什么，我基本不会误会她的意思。仿佛是无须语言的感应。当然，我猜也可能有误会，而她不愿意纠正我。

第二次起，我们在一起，她就不主动要我的钱。我给她两百，她一笑。我就再加两百。她还是笑。我认为她是无所谓的意思。如果我没有记错，第一次去那个城市布展的那四天的最后一天，从中午起，我们就一直在一起，主要是在床上。她的话不多，没事的时候，她的手指好像特别乐意在我皮肤上滑动。我喜欢把所有的窗帘拉开，在阳光下，我坐在窗下的沙发上，看着那个全身赤裸的、有着一个美丽红痣的女孩趴在雪白的床单上。她有时侧脸笑着，对窗眯着眼睛。她也能这样迷糊地睡去。

那天傍晚，我忽然很想看看这个已经熟睡的女孩的包。我一点也克制不住，拉开拉链，包里面有一串钥匙，手机，湿纸巾，钱包和巴掌长的化妆布包，化妆包再拉开，口红、睫毛膏、粉扑之外，还有两个和我们刚刚使用过的一样的粉红色安全套。包里还有一个青苹果色的塑料袋。触摸着有个圆圆的什么东西，我再打开，一个橘子，还有一包话梅之类的小食品，我想吃一个，但是，一拿出包口，才发现那不是蜜饯类食品，而是一小袋开了口的鱼皮花生，我的手一抖，一颗花生就滚出塑料袋口。同样地，想都不及想，我一脚踏了上去。在酒店的地毯上，它还是碎了，碎得和我遥远的记忆一样，和二十年前，在我们学校新铺的水泥路上那颗粉碎的鱼皮花生图案一模一样。

这也说明不了什么，女孩子都是喜欢零嘴的，都可能爱吃鱼皮花生。我拿着那一小袋鱼皮花生回到床上，注目着这个熟睡的女孩，注目那颗温暖的、线条细腻流畅的红痣。现在，它伴随着这个我二十年前见过的女孩，正遨游在哪一个时空呢？轻轻地我抚摩那颗红痣，嗅着女孩头发里深藏的薰衣草的气息，我再次热烈了。

女孩受惊一样醒了，猛地推开我直愣愣地看了我一眼，忽然紧紧抱住了我。我才感到她一身冷汗。我说做噩梦了？她说，做梦了。

我抱着目光迷离的她，继续我的目标。完事后，我忽然想问你做了什么梦？

她说，奇怪的梦，从小到大，我经常会梦到它。我说什么梦？她呸了一口，说不好的梦。我淹死了。

第二天中午我离去的时候，这个城市在午睡，除了猛烈的风，除了整个城市的树枝在舞蹈般摇晃，而树底下的楼房、行人、车子和狗都显得安静。在酒店退房前，女孩用酒店客房的圆珠笔在我手心里写下她的电话号码。

五

两周后，我如期重返那个城市，同样下榻在那个酒店。但是我的手心里已经没有那个有着红痣女孩的电话。我并不是不想记住，这一路的行程，掌心的摩擦、汗浸、洗手，直到我需要它的时候，它已经消失无痕。我又想，我还是可以淡忘那个女孩的，就像二十年前，她只不过存活在那个遥远的、褪色的少年记忆里，而不能影响我的任何生活。尽管它顽强，不能彻底消失，但只不过是如烟的记忆，如——烟而已。

那个女孩还是到了我房间，依然带着她那个遥远而令人心跳的红痣。

她说，昨天我从一个十九层的电梯下来，按一层的时候我说，如果从十九降到一层，一直都没有人按电梯插进来，就说明你又回来了。如果，有一个人中途进来，那你就没来。结果，电梯真的一路直降到底，都是我一个人。所以，我就知道你来了。今天我路过这里。

你又怎么知道我住哪间？

她说，问了总台。

我惊奇了，说，我叫什么名字？!

我从来没有告诉她我的名字。她显然有点不好意思，但努力用色情的表情抵抗我的诘问，一个 17 岁的孩子，这种样子既蠢又涩。在我的逼视下，她说我偷看过你的名片夹。这时候，我才意识到，当我们入睡的时候，早醒来的人，都对对方干了不太体面的事。她是怎么翻看我的包的呢？我很不快。我想，我的好奇是有道理的，于我，她不是普通妓女，而她呢，她凭什么？对于她来说，我和任何一个嫖客没有区别。后来我又高兴了，她只是对我的名片感兴趣，并没有动我的钱，在她身边，我不记得我有丢失过一块钱，上次，也很明显，她似乎没生意就过来和我呆在一起，从不提钱的事。我问过她，你不是要给保护你的鸡头提成吗？她吃吃笑着，并不解释什么。

那个傍晚，吃过饭，她说不回去。我说，我不能包夜！她并不回答我，只是到卫生间把头发梳成二十年前的样式，又爬到床上打开电视。

我说，你今晚是不是没地方睡觉？

她眼睛看着屏幕。我忍不住开始了第一百遍问话，你到底是湖北哪里人？她说，普通话我不会叫。我说，你真的有十七岁吗？她说，现在满了。我说，告诉我你真正的名字。阿丁。你爸爸姓什么？她说，我们村里都一个姓。那村里人都姓什么？她笑：和我家一样。我说，你到底干这多久了？从老家才来嘛。我说，为什么要干呢？她说，又问！

这种对话之所以会进行一百次，就是因为我根本无法知道真实答案。我问多了，她就不睬，要不就是笑。因为她无所谓收费，这就取得了平等的资格。有一次，我躁不可遏疯狂地呵她痒痒，逼她说出老家真实地址，结果她被痒得几乎小便失禁，看上去是咯咯疯笑，但眼睛里却已是泪水在转。我只好放了她。我悻悻然：如果她脸上、舌头上没有那颗红痣，又会怎样呢？

我说，回去吧，你该回去了！

她一下就噘起了嘴。噘起的嘴，圆嘟嘟的，好像一个放大的绿豆红痣。她说，不回去。夜里，当我们都安静的时候，我又侧身专注地看她和她的红痣。这样的氛围，总是轻易地把我带到如烟的二十年前。我忍不住去点触那个温润而鲜美的红痣。她睁开眼睛又闭上，或许她本来就是装睡好赖在我床上。她闭着眼睛说，要一百五。我说，什么？她说，点掉这个肉痣。我说，不能点。她说，对啊，会有坑。

她闭着眼睛说，我肯定以前来过这里。

我没听明白她是什么意思。我已经发现，她的语言中枢可能发育不良，所以，她经常词不达意。这也可能是她喜欢笑的原因之一。我指着酒

店说，

有别的客人让你来过这个房子吗？

她点头又摇头。

感觉怎么样？

她笑，是做生意的意思。

我呢？我比他们怎么样？

不一样的。

什么不一样？

就是不一样。

哪不一样？她翻过身去。我把她翻了回来，哪里不一样？

我都知道你要干什么，你干什么我早都见过的。别人不知道。

什么?!

六

记得第二次在那个城市，她来找我的时间好像特别多。我看不出她有什么企图，后来我才知道，原来是管她的那个陕西鸡头，在我来之前，被警察拘留了十天，还没释放。她算是自由自在了。

其实，那个城市里，我们已经是很熟悉的人了。但是，真正在一起，我们依然话不多。她依然是问三句答一句，傻笑。倒是她特别听话。我经常请求她全身按摩，她从不拒绝也毫不偷懒。按累了，捶酸了，她会用她长指甲在我后背全身上写写画画，或者掐掐压压。那个时候，通过房中的镜子，我经常会发现她脸上出现琢磨而含混有困惑的神情，看上去实在幼稚滑稽，但她很专注，就好像在研究一具全身赤裸的尸体或者什么东西，或者说，她是在琢磨它是不是具备一种生物反应。

最后那天在会展中心折价处理我们无法搬运回去的展品，她忽然想跟我去。我一口拒绝。她就安静地起了床，到卫生间洗漱，就没声音地走了，也照例没谈钱，感觉她的身影挺落寞的。晚上忙完事，想想最后一夜了，我第一次打了她的电话。很快，她就来了。

我带她到她说的海边一家露天大排档。那里的风更大了，当地人都穿着短衣短裤，好像不怕冷，海水在这一排露天的桌椅前面哗哗低沉地响着，黑黑的没有月亮的天边，我不知道海面有多深远，只是海浪阵阵的排浪声，让我感到孤单和凉意。我非常不习惯，随便点了些不花时间吃的，让她快吃。没想到，我竟然被汤里的青斑鱼刺给卡住了。不能吞咽，又抠呕不出，我口水直流，狼狈不堪。

我们就吃不成了。她带我到一家有挂着红灯笼的海边医院，挂的是急诊。在那里，她突然爆发了非常的、几乎算是歇斯底里的笑。她固然爱笑，但那一次，实在太莫名其妙了，太傻太蠢啦。那个起码有一米八高的女医生，手持着那把快一尺长的弯头钳，鹰隼一样盯视着我，等着我对那个突兀的笑负责。我张着大嘴，无法下咽的口水，顺着嘴角黏黏断断地流。

笑声突袭而来的时候，场面是有点荒唐。当时那个头上戴着像矿工灯的、一米八的女医生，拿着极细长的弯头钳，看完我的喉咙说，啊，我看见啦，看见啦！我张着大嘴热烈拥护她的看法，同意她的观点，示意她那就快拔！不料，她竟然收起弯头钳，还摘下了头上的“矿工灯”。

她说，去交钱。两百。

我火燎火急地指着喉咙，哀求她先动手我立刻去交！她摇头，转身若无其事地翻看什么记录来。我被迫吞了口好久没敢吞的口水开口说话——要知道我每吞咽一下，喉咙就火辣刺痛，感觉那鱼刺就像小匕首，又扎深了一步。我含混地说，好了好了，她去，你请拔！唔唔……拜托拜托……我强压冲天暴怒，边摸索着钱包。

你！那个鹰隼一样的女牙医，竟然头都不抬：本人去！这是规定！

我七窍生烟！她都看到了鱼刺了，分明已能手到刺除，居然玩这么要命的损招，难道还怕我还过河拆桥赖她的拔牙钱不成？我猛然出手，手起掌落，就诊的白桌子，在我狂烈的拍击下，所有的物件移了位，那小瓶的钢笔水，被震得腾荡起墨汁，蓝色墨汁突地洒在有裂缝的玻璃压板上，而处方纸边的一支老式的长尾黄色蘸水笔，被震到桌下乱滚。

就是这个情况下，站在一侧的她又爆笑了。其间似乎定神两三秒，她自己吃惊地看了看我和那个鹰隼一样的女医生。我们三个人在互相看彼此，她又激烈地爆笑了，我抱着两腮，愤怒的口水长流。

那鱼刺最终还是按那鸟医生的要求程序，我亲自下楼去交了两百块钱才开拔。从张嘴起算，一秒钟不到，那根约两厘米的锥形鱼刺被拔了出来。我、她、医生，都不再说话就散伙了。回酒店的时候，我想问她有什么好笑的，可是，心情被鱼刺得火辣辣的喉咙弄得不好，终是一路无话。

那天晚上，我依然按我喜欢的方式做她。她还是乖。我在她的笑容里，不断破译着她的兴奋，她的为难，她的激情和反抗。最后我是在她的按摩中睡去的。

醒来时，薄纱窗外阳光灿烂。洗漱完毕，我坐在窗下开始喝茶。拉开一条窗缝，白窗纱立刻在蓝天的背景下奔马一样飘飞。这个风狂而温暖的城市，毫无秋凉气息。我看着依然在睡梦中的她。红痣在酒店洁白的床上，细腻可爱得就像画上去的。她还是有踢被子的习惯，赤裸着身子，除了腰腹部，都在白床单之外。其实她的双臂双腿，都还不够饱满，就像她的乳房，这是一个成长中的女孩，她还有一个更美妙的躯体空间，但现在，她还是刚刚越过青涩阶段却尚未成熟的苹果。不过，她的脸，尤其是有着那颗红痣的脸，已经渗透出女人意味十足的性感，对于我，更加神秘和致命的还有那颗深藏在舌头上的、粉红色的梦一样的痣。而我就要走了，不可能再有机会昨日重现。

忽然，她在剧烈地扭动，像在急于摆脱捆绑物。我跃上床，按住她的扑腾的手，并把自己的腿紧紧压住她乱踢打的腿，喂，喂！醒醒！她的胸口在剧烈地起伏，头部在失控地甩动。我猛力地提起她，她睁开了眼睛。但眼神迷离空洞，我似乎在离她很遥远的地方，我摇了摇她，半天，她不能把眼神的焦距对准我，那深度迷离的眼睛还残余的莫名的惊悸。

又做噩梦了？我说。她的眼神终于对准了我，但马上穿越我的身子，停留在我身后比千万年更远的地方，我再次摇晃她，喂！醒来！

她的头忽然重重地低垂下去。看来是彻底醒了。但全身已经是汗潮，脑门上都是发亮的冷汗。

又做了什么坏梦？

她向床外呸了一口。

说说看。

她垂着脑袋说，呸了就行了。在我们老家，说了不好，会真的死人的。谁听谁死。

我不怕。你说！

她疲惫而厌烦，却奄奄一息。她说，我总是梦见我掉进很深的冰谷里死了。隔一阵我就会梦到。那个冰谷有点脏，是半透明的，像个湖，也像个大锅，很深很陡，我怎么也踩不住。我一直滑下去，滑下去，滑到底，我就死了。有时候是憋气憋醒的。有时候，我能看见自己的尸体漂起来，像在水面，我很冷。从小到大，我一直做这个同样的梦。隔一段时间就做，虽然每次都一样，可是，每次在梦里，我还是一样害怕，因为在梦里，我不记得我以前有过这样的梦了，所以，我每次都和真的一样，怕极了。

我的脑门骤然发凉，像再次抹过风油精那样。

女孩被我紧紧抱在怀里，我想说，我在，你就死不了。死不了的。

但是，我什么也没有说出口。

七

飞机开始起飞的时候，我有一种轻微的眩晕。从飞机的小圆窗往下看，我看到自己正在眩晕中，远离这个疯狂而季节混乱的城市。海平面越来越大，那个城市的红砖白墙绿树，渐变成虚假而渺茫的浅淡之物，最后终于彻底隐没在海天烟尘之中。我从来不曾有任何晕机晕船晕车记忆，现在，我请求空姐给我一杯咖啡。

临行，我收拾好行李，让那个女孩最后站在窗口的阳光下，我再次端详了那颗二十年前的红痣，我还是伸手又摸了它一下，我在和它告别。犹豫着我请她伸出舌头的时候，我自己先不好意思地笑了。我大概很少笑，女孩因此开心，把舌头伸得像吊死鬼一样长，很久都不收回。我感激地拍了拍她的脑袋，提起了行李包。

她说，我知道你要看我的舌头。

我再次笑了一下，抽下房卡。我说，我知道你知道。

不，你不知道。从一开始我就知道。从认识你的第一天我就知道。

知道什么？

你和我的事。

因为她经常性的词不达意，她的表达令我困惑了，我侧头看她。

她说，我早就知道，我知道第一次看到你的时候，你的帽子会飞到我脚下，我踩住它；我知道你会捡起来拍拍它，再把它放在指头上转啊转；我早就知道，警察那个时候会过来，车顶上一边的警灯还坏了，不亮。

我跟她点头，她马上受到鼓励，她说，我不是告诉过你了，我们在一起的样子，房间的样子，全部东西的样子……还有！昨天我们在拔鱼刺，我早都看到了那一切，我们早就去过那里，你的口水，那么滴滴答答可笑地流……，那个奇怪的高医生那么高……，那个奇怪的灯，把她的头发弄得像大公鸡……我早就看到过给你拔过鱼刺的……

所以你大笑？

她忍不住又笑出声，多好玩啊，那么高的那个不像医生的女人，那个拔牙的那么长的鱼刺夹子，你把嘴巴张得那么大，像刚生出的鸟，她又不肯拔了，你就发脾气了，还有那个墨水跳出来了，哈哈哈哈，我不知道，反正，我很早以前——我不知道多早以前，反正肯定是很久以前，我就看见你和她了，还看到过那根鱼刺！有点粗！太可笑了。

我放下行李，全身被她的“知道”笼罩，我感到自己在收缩，在破裂。我说，你以前没有这种“早就知道”的感觉吗？

她想了想，说，有也不会这样多。我不记得了。反正我看到你，就觉得是不是在做梦啊，是不是真的呀，是我没醒吗，有时候，你睡着的时候，我就在想，世界上到底有没有这个人啊，我打自己的头想为什么这么奇怪呀，他是不是个假人呢？

这是个多么天真简单的女孩！我的头皮阵阵发凉，我目不转睛地看着她。此前，我们究竟在哪个时空相遇过？那颗红痣照样泛着我熟悉的微光。

她说，有一次，我想如果我们合影，洗出来会不会只有我一个人？你是空的，不能显影，或者只有你一个人，我是空的，要不然我们都显不出来，都是空的，只有空空的背景？什么人也没有……

我再次搂抱了她。我用力地抱她，力气和温度，能证明我是真的还是假的人？

真让我糊里糊涂啊。她在我怀里呜咽般地咕噜着。可能因为我格外有力的拥抱，鼓励了她的勇敢，她嗫嚅地再说，有一次，我很想咬你一口，我想看看你到底会不会出血，如果有出血，那就证明我不是在做梦。

我几乎大吃一惊。现在咬一口试试，我们应该互相狠狠地咬上一口。你咬吧。但是，我什么也没说，我还是改变了主意，提起行李我和她道别。

究竟谁在谁的梦里面呢？是的，她说的对，也许她是一个幻象，也许我是假的，也许彼此在梦里，都是不存在的。不是吗，又有什么证明这些意义的存在呢？

在飞机轻微的眩晕中，我逐渐睡去。

那个17岁的女孩将渐渐消退在我可疑的记忆深处。

直到有一天，我站在地图前面，看到了那个靠海边的那个蓝紫色的小点，我在想，我真的去过那里吗？真的去过吗？也许我从来没有去过，那里也从来没有一个有着与众不同的红痣女孩。或者有，而我可能只是以一个灵魂的身姿，邂逅了我二十年前的一段少年梦想？或者，那个女孩邂逅了一千年前的一个熟人？

04：22 分　谁打出了电话？

一

那个投诉女鬼的报警电话，是凌晨 4 点多打出来的。接到那个电话的值班警察，听着电话当场后仰，摔倒在值班转椅下。他摔倒后翻身爬起，再拿起耳机的时候，报警女人显然更加惊恐，她在电话那边哇地哭出声，发出怪里怪气的呜咽和抽噎，你听，噢欧——你听啊，我的小灵通又响了！还是她的电话号！她又打进来了……，可她真的上吊死了呀……

电脑记录是 4 时 22 分。那时候，在浓稠的夜界，温士丹和绝大多数的人一样，像割倒的稻草一样，伏在地面上。站起来的活物，除了上夜班的人、比如那个警察，娱乐男女，其他都是该在夜界活动的东西了，比如那个吊死女鬼？

凌晨 4 时许，是不是一个人类失守的时刻？天地黑得像深海底吧。温士丹抱着酒精渐退的脑袋，吃力地按照这个时间推断，凌晨 4 时许，她在干什么，好像在一个怪诞的梦里挣扎，原先看到是碧绿的海水，游下去怎么就变成了葡萄干红的汪洋，她在葡萄干红中像青蛙一样踩着水，吐着满是酒香的线性气泡。她说，不能再喝了，不能再喝啦，我会皱起来的，泡得太久啦。后来怎么就到处是绿豆一样大的、比干红还要鲜红的红蜘蛛，密密麻麻、密密麻麻地在水里游泳，像一只只缩微的八爪鱼，那么的多，那么的小，那么的红，在水里闪着星星点点的火一样的光芒。头发飘起来了，红蜘蛛们像梳齿一样，穿过发丝，向后漂去。

眼皮像沉重的厚水泥闸门，提不起来，就是提不起来，闭着眼睛好像是一路游到卫生间，吐着芬芳气泡，好多个红蜘蛛被吐到了马桶内，有几只想爬上来的时候，温土丹就放水冲掉它们。

红蜘蛛是怪异的。红蜘蛛满天游动的时候，是不是就是那个吊死女鬼打电话的时候？异类总是结伴同行的吧。当然，在红蜘蛛布满梦境的时候，土丹还不知道夜色中，有一个不知是人还是鬼的东西，利用了现代通讯的数据传输，打出了一个个令人疯狂的电话，她呻吟着说，我没有死呵……

一开始温土丹反应极其迟钝，她像一袋烂土豆，半死不活地坐在110指挥中心的后排沙发上。警察说，室内还戴着墨镜？

温土丹说，眼睛肿了。昨天晚上碰到几个好友，喝得稍微多了一点点。

噢，你又喝多啦。

温土丹蔫头蔫脑地嗯了一声。

警察就开了一台电脑，让她自己查阅值班记录。温土丹输入昨天0800至今天0800的24小时时间段。大量的普通的刑事案件、治安案件；民事纠纷、报警求助记录就出现了。温土丹觉得眼皮真是烫，也重，翻看了几页，就趴在热乎乎的机台上。

另一个警察就过来，踢了她的椅子脚一下。喂！今天凌晨见鬼啦！要不要？

温土丹没有反应。警察说，真的见鬼！你能报道吗？

温土丹就抬起头说，我不想翻看了。头痛。你们随便说几个特别的东西吧。

警察大喝一声：鬼呀！还不特别？你到底要不要？

温土丹把柠檬色眼镜拿下来，说嘛，说就是啦，几点的事啊？

那个不可思议的鬼电话，一个真正的和鬼直接有关的接警电话，就在A7号机台进入，一个真正的涉鬼故事，就到了窝囊记者温土丹的眼前。

二

电脑记录是这样的：04：32分，自强路巴小姐报称，她的十天前上吊死亡的女友别某，突然用死屋电话打她的小灵通，该屋地址是飞云路336号4楼。巴极度惊恐。已指令地段警察前往336号查看情况。出警反馈：该屋租住人均在睡梦中，不知所言。再查十天前当日电脑记录，23岁女子别某在飞云路336号4楼，因故上吊身亡，并留有遗书。

温土丹一脑子糊涂。她愣怔地看着警察。看了半天，那个警察说，你到底酒醒了没有？

这是……怎么回事……，呃，我是说，她其实没有上吊？

你不是看了值班记录了？她死了！十天前有人报警，她吊在飞云路336号的门框上，血淋淋的舌头都伸出来了。她确实死了。

温土丹眼珠子死了一下，突然，她躬起身子，嚎叫了一声。柠檬色眼镜掉在机台上。

警察嘿嘿笑起来。终于酒醒了，你有正常反应了。

警察兴致勃勃起来。他说，这个电话从A7机台拨入，当时我一应答，就听到一个女的非常紧张的声音，好像是喘不过气，好像是忍住哭腔，也许已经是哭了，就是哭声被压抑得很怪异，扭来扭去的，的确可以感到她极度的惊恐。电脑屏幕上显示，她是用手机打出来的，她说，半夜我的小灵通响，开始里面都是风声，我问谁啊？对方说，我是别，真冷啊。——太可怕了！我说你不是……那个……死了吗？对方说，我没有死啊，我好冷……

警察说，我不小心摔倒，是椅子重心不稳——你别以为我害怕。我爬起来就安慰那个妹妹，我说，也许你的朋友在逗你玩呢。这世界上，怎么可能有鬼呢？

那个可怜的妹妹说，是她的声音！是她的声音啊！我们是从小长大的朋友了，她的鼻音很特别。再说，我的电话上显示的就是她去世的那个房间的电话号码啊！以前我们常通电话啊……

我说，那房间里现在住的人，是你们共同的熟人吗？

那个妹妹哭着说，没有啊。肯定没有。不管怎样，不可能有谁知道我的电话。啊！你听！听啊！电话又响啦！

我听不真切，隐约好像有铃声。我说看看是谁吧。那妹妹哭着说，我开一条门缝吧——呜，我把电话扔到门外去了。

电话铃果然大声地响了起来。很快又小声下去。我说，别关门！请你捡起电话，再看看是哪里的电话号码？也许你本来就看错了。

那妹妹收声，似乎在下决心。停了一下，她说，你不要挂机啊。我说，好的。

突然电话里就传出火车鸣笛一样的爆裂哭泣，紧接着是嘭的关门声。我猜出电话上显示的一定还是死者的电话号码。我连忙说，别哭啊，我这就找人过去看看。

那个妹妹哭得像被人扼住喉咙：还是她呀……呜……她怎么一直打我的电话？……，你叫她不要再打啦……我害怕呀……求你啦，求你打她的电话，呜……我帮不了你嘛……你干吗呀，我又没有故意害过你，大家都有误会嘛……

受惊的巴妹妹开始语无伦次，搞不清楚是对警察说话，还是对死者说话。

一名带班警察从领导办公室来到前台。带班领导说，别说了。这事你不要报道，温土丹。你能告诉读者昨天凌晨发生了什么？鬼？——谁也解释不了。好啦，别纠缠这事啦。

三

温土丹还是纠缠了这件事。温土丹纠缠这事，首先是好奇。她找到了那个辖区的当夜的出警警察。出警警察一提那事，脸上老大不耐烦。温土丹说，你是说，那房间里的三个人，都说没有打过电话吗？

半夜呢。我看也没必要打电话！

那个……原来和死者同居的女孩，她也没打过？唔，都没人打？

鬼打了电话呗！精神病！那个报警的女人不是喝多了，就是中心警察喝多了，妈的！统统都是疯子！害我白跑一趟！

问不出名堂，窝囊记者温土丹就回了家。睡了一个午觉，刚有点消肿的眼睛又肿了起来。她又戴上柠檬色的糟糕眼镜，到中级法院溜了一趟。运气很糟糕，没有新闻现货，只有两个“期货”，等开庭最起码也只能是下个月的工分口粮啦。上个月差 2 分完成任务，再上个月差 9 分，温土丹就对领导说，身体不好来着。再上上个月，也是几乎完不成任务数，就说脚崴了。现在，理由都用光了。温土丹这个月就比较难过关了。

晚上回家，温土丹思来想去，决定把鬼变成工分。她就开始写新闻。

本报讯（记者温土丹）昨天凌晨，110 中心接到一个神秘报警电话。一个女子自称接到了一个刚刚去世十天的一名女鬼电话。

昨天凌晨 4 时许，一个带哭腔的巴姓女子报警。她说，其十日前上吊死去的女友，一分钟前，拨打了她的小灵通电话。巴姓女子称，死者的女友在电话反复说，自己没死，自己很冷。巴女挂掉电话，死者电话再次打入。巴女惊恐至极。报警。

接处警察根本不相信有这样的荒唐事。查阅十日前值班记录，记录证实，十日前在我市飞云路 336 号 402 室，一名二十三岁别姓女子悬梁自尽，被人发现时，已经气绝多时。

由于报警女子坚称，电话中的女声确系其死者女友的独特嗓音，又由于该女子过度惊恐，因此，110 指挥中心警察，指令辖区警察前往死者生前所在飞云路住地查看。但是，死者遗屋现有的两女一男，均在睡梦中。除一女原和死者同居一屋外，其余两人均不知该屋十日前有人上吊身亡。辖区警察发现那部肇事灰色电话就在客厅沙发中间的茶几上。两女居一室，另一男子一周前才租住进来，也就是住在死者所在房间。

此案十分蹊跷。警方正在调查中。

温土丹想了想，做了个标题《夜半惊魂　是鬼电话还是人骚扰?》

这个时候，温土丹感到四壁冷飕飕的，到处反射着不祥的、令人不安的幽光。窗外的黑暗非常深远，不知连接到哪里，间或的路灯、广告灯，在橡皮树缝隙中，漏着怯怯的光芒。中午从110中心回来的时候，毫无恐惧的感觉，一下就睡过去了。可是，现在浑身不是滋味。好像是被人蒙上了眼睛。因为周遭的黑暗、因为不可捉摸，温土丹因此有了越来越强烈被逼仄感。

温土丹把所有的灯，包括阳台上的灯，全部打开了。

安全感就随着光明来了一些。然后她就想，如果，这条消息能上社会新闻头条，那么就能得到五六个工分。她极力去想单位的事，想她面临的下岗烦恼，终于把自已糊进了睡眠中。

可是，次日一早，主任就告诉她，稿子毙了。主任说好看惊奇，但是不能发。宣传部门会说我们宣传封建迷信。我们不是八卦小报。主任说，如果警察查出什么结果，你也许可以再报道。

温土丹说，那你给我记上工分吧？我都已经写出来了，是你们不敢发啊。主任说，再说吧，再说吧。看你的后续报道吧，如果真的是鬼，我们发内参。

温土丹这一整天，只采访到了一个交通事故。一个一两分的稿。有个开电脑超市的老板，约她晚上喝一点。温土丹沮丧地谢绝了。她也想喝，可是，稿子再不弄几条，真是很难过关了。连续三个月不完成任务，按考核规定就要下岗。温土丹极度沮丧，后来她又想起来，根据协议，每月逢单的周末，儿子归她。她得去公公婆婆那，把儿子接回家。有一次玩疯了，忘了来接儿子。前夫就冷笑着说，儿子要跟你，说不定早就被弄丢了。

前夫的小侄儿，知道她要来，就在院门口等她。这个上四年级的小孩一看到温土丹就说，小舅妈，上周你教我的作文，老师要我重写——老师批语问我在胡扯什么。

那怎么办呢？

我跟老师说，是我小舅妈教我这样写的。我小舅妈就是报纸上本报讯（记者温土丹）的那个温土丹。

老师怎么说？

老师说，你怎么又叫温土丹教你写作文？再以前那次，她教你，你还不是写得全班最差？

那你不要说是我教的啊。

侄儿老练地咳嗽一声，说，上次我替你解释说喝多了，这次又没教好，我只好说你又喝多了。

那天教你选材构思的时候，我没喝酒啊。温土丹说，下次写得好的才说是我教的，写得不好就不要说了。免得损害我们报社名声。你为什么不叫你小舅教呢？

四

4 岁的儿子和侄儿是天敌关系。前夫父母、也就是温土丹的前公婆被两个小男孩吵得成天血压上蹿。每次轮到温土丹把儿子接回家，前公公婆婆表情就明显地欢欣，像孩子终于又盼到了过年。相对来说，老人更宠爱早生五年的机灵侄儿，那头一个孙辈，用去了老人大份额的慈祥指标。加上温土丹的儿子，一生出来就不是省油的灯，喜欢挑衅大小孩。人话才刚刚学得还说不成长句，他就对着放学回来的哥哥聒噪不已：二杠就是小！一杠就是大！别人听不懂，但侄儿听得懂，弟弟说的是，他胳膊上的少先队中队长二杠，没有小队长的一杠大。

二杠就是小！一杠就是大！

这使侄儿相当恼火。纠正再三后，侄儿决定把弟弟的双手绑起来，放到马桶里，然后放水冲。3 岁的儿子开始以为满面笑容的哥哥带他做好玩游戏，等到放进马桶再哗啦冲水，小东西立马哇哇哇地鬼哭狼嚎起来。

大人从各个房间奔出来解救。侄儿背着手，悻悻地说，马桶太小啦！

温土丹把4岁的儿子带回家。儿子很兴奋，一到家就用温土丹的手机，小老板一样，瓮声瓮气地和还在外应酬的爸爸打了电话，说我到妈妈家来了。我吃了麦当劳！

有儿子做伴，温土丹突然觉得踏实了一些。但她仍然像昨晚一样，把房间所有的灯都一一打开。卧室、小卧室、饭厅小吊灯、客厅吊顶上所有装饰灯、卫生间、玄关、前后阳台。可是，她从厨房热完荞麦粥、做好青椒西红柿沙拉出来，发现所有的灯都黑了。小客厅里，儿子像个细鬼，佝偻在一个草垫子上。电视屏幕动画片上蓝蓝紫紫的闪光，不断映照出一张聚精会神的小尖脸。

温土丹连忙把电灯一盏一盏全部拉亮。儿子皱了下淡眉头，马上爬起来，把客厅的电灯给关了。等温土丹再回厨房拿出一个调羹，所有的电灯又黑了。一个客厅里光剩下蓝蓝紫紫的电视屏幕的闪光。充满鬼魅的气息，温土丹毛孔渐渐紧了起来。

温土丹飞快地把灯全部依次打开。儿子再度像小鬼一样，从草垫子上鼠窜而起，眼睛不离开屏幕。但啪！啪！啪！地，手起灯灭，他按掉客厅饭厅所有的灯。儿子有些恼火了，开关按得很重。

温土丹说，开着吧，儿子，太黑啦。

儿子不理她。

温土丹说，我们还是开着吧。说着她又准备去开灯。儿子横了她一眼：怎么搞的！儿子说，你是大人，还不懂省电？奶奶家看电视从来不开灯！你不要糊里糊涂过日子嘛！

温土丹过去抱起儿子，为什么骂我？

儿子亲了她一下，眼睛依然不离开电视。儿子说，去去去！我正忙着。

温土丹一把揪起儿子当胸衣领，开灯！我命令你！赶紧开灯！开所有的灯！你要是不同意，那我走了？她做出穿外套的样子。儿子傻了眼，没一会儿，嘴巴一撇，竟然哭叫起来。温土丹抱起他，走了一圈，请他把房间的所有灯一一打开。温土丹亲着儿子的耳朵说，我今天很怕黑，所以，要开灯，睡觉我也要开灯，就今天。

今天的黑，有什么好怕的？我今天、明天、昨天的黑，我天天的黑，统统不怕。儿子说。我敢一个人睡在黑房间里。因为我是超人。我什么都不怕。

温土丹洗碗的时候，听到儿子又给他爸爸打了电话。儿子说，他妈的我妈妈，怕黑。真是糟糕！

五

温土丹请求儿子和她一个床睡觉。儿子拒绝了。他从小就一个人睡惯了。温土丹说，求你还不行吗？儿子后来像是看透他老妈心思，皱起眉头迁就似的说，这样吧，和我睡，不能开灯。

最小最小的床头灯行不行？

不行！

这个晚上的怪事，也许就是从灯开始的。温土丹大约是11点半上床的，之前她喝了杯指望助眠的热牛奶。躺在床上，反复睡不着。她极力控制自己不去想昨天凌晨的巴小姐的神秘电话，但是，她不得不承认，就像透过丛林的光，那个东西无孔不入地渗透到她记忆中来。

凌晨快一点的时候，她起了床。卧室是黑的，走出来一路明亮，因为其他所有的灯都开着。温土丹走到厨房，她倒了杯葡萄酒。万籁寂静，她家的灯如此雪亮，有种说不出的不协调感觉。站在冰箱前，她晃荡着酒杯，闻着酒香味，慢慢地平展着舌头喝了下去。然后，又喝了三杯。

再次上床的时候，感觉体态轻松而意识轻微的模糊。

接下来就醒了，中间没有任何记忆和睡梦的连接。有人按了门铃。温土丹看了看床头钟，凌晨4时22分。她以为是做梦，正为不慎醒来而生自己的气，因为再入睡又是一个艰难的过程。可是，门铃真切地又响了一声。卧室一片黑暗。

温土丹迟疑地起床，走进明亮的客厅。她拿起门铃通话器，谁啊？

是我。你们怎么啦？要我上去吗？

温土丹反应不过来。是前夫的声音。她没说话，就按了开门键。一会工夫，前夫站在门口，身上湿漉漉的有水的感觉。

前夫进门就说，什么事啊？老远就看到你所有的灯都开着。怎么啦？儿子呢？说着，前夫进了卧房马上又出来。温土丹非常困惑。她甚至怀疑是不是在做梦。前夫出来的时候，在沙发前面站着，并没有坐下来的意思。他用征询的眼光看着温土丹。

温土丹说，唔，喜欢亮一点，忘了关灯啦……

前夫有点不耐烦，那打我电话干吗？我还以为儿子出了什么事！

前夫根本不想听温土丹辩解，转身就往外走。温土丹叫起来：

我没有打你的电话！我在睡觉啊！是你吵醒了我！

前夫停下。眼光里充满困惑。他掏出自己手机，看了一下说，就是你打的，就是你的手机号。打了三次，我喂喂喂，你就不是出声，里面只有风声呼呼的。要不是儿子在你这，我才不管，哼，不是喝多了你还有什么事！

温土丹转头找自己手机，手机就在柜子上充电。温土丹立刻指给前夫看，没人用过电话！睡前我就把它充电去了。说这些话的时候，她感到了恐惧。莫名其妙，她又看了看墙上的钟，是的，凌晨 4 时 24 分。

前夫闷闷不乐。走过去拿起手机看了看，说，就是你拨的。前夫扔下电话，停了一下又说，你早晚会害了你自己的。我就不明白，你就那么离不开酒？温土丹又气又惊惧，她已经想起了吊死鬼电话。但是，现在和前夫的关系，出于自尊，她也不便说昨天凌晨 4 时 22 分的鬼电话了。

她坐在沙发上发愣，想着是不是儿子有梦游的毛病，又想儿子起床她一定会知道，再看看充电器的位置，儿子就是起来，也不可能够得着，而且能够用完电话再放回充电位置。

前夫身上很多水，看来外面的雨不小。他的皮鞋踩得客厅里，一个一个湿脚印。也许看到温土丹垂头丧气的模样，他不再说什么指责的话。他走到厨房、卫生间。温土丹突然跑到儿子跟前。她推了他小脑袋瓜一下，儿子竟然醒了。

小便。儿子说。

温士丹把他抱下床。客厅的明亮的光线让儿子愤怒地眯起小眼睛，嘴里还嘟嘟囔囔了什么，到卫生间的时候，看到老爸站在门口，他揉揉眼睛嗨了一声。小便完，儿子迷迷糊糊地晃出来，说，渴！前夫拿出茶几上儿子的流氓兔造型鲜黄色的塑料水杯，蹲到儿子跟前。儿子猛喝几口，然后牵着老爸的手，踢踢趿趿走过客厅。临上床，他闭着眼睛指指客厅，你们，统统关灯！

几点了？前夫没有要温士丹回答的意思，自己倾身看了看墙上的草屋钟，就往门口走。你关好门。他最后说，然后，他就下去了。

听不到前夫离去的脚步声。他好像是突然就消失了。一点温暖的声响都没有留下。温士丹竖起耳朵，她只能听到外面的隐约的雨声。温士丹抱着胳膊缩在沙发上。是我给他打的电话吗？我真的又喝多了？四杯、五杯，这是不可能入醉的量。我打了他三次电话？我没有说话？也不对啊，真是醉了，我就会说很多话。

我真的打过他的电话？

温士丹哭了起来。她感到挣扎不出的恐惧。因为她不相信自己醉过，不相信自己会跟他打电话。温士丹又想喝点了，不，是想一整瓶都倒下去，她想醉到太阳出来，醉到太阳明亮地晒在身上，晒在所有的东西身上。她需要什么都不知道地跳跃过这个莫名的黑暗。可是，她不敢再喝。前夫鄙视的目光令她难堪。噙着泪花，她回到卧室，躺在儿子小小的身子边，她一点睡意都找不出来。儿子像嚼豆子一样，狠狠地咬了一阵小牙齿，然后清晰地说，红蜘蛛。这么多啊……

六

温士丹是在上午11点多接到大姑子电话的。大姑子在电话中声音像在冰面上跌滑过。也许是哭坏了嗓子。温士丹听了电话，半天说不出话来。7个小时前，也就是凌晨四五点之间，前夫从新区引桥飞下滩涂。汽车一大半在海水里。引擎盖翘起来。他当场就死亡了。

大姑子说，孩子只能先放你那。我老爸已经被急救车送进医院了，妈妈心脏也不太正常。

有……没有需要我做的事？温土丹结结巴巴。实际上，她的脑子完全乱了，当时她第一个念头就是那个半夜电话害死了前夫，否则他没必要半夜奔驰。她甚至担心真的是自己醉梦中打了电话，害死了他。

大姑子说，他和朋友们聚会迟归的，没有喝酒，他是把另外两个朋友都送回家才回程的；大姑子说，有事会打你电话，可能登讣告希望能得到版面位置和价格的照顾。也许还有别的事。再说吧。

这一天上午，既没有出太阳，也没有下雨。记得凌晨是有雨的，可是早上的大地上，没有什么痕迹。但客厅地板钢砖上，依然隐约有前夫的皮鞋后跟半月形的水印边。

儿子在卧室木板地上，搭一个非常宏伟的积木。温土丹慢慢蹲下来。温土丹帮他送了两块木料，都被儿子拒绝。你昨天晚上睡得好吗？温土丹说。儿子说，好。儿子忽然兴奋起来，放下手中的活，小眼睛瞪得非常圆，红蜘蛛！我梦到红蜘蛛！非常红的！这么大！

儿子把积木全部扫倒。开始满角落爬找什么。温土丹跟了过去。儿子说，我要找一只给你看。你家有。我以前就在这里见过它。你还不相信。奶奶家就没有。别人家都没有。

温土丹是记得以前儿子说过，他看到一只非常小、非常漂亮的红蜘蛛。当时，儿子用彩笔画了老半天，在温土丹看来，就像一团黄豆大的怪疙瘩。儿子最后指着彩笔尖说，它只有这么大！儿子又摸索着拔下自己一根软头发，说，它的脚比头发还细。最后儿子指着她身上的火红色的毛衣，大嚷大叫起来。他摘下一个毛疙瘩球，说，就这样，就和它一模一样！

正是由于儿子的描绘非常形象，前一天，温土丹就梦到了密密麻麻的红蜘蛛，她在干红和红蜘蛛中穿行。温土丹突然被震撼了一下，脑袋中闪电般，刺亮起来。温土丹梦见红蜘蛛的时候，是那个巴小姐怀疑异类侵扰而报警的时候，儿子昨晚梦吃红蜘蛛的时候，不也正是一个古怪时刻。谁在使用电话？说什么，温土丹都不相信儿子会半夜爬起来玩电话。自己也绝不可能打那样的电话。

温土丹说，爸爸昨晚带你撒尿，你还记得吗？

儿子说，我没有梦到这个。

不是梦。是真的。爸爸以为我们打电话找他来的。

我没有叫他来。爸爸也没有来过。

你昨天给爸爸打过几个电话？

儿子数学不行。所以困难地眨了很久的小眼睛。但是他最后说，一个说我吃麦当劳啦。一个说你怕黑不好。

可是，爸爸后来就来了。你正好要撒尿。你还和他打了招呼，嗨。我抱你去卫生间，后来爸爸牵你上的床，还为你掖了被子。还亲了你的脸。你还叫我们统统关灯？

没有。儿子说，爸爸没来。

来过的！你想想。爸爸还喂你喝过水，就这个杯子。

根本没有！儿子断然否认。他用夸张的锐利目光，天上地下地搜索红蜘蛛。

温土丹盯着儿子的脸，她忽然感到紧张。是她自己做梦吗？半夜真的没人来过这里？不不不，不是这样，门铃响了，门铃确实响了。她被弄醒了。有人来过这里了。温土丹感到不安，就在这一分钟之前，她忐忑不安于那个奇怪的电话导致了前夫的死亡，她无法理解那个电话，就像无法理解巴小姐的报警电话，她感到神秘的恐惧。可是，现在，她被一种越来越明朗的、越来越惊心的、新的恐惧所控制：前夫究竟是——车祸之前、还是车祸之后来到了这里？

前夫他到底来过吗？凌晨 4 时 22 分，按响门铃、走进屋来的——是谁？

她回到客厅看前夫半夜进来留下的湿脚印。蹲下来看，好像地面还是有印子，后脚跟的半月形水渍依稀可辨；还有留下什么呢？她又沿着前夫的路线，转了一圈。烟灰？找找看。他是抽烟的，而且只抽大厦门牌的，温土丹很熟悉那种烟的味道。

茶几上没有烟灰、烟头。温土丹蹲下仔细察看地面，没有，一点灰烬都没有。只有隐约的水印。不过，烟灰弹在地上，也能被踩没了。但前夫进来的时间不长，好像是手上没有烟。不，不，又好像指缝中有支烟，烟雾轻轻地从他的指缝中腾起来了。这个时空在她记忆中，就是有那个味道。不过，温土丹困惑了，因为前夫就是不抽烟，身上也有那种烟味的。真实和印象现在彻底模糊了，而且是越想越模糊。

温土丹转而开始盯着地上几乎消失的水渍。为什么前夫身上湿漉漉的？外面在下雨，还是因为桥下的海水吗？不，不，不会的，是因为下雨，记得当时听到雨声沙沙的。

吃中饭的时候，温土丹再次问儿子：爸爸来了，你怎么记不住啊？他来过啦。

儿子厌倦地叹了口长气，要跟你说多少遍呢？没有！没有！就没有！你不要糊糊涂涂，行吗?!

可是，他真的来过的。喂你喝水后还牵你上床。

没有!! 他根本没来过。不相信，你打电话问他！

温土丹借着倒垃圾，到了宿舍楼的大门传达室。她问值班的保安，昨天半夜4点多，你看到一辆黑尼桑进来吗？保安说，你傍晚来问吧。昨晚值班的人，下班了。

如果有车进来，你们都会知道是吗？温土丹指指电动栅门。保安说，一般有数，但这几天不一定，因为电栅门坏了，都开着，关不上，说不准我们上厕所，就有车进去了。

傍晚刚过，温土丹又奔下楼找门卫保安。那保安是个胖小子，笑嘻嘻的。他说，昨天下半夜，尤其是三点以后，我敢拿头担保：绝对绝对，没有黑尼桑进过小区！只有三辆红色的出租车。

那你上过厕所吗？

胖保安笑嘻嘻地说，温记者，你是不是又喝多啦？

真的没有？

什么没有？是车还是上厕所？

温土丹沮丧地站着，发了一会儿呆。胖保安说，真的没有黑尼桑进来过。厕所嘛，你知道，是人都要去的。

那——昨天下雨吗？下半夜的时候？

没呀，我没感觉到。你怎么啦？难道你真的酒还没醒？最近报纸上都没看到你的名字啊——嘿，你走啦？我没骗你啊——

七

温土丹担心自己这一路都想哭喊出声。她飞奔上楼。房间里，儿子正挥汗如雨地拖床铺底下的旅行箱。卧室里，书籍、穿过的衣服、工艺品套篮、棋盘、拖鞋、枕头、旧游泳圈，一地狼藉。

一听到温土丹进屋，儿子大叫，快来！我刚刚看到一只红蜘蛛，它爬进去啦！我们拆床吧。

温土丹开始打交警朋友的电话。并要到那个辖区的出警警员电话。温土丹要问三个问题，一，死亡准确时间；二，前夫的手机在哪？三，尸体的位置？

出现场的交警说，大致时间是在凌晨 4 点到 5 点之间，无法再精确了；手机到现在还没找到，找到时会通知家属的；尸体被发现时，下半身在海水里：

竟然会没有任何线索能证明，前夫——不论是人还是鬼，昨天凌晨 4 点 22 分，是否出现在温土丹家里。换句话说，就是昨天凌晨 4 点 22 分，出现在温土丹她家里的人，可能是她的前夫，也可能是她的前夫之鬼魂？

这个两可推断，令温土丹越想越发疯。

温土丹又找到移动公司的朋友。请他解释手机为什么会半夜自己拨号。朋友说除非你预先设置了。或者误设置了，就可能发生这样的情况。

没有预先设置，决不可能出现这种情况。此外，他说无法解释为什么会连续呼叫。

温土丹又询问了跑气象的同事。同事问了气象站测报细况，回话说，昨天凌晨，本市是局部地区有雨。主要是在西北部一带，何马大桥就在正西。就是说，温土丹住宅区域，并没有降雨记录。

儿子一头灰、满脸汗地从卧室出来。看沙发上的温土丹脸色僵死，他仔细看了看，就小鸟依人地靠了过来。妈妈？儿子用身子擦痒似的蹭着温土丹的膝盖，你不相信你家有红蜘蛛吗？

温土丹沉重地点了下头。儿子说，如果你相信我，我就相信你。

温土丹奇怪地看了儿子一眼。你相信我什么？

相信你不是胡说。

我胡说什么？

你胡说爸爸来过，还喂我喝水。那你相信你家的红蜘蛛吗？

相信。我还相信不止一只。

啊哈！老妈！那我们一起找它吧！

是儿子给他爸爸打电话时出现了误设置吗？儿子打过两个电话给他父亲。假设，儿子的误操作成立，那么可以证明前夫确实是因为担忧而驱车来过，那么，来的就是人本身，是人，而不是其他什么东西，对吗？

不，也不对啊，不管是什么，他都可以来看看儿子。不放心嘛。既然巴小姐能接到上吊死去十天的别小姐的鬼魂电话，变成鬼魂的前夫怎么不可以来看一看？他身上带着水，他一进门，她就有湿漉漉的感觉，这很奇怪，他身上也不是从水里出来的样子，并没有到处滴水，只是她感觉他湿漉漉的，然后果然在他鞋底下看到了水印子。水印子的存在合理吗？不，好像也不大合理，因为如果是下面的路面雨水导致，不用上四楼，踏进楼道，最多上个一两层，鞋底就干了，哪来的水印子呢？而且 客厅里留下了那么多个？

温土丹不寒而栗。难道这所有一切都是她个人的虚妄之念？只有她一个人见鬼了？温土丹绝望地蒙住了脸，儿子把自己的两只热乎乎的脏手也覆盖了上来，脏兮兮地帮她蒙住了她更多的脸。温士丹突然想，也许他是在楼道上踩到了水渍，比如楼道清洁工冲洗楼梯导致的积水？这是合理的吧？

温士丹坐在电脑面前。本报讯（记者温士丹）昨天凌晨，在何马悬索桥，一名单身男子飞车而下，当场车毁人亡。

大约是当日凌晨4时许，该男子驾驶闽D49882号半新尼桑车，经过何马悬索桥引桥和主桥之间时，突然汽车失控，汽车冲断护栏栽桥下，车身一半在海水中，一半在滩涂上。由于没有直接目击者，直到凌晨6时许，被滩涂作业渔民发现。男子已经气绝身亡。警察调查分析，车祸是4时半左右发生的。

有线索表明，该男子在4时22分时，到了其前妻家中。20分钟左右离去。没有醉意。肇事地点离其前妻家有22分钟车程。警察怀疑是酒后失控，尸体勘验证实，该男确无酒精症状。另据气象部门测报，何马桥昨夜有过阵雨。警方称，久晴初雨车祸发生率较高。

据悉，何马桥通车6年来已发生11起车祸，其中7起都是在该路段神秘发生。

写完，她关闭文档。一个提示框跳出来，“是否对文档保存？是？否？取消？”温士丹点了个否。整条稿子被彻底删除了，就像从来都不存在过。

工分有什么意义呢？现在，至少现在，温士丹更关注的是事情的真相。前夫昨天深夜到底来过没有？如果确认来过，那么，谁能确认来过的是什么？到底是谁？

温士丹陷入极度恐惧而极度沮丧的状态。

所有的努力已经表明，关于前夫这一档事，看来是无法弄明白了。所有的线索都似是而非地断了。但是，慢慢地，温士丹有了个越来越明确的想法，她想——她开始非常渴望，查清楚另一个悬案，那就是巴小姐报警案。那个案件人多，都是成年人。这样，就很有可能弄明白事情原委。如果女吊死鬼的问题搞清真相了，那么推断前夫真实的最后一夜，就比较有把握了。

是不是这样？

八

巴小姐的报警电话是全球通，因此在警方的接警电话记录中只有这个电话，而不是那个不知是人是女鬼打入的小灵通。温土丹打了这个十一位数的电话，长时间无人应答。她以为对方是省钱，要用普通座机回打，可是，挂机等了一下，并没有人回打。

温土丹就再次打过去。她决定不放电话。终于有人接了，可是，是个男人。

温土丹一开始以为打错了，可是，对方连续反问，你是谁？你要干什么？你找她什么事？

即使不嗜酒，温土丹的反应也偏迟钝，她张口就实话实说了。对方不出声地听到最后，然后说，你打错了！这里没有巴小姐。这是我的电话！随即就挂机。温土丹按了重拨号码，再核对了一下电脑记录单，没错啊。她又打，电话没人接了。她连续打了五次，再也没人接电话了，对方也不关机。就是不接她的电话。

温土丹想了想，终于断定，这个电话就是当晚的报警电话。对方在回避她。温土丹没辙，求警察帮助。警察帮她查到了那个全球通的主人，倒真是个男的，还是个有些影响的人物。是本地的荣誉市民，身份是个私营企业协会副主席，名下有房地产、旅游度假村等十来个项目。一贯热心公益活动、有个美满的婚姻。

凌晨4时，他的电话为什么会在巴小姐手上？他当时在不在巴小姐身边？如果在，巴小姐会报警吗？如果不在，巴小姐为什么会单独有他的电话？

温土丹换了不同的电话打，有人接，但只要一听她要找巴小姐，或者询问有关巴小姐的问题，电话马上就被挂掉，然后这一个号码就作废了，再拨也不能通了。连续两天都这样。温土丹一直哭丧着脸。

在地段警察的帮助下，温士丹找到了巴小姐的家。巴小姐租住在小巷深处的一个老华侨的红砖老别墅中。满院的三角梅，底层却无人居住，二层是老华侨的亲戚一家住着，代管房屋。沿着土红色的水磨石外楼梯往上，就直接上了红方砖铺就的大天台，那有大半个羽毛球场大。而梯口有个单独的一间，也是整个三楼唯一的一间房屋，就是巴小姐的住处了。风很大。温士丹和警察站在楼梯口等代管人拿钥匙。

老侨屋的代管人说，巴小姐已经离开三四天了，好像说是回老家。

房间里非常零乱、豪华，床上被子没叠，但能感到那些杜邦粉蓝色被子和枕头极其柔软，能把人埋得很舒适；两只抽屉取出东西后，根本没关；电视柜前面，有一张造型十分慵懒的白羊细皮大沙发，能装进一个富贵懒惰的大胖子，床头柜上有个粉绿咖啡两色相拼的陶瓷花边的镜框，一本书那么大，照片上，一个女孩扭过脸，忧愁地看着什么，几丝长头发被海风吹得斜斜划过美丽的鼻梁。

代管房东的目光，陪着他们巡视着房屋，他一边嘿嘿笑着。温士丹看他一眼，还没问话，他就说，挺好挺好，这个姑娘挺好。本来就要参加青年模特大赛啦，正在训练呢，突然说是家里人要她回去。走啦，太可惜啦！

见鬼的那天晚上，美丽的巴小姐可能就是一个人住在这，如果有一个男人在身边，她一定不会那么恐惧。很可能是上半夜，还有人陪着她，下半夜，或者说，出事的 4 点 20 分左右，她一定是一个人在这个房间里。当时她把小灵通扔出了房间，也许就是扔到这大大的红砖天井上。凌晨四时的天井，一定黑风呼号、深不可测；当警察要她再捡起电话确认来电号码时，随着关门瞬间，她像火车鸣笛那样，突然爆裂的哭泣，简直要吓倒接电话的警察。对，她身边一定没有男人。那么，全球通手机是怎么回事呢？

警察也说，那个晚上报警手机的主人可能是不在这，但是，你和他后来的通话表明，至少他的手机和这个被吊死鬼侵扰的小姐，两者之间的关系是暧昧的。

是暧昧的又怎么样呢？这条线索也算是到了头。这个倒霉的美丽女孩，被一个莫名其妙的女吊死鬼就这样给吓跑了。

九

只要从幼儿园回来，儿子的首要任务就是寻找红蜘蛛。整个家已经被他翻腾得像个垃圾处理站，他还是不知疲倦上天入地地找找找。有时候温土丹要爬进大衣柜子把儿子拖出来喝牛奶，有时候儿子聚精会神地趴在柜式空调脚边，一动不动，手里举着一枚放大镜，眼睛盯着一个看不出名堂的缝隙。儿子满鼻尖是汗、目光严峻。吃饭、洗澡因此全部延期。温土丹焦头烂额。

温土丹说，我真的相信我家有红蜘蛛。我真的相信。

儿子说，不，你嘴巴相信，你的眼睛没有相信！

我不骗你。我相信。

你不相信！

我相信。

你就不相信。

那你说，那天晚上爸爸来过没有？

他就是没来。所以你不相信我。我只要找到一只，你就相信我了。

我相信你一定会找到。可是，爸爸也来过，我却找不到证据。你看见了，你却忘记啦，或者你故意捣蛋。

儿子突然猛烈蹬起两腿，好像急速的自由泳。他埋头号叫，一只小手仍然高高举着放大镜。你知道我现在找不到！你知道我找不到啦，所以你才这样说！红蜘蛛是红蜘蛛！爸爸是爸爸！你不相信我！我也不相信你！不相信就不相信！

温土丹头痛欲裂。喂，温土丹说，喝点酒好不好？然后我帮你一起找？

地板上的儿子把头和脚两头翘起来，像一尾发硬的小鱼。我要炸鸡腿！

晚上睡觉照例要讲故事。然后关灯，儿子自己睡觉。大约半小时后，温土丹再进卧室找一本资料的时候，发现儿子竟然大睁着眼睛。温土丹弯腰看他。儿子像卡通人物的眼睛，非常夸张地闭上，又张开，再闭上。大规模地开合着。

你的眼睛不大，温土丹说，这样效果不明显，又累着了眼睛。

儿子不说话，依然大幅度地操练着他的眼皮。温土丹退出时说，晚安。

儿子叫住了她。眼睛不累。是这里累了。儿子指指脑袋瓜。今天我举手发言，我说我妈妈家有一只红蜘蛛，丁老师根本不相信。她假装相信，跟你一样，可是她没有奖我小红花；我又告诉爱跳舞的林老师，林老师说，世界上只有黑蜘蛛吧，要不就是灰黑的；我问分饼干的齐阿姨有没见过红蜘蛛，她说，蜘蛛有毒！管它什么颜色，看了你就踩死它！可是，妈妈，小朋友都相信我，他们说，世界上一定有红蜘蛛。我一定要找到它，我要带给他们看！

那天晚上，温土丹再次在梦中看到了很多的红蜘蛛。但是，第二天送孩子入托的时候，不知为什么，一路上她想到了几次，最后还是没有告诉儿子。

十

飞云路 336 号位于汇门湖畔倒闭的机械厂区外侧，湖边，一排柳树不知为什么集体死了，很久都没有人来挖掉它们，干枯的小柳叶子掉光后，湖畔这一带，放眼都是废旧的大机器，还有就是那一大排光秃秃的枯柳，怎么看都是颓败的冬天一角。

往 4 楼走的时候，整个楼道静悄悄的。那天出警的警察在楼下就对温土丹交代好，你别说你是记者，说了人家就不一定回答问题了。温土丹说好。

一个模样普通的小伙子开的门。一见警察，似乎愣了愣，然后说，请进。警察说，塔先生吧？这是我们市公安局法制处的，关于那天晚上报警，她要向你了解一点当时的情况。请你如实回答。

塔先生把他们让进公用客厅。温士丹觉得一进屋，那部肇事的电话就自动跳进了眼睛里。它就放在闽南非常普通的红木条茶几上。灰白色，表面缝隙和乱卷的听筒绳都有点脏的感觉，电话款式非常简单老式。温士丹注意地看了一下，它没有通话记录功能，也没有免提和来电显示装置。她拿起电话按了个重拨键，居然也是形同虚设。塔先生看出温士丹的意思，说，这是个破电话。重拨键死了。

温士丹感到这房子特别阴冷。或者她的毛孔在收集冷气，就像是热烈的酒气败退时，突然遇到锐利的冷风。

你住这个房间是吗？温士丹指着靠卫生间的那一间。塔先生抱着自己的胳膊点头，那房间门开了一半，温士丹感到冷气就是从那里出来的。没错，根据资料，别小姐就是在那里面上吊自杀的。见温士丹老瞅他的房间，塔先生迟疑了一下，站了起来，说请进来看看吧。

温士丹看看警察，警察站了起来，温士丹也站了起来。三人依次走进去，里面只有一张席梦思小床，房间很整洁，简直看不出是个小伙子住的，包括床下的一双皮鞋，都擦得非常亮。整个房间笼罩在一片绿色的光线中。因为窗帘是苹果绿色的。温士丹指着窗帘，是你挂的？

塔先生说，原来的。房东的吧。这些的东西都是原来的。我只有个人衣物用品。

大家都不说话。就是说床——现在小伙子睡的床，拉链衣柜、旧电脑桌都是原来别小姐用过的，靠背椅，尤其——床。温士丹已经看过警察出警记录和尸检报告。那一天，也就是别小姐自杀的那一天，现场勘察记录是这样的：现场为某工厂宿舍（已出租）。死者卧房门未反锁，死者被一条长丝袜，悬缢于窗框下。卧床上有较多血迹及沾有血迹的张小泉字样剪刀一把。枕头旁有一段舌头（2. 3×1. 3CM）。尸体检验：尸长 1. 62 米，体重约 47KG，身穿镂空黑色衣裙，赤足，颜面指甲紫绀，眼睑结膜片状出血。角膜浑浊。口腔有血污，舌头中间前段有一横断创面，于床上舌段断面对接吻合；颈部有一索沟，起于甲状软骨上缘，由两侧斜向上，在耳朵前提空。肺淤血，心肺 2 片状出血。胃及十二指肠排空。结论：自缢窒息死亡。舌尖段横断，亦属其自为。案件特点：系自杀意志不坚定者，似有犹豫反复，有希望被人发现的过程和心理；此类死者生前多属气量狭小，对于小吃亏、小挫折等常常耿耿于怀。

温士丹忍不住又看一眼那个整洁的、床单笔挺的床。现在的床单和枕套都是棕黄色相间的细格子，像是新的。谁铺上的？温士丹没有问，应该是房东——房东飞快地处理了别小姐的终结房，飞快地让新房客住了进来。新房客怎么也不可能想到，他现在睡的枕头边，原来就有一块死者的舌头，也许夜夜就在他的脸边，当然更不知道，那个女房客，就坐在他的窗前用长筒丝袜吊死了自己。

大家转身出来，温士丹走在中间——幸好是中间，她才没有过分失态。就在她快要出门框的那一步，那个像几个伤心女人一起抽噎似的声音突然尖锐地响了。就在她的身后，像炸弹一样响了，等温士丹迟钝的大脑分辨出是手机铃声，她已经像被突然抽光血液似的，瘫软在地。

塔先生马上像顺手捡东西一样，把温士丹托拉起来，然后再到床前枕边拿起自己的鬼哭的手机。

是鞋跟扭了吗？塔先生接完电话说。

温士丹讪讪地点头，说崴了一下脚。

警察说，你就不能调个正常点的铃声吗！简直他妈的鬼哭狼嚎。

塔先生说，在人多的地方，不容易被淹没。

那天晚上，警察生气地说，就那天，你睡觉的时候是几点钟？

就你半夜来敲门的那天啊？我是快 3 点回来的吧，冲了个澡就睡了，肯定不超过 3 点半。

那么，你回来的时候，她们睡了吗？

不知道啊，黑着灯。后来她们不是跟你说，她们早就睡了。

你听到什么人起来的声音吗，比如有人上厕所的动静？温士丹说。

我平时睡觉很死，人家抬走我，我都不一定知道。他——这位警官来叫门的时候，一开始还是她们俩听到的，她们害怕就开灯打我卧室的门。

塔先生一边说话一边把一块抹布在茶几上擦来擦去。温土丹想了想说，那天晚上你为什么那么迟回来？

塔先生笑了一笑，我在北极光。温土丹想了想，是那个同性恋酒吧吗？

塔先生不置可否地笑了笑，咳嗽了一声，算是回答。他又在擦一块不存在的水渍。

你认识巴小姐吗？

我怎么会认识她？我上次不就说了。我不认识什么巴小姐！我没必要装女声给她半夜打电话。

请你把你的联系电话给我吧。温土丹说。塔先生迟疑了一下，报出了自己的手机号。

她们两个快回来了吧？警察说。

不，她们两个已经不住这了。前天搬走的。我不知道她们现在在哪儿住，唔，你们等等。塔先生站起来，到两间卧室的门之间，在一个烫金单页的年历上，找了找，然后报出了两组小灵通电话号码。他解释说，合租房子有时需要互相联系互相关照。

在温土丹他们走下楼梯时，小伙子又说，她们的电话不知能不能用呢，我反正没打过一次。

十一

温土丹还是带着儿子参加了前夫的追悼会。儿子完全被沉痛的气氛给吓傻了，本来他一见到爷爷奶奶就要扑过去，但他发现爷爷奶奶只是呆若木鸡地看了他一眼，就泪水直淌，儿子就紧紧抱住了温土丹的腿，温土丹把他抱了起来。

殡仪馆有很多人。前夫现任的女友红肿着眼睛也站在大姑子身边。儿子看到大姑子，马上蹬腿要她抱。大姑子一接过儿子，儿子竟然莫名其妙地大哭起来。大姑子泪水噗噗噗地掉，使劲亲着儿子脸蛋说，不怕不怕，有大姑呢。大姑爱你，回头大姑就接你回家，啊？

送到郊外青里滩墓园回来，儿子被大姑抱着上了另一辆小车。爷爷奶奶被劝回去了，没有去墓地。温士丹和前夫的朋友们一起坐的是中巴旅行车。下车的时候，温士丹准备抱回小车上的儿子。大姑子说，你等一下。然后，就拉她到一家银行的门口。大姑子说，我弟弟出事的那天半夜，到了你那？

温士丹傻了眼。

他为什么去你那？那天他送小马老赵回家就三点半了。是你叫他去的？

温士丹赶紧摇头。不，他没来。

大姑子低头看儿子。儿子仰着脑袋，一会看看温士丹一会儿看看大姑。儿子说，爸爸来过了！我小便后他喂我喝水，牵我上床，还亲了我。

温士丹蹲了下去，你真的见到爸爸？

儿子完全被温士丹弄糊涂了。他用非常陌生甚至有点恼火的眼光盯着温士丹。大姑把儿子抱了起来。温士丹想抱回儿子，告诉妈妈，你那天有看到爸爸进来？

大姑愤怒地推开温士丹，你酒还没醒啊！你这是什么话嘛！什么意思！一个这么小的孩子！你想干什么？大姑吼到最后一句，泪花就迸了出来。我弟弟不是因为你，肯定死不了！

大姑子扭身就走。走了几步，儿子在她肩上突然大叫，妈妈！我要妈妈！大姑站住了，但不转身。儿子向温士丹空抓着两只小手。温士丹就跑了过去，抱回了儿子。

到了小区，儿子要晃一晃橡皮树下的秋千。温士丹就把他抱了上去。温士丹说，是你告诉姑姑你看到爸爸了，对吗？

我说错了，是不是？

没有。你真的看到了，对吗？

儿子想了想。不再说话，然后扭着身子要温土丹先摇荡他。温土丹推送起来。儿子咯咯大笑。突然，儿子在空中说，我爸爸死了，我就看不见他，以后只能看照片了，是不是？

温土丹点头。我要叫他买冲锋水枪怎么办？

我帮他替你买吧。

说话呢？

也是我替他说。

声音不一样。他也不爱喝酒。

我以后也不喝。

还是不一样。儿子沮丧起来，叫停。

你如果真的看到爸爸，告诉姑姑也没关系。温土丹说。

那她为什么骂你，还哭？

关键是你到底看到没有？

不是你说的吗？我相信你了，我说看见了，你又说没有啦。怎么搞的呢？

那你是相信我，才说有的？就是说，其实你并没有看见？

儿子痛苦地闭上小眼睛。我不喜欢和大人说话！

十二

没想到载小姐的电话一打就通。你好，我是小载。温土丹一下就对对方充满好感，那个声音太温柔快活了，自然就让人想到对面有张美好的笑脸。

你好，我姓温……

啊，你好！温小姐，请问我能为你做些什么？

温土丹说，呃……我想和你聊聊……

我就在公司啊。一期的都卖得差不多了，现房没有啦；二期的三维图形板刚刚出来，非常直观，户型更好。是不是请温小姐过来，我陪你了解仔细点。如果你想到工地看位置，我们有专车免费接送。OK？

温土丹这才明白，人家当她买房客户了。温土丹说，你们公司在哪里呢？

机场路，杜鹃水库站，一下车就可以看到我们公司的水幕玻璃房，咖啡色尖顶，像品牌“稻草人”戴的帽子。旁边都是棕榈树。很好找。我就在售楼处等你。

载小姐瘦瘦的，像个刚准备发育的孩子，极其灵活的眼睛亮晶晶的。她像亲密朋友一样，温土丹还没进玻璃尖顶房五分钟，载小姐就把手很自然地搭在她的肩上。载小姐机密地说，其实一期剩下的都是尾盘了，如果你不急着住，还是看二期的。我喜欢你。你看，二期户型真是太好了。我自己都买了个一房一厅的。好住，出租更合算，你只要付了三万首期，每个月收的房租就够付银行按揭了。

载小姐把一块块三维样板拿了过来，很多人都买两三套，就是很好的投资啦。

温土丹不知不觉就认真看了很多一房一厅的户型。她真的觉得自己是不是该买两套，好下岗的时候，收租金过日子。

你说你能保证能帮我租出去？

载小姐斩钉截铁：绝对！

载小姐说，我们签个意向书吧，这样你好不容易挑中的这两套，就不会被别人再挑走。要知道，我们周五还要出一版广告，周五周六周日，来看房的人，就会多得不得了。到时候，我想帮你留都留不住了。

温土丹费力地想了想。载小姐说，只是意向，不是正式合同。

签了意向书，载小姐又像领着亲姐妹一样，带温土丹去看了施工工地。期间，她把手时不时搭在温土丹的肩上。温土丹说，我请你吃饭吧。

载小姐想了想，好吧！她说，我请你。祝贺你买了两套好房子！

温土丹本来不想要酒，可是，那个推销酒的小姐笑嘻嘻地说，第一次不要是你的错，第二次不要是我们的错。

温土丹想了想，觉得好听，就说，我们不能错吧？

载小姐说，来一瓶吧。

喝酒前，两个小姐互相恭维着，喝了酒，两人说话就放开了。也许是卖出了两套房子，载小姐心情特别好。说了她们艺校的女孩多么多么疯，现在一个个多么多么有钱，只是几乎没剩几个和艺术有关了。

载小姐主动说到鬼的故事。

没有自己的房间，就是不行。载小姐说，你根本不知道前面住的那个人，是活人还是死人。我搬出我原来住的地方，就是那地方闹鬼！你想象不到是吧，我知道你想象不到。我离开那个房间，我现在就什么都不怕了。

温土丹的酒量早就百炼成精。碰到爱喝的，对饮不停，她的手倒酒已经是习惯性动作。你一杯我一杯，谁也不劝谁，喝就是了。结果，温土丹突然奇怪地看着大玻璃酒樽说，这酒怎么倒不空啊？

服务小姐笑吟吟地说，已经是第二瓶了。

载小姐嘻嘻笑。温土丹说，你刚才说，真的是鬼打电话找她朋友说舌头痛吗？

载小姐吐出长舌头，做出吊死鬼的样子，痛啊，痛啊，我是你的朋友啊，我真的没有死……

那鬼还说什么呢？

冷啊……我想把舌头接上去，陪我去医院吧？啊去吧？

载小姐哈哈大笑。又吐出尖尖的、血红的舌头，把眼球往上翻成白白的，又把两手死死叉在颈子上。她使劲翻着已经发红的白眼球说，像不像？你看到我怕不怕？

那接到鬼电话的朋友，不是很害怕吗？

她活该喽。她和那个鬼是好朋友，可是，关键的时候，从来没帮助自己的朋友。她要嫁一个阔佬啦，哈哈，阔佬的太太是马来华侨，势力大得很，阔佬现在住的豪爵世家7号，就是我卖给他的，独立小别墅，靠领事馆湖边，还白送了二十平方米的地，可以种花种草种葱。其实房子还是他老婆最后拍板定下的。那个阔佬绝对不是好东西！妈的，我们这些人，又要哄男的，又要哄女的。有时哄错了人，还可能被退房！

我知道那个男人的电话。温土丹傻里傻气地说。载小姐警觉地竖起耳朵，神态非常像一只猎犬：你跟他也……

温土丹摇头。载小姐用血红的眼球审视了一下温土丹一分钟，然后说，他很花心的！他不可能真心的！我相信你不会像巴那么傻！要不要打赌——他保证不会娶她！——啊呸！做梦去吧！你敢不敢赌？

第三天傍晚，载小姐就打了温土丹的电话。你好，温小姐。电话里声音温柔快活，春风一样，抚弄着人的耳朵。我想告诉你，今天来看房的人，简直是车水马龙。幸亏你听了我的话，要不你那两套，早就被人抢走了。好房子，大家都识货。你是不是赶紧来签个正式合同？免得天天有同事来打听，想把我们的房子卖掉。

正式签合同的时候，温土丹就在购买人一栏，填写了真实单位。载小姐说，真好！认识记者真好！听说你们待遇很好，如果要买房，我们的户型最合适单身贵族、小资白领了。要不要请你的同事来看看？我请客。真的。

温土丹说，我们同事都不相信你原来的房间闹鬼。

你让他们来找我嘛。不过，载小姐说，我们现在卖的君安新村都是请香港风水大师看过风水的，绝对吉利！

我不是担心这个。我是想问你，那天晚上，你害怕吗？

我？别小姐上吊我正好跟客户到东山去玩，我回来的时候，尸体已经处理掉了。当然很害怕，毕竟一个大活人，可是，一时又找不到住的地方，所以，我就叫岛妹过来陪我睡。

我是说，鬼用电话的那天晚上你睡得好吗？

小别刚刚死的时候，我天天吃安定。一周后就好多了，人啊，就那么回事。可是那天，警察半夜突然来敲门，我们吓得够呛，指望小塔去开，小塔就是不起来，我和岛妹只好手拉手起来。警察才是莫名其妙，劈头就骂我们半夜玩电话。岛妹说，神经病啊。警察说你再嘴坏！

警察还说什么呢？

那破警察凶得半死，说再骚扰他人，就拘留我们！小塔说，我真的没玩电话骚扰哪个女人啊。警察说，没说你！警察恶狠狠地瞪着我们两个，说小女孩也敢装神弄鬼！你们不睡，我还要睡呢！给我再玩一次试试！我们三个都不说话了。因为害怕，就是说，我们这见鬼啦。我们后来赶紧搬家。

你和接到鬼电话的巴小姐很熟吗？

她？我才不认识那只妖精呢。她和小别——就是那个鬼原来是好朋友。我和小别合租这个房子，听别说过她一些事。哼，老话怎么说的，不做亏心事，不怕鬼敲门。鬼都给她打电话了，她肯定干了亏心事！

十三

温土丹在电话里说自己是报社记者，岛妹就说，是要采访我吗？温土丹吞吞吐吐地说，是不是有时间聊一聊啊？岛妹说，有啊，我现在椰风寨拍风光照片。嘻嘻。你是摄影记者吗？

椰风寨在本地最美丽的海湾。因为青年模特儿大赛，沙滩上晃动着几十名穿着泳装的不怕冷的佳丽们。有人在摆造型，有人在夸张地走猫步，一个染金发穿着带裙边泳装的女孩，学着梦露在大风中，手按短裙的经典造型，不断撅着屁股，配合一个剪平头的摄影师按快门。沙滩上，佳丽们咯咯咯的笑声，像鸽子一样，一阵阵飞起。

岛妹起码有一米七六。不知是怎么回事，温土丹觉得她的样子和电话里热情的迥然不同。她几乎可以说是很不漂亮，但是，她一直保持一种像是“我和你们不共戴天”的表情，冷冷臭臭的。两撇银白发青的眼影，像一对飞翔的鸟翅，使她的眼睛吊吊的。她的脸，怎么看都有点像吃不饱饭的越南人。

如果现在就采访，我要和我们指导说一下。还没等温土丹回答，她就转身喊，高指导，又有记者要采访我！木房子那边不知有谁说了句什么。岛妹说，人家都过来啦。我也没办法啊！真是烦人。岛妹转身，变脸似的突然对温土丹一笑，没办法，昨天也有记者到处找我。不知谁放出消息，说我可能会因为最具有现代感而得冠。胡扯什么呀，你看我多难看，再说就是得冠，也还只是东南分区赛，又不是总赛！

温土丹说，哦，你是长得很特别。

你也这么看？嘿！现在的人真是怪了。不过我们指导也说，现在外国人就喜欢我这样的脸。特别——才是最重要的。没有特别的美丽，现在的中国还不是满街都是？而特别就不容易，不单是爹妈会生，还要自己会长，你要长出自己独特的味道。别人学都学不走——这个你可以记下。噢，你们报纸知道我的三围吗？

温土丹突然想起来，那个巴小姐、那个美丽的巴小姐，是因为受到极度惊吓、因为恐惧而突然逃跑了，她放弃了比赛吧。

听说，温土丹说，原来有个叫巴小姐的，呼声也很高？

她呀，我不清楚。我听人家说，她倒是很有实力——我是说另一种实力。岛妹冷冷一笑，她倒真的是很美丽的小姐，就是街上那种回头率很高的美人，因此就有浅薄的有钱人想包装她，听说哪个协会要买通评委搞暗箱操作，让她稳做冠军呢——这你可别写！我是道听途说，你写了我不会承认的！在我看来，实力不是靠男人，是靠自己的气质、内涵。一句话，简单的美丽，到处都可以重复，而特别，是不可重复的。这个你也可以记下，我认账。

她现在在哪里？

巴啊？你也想采访她？

不采访，顺便见识一下。

不在！听说滚回老家了。

既然呼声很高，又有人帮助夺冠，为什么要突然离开呀？

鬼知道。

你认识她吗？

我没必要认识她！但是模特队里，谁都知道她！唉，别说她，浅薄。没意思。想你们报纸也不会对一个靠男人获得成功的女人感兴趣。对不对？

大家有没说，她为什么突然放弃比赛？

那你去问大家好了。岛妹似笑非笑。

听说她受到鬼的惊吓？

对不起，我的训练时间蛮紧的。我真的对她没兴趣。

十四

温士丹打了塔的联系电话。塔一听是她，就把电话摁掉了。温士丹决定换一个电话，一听他喂的一声，就急急忙忙地说，呃，塔先生，我是那天到你家的，唔……是记者，我不是公安的。你可不可以……

温士丹以为塔会接受她的真话，不想，电话安静了几秒钟，还是被摁掉了。再打，不回了。

温士丹和儿子的生活也日益糟糕。首先，大姑子他们一直不来接孩子，而幼儿园离温士丹住地非常远，不在一个区，为避免迟到，几乎天天打的，交通费暴涨；最糟糕的是，儿子非常想回到爷爷奶奶家，主要是喜欢找侄儿纠缠，可是，每一次他提出要过去，大姑子就要他说清楚，回妈妈家的第一天晚上，到底有没见到爸爸过去。大姑说，不说清楚，就不来接你。

儿子痛苦万分。儿子说我不知道。我不知道啊。

再后来爷爷奶奶、甚至侄儿都询问这一句，你爸爸那天回你家了吗？

儿子后来不肯接任何电话。只要电话一响，他就奔到电话边，但不接，只是焦急地、无比痛苦地听着电话一声声响到结束。温士丹的电话通常都是手机，她本来就考虑拆了固定电话，后来一拖就拖忘了，儿子来后，固定电话基本都是他在使用。

妈妈，我想和原来一样。住爸爸家，过一段你就来带我玩。

温士丹说，恐怕要调整了，因为爸爸死了。

爷爷奶奶大姑他们没有死呀。

和妈妈在一起不好吗？

反正你家也找不到红蜘蛛了。

如果找到，你还想离开我家吗？

找不到了。没有人相信我。儿子的一颗眼泪淌了下来。他用手背用力擦去。

我怎么才能回爸爸家？

说真话。呃，你再认真想一下，爸爸来过吗？

温土丹一说完就后悔了，果然，儿子一撇嘴，但他马上坚强地咬住了嘴唇，可是，泪水还是直淌如线。温土丹过去蹲下，紧紧抱住了儿子。

我想了，我用力想了。儿子呜咽着说，我天天都用力想，我还是不知道哇。妈妈，我真的想回爸爸家。我想住在那里。

以后我们改成你平时住在我家，过一段去爸爸家，行吗？这样我们就可以经常一起找红蜘蛛。爸爸家没有。

如果我说我看到爸爸，他们就让我去了吗？

温土丹不说话。

儿子说，他们就让吗？

温土丹发了会呆，儿子横过脸仔细看她。温土丹开始慢慢点头，突然自己的眼睛就热了起来。儿子蹲在她面前，儿子说，那样大姑就会骂你，是吗？温土丹赶紧摇头，用力摇头，可是，泪水还是模糊了眼睛。

儿子伸手圈住了她的头。儿子说，我和你是一派的。不哭，老妈。

儿子想了想，站起来到厨房，然后抱着一瓶黑瓶的葡萄酒出来。

喝点吗？儿子老气横秋地说，我陪你。

十五

第二天，温土丹接到了前公公的电话。前公公和温土丹一贯交情还不错，因为他也喜欢喝酒，年轻时嗜酒如命，退休后医生不让他多喝。离婚的导火线严格说起来，就是和前公公喝的那一担。当时，前公公生日，前夫正好出差。温土丹不知不觉就陪前公公多喝了点。前婆婆因为是丈夫生日，就没有多加阻拦。前公公刚刚在上老年大学的电脑班，对录入很感兴趣。温土丹说，她现在脚指头也能操作电脑键盘。前公公立刻打开前夫电脑，抽出键盘。

温土丹坐在椅子靠背上，脱掉袜子，她用右脚，刚打上“金门高粱有假”就从椅背上摔了下来。倒下来的椅背砸到前公公的脚背，前公公提着脚，跳着，厉声呼痛。后来，大姑子说，老爸这辈子都没这么丢人地号叫过。本来婆婆还挺开心，她正在削火龙果，突然就变了脸，非常难看地变了脸，她摔下一个火龙果就走了出去。

那时候，生日蛋糕还没切。侄儿和儿子万分扫兴。等前公公终于气定神闲地邀请大家吃蛋糕，并宣布自己脚背没事了，大家表情都有点爱理不理。温土丹不知道，大家是冲着她来的，她依然很快乐，又很积极地开始插蜡烛，可是，她老是点不着，手抖。大姑子把她推到沙发上，自己点。温土丹笑眯眯的，然后高唱祝你生日快乐。所有的人都停了，她还拍手唱着。

第二天，前公公整个左脚背都黑了。大姑子拉他去拍片。确认是骨折。

离婚后，前公公对这个嗜酒媳妇，依然很不错，有次温土丹去接儿子时，他还送给她一瓶好酒。

前公公在电话里说，跟我说实话吧，我不怪你。只是我越来越想知道，儿子半夜为什么去你那？

温土丹不说话。

前公公说，她们都不在家，上街去了。你就跟我说句真话吧。

温土丹说，我也不知道，真的，我觉得他来过，可是，儿子说，爸爸没有来。

这就怪了。不是你说没来，我孙子说爸爸来的吗？怎么又反过来了？——你今天又喝多了吗？

温土丹有些喉咙闷想哭。前公公等了一会，说，反正人都死了，白发人送黑发人。我也不怪你，但你为什么就没有一句真话呢？我一直待你像自己女儿。如果你没有喝多，你也不能给我说这些鬼话啊！

温土丹说，要是我能通鬼话就好了。

电话啪地挂掉了。不知是什么原因，也许是前婆婆大姑子她们回来了，也许前公公对她彻底失望了。

六年前，一听说儿子喜欢上一个爱喝酒的记者，前公公还没见面就心存知己之情。见公婆后，前公公夸个不停。六年前那个雨夜，温土丹参加完报社的中秋活动，约晚上 10 点。当她背着、提着毛毯、电饭煲和一大堆牙膏香皂沐浴露之类的中奖物品，通过小区后花园铁栅栏小门时，被卡在小门中间。因为她不收伞。也不肯放下东西。她把身子一直弯下来，想等候门也弯下来，可是，门一直没有弯下来。门就是死死抓着她的大雨伞。她怎么也进不来。

还是陌生人的前夫，看着笑起来。他准备通过小门而出，但被通过小门而入的温土丹给堵住了。举着伞的前夫说，侧侧伞啊！温土丹认真地再侧弯身子。

伞侧！雨伞！不是你的人！

温土丹把整个身子猫下来，手里的雨伞依然不放，当然还是通不过。温土丹愤怒地踢了铁门一脚，立刻疼得大口吸气。

前夫哈哈大笑。他闻到了酒气，基本明白了。他扔了手中的烟，上前帮温土丹侧过雨伞，将她连东西一起牵进小门。温土丹也不要雨伞了，跌跌撞撞扑向花园的腰鼓形石凳，把那只穿着凉鞋愤怒踢铁门的脚，抱在膝上。所有的东西都扔在雨里。

前夫对她的爱，就在那个中秋雨夜的酒精气味里开始，终于也结束在那个酒精气味中。

儿子长得非常像前夫，尤其是那双经常发出钻石一样光芒的小眼睛。如果，温土丹想和儿子一起睡，就必须讲“惊人”的故事。一般的童话故事，儿子几乎都听过了。这是前夫的功劳。

有个人叫宁录。宁录非常厉害，他有一件他爷爷传下来的神衣。是上帝砸扁“利维坦”的巨鲸的七颗脑袋，用它的皮制作了这件坚韧无比的神衣。敌人的刀枪刚对准它，那个举着兵器的手就会发抖发软。所以，宁录战无不胜。成为族人的领袖。宁录把国家建在幼发拉底河畔的平原上，可是，因为祖先冒犯过上帝，上帝惩罚其有洪水之祸。宁录说，不怕！你们传我的命令，全体军民无论男女老幼，给我挖地基、建石窑、烧砖块，我要造一座高塔通天的王城，让塔尖戳破苍穹。以后再发什么洪水，我就领你们住天上去！

他们真的开始修筑摩天巨塔，嗨唷嗨唷的号子声此起彼伏，一声比一声响，响声竟然穿越云缝，传到了天上。上帝听到了。他拨开云一看，哇哈！只见巴别之野上，军民像蚂蚁一样多，那个塔已经砌了一圈了。天哪，像蚂蚁一样的人类，居然在宁录的指挥下，这么胆大妄为，竟然想进犯天庭！上帝生气了。上帝说，人类齐心协力，因为使用了同一种语言，他们不只建天塔，只怕将来就没有人类做不到的事。上帝决定搅乱人类的语言。所以，建塔的人忽然就舌头摆脱脑袋的控制，烧窑从前的师傅喊“添水”，徒弟却急急忙忙担了水来，不由分说地把火浇灭了；高塔上的装修的人喊“送饭”，下面的人却听成“柏油”，一桶桶的柏油往上送，气得工头一脚踢翻了一桶柏油，淋了下面来视察的将军一身。

没有几天，工地乱成一团，工程进展不下去了，人人拉帮结伙在吵架，宁录亲自下命令也没有用了。人类从此有了很多民族、有了自己的语言、文字和风俗习惯，谁也不想再建什么通天高塔。

更糟糕的是，本来人类和三界生灵和大自然间没有语言隔阂，鸟啊、兽啊，山啊、水啊，花啊、虫啊，鱼啊，向人类问好，人类都能听到，可是，语言一乱，人类就再也不能和它们对话了，连自己和自己都沟通不了了，人类就被隔离在大自然之外。我们只能靠细心观察和科学实验，对世界了解一知半解，然后宣布发现了什么“客观原理”。

百战不胜的宁录站在无法通天的巴别塔上，哭了起来。他知道，他再也做不成了。

儿子说，如果宁录不造巴别塔，红蜘蛛就能听懂我的话，对吗？它就知道我是它的好朋友，它就不会躲着我，对不对？

温土丹说，对。

十六

塔先生依然不接温土丹的电话。那天，温土丹突然心血来潮，决定去“北极光”。北极光的招牌非常不醒目，从一个宠物医院的侧门进去，里面却是一个巨大的洞穴，不知是利用防空洞改装的，还是刻意装修成这个洞穴效果。里面的光线非常幽暗，一些洞顶的凹陷处，埋着一些蓝紫色的灯，另外就是吧台上的电视屏幕变幻的色块。每一个吧台服务生都戴着醒目的黑边的橙色窄框墨镜。其中围着一条长丝巾，后胸后臀各搭一段，走动的时候，他很注意丝巾的摆动效果。有个十分妖娆的高大女人，坐在吧台前面的转椅上，抽烟。不知为什么，她把一只饰着很多银片的高跟鞋放在自己的酒杯边。温土丹在她身边坐下，要了一杯生啤。

几个长发披肩的人不知从哪个洞门鱼贯而入。像是乐手。哒哒哒哒，架子鼓突然就响了，像一个乐队猛然醒过来似的，铺天盖地的打击乐开始猛烈扫荡洞穴的每一个褶皱。温土丹这才发现，妖娆的女人一边抽着烟，一边从高跟鞋里拿出葵花子，翘着兰花指，精细地啃着。温土丹傻了眼。妖娆的女人笑了，拍了拍温土丹的肩，又指指圆转椅下她的另一只鞋，耳语似的说，新的，我喜欢这种皮革的香味。

温土丹又大吃一惊。妖娆的女人原来是个嗓子很粗的男人。男人压扁了嗓子，嘎嘎嘎大笑。吧台里的围长丝巾的服务生，很优雅地笑了笑，为温土丹款款送上一塑料碟的葵花子。

乐队又剩下哒哒哒哒的鼓声，就在这时候，温土丹听到一种独特的鬼哭狼嚎的铃声。她循声望去，在一个大石笋后面，穿着黑背心、戴着银颈链、手链的塔，就在那里低着头开始通电话。他旁边，一个穿浅色中式对襟衫的看不出年龄的男人，伸着尖尖的舌头，像蛇吐蛇信子一样，一下一下，不断在舔着塔的脸。

塔在继续通话，同时抄起一张面巾纸，看都不看，就盖在那只蛇的脸上，几乎同时，那条蛇信子一样的舌头，就从纸巾中间，又令人恶心地伸了出来。

塔看见了走到跟前的温土丹。塔站了起来，对电话里说，回头我打过去。温土丹不知说什么好，干巴巴地站着，想坐下去，又怕塔抬腿就走。塔最终还是笑了笑，说，还是被你找到了。那走吧。

去哪里呢？

随便啊。你是警察嘛。

蛇突然跃起，像老鹰护小鸡一样，非常戏剧性地挡在温土丹和塔之间，大张两臂，十分夸张地摆了个护驾造型，而且保持不动。温土丹看不出他是个极顶幽默的人，还是个神经质的卫士。塔一把推开他，拿起外套就自己走了出来。

温土丹跟了出来。他们到了落日咖啡屋，还没落座，塔就说，你到底要问什么呢？我就不相信这事你能报道。

温土丹说，我想知道事情真相。

没有事情真相。

你说得对，我不可能报道这个。事实上，我快下岗了。我应该赶紧忙正事，写稿挣工分。可是，我就是想知道它到底是怎么回事。

塔不说话。

请你告诉我，到底有没有——鬼？

我不知道。塔挑起了眉头。塔说，反正，那天半夜有东西打了电话出去。所住的三个人，还有一个鬼，四个，都可能使用了电话。那个鬼或者人在电话里说，痛啊……我没死……

温土丹说，你怎么知道得那么清楚？

塔说，因为我一住进去，每天睡觉都闻到枕边，像生铁一样的血腥味。有人仿佛就在枕头边不断呻吟。

你住进去的时候，你知道那死过人吗？

我知道。但房东以为我不知道。

那么，是别，也就是那个女鬼打的电话？

对。这就是我说的第一种可能性。超自然的现象发生了，而我们三个都在睡觉。她一个人从我的房间，原来她的房间里走出来，轻飘飘地，像踩在云雾里。她飘向那个电话，拿起听筒，她肯定不需要开灯，就开始拨她生前最经常拨的电话号码。她感到寂寞，怀念朋友，或者说怀念一种依靠。

也许她和巴都是出身清寒，她们是老乡，一起从深山僻壤中，坐着牛车、拖拉机，坐着汽车、火车，终于来到了这个陌生而富饶的城市。开始都是做服务员，后来巴脱颖而出，巴太美丽了，很快成了迎宾小姐，成天穿着旗袍，站在门口对客人笑笑，说欢迎说再见；别却很辛苦，她每天端菜倒酒侍候各种刁蛮的客人，有时被客人泼一身酒，每天她只能穿着平底布鞋，难看但也只能那样，因为即使平地，还累得脚底生疼，晚上天天要用热水泡。

后来巴去做了酒楼新开设的足浴城保健员。不到一个月，02 号保健员就风靡全城，点 02 号钟的男人经常排队，一个钟连着一个钟，02 号累得想哭，可是有男人送她礼物了。别也想改做足浴保健员，请巴去跟老板说。巴找了很多理由推辞，包括别的手型不好，文化程度偏低，工作更辛苦。别后来送了一支口红给巴，巴并不像以前一样，接受杂牌口红，但是，口红唤醒了友谊。巴帮忙，别终于如愿以偿。可是，改做保健员的别小姐，生意却一直很冷清，有时一个班只轮做一个钟，从中抽成的 8 元，还不够一天的快餐。是不是？

然后巴被富人、被阔佬永远地带走了，巴拇指背上的老茧一定慢慢地褪去了，听说巴可能真的在一个老别墅里，像只金丝雀；别也许只好到前线去了，对，当三陪、坐台也出台。慢慢地，别开始有些钱了，别也许也开始风光地给家里寄钱啦。后来，别就碰到了骗子。那天，一个像台湾阔佬的中年男子对别说，太辛苦啦。以后就不用坐台了，跟我过吧。你就在大陆照顾我好了。别就和台湾人一起睡了一夜。那个五星级酒店贵呀，唔，别当然陶醉。是不是？有时候，白马王子就是从天上掉下来的。第二天，台湾人带别去泡温泉，再回大酒店休息。下午四点，台湾人出门了。然后门铃又响了。台湾人进来对着床上的别说，存折给我。

别说，什么？

给你转钱去。先打20万吧。

别就欢快地交出存折。台湾人转身出去，马上又转身进屋说，密码。

别想都没想，就把密码报了出来。别肯定是睡不着了，她终于也有条件畅想未来了，是不是？她也不比巴差太多来着，是不是？可是，台湾人一直到天黑也没回来，别突然想起来，天啊，转账进款是不需要密码的啊！

别就马上冲下楼，打的冲到了银行。一问，人家说，这个存折上刚刚被人提走9万多元，里面还剩下5元钱！别可能就晕在柜台下了。然后别就哭了，万念俱灰了，就给朋友巴打电话，巴可能安慰得轻描淡写。这不怪巴，巴已经不再把9万当成什么大数，不再理解一个女孩千辛万苦挣来的全部储蓄意味着什么，所以，巴可能安慰得很不得法，甚至加重了对别的刺激；或者巴根本不想听，她不耐烦。别想跟她见面聊聊，可是，巴说她要赶去驾校培训汽车驾驶，因为那辆法国雷诺买了两个多月了，再不培训，天又热了。

别剪舌头的时候，也许并不坚决想死，她可能希望有人推门而入能拯救她，比如男人、比如巴；可是，剪掉的舌头是那么的巨痛，这超出她的忍受范围，她哭了，门外永远没有人进来了；她可能是哭着上吊的，因为痛啊……

塔停了下来。两人不说话，看上去都像在听那个胖女孩，在咖啡厅水池边弹《致爱丽丝》。那胖女孩不知为什么越弹越急，听着人想赶火车飞机。

塔叹了一口气。

你说的是真的，还是假的？温士丹说。

你说呢？塔开始折一张花边餐巾纸。塔说，也许是有人天天在我枕边，流着带血的口水，口齿不清地叨絮太多遍了。也许，就是我胡编瞎说的。

十七

那么，还有第二种可能吗？温士丹说。

塔搅着柠檬水刚加入的冰块，半天不说话。

后来他说，第二种可能嘛，塔说，那个半夜的电话，可能就是我打的，我能变声——我没死啊……痛啊……

温士丹大吃一惊。当场就脸如菜色，浑身的鸡皮疙瘩，像森林一样站起。塔的声音太像女人了！

塔笑了笑，恢复了正常男声，我可能爱上那个女的，巴，也可能爱上那个阔佬，因为我是双性恋者。再告诉你一点，我的初恋女孩就是巴，或者和巴一样的女孩。当时我每天陪着我新加坡男恋人，到天河足浴城泡脚。后来设计活儿不紧的时候，我可能一个人到足浴城，专门包巴的钟，一天泡四个钟，从早到晚，连续洗脚，洗到我的脚和巴，或者像巴的保健员的手，又松又白光滑得像抛光过的东西。我爱上了她，我恢复了大众性心理。我问巴能不能爱我，巴用洗脚木刮刀在我脚心刻下——不！我再问巴能不能爱我，她在我脚心更加用力地刻下——不不！我再问，巴拿起了锋利的修脚刀。她笑容可掬地比画着。我还是说，巴，你能不能爱我？巴真的用那把锐利的修脚刀，在我脚心刻写：不！——那种奇异的、痒痛尖锐交织的感觉，让我心尖和膝盖一起颤抖。我没有把脚从她怀里抽回来，我知道抽回来的时候，上面有个血淋淋的不。巴给我贴了邦迪创口贴。巴说，去告我的状吧，我恶心你！你要是不告状，就再也别来洗脚了！你来一次，我刻一次！就在你的涌泉穴上！

第三天，我瘸着脚再去的时候，别或者像别的女孩，告诉我，巴被一个阔佬包养起来，再也不用上班了。

哦。还有一种情况，我爱上了包养巴的阔佬。一见钟情。那个男人有着非常令人着迷的温和表情。塔大笑起来，像是掩饰什么地夸张着笑声。

塔说，你看，我是不是具备这个作案动机？

温土丹失去了判断力。她迟疑地看着塔的皮鞋。塔说，我不会让你看我的脚底的。它可能有字，可能没有。我说过，我可能全是胡扯嘛。

好啦，我再说第三种可能性。那天晚上我最迟回家，我有洁癖，我把冲澡后换下的内衣全部洗掉后，才上的床。因为喝了多杯浓咖啡，我难以入睡。月光非常安静。我听到隔壁房间的门轻轻地响了，有人出来了。像平时一样，出来的人一般是去卫生间。可是，我听到她到了沙发上，然后，我听到了话机按键的声音，嘀嘀嘀……

那是和别很像的声音——你别管我为什么知道别的声音。反正我听到，那个窃窃私语般的声音说，我没死啊……我痛……

那个声音又说，我真的没死啊……送我去医院吧……

后来我听到挂机的声音。客厅外面很安静，过了一会，我听到有人上卫生间的声音，还有哗啦的冲水声。然后是关灯，然后客厅又响起了电话的按键声，嘀嘀嘀的，那个像别的声音又响了起来，她说，巴，真的是我啊……

真的是别吗？

别不是前面说过啦？那是第一种可能性，第二种可能是我干的。现在我说的是第三种可能性。我们先假设打电话的人就是载小姐。

温土丹猛烈摇头。塔轻蔑地笑起来。为什么不可能？如果我说，那个阔佬的别墅本来藏娇的应该是载小姐，你是不是可以相信了呢？准确说，载小姐可以这样认为，是巴鸠占雀巢。载小姐是个非常机灵的女孩，她们公司有个房产项目，客户基本上都是中产以上阶层。载小姐虽然不漂亮，但是反应快语言机智，很讨有时腻色的男人喜欢，尤其是那些有钱人，有时会被身边的漂亮女人经常刺激得麻木。载小姐还可能是做爱高手。当她把小别墅卖出去的时候，那个买主可能就承诺要她做别墅的女主人，也许在那个还没粗装修的房子，卖主就在考察房子的同时，顺便考察了售楼的小姐做爱能力。你要允许载小姐——心气这么高的载小姐，有这种想象能力。对不对？阔佬给她的许诺，比给灰姑娘直接得多，心气这么高的载小姐，有理由把这些许诺当成海誓山盟。是不是？

但情况不是这样，载小姐被人戏弄了。载小姐不是随随便便的人，她不会把有钱人兴之所至吃豆腐的游戏，当成爱，她更不是随随便便就和哪个有点小钱的家伙上床的人。她对爱情是认真的，阔佬含着泪水，轻声诉说家族势力强大的妻子，是多么的不体贴，性情经常是多么的跋扈乖戾。那个有着相当社会影响力的名流阔佬，那个温和深情的阔佬，每周四让自己的司机接载小姐去打网球；载小姐是个网球天才。情人节那天，载小姐收到的巧克力精制蛋糕上，插着一张香水纸片，上面说，希望明年2. 14，我能把我们自己房间的钥匙送给你。

结果当然不是这样。人家把爱巢的钥匙给了美丽非凡的巴，而不是载。载小姐为什么不恨巴？

温土丹说，载小姐因为极度恐惧，请了岛妹来陪住。她自己就吓得要死，怎么可能再吓人？我不相信，她不可能半夜起来像鬼魅一样活动。

塔不置可否。

那我再说第四种可能性。那个半夜偷偷起来拨电话的人，就是岛妹、岛小姐。

温土丹笑了起来，但马上她就认为不应该笑。也许是塔不为所动的眼神，也许是塔的认真的语气。塔说，正在找住房的岛妹，可能是在某房屋中介机构的门口碰到了载。因为载也在找出租房，想搬离这间有吊死人的房间。岛的要求很低，两房一厅，和人合租分担房租更好。而载登记的是一房一厅，两房一厅和人合住也行（不计男女），但房子必须是新的。岛和载两人的要求的房源都需要等候。在门口，载突然灵机一动，就请没有住处的岛妹到她这住。既然不要钱，既然可能有缘以后一块租住新房，岛妹就高兴地来了。

岛妹可能是从模特队里知道，这房间里刚吊死人的事。岛妹马上就想搬走了。可是，载不同意。载说，求你啦，我害怕啊。她们就敞开谈了别小姐的事，以及她们所掌握的别的好朋友巴小姐的事。岛妹就知道巴原来是故事中的特别的人物之一，而且，在别小姐的留言中，巴小姐是那么的重要。别小姐对她是那么又爱又怨。

岛妹除了身高和肩胯造型，没有任何优势。这种平肩紧胯的骨感造型，在现在的模特队员中，并不罕见。而巴同样有这种肩胯，巴还有美丽的锁骨和白种女人一样的长颈子。巴很瘦，你能看到胸口浅浅的两根排骨，巴却还长出了极其美丽的乳房。更不可思议的是，巴长出了亚洲女人很少见的、立体感挺强的脸。正如嗓子宽广的人能唱不同的音域，巴天生能解读任何风格的衣服，包括这次设计师让她出台的一款 BOBO 风格的乞丐装。

岛妹可不可能自卑呢？不，岛妹不自卑。岛被一些人捧出了另类的价值。百分之百的人说她难看，但是，岛知道了，还有百分之百有品味的人，百分之百地惊叹她有“特别的味道”。她具有走向国际 T 形台的真正实力。分区冠军角逐似乎就在这一美一丑间展开。然后，岛就该听到一些关于暗箱操作的风声了。

你是说，岛妹因此就在那个晚上，使用这种阴暗的手段吓退对手？

我是说第四种可能性，我说可能，并不是说肯定。你想，如果是这样，岛妹是不是很成功？干得很漂亮，巴不是立刻落荒而逃了吗？现在，让我们看看，岛妹不是稳操胜券了吗？美丽非凡也好、暗箱作业也好，什么能抵得上鬼的存在威力？鬼是无法沟通的灵魂，是不是？

温土丹说，你的意思就是，其实，这个屋子里的人，包括鬼，统统都可能打出了那个作恶的电话？

塔笑眯眯地，心满意足地点着头。

我还想问一个问题。我问过出警警察了，当时他第一次出警到你们那的时候，并没有说鬼和巴之间是怎样对话的，因为 110 指挥中心的指令是，请他来看看，有人装神弄鬼在打骚扰电话。就是说，上门的警察，他自己也不知道人鬼间的具体对话，我想问的是——为什么你们，你和载小姐都知道对话的具体内容？

塔说，这也有三种原因，肯定有一个原因是真实的，你自己鉴定。第一，因为次日下午，有个男人打了我们这个电话，说是巴的叔叔。他和蔼可亲地问了我们到底是怎么回事。所以，我们因此知道了详细对话；第二，鬼在作恶的时候，我们三个人，至少有一个人没睡着，因此听到了人鬼对话；第三，本来就是我们的恶作剧，我们当然清楚对话。哈，对了，岛妹一定也知道准确的对话。不信你去问问。

你分析的所有可能性，需要我很多想象力。可是……

想吧。胡想比胡说好。哦，我漏了作案的第五种可能。就是说，我们三个人——这屋里没吊死的另外三个人，可能合谋作了案。想想看，那个晚上，月亮明亮，我们和我们的影子，半夜起来，像鬼魅一样，一边喝着阴暗的可乐，一边轮流打出了电话。当巴惊恐得精神错乱时，我们高兴得浑身发抖，我们狂欢尖叫，像月光一样尖叫。然后我们一起对警察撒谎。因为我们都有理由讨厌巴，我们的心理和手中的可乐一样，晦涩而阴暗，一晃就冒着邪恶的气泡。我们——同仇敌忾。

走出咖啡店，塔说，你别再打我电话了。再打我也不会接了。

十八

温土丹的律师朋友正为她办理向法院提交变更抚养人的申请。前夫死后，公公婆婆确实一直身体不好。儿子一直跟着狼狈不堪的温土丹生活着。本来离婚的时候，温土丹说儿子跟我吧。前夫说，还是给我吧，你的生活很忙乱，生活习惯也不好，哪天大醉丢了儿子，也不是不可能。再说，我父母能帮助我带。你实在要带，就等你父母退休过来再说。因此，儿子就归了前夫。

现在，前夫家人对温土丹害死她前夫这一节，共同持有永不原谅的态度，对此，温土丹无力反对。她已经思考不动这个问题，一想到这个问题，就满脑际的红蜘蛛飘飞，她的思考，纷乱于红蜘蛛纷纷扬扬的、没有方向无法把握的红丝细腿上。

那一天，温土丹采访一棵千年桂花树时，碰到一个住在寺庙里的护法居士。这人原来是个大学讲师，姓康，和温土丹本来就认识。温土丹说了巴小姐的电话事件。温土丹说，你能不能告诉我，你觉得那天晚上，是谁打出了电话？

康居士说，是别。康居士肯定地说，如果一个灵魂怨气太重，或者牵挂太多，它就有超能量。它可以完成这件事。异度空间是存在的。只是正常的情况下，我们和灵界不相交，互相不碍事。居士伸出两指食指，摆了个铁轨似的样子，但你不能否认这种存在。人类把自己理解得了的东西叫科学。

温土丹说，如果正好有人起床，上洗手间什么的，他或者她，会看到什么？——一个电话悬空在那吗？

这个我回答不了。

儿子依然有空就翻找红蜘蛛。

那个周末，温土丹采访回家，看见儿子拿着绿色的彩笔，踮着脚在墙上画西瓜一样的图案，旁边还有一团鸡蛋大的像字不成字的东西。儿子讲解说，这是操场，是红蜘蛛打球跑步的地方，也是做操的地方，一吹哨子，它们就统统跑出来；温土丹被儿子牵到卧室，这才发现，整个卧室的墙壁，尤其是床铺靠墙的这三面，画满了五颜六色的大圆形、大梯形、大方形，统统不规整，但是气魄很大，每个场地都画插着三角旗，有的还附加一朵五瓣小红花。每个场地旁边还标有像字一样的小方块。

儿子指着那些像字的东西翻译说，这是洗手台、这是吃饭室，这是琴房，这是红蜘蛛唱歌跳舞的地方；这是它们睡觉的地方，这个是厕所，旁边有很多树，开花的树。红蜘蛛喜欢爬到树上玩。

温土丹指着那排像字的东西说，这个，红蜘蛛都认识吗？

认识！连我爸爸的家它们都认识！我是它们的老师，我也会教它们的！

晚上，温土丹写稿的时候，听到儿子在卧室的床上，拿着一只风筝的废骨架，对着墙壁指指点点，戳戳划划，指挥调度着——听上去是几个班的红蜘蛛。小生物们在上课、出操、唱歌。儿子在讲故事，分点心，介绍游戏规则，忙得不亦乐乎，与其说像幼教，不如说像个小巫师。

躺在儿子精心规划的、红蜘蛛密布的空间下，温土丹经常彻夜难眠，甚至是莫名的恐惧。但她也经常帮助儿子寻找红蜘蛛。有一次，居委会的人来入户访查时，隔着防盗门缝隙，整个客厅，只看到温土丹和儿子大人小人四条腿一齐露在沙发外面。

有一天晚上，她和儿子一起喝了些酒。三分醉意间，温土丹看着满墙花里胡哨的红蜘蛛世界，心中说不出的滋味。儿子似乎看透了她，儿子说，妈妈，你心里还是不相信我的。一点也不相信。

温土丹正想分辩，儿子的小手堵住了她的嘴。儿子说，我其实也不相信你。爸爸那天就死掉了。他没有来过这里。

温土丹不住地点头，是的，是的，她说是的，是的，是的……

连续不断机械地点头中，温土丹莫名其妙地流出泪水。

儿子在新买的海豚造型的儿童充气沙发上，玩着玩着，坐在充气沙发里就睡过去了。而在此之前，温土丹不知何时已经倒在床上。半梦半醒间，她突然看到满地都是儿子的小脚丫印，每一只脚丫中间，都赫然有个红字“不”，再看那红“不”还会动呢，是红蜘蛛写的吗？她迷迷糊糊地思考着，就在这时候，她感到床板动了一下，就是那种好像有人一屁股坐在床上、床板翘动的感觉。她感到有人坐在了她身边的床沿上。同时，她闻到了非常熟悉的大厦门牌烟味。

背着门的温土丹没有转身，她迷迷蒙蒙地说，儿子挺好，我能带他……呃……你，不痛吧？……

梦想：关于城市精英

一

培训基地在离市区 45 公里的地方，全封闭，它叫月边岗。松林中，每两个队员一间尖顶松板皮小木屋。训练的三周时间里，青白的月亮天天透过黑色的松针照着我们，很多人心乱了；剩下的人，否认心乱。如果一定要选出一个心不太乱的，我看光头黄 6 可以算一个。

到基地的第一天，培训老师就让我们玩一个游戏，测验我们的基础智慧。老师发给我们绳子后教会我们平结法。然后我们站在自己的绳圈中，老师哨声一响，我们迅速互相换位，站到看中的绳圈中。老师不断把空出的小绳圈拿走。新的大绳圈不断扩大，最后所有的人都挤在一个大绳圈中。老师开始把这个大绳圈收小，越收越小，大家被抽成一团。因为老师要求每个人的“脚都必须在绳圈内”。老师还在狠狠地收缩绳圈。所有人因为互相还不认识，这种空间的逼仄，简直令人疯狂。老师还在抽抽抽，紧缩绳圈。有人已经心悸气短，虚汗汨汨，眼看就要崩溃，光头黄 6 突然高喊一声，外围的人统统坐到地上！把脚留在绳圈内！随着外围队员的屁股们哗然到地，绳圈内原本不可能变大的空间，骤然宽松了。

培训老师嘿嘿一笑，老师说，明白了吗？面对极限的时候，创新思维的产生是如此自然和关键。黄 6 那颗光头，在基地立刻著名起来。大家一看到那颗光头，就提醒自己要注意创新思维。

我们这一群人，是天生为征服城市而生的人。我们是同一类人，因此，我们彼此可以称为城市亲人。我们不是为了征服自己的城市，而是响应市长号召，为了征服别人的城市而考到一起来的。那是最严酷的全城大考，从去年秋天一直考到今年春末，从村委会、居委会，从街道到各分区；科教文卫、工商行政、公检法司、国企私营，全城所有部门单位，统统进行考试。我们这三十二个人，就是从层层叠叠、大大小小的考试中，涅槃出来的战无不胜的精良分子。用我们市长的话说，我们都是城市的精英市民，媒体简称我们为精市民。月边岗基地培训之后，最后将产生十名精精市民，这十名精精市民，就是我们城市崛起的最根本基石。他们——可能有我，将在主权的版图上南征北战，甚至逐鹿海外，我们将团结协调得像一个人，把所有的、我们城市想要的东西，全部弄到手，比如，世界零售商品订货会，足底纹命理普及论坛，全国煤炭会议，亚洲青年射箭大赛、世界风光摄影展、全球植物美食节、妇女美容美发经验交流暨设备订货会等等等等，一句话，我们新上任的市长发誓要让经济蝗虫，一拨一拨遮云蔽日地光临我们城市，把钱——统统留下。

我们失败了很多次，因此，我们市政府，重金邀请了国内外知名机构的著名专家，分析了我们毫无竞争力的原因。专家们经过反复研讨，诊断我们的城市，十分缺乏团结协作精神。这次全城大考，就是选拔高素质的协作分子，因此，我们这些精市民在基地受训的主要目的就是——破除人际藩篱、建立互相依存、互相信任的关系，一起追求整体团队成绩、共创双赢喜悦。

我们所进行的是体验式学习。

你可以先翻看一下我们的教材首页：

1. 跳出框架式的思维，建立开放的心胸，消除个体间的冲突，加强有效管理及共同解决问题的能力。

2. 引导参加者经历完整之团队发展四阶段（形成期、风暴期、规范期、表现期）藉此了解团队现况，凝聚共识，增加向心力达到团队建立的目标。

3. 让参与者体验“改变焦距、创造资源”的具体经验，破除本位主义，通过个人的自觉性与态度的改变，一起追求整体团队成绩，共创双赢的喜悦。

4. 强化参与者间之互动协调，进而从团队发展不同阶段去实际体验每一个主管的领导风格，并给予回馈与反应以培养良好之领导与配合模式。

二

海浪，每天拍打着山坡松针上上下下的白色月光，涛声则日夜在基地的尖顶小木屋上逛荡。这是一个浪漫泛滥的山冈，即使没人说干了些什么，但你知道，会有点什么的。我不太相信，我自己就不安分。我们是躁动的，我们很难不躁动。如果你看了我们基地守则，你就更理解这个特殊的时空了。

来前15天，保险公司人员上门，领我们排队到医院检查身体，然后让我们填多种颜色的保险单。主要是政府为我们买的巨额保险。进入培训基地，我们才知道，巨额保险一方面是由于基地的体验式学习充满生命的冒险，另一方面，基地守则也宣示我们随时可以发生合法死亡。我们一旦发生死亡，家人早已被告知可获得累计500多万的赔偿，因此，基地成员的生死，似乎不太为外面的人放在心上。死了，他们有另一种形式的得到，甚至更超值；如果我们不死，并战胜淘汰成为十名精精市民之一，那么，我们从此以最特殊人才的身份，享受政府的终身津贴，我们在原单位保留重要职务。政府养兵千日，用在一时，那一时，也就是我们出征之际，还将领到额外津贴。此外，十名精精市民中，产生的一名最优秀的分子，将荣获“精长”称号，在市长卸任时，可以无须通过本城最高权力机关的任免程序，直接接任市长。

我们事先被告知，淘汰出的其他二十二人，要么合法死亡（得到保险赔偿）、要么自动退出（在原单位享受终身荣誉称号和待遇）。记得我们进入基地那天下午，路过一个海拔300米高的蜘蛛人训练网，大家看见上面一个人形物卡在高空的网眼中，像一只佝偻的大鸟，随风轻晃来着。

领路的培训师说，前一批的。风干了。是公决死亡。

很快我们就掌握了基地规则，比如，

不反对公决死亡、反对谋杀；

不反对嫉妒、反对阴谋；

不反对竞争、反对出风头；

不反对先天下之忧而忧、反对先天下之乐而乐；

不反对私通、反对爱情。

三

第一节课，我们就知道了自己的力量是多么的渺小、合作意识又是多么的糟糕。

在基地2号玻璃楼大厅，培训老师随手把我们分成红黄两队，每队发给一根四五米长、铅笔粗细的鲜黄色有机玻璃棍子。老师说，这是齐眉棍。大家分两边面对面蹲好。每个人伸出自己的两根食指，用食指托着这根“齐眉棍”，好，慢慢站起来，记住！棍子不能离开任何人的食指，也不许倾斜掉下。两队看谁最快托过眉毛——队员平均眉毛高度。

可上去很简单可笑的东西，结果证明出我们个个素质低劣。我一队的十六名人精，有人托快了，有人太慢，棍子要么一边斜，要么中间突出。老师一眼就点出张三李四食指上升太高，王五赵六食指被架空。这样就得重来。如此反复再三地，我们半蹲的大腿都酸透了，汗流浃背，但是，谁也控制不了棍子。有一次好容易托过了腰高，大家终于快站直了，可是，棍子忽然掉了下来。

有人火了，指责某某某某站起太快，有人抱怨谁谁的食指太迟钝，有人责怪本队队员身材高低落差太大，最后吵起来。老师笑吟吟的，拖过一张转椅，聚精会神地看我们吵；隔壁队的人精情况更糟糕，已经男男女女打成一团，互相撕扯头发，他们的培训老师，干脆躺在沙发上，吃爆米花。

老师说，合作的开始，往往免不了吵架。这就是风暴期反应。

然后是吃晚饭。培训老师分别发给两队红黄两色运动背心，嘱咐我们从此都要穿上背心，明天培训正式开始。老师说，他培训出来的最后十名优异分子，20 根食指，将团结协作得像一个人的两根食指，在八分之一秒内，将齐眉棍平稳快速举过头顶。这，才是战无不胜的团队的境界。

培训老师说，今天晚上，你们每个人的作业就是——想透一个问题，为什么齐眉棍这么难举？你们不是个个都是十万里挑一的精英分子吗？为什么还举不起一根小棍子？原因究竟是什么？它给了我们什么启发？

培训老师又指着他身后的一个白板说，这是感言板——每个队员可以把他的即时感受，写上去，白板欢迎热烈交流和剧烈碰撞。

四

我和光头黄 6 一个小木屋。门牌号是鹤 2，不知道什么意思。小松木屋八平方米大小，除了门边脱球鞋的小半方地，都是榻榻米，这样我就和黄 6 处于同床共枕的状态。黄 6 是个看上去令人钦佩的光头，有智慧相。但一天之后，我就发现他不像个真人，因为从眼睛一睁开，他就非得处于不停说话的状态，准确说是分分秒秒地针砭时弊、歌颂自己新发现。我的耳朵因此非常非常累，所以，从第二天晚上起，我就搞清楚了，我们鹤 2，是由 201 块松木板条钉成（不含窗、门框上带松皮的细木条），扣除我们躺着的榻榻米地板，四壁加顶棚五面共计有 167 个松木疙瘩，其中 17 个疙瘩处于干碎状态。

黄 6 每天晚上要搞集会。一吃过晚饭就奔走在鹤 1、鹤 4、鹤 7 等黄队小木屋之间，踩着满脚松针，逐屋拍窗打门的，邀请黄队队员们来座谈一天训练的体会，后来他还想把影响扩展到红队那边，结果不如红队那个胳膊成天吊着特细绷带的红 9。红 9 似乎有种莫名其妙的伤残性凝聚力，红队的男男女女老是聚在他“松 5”屋前的石桌石椅上，甚至对月吟唱。针对这个怪异现象，黄 6 对我进行了两次深层分析。但是，我忘了他的分析结论。

因为影响力抵达不了全基地，黄 6 后来就想在每天清晨增加一场思想会。地点决定放在海龟礁石群那边，因为他发现很多人喜欢到那儿吹清晨的海风。光吹海风不思想，太暴殄天物了。黄 6 问我同不同意，我说，同意。但我不参加。前一天晚上，他谈美国宪法的第五条修正案，说什么政府希望指控某人重罪，首先要获得一个普通公民集体（大陪审团）的同意，如果指控失败，不能再次尝试。还有，未经法律程序，政府也不能剥夺任何公民的“生命、财产和自由”，如果政府为了公共所需，需要某人财产时，必须给他们公正的赔偿。

我就跟他说了我舅舅的一个房产拆迁案，结果黄 6 敞开心扉，跟我阐述了可能是他知道的全部的、美国宪法修正案。我一个晚上后悔得直咬舌头。我记得我是在他说杰克逊总统时，迷糊过去的，没想到被他一个大喷嚏惊醒过来的时候，他正讲到罗斯福总统未经国会授权，派军舰去了大不列颠王国的途中。

我最怕他说，“跟你说句实在话”，这种句子，这个句子开头意味着，他要跟你说最入木三分、洞见时弊的观察和感受，满嘴肺腑之言。而且，你不能白听，你一定要有积极反馈。而反馈不正确的话，他将说更多“说句实在话”打头的教诲。

二周后，我料定他必定死于非命。那天早上我喝水的时候，直接将贴有他名字的蓝色旅行大水杯，扔进了粉碎机。我不相信他还有生还的机会回来润喉，果然，那天他就从大摆吊上、从 200 米的缆绳上，像自由鸟一样，飞了出去。死了。我不知道是谁给他的自由。

第二天在感言白板上，我看到不知谁写了一句：死于高分贝、自发的、愚蠢性发言。

这是说谁呢？

三天后，他年轻的妻子来整理他的遗物时，一直找机会跟我说对不起，对不起啊。我后来猜她是不是凭着过来人，同情我二周以来倍受蹂躏的耳朵。不过，我又听说，很多女人莫名其妙地崇拜自己丈夫的毛病。她是什么意思呢？以为是我杀了黄6吗？是以为我千辛万苦地冒着风险，把黄6兑换成了512万？始终我没想明白。

很多问题我都无法明白。我不用骗你。关于这一点，黄6早就向我指出，跟你说句实在话，黄6说，我们政府这样激励仅仅会考试的人是不行的。——除了会考试，你告诉我，考试大纲之外，你还知道什么？

我只好假装睡着了。

五

培训老师让我们领了一寸宽的、非常厚实的安全带，不到人身上的时候，它就像一个抽象的人体腰臀模型；穿到身上，把扣结都扣好的时候，每个人都像一只绑好的螃蟹。“确保训练”是非常重要的一环。老师让我们每四人一小组，一个队员系上安全绳攀高时，剩下的队员分别为第一确保和第二确保及绳子经理。这三个队员齐心协力确保攀高者的安全。轮流交换角色，直到训练老师认为我们个个都能保证队友的绝对安全为止。

老师说，高低空的绳索课程，是让所有队员透过保护自己、保护协作伙伴的许多安全确保动作，来深刻体验社会责任。对于体验成功的小组，老师会启发我们在白板上写下诸如此类的感言：个人愿意提供微薄的力量，团队就会爆发出憾人的动力，等等。

确保培训完毕，就是攀岩训练。红褐色的人工塑胶岩壁有一百米高，分成三个站。大大小小的扶持点和踩脚，都是黄色、绿色的。有的小得只能用捏螺蛳的方式，稍微支持自己平衡一下。我快到第三站、也就是距终点站六米多处，再也上不去了。粗重的确保绳下，我的队友们，齐声呐喊：上！上！再坚持一步！我又坚持上了一步。可是，我全身肌肉已经紧张疲乏到极点，我的手指和膝盖周围的肌肉，在无法控制地颤抖，手掌都伸不直了，一直抖。我知道我不行了。我放开手脚，像一个蜘蛛掉了下去。培训老师接住了我，老师像上帝一样说，唔，团队尊重你的选择。

我放弃的时候，我知道邻队一个红衣小子正在超过我，看上去那家伙精力旺盛。没想到我刚到地面喝了口水，那红衣小子就从岩壁上的最高点，也是插旗角，忽然就倒栽了下来。他的第一、第二确保和绳子经理以及队员们，有的在吹海风，有的在抽烟聊天。红衣小子就带着无人确保的绳子，那绳子通过滑轮，像他的长尾巴一样，忽溜地翘上天一下，随他又重新砸到地面。

是公决死亡吗？老师高喊。

无人应答。老师再喊，是公决死亡吗？——不吭气表示默认。

所有的红队队员没有任何反应。

我断定黄 6 会被公决死亡，也不全是耳朵受不了。第一次产生这个念头，是我发现我们 16 个人做"信任倒"游戏的时候，就是他倒不下来。他简直就是无法把自己交给任何队友。"初级信任倒"是两个队员站在平地上，一个队员，背对着另一个队员，相距八十厘米。背对着的队员，两手相握置于自己胸前，两脚并拢，不能移动，然后毫无顾忌地向后仰身直倒，后面的队员，在他倒到 45 度左右，竭尽全力地伸臂托住他，总之保证他不会摔倒；"中级信任倒"是在加宽的平衡木上进行的，方法一样；"高级信任倒"在十米高的缆绳上进行，双方都系有安全带，戴安全帽，地下也有保护设施。摔不伤的，但你在一个十米高空绳索上，把自己全面交给一个人，真是相当不容易的事。初级到高级，难度和信任程度成正比递增。

"信任倒"，启发和训练的是一种信任意识：你要绝对信任你的搭档。风雨同舟的第一步就是，我可以把性命交给你。我对你的能力和忠诚绝不怀疑。到中级尤其是高级，有的队员做托护者也宣告失败，因为他们对自己是否能托护住倒下来的队员，没有自信，他也会迟疑、甚至颤抖。这样，做"信任倒"的队员，一个照面心里就发毛了。所以，有的搭档一到高空，只是互相看了一眼，就掉头散伙了。

最后，红队、黄队有6个队员通过了高级信任倒。在十米高空，护托队员拼着小命，托住了倒向自己的队友，真是奋不顾身；更不容易的是，信任倒者，敢于在这样的条件下把自己“自废武功”地交给对方，确实要有非常心态。有三名护托者，非常悲壮地和信任者一起摔下地，但他们始终抱在一起。我就是其中之一。那天晚上，黄6集会的时候分析我说，你就是因为头脑简单，可以信任任何人，所以，你才可以做到高级信任倒。“不求同年同日生、只求同年同日死”，是傻瓜标杆你知道吗?

黄6太聪明了。所以连初级信任倒都无法完成。他费了好大的劲，准备时，还不断回头偷觑托护的队友，确认了队友粗壮而忠诚的胳膊，已经半举着，随时可以托住他的后仰的身子，他还是不放心，每次倒得身子犹犹疑疑，拖泥带水，甚至中途扭身移步而逃。培训老师为他换了好几个搭档，包括我，但统统无法取得他内心的信任。我看他摩拳擦掌活动腰肢，又吐唾沫又扩胸的，知道他是真心想豁出去地把自己交给我们一回，可是，他痛苦的是他办不到。他就是办不到。真是聪明人有聪明人的痛苦。他的所有努力均告失败。

他是全队三十二人中，唯一连“初级信任倒”也无法完成的人。

不知道和他不能信任队友有没有直接关系，后来我们的“默契握手”项目中，他总是被淘汰。“默契握手”是各分队每八个人一组，围成一个圆圈，大家手拉手，游戏者走动，忽然一声哨响，队员们立刻伸手握接住另一个队友的手。两两成对，就相握出局。结果，每一次，握不到别人的手的人中间，总有他。老师后来打乱红黄队别，就是说，黄6在随意组成的游戏圈中，依然是握接不到别人的手。这真是很糟糕。有一次，我出于怜悯，移动前就拿眼睛暗示他，可是，哨声一响，我伸向他的手被别人握住了，而他只握住别人的胳膊肘。

不过，就凭这些说他该死，我也算心地坏了点。

六

我对女红 7 一见钟情。一见钟情的理由是，第一，没有毛孔；第二，她对我大喝一声：你的拉链没拉！当时，我们乘坐一辆大巴抵达基地时，她和我一起下车。那时候，我还没有注意到她。下车才两步，她突然冲我吼喝一声——你拉链没拉！我第一反应就是去摸裤子拉链，结果，所有的人精哄然大笑。女红 7 愣了一下。她也不明白人们爆笑什么。因为人精们从她一声断喝中，迅速从她的眼光中，已经判断她是冲我的旅行包来的，

措手不及的是我。我的错误反应，因为极其快速而加剧了喜剧效果。女红 7 瞬间就爆笑了，既然是人精，也是高速反应型的。她伸手就摸了我裤子拉链一把，而不是错误的旅行包。

她和蔼可亲地说，正常啊。

我就这样爱上她。她光洁如玉的肌肤，简直就是不长毛孔，它像闪电一样，威风凛凛地击中了我。当老师把红背心分给她，而不是分给和我一样的黄背心，我就沮丧得很。我希望她和我分在一个队，我希望时时刻刻和她体验和诠释什么叫真正的默契和协调，我还希望和她超越这种学习，证明我们本来就是一个人。我最后希望，我们能亲密学习，战胜对手，一起进入最后的十名精精人类，当我们大家一起伸出人类最优秀的 20 根食指时，我们在八分之一秒，举起最后的齐眉棍时，人们惊讶地发现，我和她无论内在外在，都是精精人类的最佳男女代表。

有一天子夜，月亮把婆娑的松针动画在我们的墙上。我们鹤 2 的门被人拍响了。我去开门。女红 7 披着浴巾站在辉煌的月光下，下面光着两条比月亮还皎洁的长腿。我狂喜。以为她要邀我下海夜泳，一下子我激动得哆嗦起来。女红 7 一翻手，把浴巾展开，像一只亮开翅膀的白鸽：

她里面什么也没有穿！

我头晕目眩，一时镇定不了自己，全身都是低血糖反应。

女红 7 说，听着，这就是我！你永远永远和它无关！我警告你，你要

是每天再捡我扔掉的口红纸、鼻涕纸亲吻不停，再让我恶心，我就让你立刻变现！看明白了吗？我正式警告你，黄7！对我，你永远永远拉上你的任何拉链！

女红7收拢翅膀。

在转身之间，我听到女红7的低声而悦耳的咒骂，妈的！你耽误了我的约定做爱！

像一个粗暴天使，她在月光和松针树丛中飞行而去。

我的麻烦和痛苦不止这一点。我对别人不安分和别人对我不安分的状态，都影响了我对团队精神的正确认识和深入理解。

我的麻烦来自一个文教卫生系统队员。黄1。她对我不是一见钟情也是属于二见入侵的很不理智的那种。她逢人就宣告爱我，而且说到做到。我们分队手拉手进行套圈训练学习时，她总是势如破竹地出现在我身边，我只好和她手拉手；我们手拉手的时候，她一直在我手心里写甲骨文，可我无法放手。我知道我迟早要杀了她，但我不确定我将在哪一天执行。

大家也看出麻烦来了。从到基地的第三天起，我一喝完那个贴着我名字的蓝色旅行杯的水，不出十分钟，必然肠绞痛，我就必须飞快地到她怀里，老老实实地让她把我的安全带扣解开，让她把手伸到我的腹部做顺时针五十和反时针五十的按摩。任何人按摩都不奏效，黄6试过。黄6死的前一天晚上分析说，那个文教卫生人员，说不定每天在你旅行杯里投毒了。看症状，可能是微量砷。黄6旁征博引，包括引用了拿破仑之死案，证明我是微量砷中毒，他还告诉我砷的分子式怎么写，最后，问我相信不相信他的大胆推断。

我完全相信。我问怎么才能对付那个文教卫生人员。黄6说，这他不管。

我说我不能不喝水，对不对？

黄6说，我不知道。我擅长分析和批评。我素来不是个轻率提建议的人。

黄6又说，现在你知道基地守则为什么反对爱情了吗？错位的爱情其祸害是灾难性的，非常可怕。而人生大部分的爱情都会发生错位。能在结婚的一千零一夜内，保持互相对位就很不错了。记住，地久天长的永远是错位的爱情。

黄6死后，我一想到这个问题，就觉得黄六是带着一肚子真理死的，就像拍死的母苍蝇有一肚子的卵。

七

感言白板上的内容越来越多，随着培训项目的推进，每两天刷新一次，往往还不够写。队员们越来越爱发感慨了：

我就是标准。唯一标准。

团结就是力量、不要自视太高；

绝对的民主就是绝对混账；

我天生喜欢人家对我发号施令；

动情使我瘫痪；

每一种文化，都以真理的名义，对其他文化实施统治、剥削和压迫；

奶奶的有人以协作的名义，老挤我奶奶；

一切事物最终归于我自身；

主张真理就是主张权力；

人和人协调一致是梦遗；

那天，我蹲在白板下面系鞋带的时候，不知道培训老师拿着乐队指挥棒，一边掏耳朵，一边看着我。我起身的时候，他叫住我。他说，我注意到了，你从来没有在感言板上写过任何感言。

一定要写吗？

你什么感言都没有吗？这种体验式的学习，是很容易深入灵魂的。你应当记录下这些珍贵的触动，帮助记忆，另一方面也好让大家分享，达到团队的灵魂共振。再说，你这样无动于衷的表现，和一个团队精神面貌太不协调了。

我不是无动于衷的，老师。我说，写什么都行吗？

真实感言就行。言简意赅。

我拿起那支粗大的蓝色水笔，思考着。我没有言简意赅的把握。事实上，每一天的一个项目，我都想和所有的人协调一致，可是，结果是我和谁都协调不了。拿着笔我想了老半天，我对自己充满绝望，我写，啊欧——我呸！

我谦逊地望着老师，我的另一只鞋带又松了，这使我有点分心。老师不动声色，接过我手中的粗蓝水笔，使用另一端，转身在我的感言前面加了个红 New。他说，好，参与比观点更重要。这就是协调的第一步。老师陪我蹲下去，亲手为我系上鞋带。像密谋杀人一样，老师对我耳语：往往有时候，形式的协调要大于本质上的协调。

八

黄 6 死了以后，黄 1 当夜就来我这儿蹭床。第二天蓬头垢面、心满意足地走了。第二天傍晚刚吃过饭，她又来了，还高举着贴着我名字的蓝色旅行杯，就像高举红灯、高举照妖镜一样。条件反射，我马上觉得肠绞痛。我说你来就来吧，何必这样？

黄 1 宽容大度地笑笑，我是提醒你，饮水思源，喝水别忘掘井人。

掘井人又在我们“鹤 2”蹭床一夜。黄 1 有个不良的讲话习惯，她总是舔着我的耳朵说话。她说，每个人都是别人的魔镜。我们两个也互为魔镜。任何人都一样的，我母亲也是我的魔镜，因此，我母亲不可能真心喜欢我，都是装的；我同样是我母亲、我父亲、是任何人的魔镜，他们在我心中都是变形的、不真实的。好也不太真实，坏也不太真实。你在我心中是好的，但我怎么会不知道这不是真实的你呢？我在你心中不够好，你怎么不知道她也不是真的呢？其实她本来还不错呢。真实的镜子在上帝那里，死了后你自己去慢慢照吧。

我说，你别老舔我的耳朵说话行吗？我会得中耳炎的。

不会。黄 1 说。

后来有天晚上，我梦到一条蛇一直对着我的左边耳朵吐分叉的蛇信子，有个湿漉漉的红叉子，探到我耳朵深处，捣得我耳膜生痛。第二天起来，耳朵还真是闷痛。我看到黄 1 本来想说，后来觉得没意思就闭口。黄 1 明察秋毫，黄 1 说，想说什么？别犹豫，说啊，我乐意听。我说，我中耳炎了。黄 1 哈哈大笑。是海水泡的！

黄 1 细长的舌尖后来抽空又突击了我的耳朵。黄 1 的舌尖在我耳朵里说，中耳炎？嗨，嗨！你真是调情高手啊！

我忽然间就理解了魔镜魔镜我是谁的深切苦恼。

其实，黄 1 只在我这儿蹭过两次床。高举我的旅行杯照耀进屋的那次，就是最后一次。那天早上一开门，我听到黄 8 在门外，问黄 1 早上好啊。我知道，那时候，黄 1 正蓬头垢面刚迈出我的鹤 2 的门第一步。黄 8 就像伏击守候一夜一样，向她亲切致意。

黄 8 长得像一只猴子，我是说神态，而且是动物园里的那种。小分寸的放肆、小范围的机警。黄 6 死后，黄 8 经常出现在我身边。一个队的，也很正常，我倒也不奇怪，反正队友握手转圈的时候，我经常是一手文教卫生人员黄 1，一手黄 8。我也没多想。

我不怎么喜欢黄 8。死去的黄 6，一开始就发现黄 8 是个精明计算的人。训练中，抢最好的安全带；抢最好的雨衣、野外休息遮光眼罩，而且是不满意随手就换，明摆着我不能吃亏的样子 ，比女人还挑挑拣拣；吃饭呢，死去的黄 6 发现黄 8 总是抢好座位，比如，一只整鸡，最先下手并直取鸡大腿的筷子，肯定是黄 8 伸出来的——这点我不计较，仁者见仁、智者见智，我只在乎鸡脖子的淋巴有没处理干净。死去的黄 6 又发现说，一盘蟹吧，不管花蟹、梭子蟹、菜蟹、蟳，凡是膏最厚、肉最多的部分，都会被黄 8 闪电般、不计形象地弄到自己碗里。

死去的黄 6 说，细节就是为人。

被死去的黄 6 总结后，我就开始不怎么喜欢黄 8 为人了。可是，黄 8 在第三天晚上就比黄 1 更早到我们“鹤 2”，而且为了防止黄 1 入侵，他请求我黑灯关门。整整一夜，他单方面对我推心置腹。发大水洪峰一样的信任，一拨一拨冲击得我非常内疚。天快亮的时候，我们就成了肝胆朋友。

而黄1之所以没空，是因为她正在发动一场消毒柜运动。她和一些女队员，发现基地的卫生纸都是发霉的。由她牵头，她提请基地组织尊重女权，从维护女队员的合法权益出发，迅速购置一台臭氧消毒柜或者微波炉，以随时消毒基地发放的卫生纸。好像还有别的什么不维护女队员的东西，都被她们发现了。关于这一节，我不是太清楚，因为黄1她们要我在四页的请愿书上签名的时候，我没看内文。听说后来，她又进而发现，很多队员书法极成问题，还有3名队员怎么也想不起自己的名字怎么写，他们只能在键盘上敲击，离开电脑，他们想不出自己的名字到底怎么运笔，因此无法在请愿书上签名。

文教卫生人员黄1，转而又开始起草建议废除电脑提案。

所以，黄1比较忙。趁这个空当，黄8还真是把我当成知心朋友了。

九

推心置腹了两个晚上，我才知道黄8是想请我杀了他。

黄8跟我说，他来自一个搞珠绣拖鞋出口的单位，说现在这种传统工艺鞋出口形势非常的糟糕，还说他们领导的腐败。更大的篇幅是，黄8在谈他的私人生活，非常私密的——私密到你听了如果不交代一点自己的隐私简直不好意思的那种。还说到他对妻子的两次不忠行为和成因，还有为了竞争一个科级岗位，他不惜牺牲色相的出轨行为；最后——也是重点，说到了他的双胞胎儿子。最触动我的是，他说他两个双胞胎儿子，9岁那年和他一起在海上游泳，儿子们那时还不怎么会游，可是，作为教练的他，将他们带到深水区，突然，他左腿剧烈抽筋，大浪中，眼看就要没顶。是他的两个并不太会游泳的儿子，冲了过来。他们在自己没顶之前高声呼救，一边毫不退缩地出手救他。他非常痛苦，他知道两个9岁的孩子，没有能力救他，可是，求生的本能使他拽住本来就不太会游泳的儿子们。他甚至觉得自己在杀死儿子，可是，他求生的、可恶的手，怎么也不肯放弃儿子们小小身子。救生艇赶过来时，父子三人差不多都完蛋了。

三个人再也没有去游过泳。因为两个儿子从此拒绝下水。六年过去了，两个儿子什么体育项目都参加，成绩突出，就是不肯游泳。他们的学习成绩也不坏，因此，黄 8 的老婆反复和他商量，是不是把孩子送出去读高中。黄 8 老婆的单位是个收入非常好的单位，双员工人家，有的在孩子刚初中就把孩子送到英国、澳大利亚读书去了。放假回来，一口外语呱呱呱的，非常不一样。现在，黄 8 的儿子也已经读到初三下学期了。

黄 8 说，前一周他老婆又来电话，长时间地和他讨论这个事，而且说两个孩子也希望一起出去，这样有个照应。黄 8 说，我不当你外人，我想过了，这里都是人精，我不可能当上“精长”吧，即使我有这个能力，谁能保证他们不黑箱作业；我知道自己的素质优势，进入最后的十名没有问题，可是，那又怎样？光靠公务员收入，加上特殊人才津贴，我顶多只能让一个孩子出国，要不争取一个有职便的岗位贪污？受贿？侵占？我思来想去，风险挺大的，很劳神，还不一定能一次性弄到那么多。慎重考虑了两个晚上，我想，不如你杀了我。兄弟，我要那笔保险。

当时我无限惊愕。

黄 8 说，你这人可靠。你把光头黄 6 做得多漂亮，他完全像公决死亡或者意外。

我失声嚎叫，黄 8 堵住我的嘴。我连忙说，我没杀黄 6！

黄 8 不屑一顾地看了我一眼。我又不指控你。就算黄 6 不是你杀的，现在我求你还不行吗？如果你是两个孩子的父亲，你会怎么选择？何况，我有负于我的儿子，不是吗？

他的道理打动了我。我像个待宰的罪恶羊羔，结结巴巴地说，那……你能不能自己解决呢？像意外的自杀……不行吗？

现在不行了。死的人太多了。保险公司有个小分队已经驻扎进来了。被查出自杀，你就白死啦。

下半夜起，我们就一起埋头研究致死方案。

周五的时候，我们有个项目叫“勇敢者漂流”，十公里的急流险滩，队员们两人为一组，登上一个小皮筏，从上游往下漂，其中7公里处有个18米高的三叠瀑布，正常情况我们要从插着红色三角旗的礁石那儿绕过去，避开险峻的三叠瀑布。该项目主要是考验队员野外战胜困难的勇气和毅力，还有双方生死与共的配合精神，如果一艘小筏子出险，或者卡在乱礁枝丛间，后面的队员，无论红队、黄队，也会立刻援手。

我们都有泡沫的救生背心。本来我和黄8商量在前一天计划在他的救生背心上割个洞，当夜我们打听到，救生背心是超质泡沫型的，割了也没用；黄8就想在小皮筏子上动刀，我不干。这一路险象环生的，这样显然会把我赔进去；后来，我们商量决定，在那个三叠瀑布那，我们假装控制不住激流中的筏子，偏离正常航道，砸进高高的瀑布中。之前，黄8把自己的救生背心绳子松开。让他方便地魂归瀑布。我有点担心，18米对我来说，也很危险。我怕下面是乱石滩，把手脚都摔跑。黄8说，是深水潭。只要你两手死死抓住筏子。你死不了的。你千万别救我。再说句真心话，黄8说，其实你一辈子未必能赚到512万呢，更何况是整取呢。

可是，黄8还没到进行“勇敢者漂流”项目的下午，就改变主意了。

他说，他不想死了。

我不明白，好不容易制订出的周密计划，怎么说变就变了。黄8说，你不知道，昨天我就感觉不对了。反正不干了。你别杀我了。

我要求他说明白，我不喜欢别人这样玩弄我的智力。我说，你必须说清楚，否则我一样执行你的死亡，而且还要弄出你是自杀的样子，我能够做到。我要让你一分赔偿也得不到！

黄8终于说，因为我老婆。我小舅妈发现，我老婆最近天天和她的小情人在名车行看世界名车，据说还和我舅舅他们说打算请个菲佣！你看，你看！我们在商量伟大的自我牺牲计划，她却已经在卑鄙地考虑怎么使用我的命钱，盘算着和她的小白脸怎么享受生活啦！

你不是为了儿子吗？

我是考虑我儿子多一点。可是，我也可以不管他们。你不知道，这么多年来，两个狗东西几乎不跟我说话。他们心里有疙瘩。这能怪我吗？求生是人的本能嘛。我现在不是想还他们的命吗？你看看，就是这种时候，我准备为他们牺牲全部生命的时候，他们也从来不和我打一个电话，哪怕问我一句，爸爸你很舍不得吧？将心比心嘛！其实我并不欠他们，对不对？我生他们、我养他们，现在他们比我还高，身体比我壮。谁说我欠他们啦？他们那小命还是我给的呢。我就是不死啦。我决定了！

黄 8 不放心地盯着我。因为我反应慢了，他就盯了我很久。最后他扑上来，抓住我的胸口，猛烈摇晃：你充分理解了吗？啊？要是乱来，我先杀了你！

黄 8 的确是莫名其妙的人。我真是烦他。

十

随着训练的严酷性增加，随着淘汰的人数增加，基地的死人越来越多，保险公司外派的现场勘验人员也增加了。文教卫生人员黄 1 是全身而退的，因为她老发烧。那天晚上她带病到我们鹤 2 来，她说，如果明天还发烧，我就只好和你分手了。她说，我真的不想走，因为这是一个考验人的奇特地方。退一步就意味着什么，你想过吗？

我说没有想过。她说，退下来的人，就意味着和大多数市民一样，要么平庸要么贫困；我是想成为最后十名的精精市民的，这是我一生的价值和骄傲所在。如果不能，我宁愿死去——我不是说我想要那些钱，我只是想告诉你，只要能成为城市真正精英，我什么都不在乎。

黄 1 又说，你知道我为什么基本想通了？我的确猜不出来。黄 1 说，因为你。我们两个人，只要一个成功，也等于另一个成功了。邹老师和小钱老师都说你素质很好。我很欣慰。

黄 1 最后说，你会遭人妒忌的。你要小心。成绩越好，就越要小心。如果你没死，你坚持到底，回头我一定嫁给你。——别客气，我是真心实意的。

不用我劳神处理黄 1 了，文教卫生人员黄 1 一大早就被一辆救护车拉走了。听说是吊着点滴走了，据说整个人像一把烈火，一路梦呓胡言乱语，以致司机两次和人家追尾。

早上吃饭的时候，老师说，培训学员实际在册人员只有十三个了。而当天下午，统计数字就差点就变成十二个，因为我在“凌空独行项目”差点就摔死了，如果死成了，保险公司人员又会勃然大怒，因为是确凿的谋杀。

这是一个高空操作项目。难度和危险性为六个星。行动者首先徒手攀爬上（有四厘米宽的踩脚铁梯），登上一百五十米高的人造墙，然后站在墙顶上，你脚下面积一个平方米不到。头顶上有一个单杆，随风摆动。你要两手抓住它，就像上高低杆一样，然后你要跳到二米之外对面的另一个落脚点上，同时，你的手要准确地换到对面略矮一点的单杆上，那个单杠也在高空的风中晃动。而脚就落在对面那鲜红的圆柱上。圆柱顶面积看上去比一只脸盆大一些。那种感觉，就像在万丈深渊上，凌空完成一个高低杠动作。

一些队员爬到上面，一看这么严峻，当场就举手投降了；有人哆哆嗦嗦，倒是敢跳，但贼一样起步，下面的老师就摇头，果然，跳不到那个红圆柱顶上。完全是靠队友们手上的安全绳，把他像吊死狗一样，弄回地面。

红队队员尤其窝囊，那个像十五的月光一样威风的、我暗恋不已的女红 7，竟然干脆在高空上失声痛哭，泪滴纷纷四坠，好像刚刚发现被人虐待，弄得我在底下看着黯然神伤；就在这时候，只见红队那个吊着特细绷带的家伙，毅然把胳膊从细绷带里抽出来。在危险的时候，他总是以残弱者形象挺身而出。现在，他脖子上空吊着那根特细绷带，我看到他默默地、慢慢地向人造墙顶爬去。他谦逊和勇敢的身姿，一出现在人造墙下，就赢得了全体老师和红队队员的响亮喝彩。

我看到他在百米高空上，细绷带像女孩的项链一样，在风中飞扬。他纤长的身子，在风中站了很久，看上去就像和我们、和这个世界一一诀别，他那么大义凛然，那么沉着镇定。一直到所有的队员把脖子仰酸。

老师还是不让我们出声，只是要求做确保的队员，一遍遍检查确保绳转弯等关键环节是否牢靠。

红9，那个平时永远吊着特细绷带的家伙，在高空中，像电影特技一样，一举跃过了我们的头顶，稳稳抓住了红圆柱上的矮单杠，他站稳了。他成功了。成功得非常漂亮，以至我整个晚上都在梦想那个特细的绷带，在我的颈子上随风起舞。

黄队队员已经失手了两个。我登高的时候，我并不知道上面的情况是那么严酷，我不知道起跳点那么窄小，落脚点更小，小得让你怀疑简直就不可能跳准；从上面往下看，下面的人和物是那么令人绝望地遥远和细小，它们统统在恐怖地变形；我忽然明白了女红7为什么会大放悲声。说实话，我也快忍不住眼泪了。我知道培训老师在用高倍望远镜望着我，还有很多不担任确保的队员，会不时抢望远镜来看。

说实话，还真是女红7绝望的哭声激励了我，唔，还有红9那根该死的特细绷带。我忽然就愤怒了，那个装模作样的特细绷带，算什么东西！我就在不期而至的暴怒中，凌空跃出，飞越两米宽的峡谷，准确稳定地踩在红色的圆柱顶上；我轻轻松松地抓住了对面的单杠。

我双手平伸，一起向下打出胜利的手势。下面没有任何欢呼之声。地面傻了。他们完全是看傻了，傻透啦。我非常得意，嘿嘿笑着，在乐不可支的寂静中，我抖了抖安全绳平稳下降。

你知道超人的寂寞感觉吗？平常人能够得到欢呼，超人往往最先得到的是寂静，集体性的呆若木鸡，就那么回事。我想我的动作一定比红9洒脱漂亮。距地面四米时，我忽然想摆一个英勇的造型。踢剪着两腿，我让我的两只腿像一把快乐的剪刀，结果，我忽地就直摔了下去。下面是青草地。我还没明白怎么回事，就“嘭”地砸在草地上。安全绳竟然和我身子断然分开了。

老师奔过来扶起我。老师并不看我，老师马上检查我腰部的粗大的金属安全扣。扣子是好的，可是，老师很快脸色就白了。因为老师发现，在扣子隐蔽的部位，也是一个最重要的受力位置，那个厚实坚硬的安全带，被人用锋利的刀子割开了五分之四。我猜想，如果我在空中动作幅度稍大一点，稍微依赖绳子一点，这条阴险的绳子，就会让我立刻栽进地狱。

所有人都若无其事。好奇心重一点的人，上来摸摸我的安全带刀口，然后依然若无其事地离开。老师也是若无其事的表情，他们轮流拍了拍我的脸，说，唔，小心点。

因为我和黄8不再有阴谋，彼此立刻兴趣索然，黄8已经不来和我同居，我们不再追求推心置腹的肝胆关系。不过，我那天受惊后，吃晚饭时，他又跟我推心置腹了一把。他把螃蟹的后腿分了一只给我。他说，一只螃蟹厨师一般切五刀，揭盖、中分一刀，然后，旁侧各两小刀，取蟹块六块，扁的这只小腿——就是我给你的，另一条我吃了——是肉最厚的，其中隔膜也最少，落肚非常实在；前面两只大螯，肉也非常实在，但是，劳动成本偏高，往往你半只还没啃好，盘中的其他蟹块全被人夹光了。所以，这不能做首选。顶多次选，如果你牙口不好，应再次选，但你应当提前高叫：拿螃蟹夹钳！人家就会默认你的所有权，一般都不好意思下手了。

十一

我不明白红9吊着那个特细绷带，保护的是什么东西。每次，我看到那条好像有点碘酒还是什么颜色渗透出的细带子，总是莫名怜悯。尤其是刚开始的时候，我以为他的胳膊断了，正在连接中。后来，看到他经常挣脱绷带、忘我地冲在第一线，我就不由想到，英雄气概肯定就是指这种东西吧。

我也很想弄一根特细绷带吊在自己的脖子上。我是左撇子，我考虑把我的右手吊上去，以示和红9有别，可是，当我说我觉得右胳膊关节酸痛，也许也要保护一下，我就当场受到后来死去的黄6的嘲笑。不知道他笑完跟黄1说了什么，黄1就偷偷送了一只新的乳胶色的透明长丝袜给我，只有一只，我知道是吊我右胳膊用的。女人喜欢关心受伤的男人。可是，我得到礼物后有点嫌弃，因为我想要一根正宗的棉纱绷带，像红9那样，有点旧，边上毛毛的，间或还有些黄黄的碘酒色透出来，总之，要有创痛和阅历的那种感觉。我本来试图在长筒丝袜上倒上一些茶水，没想到除了污渍感，毫无创痛和战胜创痛的风采。

如果不是这根绷带，我敢保证红9不是引人注目的，但是由于有这根绷带，他成了不仅是引人注目的，而且是引人关爱的人物。他成就了非凡形象。我亲眼看到我的梦中情人女红7喂他口香糖，他还爱吃不吃的，似乎不接受女红7骚扰。我还亲眼看到红1红5两个队友，经常为他按摩胳膊和肩胛。每次红9毅然挣脱绷带、英勇拼搏什么项目后，都有很多人争先恐后地迎上去，真心实意地想抚摸他那为了公众名誉的、可怜的胳膊。

那天周六，市长、分管副市长和经发局长等一拨人来基地看望培训队员。老师要我们列队欢迎，红队一排、黄队一排，市长要从我们中间走过。市长踏着红地毯往楼梯这走来的时候，我们就开始噼里啪啦地用力鼓掌，但红9只是做了个手势，神态在谦虚和傲慢之间。市长嘿嘿笑着，脸上挂着一颗怪大的、感人的酒窝。除了红9不热烈外，所有人都热烈鼓掌，可是，市长就是停在红9身边。

那根绷带实在太他妈的醒目了！

市长说，受伤了？还疼吗？

红9笑了笑说，还好。

红9那样子，真的很像冲到哪国使领馆，拼死解救人质、又淡薄功名的突击队员。

市长说，有什么影响吗？市长晃动着自己的胳膊，表示生活是否便利。红9说，谢谢市长，能克服的。等培训一结束，我再找医生做理疗。随同的培训老师赶紧趋步汇报一句，这个队员综合素质相当好。体能、运动反应力、协调感、协作精神、凝聚力……

红9谦虚地打断了老师的话，老师过奖了。大家都不错，我是来这里学习的。我有伤痛，可是，大家不嫌弃我，给我的关心和帮助特别大。这的确是一个培养人的好集体。

市长带头鼓起掌来。随行人员、基地负责人、老师也马上噼里啪啦地热烈鼓掌。我也热烈鼓掌。市长说，有你们这样一支团队，我们什么战胜不了？你们就是我们城市的美好未来。人民的福气啊，我已经在你们身上看到了GDP飞翔的翅膀！大家又热烈鼓掌，红9自己也热烈鼓掌。他的胳膊想挣脱出绷带热烈鼓掌，但他刚一抬胳膊，市长就把它安抚回去，还轻轻地摸了那根肮脏的绷带一下。

天呵，那根绷带！

那根特细绷带好像施了魔法，它锐不可当地影响着所有看见它的眼睛，它神秘地激励着、维护着萤火虫般星星点点的温暖的光亮。

呵，绷带，如果我有一条就好了！

黄6死了后，也是黄1黄8不再骚扰我之后，我每天一回鹤2，就把袜子绷带吊在自己脖子上。我抱着假想伤痛的胳膊，顾影自怜；我在屋里，来来回回一直走动到月亮西沉。我想象自己在极其危险的高难项目中，像一只伤残的、豪情遏云的蝙蝠侠，在凌空独自奋斗。那种感觉真是非常饱满结实，我是说一种英雄气。我甚至想到了，女红7泪流满面地仰望着我，泪水不断流过她没有毛孔的光洁的幸福脸颊，我却是一派放眼世界的男人襟怀。我的充满创痛的襟怀中，八方来风。啊，魔镜魔镜，我心中那个女人走不走形？魔镜魔镜，我在她心中走不走形？魔镜魔镜，什么时候你和上帝那边的镜子是一样的？现在——我吊着绷带哪——我在女红7心中，和上帝那里的样子究竟一样不一样？

反复抚摸着自己吊着的右胳膊，我真的不明白，这样被绷带吊住、给颈部施加点压力的小小动作，为什么这么神秘和令人满足呢。

那天，我碰到了红9。他依然用那根特细绷带吊着左胳膊。我说，你的胳膊好了点吗？红9嗯了一声，很温柔地笑了笑。我忽然想起来，全基地没有一个人知道，他的胳膊究竟怎么受伤过，为什么他一出现在基地就是受伤的样子呢。

我说，是折断过吗？

红 9 还是很温柔地笑笑，大有断了也没什么的意思。

我说，做项目会不会妨害它的康复呢？

红 9 还是笑了笑，说，我不知道。有时候我做事不计后果。医生说，这是臂骨巨细胞瘤，我的关节里面已经空了，就像……就像一个噬空了的鸡蛋壳吧。不过现在里面填了一些小牛骨了。进口的。以后还要填一些。红 9 把胳膊从绷带中拿出来，屈伸了一下，说，医生希望我好好养护。刚巧碰到培训了。

穿着橙色泳裤的红 5 过来，他说，咦，她们说你是见义勇为被人搞断的嘛。长瘤啊？!

红 9 依然温柔优雅地笑笑，反正都是小事一桩。他说。

后来又有人说，红 9 是来基地之前，被公交车门夹扭了筋骨。还有更荒唐的说法。版本没想到有那么多，但是，对于我来说，我最感兴趣的是和他交流吊起胳膊为什么会有那么满足的感觉。有一天，在我的强烈要求下，他终于同意让我吊一分钟他那根正宗的特细绷带。天呵，这个和袜子还真的不一样，我把胳膊放在里面的时候，激动得直想落泪。我不知怎么了，摸着毛糙的绷带边，闻着它不清洁的汗味，看着它淡黄色的沧桑，我情绪一下就燥热起来。我镇定地走了两步，胳膊弯弯的很好，颈子重重的，很好，步子不能和平常一样，但是，一切都很好，我看到了所有人都扑上来关怀我，他们不能不关怀我。他们也控制不了自己，我想拒绝都拒绝不了。我快受不了了。忽然，一个问题斜刺进我脑袋：在这样的情况下，你说无论是集体意识还是个人凶机，谁？谁还会愿意把我的安全带，用锋利的小刀割掉五分之四呢？——那是不可能的！

我终于忍不住眼泪。

红 9 说，没事。不碍事的。

红 9 又说，我就是倾心和追求不完整的东西。接近完整的都是危险的。

红 9 说，适度的残疾，其实非常安全。真的。

红 9 温柔地说，不要为我操心。我会努力到最后的，哪怕最后我胳膊废了。

我流着泪，我听到了真正的肺腑之言。尽管吊着一只胳膊，我还是忍不住转身，扑向了红 9——我单臂拥抱了红 9。

和大家一样，我成了红 9 的忠实信徒。

十二

我刚认识红 16 的时候，我把他的背心号码念成 91。因为他是倒立着向海边而去。退潮后的沙滩上，留下他一溜像巨型鸟爪一样的手印，一左一右地向前延伸。我想怎么会有 91 号呢，我们不是红黄两队合计才 32 人吗，这么想着，我就离开了他和早晨的海边。

做训练项目的时候，他和我不一个队，我还是没注意上他，其实他就是站在我面前，我也不一定能联想到他就是那个爱倒立的家伙。黄 6 死后，海滨的拂晓思想会风流云散去，我就经常到海边吹清静的晨风，这样，就好多次看到了这个在海滩上倒立行走，并留下满海滩巨鸟爪印的人。我也终于倒出他的背心数字是 16 号。

红 16 应该可以确认是个比较身手不凡的人，大半队员死得死、伤的伤、淘汰出局的出局。在一个原生态大峡谷的逃生项目中，他所带的那个三人组，是以最短的时间、代价最小的方式，穿越出境的。

那天清晨，海上灰云翻滚，快出海面的太阳，给每一块灰云镶上发亮的金边，我觉得太阳只要挣出海面，灰云就散去了，可是，那天更多的乌云像听到征战的号角一样，泼皮一样从四面八方赶扑过来，深灰浅黑、大团小块拖尾巴的。我看出来了，它们是在围剿太阳，后来太阳还真是被越来越厚的乌云们干掉了。

我的心情黯淡下来。天地间冷灰灰的，海风也是冷灰灰的。我开始往回走。

我也听到后面有含着海水的沙被挤压出的涩涩声音。我懒得回头。红

16 跟了上来。没有性欲。我非常苦恼。红 16 倒立着说。他一步步倒着和我做并肩的样子。我走哪他也走哪。

红 16 说，你听到我说话了吗？

嗯。听到了。你在苦恼。

你理解我吗？海上的晨风这么透彻地吹着我们，你理解我吗？

我停下脚步想了想，我说，我不理解，在这，你要性欲有什么用？

在哪里都一样。这是我的人生动力。我不能只接受别人的觊觎，如果反过来，我觊觎别人、我总是觊觎别人，我才会有雄心壮志，我才会进入最好状态。你不知道我年轻的时候，简直太棒啦！我 13 岁的时候，我就自学了四种做爱方法，就知道怎么爱女人，我成功勾引过 30 岁有狐臭味的妖娆女人。我一上手，她就迷我呢。13 岁啊，没办法。我就是觊觎很多女人。想想看，你 13 岁的时候，懂什么？

你倒正过来说话好吗？我说。我不喜欢和倒立的人说话。

红 16 拒绝了，不能。只有这样我的脑子才怀旧。你看，糟糕的是，我现在失去了觊觎任何事物的动力。

你可以觊觎“精长”，精精市民、精市民都想它啊。那不是市长的直接接班人吗。

我这几天都在想这个问题。我劝自己也觊觎它。可是，非常痛苦，真的非常痛苦。我不想。没有动力。你想，我得到了它，又有什么用？当年我做期货的时候，就是觊觎一个比我聪明的小子，我觊觎他的那个天上来的女友。那女人除了没有狐臭味，什么都好。当年我被激励得灵感备出，智慧超群，挣得非常不错。马上，我送给那女人一个靠水库的小别墅。那女人现在还爱着我，要我去住。可是，我不要了，不要了，我什么都不想要了，房子、女人……

可是，精长、市长和女人不一样，它……可以……造福一个城市……

那又有什么用？红 16 很不高兴地打断我。我是说对我个人没有任何好处！如果老天让我选择，我宁愿让我重新回到一闻狐臭我就兴奋的那种状态。

狐臭！如果他只讲一遍，我就假装没听到，听过去就算了，我不爱闻，这令我有窒息感。我连听都不想听。可是这个变态家伙，不停地跟我说狐臭。我哼了一声。

我哼得很轻，可是，红16倒立的脸，马上肿涨起来：

我告诉你，我可不认为那是臭味。尽管我祖宗十八代都没有这个味道。可是，我喜欢。我小时候住的大院里，有一家人就有这个味道，我那时候不知道那叫狐臭——唔，这不公平，说真的，真是不臭。公平地应该叫它狐味。那一家人非常富有，经常有猪下水吃。是大院里最早有黑白电视机的人家，后来又有了窗式空调。他们家还有两个非常漂亮的小姐妹，小姐妹身上也有那个味道。他们家还有吃不完的牛肉干、她们俩还不用香皂而是用洗发水、沐浴露洗头发和洗澡。多么神奇！后来他们家搬走了。搬走那天，我记得我爸爸妈妈为了买一台刺桐牌电风扇，大吵特吵，妈妈差点放火烧蚊帐。而我奄奄一息地看着他们，我因为再也闻不到那个味道而奄奄一息。我从早到晚在院子里疯狂走动，顺着风到处寻找，开始还能追到一点点，可是，后来再也没有了，彻底消失了。那个美好富裕的味道，再也没有了。我大病一场。我当时想，我们家之所以穷，大院里家家户户所以穷，就因为我们都没有那个味道。直到13岁，我碰到那个30岁的狐味特重的、梦一样的女人……

噢，我敷衍地应了一声。

我要走了，我决定快走。他又叫住我。你不问问我为什么天天倒立行走？

你为什么天天倒立行走？

改善我的脑垂体。

我又噢了一声，发足狂奔。他似乎喊了句什么，我不回头，我把红16和他的脑垂体扔在远远沙滩上。

一周后的一个清晨，在海龟群礁那儿，红16举着两只像蟹螯的大腿，突然从礁石群后面转了出来。我看了他一眼。他说，帮帮我吧，我还是没有性欲。我已经延长了倒立运动量和药剂量。他两手挡在我的脚前，高举如螯的两只脚板，沾满了厚厚海沙，海风一急，脚丫上的海沙就扑向我的眼睛，我把脸偏开一点，好吧，我说，你要多少？我反正有很多。

红 16 两只沾满海沙的脚底板，像打鼓一样，突然，嘭咚地捣在我的胸口。我猝不及防，被那两只重重的大螯，打击得跌坐在地上。

红 16 站了起来。红 16 第一次在早晨的沙滩上，和正常人一样站立起来。他说，这个世界，除女人之外，没有任何意义！比如你这个屁也不懂的混账！我从来就不想为你这样的市民造什么福！

那你为什么要来这儿呢？

居委会要我参加考试，说社区高中文化以上的人都得考试。我哪里知道全城净是比你还蠢的笨蛋！我是为了感激居委会，因为她们给我介绍的那个私人医生不错，我才决定去凑个数的。我根本不复习，偏偏被比你还笨的笨蛋们害惨了，就这样一路一路地被迫考上来，想走都走不脱了。后来我想，反正是没事干，挣了钱也没激情花，烦得要死，又成天被无欲困扰得直掉头发，所以，索性就把你们这个狗屁精市民游戏奉陪到底吧。

红 16 恶狠狠地踢了我一头沙，像正常人一样，用脚走了。

我追着他喊：我理解你啦，你活着的确痛苦啊——要不我帮你弄死自己吧！可以变成 500 多万呐——喂——

远远地传来红 16 逆风抖动的嗓子，变成钱也没有女人用——混账——！

“废人”的世界——须一瓜小说论

陈　思

别扭是须一瓜小说世界的底色。神经质、脆弱、怪异、拧巴，是读者的第一感觉。端庄、素朴、老实、纯真，这些描述与小说风马牛不相及。她追求的是彻骨，提供的是决绝，从须一瓜这个笔名出发的文本，已注定是一道险绝的走势。别扭作为一种风格，很难以直观的形态描绘出来。可以感觉到，在别扭表象之下存在着一种反抗的激情。对这种反抗激情的描述需要更大的篇幅和更细密的技术分析，这里断然难以全部展开，因为这种激情仅仅是游击战式的，无法形成阵地，更很难形成集团。冒着简化的危险概括，其反抗对象正是中国90年代之后逐渐卷入的都市现代性，以及这一现代性背后必须打上引号的“人性”规划。

对于这种总体性的别扭及其背后的反抗激情，我们不妨取其一点来说。“废人”是整体别扭风格的突出面向。正是依靠塑造一个又一个孤零零的“废人”，须一瓜展开了整套应对都市现代性的游击战。

废人，是都市现代性对“人”的规定而产生的剩余物。须一瓜小说里的故事通常发生在“城市”①。然而须一瓜的城市书写，重点不是迷人的现代物质生活，不是朝九晚五的白领上班族小小苦涩与伤悲，竟然也不是底层血汗工厂打工者遭受的压榨与不公。小说人物从阶级属性上，可以归为小市民（交通协警、幼儿园阿姨、洒水车司机）、罪犯（小偷、黑车司机）、外来务工者、精神病患等。这些“底层”人士，与“都市”格格不入，或者不得其门而入。同时，这些小人物身上的“阶级论”意味并不高，一种集体性的“阶级”意识从未在他们身上召唤出来。他们有时懵懵懂懂，有时愤懑不平，大部分时间里疲于奔命，却始终无法理解世界，更谈不上改造世界。要命的是，他们始终是孤独的，个人挣扎式地对抗世界。因为须一瓜对他们的描写避免了一般小资文艺、黑幕小说和底层文学先入为主的叙事主题，我们只能先权且称他们为“废人”。这些“人”绝对不是“精英”，他们连“反精英”的资格都达不到。他们的“人性”是残次的，不具备现代都市人所应该有的素质。他们一方面在成为工具的时候拒绝成为工具，另一方面又在渴望成为工具的时候丧失了资格。他们摇摆于存在主义式的“多余人”和阶级论式的“底层”两个路线之间——他们是都市的“废人”。

---

① 目前比较少见把须一瓜对弱主体的同情与现代性批判的格局联系起来。一般研究者或者围绕须一瓜笔下的城市经验，或者围绕对人性的刻画。比如孟繁华、张志忠、陈雪军、毛丹武、李存就分别讨论了须一瓜小说中的复杂的城市经验、主体的疯狂、主体的孤独等，尚未从反思现代性的框架中讨论弱主体的反抗意义。参见李存：《论须一瓜小说的“疯狂”人形象》，《当代文坛》，2006年，第2期；毛丹武：《须一瓜小说简论》，《当代作家评论》，2005年，第3期；陈雪军：《试论须一瓜近年来的小说创作》，《文艺争鸣》，2007年，第11期；孟繁华：《都市深处的魔咒与魅力——评须一瓜的小说创作》，《时代文学》，2013年9月（上半月）；张志忠、吴登峰：《孤独的城市森林——须一瓜小说简论》，《文艺争鸣》，2008年第2期。

一、“不够格”——“废人”的生存困境

须一瓜所描摹的废人，最显著特征是作为失败者和废物（loser）的生存困境。“失败”（failure）在这里意味着无法合格就位，他们是规训失败的产物。

现代性以各种话语来使前主体的意欲、情感、知觉汇聚成为主体。现代主体的生成，伴随着一系列的自我技术和话语装置。从福柯到阿尔都塞，从“规训”（discipline）① 到“询唤”（interpellation）②，描绘的都是这一过程的不同侧面。无法具备相应“能力”的主体，在现代性的大他者眼中不具备任何价值。须一瓜却在依靠文学的审美力量重新挑战现代性实用主义的价值系统，以文学的同情代替了利益的算计，重新赋予这些废人审美价值。

《义薄云天》主人公是性格羞怯、唯唯诺诺而又与人格格不入的管小健，一个做不成“精致的利己主义者”的废人。到某个城市做项目的小职员管小健在野外喂猫，见义勇为帮陌生女人抢回钱包、自己却被歹徒扎了四刀。他怕被精于世故的妹妹数落自己“多管闲事”，于是跟警察说自己并非“见义勇为”。这一“见义勇为”的后果是赔上了所有现金。他记错了客户高主任老婆生日、但还想跟一面之缘的客户借钱垫付医药费。随后，被妹妹发现真相，被妹妹逼着去找警察改口供。他改称自己见义勇为，要政府肯定和嘉奖。警察不胜其烦，不相信他修改的口供，反而指控他谎报案情。管小健在妹妹逼迫下，只好对市民热线的“有话直说”栏目痛诉经过。受管小健帮助的陌生女人萧蔷薇到报社来闹事，报社借机派

---

① 参见 Foucault, Michel. The Archeology of Knowledge. Trans. Alan Sheridan. London: Tavistock, 1972; Foucault, Michel. HIstory of Sexuality Vo1: An Introduction. Trans. Robert Hurley. New York: Vintage, 1990.

② 参见路易阿尔都塞。

记者能四和女徒弟洪小帽展开调查。真相揭晓，萧蔷薇理亏，谁知萧蔷薇不仅没进一步去找律师打官司，反而态度一百八十度转弯，主动登门照顾管小健。《义薄云天》后续报道发表之后，萧蔷薇就和管小健结婚。原来，其目的是为了自己的儿子中考加上二十分。管小健狠狠地“被义薄云天”了一把。婚宴上，醉后的管小健宛如英雄一般呼喝自己从来不敢忤逆的妹妹，把婚宴吃剩的清蒸鱼打包，并告诉他真正的朋友——流浪猫咪咪：自己结婚了，从此可以大吃大喝了。这一皆大欢喜的结局，是对“义薄云天”的反讽。管小健的“傻”，是对“聪明”的拒绝。他拒绝以利益计算的方式规划自己的人生，宁愿浑浑噩噩地“义薄云天”。在这里，“义薄云天”又不是反讽，而是真诚的褒奖。

读者进一步追问，假如管小健并不浑浑噩噩而是成功跻身城市，那么他的生存状态和最终命运是如何的？

《雨把烟打湿了》是另一个“管小健”的故事——虽然主人公水清在强大的城市现代性面前首先选择了“变聪明”而非“愚钝”，但这之后“不够格”的焦虑使他产生了自我厌憎的情绪，走向了变相的自杀之途。从小说之中，我们可以很自然地联想到城乡二元结构在当代社会造成的问题。须一瓜在处理这一系列问题的时候，没有采取纵横捭阖的传统现实主义视角或者民族志式的社会学视角，而是始终把焦点死死盯住那些不断努力然而始终无法扎根城市的漂泊的乡村弱主体。

小说开端是一起出租车司机被杀的凶杀案，疑点是作为被告人的高级知识分子水清的精神鉴定完全正常，亦不存在杀人动机。随着实习律师的调查，小说开始倒叙44天前凶杀案发生的暴雨之夜。出身乡下的丈夫水清如何被太太钱红半催促半强迫地去和棋友会面应酬。为了这次棋友晚餐，水清必须亲自去买菜、整治鱼头、事无巨细地照料太太儿子。暴雨夜如何路途不顺、去的路上坐在满口脏话的女司机车中听她骂脏话、出事故时被女司机赶下车，到了对方家中虽极力加入话题、然而不由得不注意到自己湿透的衣服弄得椅子滴水，水清谨小慎微的性格使他独自承受了这一切，却酝酿着风暴。小说接下来插叙水清的个人背景，他如何以农村考生自卑而狂妄的姿态进入大学，如何肮脏不卫生，又如何大胆搏出位地追求“白富美”钱红。婚后，他一点点征服钱红全家，直到全家更爱这个女婿。水清心中始终存在着“不够格”的焦虑。在母亲去世之前，他费尽心思阻止钱红去自己老家，在母亲来城市同住的时候非常克制，但也让母亲知道自己农村长期贫困造成的生活习惯和城市生活的格格不入。他每个晚上都给钱红挠背，凡事都听老婆的，让母亲无话可说，因为她同样畏惧陌生的城市。学不会城市的家务，不会用抽油烟机也不分生熟菜饭，于是母亲知趣地提前返回乡下——小说这部分情节可见《少许是多少》的影子。这一切城乡差距，自卑和自尊、要强和脆弱、农村孩子与城市高级知识分子家庭的矛盾，始终存在水清一个人的心里，成为他的死因。钱红的高级知识分子家庭始终都希望水清继续走上学术研究之路，而水清对于扮演这样的角色和对方不断提高的期望标准，逐渐感到心力交瘁。他始终不上线的GRE成绩、面试时的糟糕表现和社交生活的无能，正是一面残酷的镜子，照出了他的原型——虽然他过上了体面的城市生活，但骨子里仍是那个挤不进城市的“废人”。

这一切矛盾的惨烈解决，源于水清在回家车上看到长相酷似自己的司机。司机的无礼粗俗使水清看见了一直恐惧厌恶的那部分自己。在掘根心态的控制下，拿起进口刀具将之捅死。通过以城市文明象征的双立人刀具杀死“属于乡下的自己”（出租车司机），水清把自己的乡村原罪解除了。“逆袭”后的“凤凰男”无法逃脱对都市现代性的渴望以及无法就位的焦虑感，这种焦虑感进一步转化为对乡下老根的自卑、鄙薄和克制不住的厌憎与恐惧。最终，这一切都必须以文明、高级、优雅的进口“双立人”牌刀具来得到解决。

我们回望管小健和水清们——不管如何努力，总在某些时刻他们暴露出来弱的、愚笨的、迟钝的、顾虑过多的、忧心忡忡的一面，他们是恨铁不成钢、是烂泥不上墙。他们因而是“loser”，不是都市丛林法则左右逢源、雄心勃勃、精力充沛、翻脸无情的“城市精英”（参见《城市亲人》）。须一瓜把他们打捞上来，给他们涂上一层嚼不烂的外壳，再把他们突兀地摆放在刺眼的位置，然后问一句：他们活该吗？

二、“想太多”——“废人”的内在能量

第二个显著特征，这些小人物的内心世界惊人地丰富，并因此构成了内在与世界之间的极端矛盾。他们总是“想太多”。“底层”一旦具有了这些“非分之想”，就是不稳定的、是危险的：一方面他们很难按照现代性的种种规范做出合乎标准的动作；第二个方面个人意识的觉醒使他们不会满足于被压榨、被欺凌的现状；第三个方面是，由于缺乏理解世界、改造世界的真正能力，这种无法平息的内心骚动使他们处于无尽的痛苦之中。

对弱者泛滥的爱，是“非分之想”的其中一种。对花鸟之类美好精致事物的宠爱，往往被认为是中产阶级的生活情趣，但在须一瓜这里带有反抗的意味。对弱小的动物与植物情有独钟，使他们无法具备无情刻板的工具理性。无疑，在须一瓜眼中，以利益计算为核心的工具理性是都市现代性的重要表现。管小健（《义薄云天》）和“豌豆巅”（《豌豆巅》）的爱猫、巡线工宗杉的爱鸟（《黑领椋鸟》）、小庆的爱花（《国王的血》），使他们无法以利益计算的方式去思考，大脑总处在开小差的状态。你也配养宠物？——尽管世界在对他们咆哮，“爱”总在需要他们循规蹈矩的时候泛滥出来，使他们的行为出现偏差。

《穿越欲望的洒水车》也以“爱”作为主题，尽管其描绘对象不是“对弱者的爱”，而是“弱者的情爱”。“废人”的“废”，因“爱”成“痴”——“废人”即“痴人”。或如巴丢所提示，从存在论上，“爱”具有革命性和解放性，从来都是挑战常规的。小说以夜班洒水车女司机和欢尝试拨打寻人公司电话开始，打开了这名单身女性自从丈夫失踪后四年间的生活。因为对丈夫的刻骨眷恋而陷入失眠、焦虑，和欢主动调整到夜班。然而，思念、绝望与怀疑又逐渐发展。在寂寞难耐之际，她也会勾引路上的陌生男人，以解决身体和心理的空虚。她一方面学会打呼哨，疯疯

癫癫、流里流气，另一方面仍然依靠丈夫衣服、内衣裤、胡须留下的气味生存下去。小说就在贞洁与放荡、清醒与疯狂之间狭窄的刀锋上摇摇晃晃地行走。破碎的追忆，拼接出了和欢的人生轨迹。和欢是“弱”的：小夫妻的拮据生活、她的出身不高以及性格上的内敛封闭使他们的感情一开始就笼罩着阴影。丈夫是职业中专学校的老师，而和欢只是小县城食品加工厂的后勤司机，丈夫托园林局负责人吴志豪给和欢在特区环卫处找到开洒水车的工作。婆婆看不起和欢小县城中专生的出身，积累了越来越多的不满，越来越苛刻，婆媳关系紧张，和欢无计可施，只得隐忍退避。一天上午，丈夫在赶回家处理电子邮件时与和欢就鸡毛蒜皮小事发生口角，就此离家失踪。丈夫祝安失踪两月后，和欢发现自己怀孕，由于没有准生证和自己对祝安离家原因的怀疑，和欢并没有遵从婆婆的意愿留住孩子。婆婆忧怒之下病倒去世，和欢与婆家的关系断了。从此和欢回到离群索居的单身生活中。觊觎她的人不少，她完全可以开始一段“正常的生活”。粗野的同事圭母总喜欢言语上骚扰和欢，被和欢坚决的反击惹怒，最后动手踢裂和欢的脾脏；而丈夫的同学志豪新近丧偶、对和欢表白被拒，后来另行结婚。和欢宁可在对丈夫的思念与困惑中一步步陷入泥潭，而没有选择将就凑合地“过日子”。最终，和欢在丈夫失踪四年之后得到消息。原来丈夫在小县城外车祸死去，作为无主尸体，没留下尸体和骨灰；小县城警察办案不力，也没有从随身财物中找到联系信息，是医院护士整理遗物时发现的联系电话，以至于拖了四年。由于制度上的漏洞与执法者的懈怠，这条死讯拖了四年之后才传到和欢这里。如果这个死讯不是拖了四年以至于让和欢完全在岁月的磨盘上耗尽了希望与精气神，她还会不会在《简单爱》的歌声中开着洒水车冲下了大桥？但小说对交通队和执法者的批评只是虚晃一枪，城市底层和欢泛滥满溢的“不正常的爱”才是主角。“爱”并不“简单”——周杰伦的流行歌曲并不是对小说意义的真正呈现。“爱”在这里，应该作为对都市现代性规定的“日常生活”的一次起义来理解。“爱”是主人公对都市现代性规定的自我、规范和“过日子”使出的那一记窝心脚。①

某些残疾或者轻度弱智的人物加入到了“废人”的行列，恰恰是因为在沉默低能的外表下压抑着巨大的内在能量。痴呆是须一瓜笔下许多人物的共同点：懵懂、痴呆、死脑筋，反而成为他们游离于都市法则之外的通行证。凭借这样的叙述，须一瓜使阿丹（《在水仙花心舞蹈》）因“情”而“痴”，成为笼罩在80年代中国改革历史上空的恍惚幽灵。故事发生在80年代的南方小城市。轻度弱智、白皙、帅气的弟弟阿丹无师自通、在观摩哥哥剪发时展现了设计发型的天赋。“兄弟名剪”名震80年代的小城。在个体户的黄金时期，阿丹哥哥与官二代结成朋党，终日逍遥出入于歌厅饭店，替当时的女演员们设计发型，广受欢迎，过着放浪形骸的生活。少年阿丹出淤泥而不染，尽管一旁莺歌燕舞，却始终专注手中的牙剪。一直到十六岁那年，他遇到“茄子她们”——一共五个27、28岁左右的舞蹈演员。在茄子的提琴声和突然闯入的四位姑娘们的引诱下，在美到极致的月下裸舞中，阿丹度过了弱智者一辈子无法忘怀的浪漫初夜。美所唤起的“情”是具有杀伤性的——这种“情”说不准是爱情、亲情或者友情，只是一种无法被感官规约、使主体忘却自我、抛弃现实、摒弃理性的能量。这件事造成了一系列深重的影响。离开茄子家之后，对月光中姑娘们纯美身姿的思念，尤其对死去的茄子的思念，被他外化为水仙花的依恋。内在之缺失，转换为对外物的迷恋。茄子死后，阿丹开始种植水仙花，并执拗地在水仙花陪伴下入睡。阿丹依恋小提琴的声音，尽管始终记不住这是哪种乐器，但不容任何人打断。哥哥在阿丹精神恍惚、拒绝工作的时候以讲茄子她们的事情，回到现实世界恢复工作。为了维持阿丹心中的美好印象，哥哥必须隐瞒那几个女孩二十年来容光不再、美人迟暮，变

---

① 对于西方激进哲学而言，日常生活常常被视为最大最隐蔽的意识形态。爱作为对日常的、俗世的状态的打破，具有了反意识形态的革命意义。可参见吴冠军：《爱与死的幽灵学——意识形态批判六论》，吉林出版集团，第179-193页；也可参见Badiou，Alan. The Communist Hypothesis，trans. David Macey and Steve Corcoran. New York：Verso，2010.

得肥胖松弛市侩猥琐的事实。当初每个人心中都有阿丹的位置，也为了保持自己当晚在阿丹心中的美好，大家也彼此心照不宣地不再找阿丹。虽然二十年不见面，但阿丹和舞蹈演员们之间澎湃汹涌的情（affect）从中国城市化商品化进程的历史中破浪而出，在磨蚀一切世道人心的市场大潮中硬硬地梗在那里。最后，阿丹得了急性白血病，临死前念念不忘那些记忆中的“女孩们”。这些老太太们也都愿意来看望阿丹。阿丹认出了这些松弛肥胖猥琐的老太太，请老太太们再一次地为他跳了二十年前的舞蹈。阿丹和舞蹈演员们的“情”无法归类，但这种难以分类、难以描述的情绪之流，形成了废人充沛的内在能量，使之无法与外在凡俗的日常生活保持和平。极限情况下，主体将会变成和欢或阿丹，使他们从日常生活给自己分配的位置中脱离出来。这种脱位对于和欢是死，对于阿丹则是痴呆的混沌。

“不合时宜的思考”常常是这些小人物悲剧命运的原因。“拧巴”是我们每一个人的日常生活状态。更多时候，我们选择“不去想”以缓解这种非本真状态带来的焦虑感。如果不是“想太多”，他们会不会免去许多困扰、少了许多痛苦？他们为什么不能和普通人一样，恭顺加入“踏踏实实”的生存状态？可是，要求这些金字塔底座的人们不要“想太多”，不正是城市现代性所携带的暴力之一吗？尽管作家没有从个人精神史的深度去阐发这种“想太多”的主体根源，但“想太多”本身已是对城市规训权力打开的主体性缺口。我们可以期待须一瓜在今后对人物内心世界采取更成熟、更接地的呈现方式。无论如何，他们过分敏感的神经、可笑的怪癖与执着，开启了一扇通往“废人”世界的窗口。

三、“缺德”的诸种可能——“废人”的道德困境

难能可贵的是，须一瓜没有简单给“废人”赋予道德霸权。我们不妨套用卢梭的句式：“废人”生而善，却无往不在“缺德”的困境中。

大多数时候，须一瓜主要做的是道德拆解工作。比如《毛毛雨飘在没

有记忆的地方》。城乡结合部的刑警郑静经常接到假警报，报案人章利璇三次谎报自己虐杀了自己的台湾大款情人，“虐待”“碎尸”“沉海”，她的描述一次比一次细节逼真。整个派出所被假警报扰得不胜其烦。期间，郑静受到章利璇忧伤气质的吸引，又从朋友处间接得知了假装失踪的“台湾仔”一直在大陆拈花惹草，逐渐对章利璇生出了暧昧的情愫和不该有的欲望。这种不该有的欲望必定遭到惩罚。后来章利璇再次发病，将郑静当作台湾情人虐杀。须一瓜尖锐的地方在于指出，男人对可怜女人的同情心与占便宜心理，常常是难以区分的。章利璇本来不是善茬，她借“做家教”为名嫁入豪门，先后破坏了两个家庭，是专业“拆迁办”，只是遇到“台湾仔”而真情流露、念念不忘以至于精神失常。郑静的复杂性在于既同情又鄙视章利璇，既有作为弱者的自怨自艾又有分一杯羹的落井下石，既有正义善良的一面又随时动摇成为助纣为虐的一方。小说令人遗憾的地方在于重心不稳，过多着力在于情欲和变态人格所能引起的可能事件。由于被精神病态所吸引，反而不能将章利璇的历史与内心尤其是将郑静的现实生存境况和内心世界透视清楚。“病态人格”是须一瓜的利器，也是迷障。

《二百四十个月的一生》完成了“正当——不正当”的莫比乌斯环（Mobius strip）式描述①。乡下姑娘鹎洁嫁给了老城居民、离婚后的男人文仔。凭着厉害的婆婆的人际关系，文仔给幼儿园当后勤采办，鹎洁则给幼儿园当阿姨——他们依然是市民阶级的下层。小说铺垫了许多文仔作为一个活生生的人的细节：他爱悔棋，本事不大声势很大，很听母亲的话，

① 莫比乌斯环是一种拓扑学结构，它只有一个面（表面），和一个边界。它是由德国数学家、天文学家莫比乌斯和约翰·李斯丁（Johhan Benedict Listing）在1858年独立发现的。在莫比乌斯环上，沿着一个平面前行，只要走得足够远，就会走到背面。齐泽克常用莫比乌斯环（Mobius strip）来指涉相互矛盾对立的两者以不被人注意的方式完成的联结。可参见 Zizek，Slavoj. Looking Awry：An Introduction to Jacques Lacan through Popular Culture. Cambridge，Mass：MIT Press，1992.

连每周六固定与鹅洁做爱之前还要听母亲安排喝下一煲猪尾巴汤。就在夫妻俩每周卑微的节日——周六这天，文仔在路口斑马线上被车撞死。肇事者聂总酗酒驾车逃逸，后来聂总夫人将他带回现场自首。经过警察的威胁、不耐烦的暗示和刻意包庇袒护，即使婆婆厉害有心多要十万（在对方提出的十六万基础上加十万），在三天后婆婆去世后，软弱、懵懂的鹅洁只拿到了二十万赔偿费。文仔死后，鹅洁恍惚，被幼儿园开除，被园长介绍到午托班当阿姨。鹅洁拿着文仔的望远镜，偶然窥见了聂总一家的富豪生活，大受震惊：

> 一个呼哎嗨哟来去的，爱炫耀、会占公家便宜、依赖母亲、经常悔棋、周六做爱、看电视爱哭的大活男人，一天的日子，原来只有两块七。两块七。两块七可以买什么呢？折价的鸡肉火腿肠一包。一支水笔。五个七号小电池。两斤普通大米。十块夹心饼干。一斤红富士苹果。

得知聂总汽车上的一条刮痕需要两千块钱、而汽车的折旧费一天就是五十元，她归纳出了一个冷酷的“价值关系式”：一辆车一天折旧 50 元，而文仔的命一天是两块七。

在窥视聂总和夫人的隐秘夫妻生活中，鹅洁感喟自己和文仔最大的幸福也不过就是周六的那一天：熬汤，行房，等婆婆不耐烦的咒骂，然后睡去。鹅洁“想”得很多：

> 周六这一天，文仔是不是也等于两块七呢？文仔的周六，充满着猪尾巴汤的芬芳日子是多少钱呢？而这一天，如果聂家也承认要贵重一点，那么，到底要比平时贵重多少呢？一年有五十二个周六，二十年，文仔有多少个周六呢。鹅洁又有多少个周六呢？鹅洁开了灯，翻出计算器想算一下，文仔的计算器却怎么拍打也显不出数字。鹅洁只好把它扔回抽屉。鹅洁心算了一下，好像有一千多个。就算一千个

吧，要不要算上鹅洁的一千个周末呢？那么，这一个日子多少钱？两个人叠加的周末日子，又是多少钱能够计算呢？这样的日子，有没有折旧可以计算？

鹅洁下意识地开始了报复行动。为了刮花聂总的车，她甚至应聘了大厦某一户人家的保洁，总共才刮了五道刮痕，聂总就将车停入地下保护起来。无法继续实施报复的鹅洁，在望远镜中看到三个年轻人到聂总家偷窃，于是特地下楼为之指路帮助逃跑。事后才知道，在窃案中聂总太太的母亲被三个年轻窃贼闷死——鹅洁协助的是三个杀人犯。

此处，鹅洁的伦理困境开始出现。如果说“刮车”并不带来真正的道德缺点，那么帮助一伙杀害无辜的窃贼逃跑，显然构成了真正的问题。鹅洁的复仇行为，是“缺德”的吗？缺德与道德的边界在哪里？她从何时就已经滑到了不道德的深渊中呢？如果法律已经不是正当性的保障，那么弱者对强者的正当复仇，在何种限定下是“可能的”、而不沦为新一轮的暴力？“正义”与“不正义”并没有清晰界限，二者共处在一道莫比乌斯环中，沿着一个平面旅行足够远，你就会发现自己站在了背面。废人的道德困境表现为“正当——不正当”之间平滑过渡的莫比乌斯环。

《海瓜子，薄壳的海瓜子》是对道德系统更大力度的撼动，抵达了“不伦”问题的底线。必须在大力度的摧毁中，须一瓜才肯给道德一次重建的契机。小说描述了闽南海边小村庄晚娥一家的伦理困境。湘妹子晚娥嫁入阿青家。公公鳏居多年，是村里人人称道的老好人。脾气暴躁的丈夫阿青与细心沉默的公公相依为命多年。一家人生活正在渐渐变好，村口盛产海瓜子的滩涂不允许养殖海产，反而成了他们放养鸭子的天然饲料厂，美好的生活就是建立在那些海瓜子的基础上。闽南特有的海风徐徐吹来，日复一日，鸭子们渐肥。然而，一切美好生活的可能都在晚娥发现公公的不轨之举后发生了变化。新媳妇发现公公一直偷看自己洗澡，而这种伴随衰朽腐败气息的不伦欲望使她厌恶、恐惧和憎恨。她又无法启齿——丈夫与公公从小相依为命，如果捅破真相，等于毁掉整个家庭的和睦，而脾气暴躁的丈夫阿青更可能做出令自己后悔的事情；同时，她又确实不忍心让原本就沉默压抑的公公难堪。可是，在晚娥决心选择隐忍、退避和小心防范了两个月之后，阿青自己发现父亲的偷窥行为。他暴跳如雷，甚至对晚娥产生巨大的怀疑：妻子明明知道公公在偷看，为什么还瞒着自己，而让公公继续看下去？老年人的性欲问题、妇女权利问题和一般“人情”的冲突，被紧紧锁死在乡村和睦家庭封闭空间内。在这里，读者体会到晚娥的“近人情”。这不是以独善其身为旨归的布施，而是真正委屈自身、忍受误会和承担罪业的“献身”。阿青对新媳妇的恋爱、对父亲的怜悯尊敬以及对媳妇和父亲的怨怼、猜忌，使他几乎陷入疯狂，可又毫无解脱困境的办法。公公的形象一直隐藏在暗处。他也是的的确确、货真价实的老好人。可是老好人并不意味着不能拥有欲望。读者亦能体会到他沉默背后巨大的心理压力，那来自儿子的暴力、媳妇的嫌弃，种种恐惧、悔恨、唏嘘与自我厌憎。阿青对父亲越来越坏，总是因为恚怒而拳脚相加。父亲更加隐忍退缩，不敢同桌吃饭，更时常借机到村人家中彻夜不归。朱文在《老年人的性问题》和《胡老师，今天下午去打篮球吗?》已经触碰过这样的困境：老年人的性欲，是否具有正当性？这种老年人正当的需求，如果与别的伦理价值发生碰撞时，一个主体如何自处？一个“不伦”的个人道德问题，就转化成为社会批判和文化批判的议题。

拆解是为了焕发道德律令的生机，也就是说，卸载旧系统是为了系统的升级与修复。这一片暗无天日的废墟之上，小说家怎么将道德的乌托邦重新树立起来？这一家人今后的日子怎么过下去？渐渐地，阿青的气在消下去，他会痛骂老人为何在生病之后不吃药，甚至会怒气冲冲让媳妇把药端到老人房中。而公公尽管常常被阿青打肿脸颊，却在悄悄积攒丝瓜络，为的是信守当初那份诺言——送阿青夫妇一床丝瓜络做的“席梦思床垫”。小说带有一种特别的抒情性。一种以闽南乡村生存状态为依托而又别于一般社会规范的“新生活”，以它看不见的微观力量，生长出新的善与正义。

对于道德重建的呼吁，值得一提的还有《怎么种好香蕉》。相对《二百四十个月的一生》，这一篇小说在技术上并不十分完美，却在思想上体现了作家更多的努力。作家通过描述弱者之间自以为是的互相厮杀，试图将不同的视角、不同的价值观念并置在一起，把彼此的虚妄和错讹构成一幅本雅明意义上的辩证图像（dialectical image）①。“我”是农技站的技术人员，在比较香蕉品种优劣的农业技术讲解课后，认识了智力低下的朱优待。朱优待一家以养殖海产为生，但西海域改造、养殖滩涂没了，政府补偿了全家110万。他决定和姐姐用政府补偿款承包果岭种香蕉。有意思的是，朱优待依靠买体育彩票赚钱买了一辆宝马车。这一切都使朱优待给人留下了一种“土豪”的假象。朱优待爱车如命。但停在教学楼外的黑色宝马车被小杂货店的男孩偷偷刮了26+8=36，横式和竖式都写错了。难看的刮痕和错误的算式，这种别扭的感觉让不善言辞的他陷入难以表达的郁闷与愤怒之中。但是小杂货铺的女店主和小男孩不认账。朱优待几天后发现车上的横式与竖式后面，被打了一个对勾，亲眼见到小男孩扔下锐器就跑，小男孩扬言还要在后面刮上表扬自己的“100分”。朱优待被气得够呛。然而，朱优待并不是遭到伤害的唯一一方，杂货铺母子也遭到了同处底层的一伙民工的讹诈。几天前一群民工拿着装有蟑螂的啤酒瓶来讹诈小杂货铺，这一天他们再次来找茬索赔。朱优待等在车里，眼看着民工进去讹诈，享受报复的快感。不久，“我”和朱优待听到了杂货铺里女人的尖叫，觉得不妙，出于复杂的心情进去查看，发现女人鲜血淋淋地拔掉了自己的假肢，放在杂货铺的钱盒边上。小孩的父亲车祸死了，自己丧失一

---

① “辩证图像”（dialectical image）在这里指涉一种毫无希望的崩坏状态。这种崩坏状态暴露了现实的所有矛盾，将现实的矛盾发展到最为成熟和圆满的状态。正是在这个意义上，现存矛盾发展到了其顶端，其自身的生命也即将耗尽，处于转换的关键点。全部的未来、希望、改善的可能性，就孕育在这一空间性的破碎状况中。于是，客体失去意义的同一性，成为介乎动（mobility）与不动（immobility）之间的延搁。在本雅明那里，这一特殊的图景，由于带有了历史意味，包含了记忆与未来，就成为了时间化的空间、历史空间，故而称为“辩证图像”。

条腿，这样的家境让同为底层的民工们无奈、汗颜，也让“我”和朱优待哑口无言，无法要求赔偿。结局是，女人通过展示她的残疾，反过来对男人们进行了道德要挟，获取了胜利。

小说反复追问的就是“这样是对还是错？”。弱者或底层就拥有先天的道德制高点吗？小孩子显然将他对社会不正义的批判，反讽地刻在了宝马车上——26+8=36。这隐喻着黑白不分的社会状况。但同时他并没有意识到自己是在“为恶”。正如那些同处底层的民工们，以贫穷当作了作恶的理由。只有当民工们真切意识到，杂货铺母子与自己同样身处社会底层，他们就自然地收手。问题是，从小说中杂货铺母子与民工们的视角可以推断，如果作恶的对象是朱优待这样的“宝马车主”，这种作恶就顺理成章，是可以打“对勾”，可以“打100分”的了。须一瓜意识到了这其中的问题，将把这些人心目中的“平等”和朱优待朦胧感觉到的“正义”价值观，做了一次想象性的碰撞。小说结尾是这样的：

> 我问朱优待，如果，这道题一开始就计算正确，你真的就不要他赔了，是吗？
>
> 我……不知道。
>
> 你想一想，再说。
>
> 朱优待手指在方向盘上慢慢地打圆圈，看得出他在认真想。他想了好一会。
>
> 可……是，我……一看到它，就是……错的。我……就非常不舒服了。
>
> 正确的——你就会舒服吗？
>
> 一……开始就不正确嘛！朱优待皱起扁扁的眉头，小……郑老师，你……你这人怎么这样想问题?!

结尾正是借争论男孩有意做错的数学题、来对底层的道德提出质疑。朱优待虽然同情这对母子，但仍然觉得“不舒服”，因为这种价值观

"一……开始就不正确嘛"！

当然，道德重建并非一项简单任务。大多数时候须一瓜所做到的，是暴露一个弱者无力反抗强者而又被迫互相倾轧、厮杀、落井下石的"怪现状"。这比简单暴露强权的伪善更有直指人心的感染力。比如《火车火车你娶老婆没有》描述的交通协警与黑车司机之间的殊死较量，就更应该放置在这样的格局里去看。作家处理这类题材，在技术上更为得心应手。从本雅明的意义上，制造一片无法被总体论综合的碎片化场景，形成一种文本与文本的、观念与观念的冲突与拼贴，这种以寓言形式呈现的辩证图像才是真正意义上的现实。这种新闻记者式的记录和拾荒者式的采集，才是对现代性的忠实记录，也最大程度含纳读者主体性的前提下敞开了其反思的可能性。当个人道德的废墟完全展开在读者面前，我们不禁要调动最大程度的思考力去探究一切背后的制度性"大恶"——这一切大罪恶的制度和状况是如何在历史中一点点形成的？作为"废人"的城市底层，怎么才能扭转这种道德状况？当这些细微的、零星的质疑被调动和组织起来，我们看到了文学的力量。

四、小结："废人"的文学谱系与批评家的任务

须一瓜所塑造的"废人"，同时具有"底层"和"多余人"的影子。无疑，须一瓜作为60后出生的作家，无意识中微弱的革命记忆与长期接触一线政法新闻的经验，使她对"底层"有一种天然的亲近；而青春时期所受到的文学熏染与文学入门时期的阅读体会，使她不自觉地接近了80年代中期"现代派"以来、存在主义式的"多余人"叙事模式。这两种相对隔绝、目前尚无法融洽转换的资源，使须一瓜的小说世界充满别扭与紧张，既帮助她从两个角度去表达对都市现代性的抗拒，也顺势生产出了一系列的都市"废人"：管小健、水清、和欢、鹅洁、章利璇、阿丹、朱优待……

批评家下一步工作，首先要绘制作家文本这种"底层"叙述和"多

余人”叙述之间犬牙交错的地形图。在此基础上，去讨论这两种书写资源在当下中国语境中如何结合、发挥优势、弥补盲点，以及在新权力结构和社会态势中如何强调两者革命性和创造性的方面，最终拓出历史的生机。

其次，须一瓜的成功诱使我们可以重新探讨作家职业化的问题。在她身上，我们看到了一种新闻话语、新闻记者的职业对文学写作构成的滋养。文学家的职业化和非职业化之间，是否存在一种互补与平衡关系？当“作家”越来越成为一种职业，一种谋生手段，一种博取个人在此世的功名利禄和资本的世俗行当，那么无论是专业作家体制、还是体制外的写手、出版界或者加入学院体制，许多作家很难再把写作同谋取资本的行为区分开。50—70年代作家深入生活、干预生活、为政策写作的文学组织方式，是我们曾经熟悉的。只是今天，我们很难再想象一种杜鹏程式的半战斗半写作的生活，一种柳青式的工作状态，一种周立波式的语言能力，一种高晓声式的不断讨论农业政策和各地亩产数字的发言。然而，须一瓜的新闻记者式的写作，使我们对“知识分子书斋写作”与“为政策写作”之外的文学组织方式，有了遐想和期待。在说到这些的时候，我们脑中想象的是一种积极介入的姿态与热忱，一种对可能生活的真诚探讨，一种不断自我改变的谦虚和紧张。

创作年表

长篇小说

太阳黑子　上海文艺出版社　2010 年

白口罩　北京十月文艺出版社 2013 年

别人　作家出版社 2016 年

作品集

蛇宫　春风文艺出版社 2004 年

你是我公元前的熟人　群众出版社 2005 年

须一瓜中短篇小说：提拉米酥　北京航空航天大学出版社 2007 年

保姆大人　译林出版社 2011 年

火车火车　你娶老婆没有　重庆出版社 2013 年

老闺蜜　北京十月文艺出版社 2016 年

第五个喷嚏　重庆出版社 2016 年

飞行酿酒师　上海文艺出版社　2016 年

获奖记录

2003 年华语传媒最具潜力新人奖

2004 年《毛毛雨飘在没有记忆的地方》获人民文学奖优秀短篇小说奖

2012 年　《小学生黄博浩文档选》获首届柔石文学奖

2014 年　《寡妇的舞步》获第三届郁达夫小说奖